톨쥬

『혼불』로 2020년 리디 BL소설 대상 BL 웹소설 부문 대상을 수상했다.

혼불

혼불

하나 — 톨쥬 장편소설

Beyond

내 마음 속의 촛불 D에게

하나

프롤로그	009
1장	017
2장	063
3장	156
4장	243
5장	327
6장	421
7장	511

일러두기

· 단행본 제목은 『 』, TV 프로그램 및 곡명, 예술 작품의 제목은 「 」로 표기했습니다.
· 본 작품에서 등장하는 인물, 이름, 집단, 사건은 실제와 무관한 것으로 특정 단체 및 인물과 관련이 없음을 밝힙니다.
· 이 책의 맞춤법과 외래어 표기는 국립국어원의 용례를 따랐으나 저자 고유의 글맛을 살리기 위해
  일부 용어에는 예외를 두었습니다.

프롤로그

세상은 때때로 이유 없이 악의적이다.

이것은 아이가 최초로 얻은 깨달음이었다.

벌써 이틀째 아무것도 먹지 못했다. 이 집, 저 집을 돌아다니며 밥을 구걸해 봤지만 돌아온 것은 냉대뿐이었다.

아이가 마지막으로 찾아간 곳은 낡은 초가집이었다. 마을에서 인정 많기로 소문난 노파가 홀로 사는 곳이었다. "먹다 남은 밥이라도 좋으니 제발요." 하고 아이가 사정하자 노파는 말없이 부엌으로 들어갔다. 실낱같은 희망을 부여잡고 노파를 기다렸지만, 노파는 밥그릇 대신 커다란 대야를 들고 나왔다. 구정물을 뒤집어쓴 아이는 싸리 빗자루로 온몸을 두들겨 맞았다.

"이놈! 누구 동티 옮으라고 여길 들어와. 썩 꺼지지 못해?"

아이는 아무것도 몰랐다. 자신의 이름도 몰랐고, 부모의 얼굴도 몰랐으며, 사람들이 왜 자신을 미워하는지도 몰랐다. 유일하게 아는 건 자신의 눈에는 보이는 것들이 다른 사람에게는 보이지 않는다는 사실이었다. 사람들은 아이를 '저주받은 녀석', '귀신의 씨를 빌려 태어난 요물'이라고 손가락질했다. 모두 아이가 귀신을 불러들일 것이라고 굳게 믿고 있는 듯했다. 그들이 아이를 미워하는 만큼, 아이도 그들이 미웠다.

아이는 마을 뒷산으로 내달렸다. 어느덧 작고 마른 몸 곳곳에는 생채기가 가득했다. 산등성이를 타고 한참을 올라가자 커다란 고목이 보였다. 고목나무 아래에선 작은 마을이 한눈에 내려다보였다. 홀로 남은 아이는 쪼그리고 앉아 몸을 떨었다.

서늘한 바람이 물기에 젖은 누더기를 간간이 헤집고 지나갔다. 아이는 언제나 혼자였고, 춥지 않았던 적이 없었다.

'인간은 너를 무서워해.'

그리고 허락도 없이 침묵을 깨트리는 건 늘 귀신뿐이다.

'넌 우리 편이야.'

'왜 대답이 없어?'

'응? 응? 응?'

"…시끄러워."

아이는 무릎 사이로 머리를 파묻은 채로 중얼거렸다.

'인간들은 왜 너를 미워할까?'

'우리는 그 이유를 알고 있지.'

'너는 어쩌면 인간이 아닐지도 몰라.'

"입 닥쳐. 한마디만 더 해 봐. 사지를 갈기갈기 찢어 놓을 거야."

조잘거리던 목소리가 일시에 멈췄다.

'…….'

'…….'

'…….'

아이는 진심이었다.

산속은 고요했고, 풀벌레조차 숨을 죽인 채 아이를 지켜보고 있었다. 우우우, 멀리서 올빼미 우는 소리가 들렸다. 마치 환청 같았다. 아이는 어깨를 감싸 쥐었다.

인간이고 귀신이고 다 꼴 보기 싫어. 차라리 아무것도 보이지 않았으면 좋겠어….

"눈을 뽑아 버리면 좀 나을까?"

아이가 한숨처럼 중얼거릴 때였다.

"음? 그럼 안 되지."

어김없이 들려온 음성에, 아이는 잠시 침묵하다가 대꾸했다.

"한 번만 더 말 걸면 가만 안 둔다고 했지."

"이런, 오해를 샀구나."

무릎 사이로 얼굴을 파묻고 있던 아이가 고개를 들었다. 눈앞에 서 있는 것은 흑색 장포를 입은 장신의 사내였다. 귀신이 아니었나? 아이가 경계심 어린 눈으로 사내를 노려보았다. 낯선 사내는 달빛을 등지고 서 있어 얼굴이 잘 보이지 않았다.

"그렇게 겁내지 않아도 된단다. 나는 너와 같은 인간이거든."

사내가 어깨를 으쓱이며 말했다.

"보아하니, 너는 귀재로구나."

"…귀재?"

"그래. 우리는 서로를 그렇게 부르지. 아, 여기서 말하는 '우리'는 보이는 사람을 얘기한단다. 너처럼, 그리고 나처럼."

아이는 말없이 추위에 굳은 발가락을 꼼지락거렸다. 얼핏 흘려듣는 것처럼 보였으나 아이는 사내의 말에 귀를 기울이고 있었다. 인간과 제대로 말을 섞는 건 아주 오랜만이었다.

"귀재(鬼才)란 무슨 뜻일까?"

난데없는 질문에 잠시 고민하던 아이가 입을 열었다.

"귀신을… 볼 줄 아는, 재주…."

들릴 듯 말 듯 한 작은 목소리로 대답을 마친 아이는 사내의 눈치를 살폈다. 어둠에 가려 사내의 얼굴이 보이지 않았으나 아이는 그가 웃고 있음을 알았다.

"글을 배웠니?"

사내가 다정한 목소리로 물었다. 아이는 말없이 고개를 저었다.

"그것도 말이 되는구나. 본디 귀재라 함은, 흡사 귀신과도 같은 탁월한 재주를 지녔다는 의미로 쓰이나… 문자 그대로 풀이하면 네가 말한 의미도 될 수 있겠지. 까막눈치고는 꽤나 그럴싸한 대답을 하는 것을 보니 영민한 아이구나."

사내가 빙그레 웃으며 속삭였다.

"허나, 우리가 말하는 '귀재'는 다른 한자를 쓰거든. 때문에 뜻도 살짝 다르단다. 귀신의 귀(鬼)가 아니라, 고귀하다는 말의 귀(貴)를 쓰지."

사내가 말을 멈추고 허리를 굽혔다. 꿇어앉은 사내가 손을 뻗자 아이는 흠칫 놀라며 몸을 뒤로 물렸다. 그럼에도 사내는 부드러운 손길로 아이의 머리를 천천히 쓰다듬어 주었다.

"귀한 재주를 가진, 귀한 사람이라 하여 귀재(貴才)라 한단다."

말을 마친 사내는 우물을 들여다보듯 유심히 아이를 바라보았다. 아이는 사내의 시선을 피하지 않았다. 아이의 눈은 곧고 맑았다.

사내가 한참 만에 몸을 일으켰다. 그러고는 입고 있던 흑색 장포를 벗기 시작했다. 서늘한 바람에 옷자락이 펄럭거렸다.

사내는 흑색 장포를 아이의 어깨에 둘러 주고는, 큼지막한 손을 내밀어 보였다.

"귀한 아이야, 나와 함께 가겠니?"

우우우, 또다시 멀리서 올빼미가 울었다.

환청이 아니었다.

1부

1장

　옛사람들은 모든 재앙과 질병이 귀신으로부터 비롯한다고 믿었다. 그것은 생사를 맴도는 공포가 만들어 낸 본능적인 두려움이었다. 귀신이란 불완전하면서도 인간을 초월하는 괴악한 존재였다. 귀신은 구천을 떠돌며 인간들의 틈에 섞여 들어 세상을 어지럽혔다. 육체를 떠난 혼백은 숨결처럼 가볍기 마련이었으나, 앙금처럼 남아 있는 미련의 무게란 육중한 것이었다.

　사람들은 귀신을 물리치기 위해 각고의 노력을 기울였다. 허나 범인의 재주로는 항간에 전해져 내려오는 미신적인 금기 따위를 지키는 것이 고작이요, 무용한 호구지계(糊口之計)에 불과하였으니, 유일하게 기댈 곳이라고는 같은 인간 중에서도 귀신을 볼 수 있는 재주를 가진 몇몇의 인간, 귀재(貴才)뿐이었다. 이들은 배척당하면서도 때로는 떠받들어지는 존재였다.

　귀재로 태어난 자는 대개 무당이 되거나 속세를 떠나 불법에 귀의했으나, 드물게 나라의 부름을 받는 일도 있었다. 바로 나례를 행하는 나자(儺者)가 되는 경우였다. 귀신을 두려워하는 것은 민간뿐만 아니라 궁궐 역시 마찬가지였다. 그리하여 궁중에서는 섣달그믐 밤마다 악귀를 몰아내기 위한 대대적인 의식을 베풀었는데, 이를 가리켜 '나례(儺禮)'라 하였다.

나례청에 소속된 나자들은 나례를 주관하는 동시에 악귀로 인한 변고와 재액으로부터 힘을 다해 궁궐을 수호했다. 이들은 여러 궁중 행사에도 동원되었으며, 임금이 행차하거나 외국 사신을 영접할 적이면 행렬을 따라 악귀를 물리쳤다.

그런가 하면, 행렬의 선두에서 신명 나게 춤을 추며 길을 여는 이가 있었으니, 한 나라의 군주로 하여금 마땅히 경외케 할 신령(神靈)의 기백을 지녔음이라.

그는 두 쌍의 눈을 가졌으며, 한 쌍의 눈으로는 이승을 들여다보았고 나머지 한 쌍으로는 저승을 들여다보았다. 손짓 하나면 산천초목의 모든 귀신이 줄행랑을 치고 아둔한 머리를 조아렸다. 인간과 귀신을 아우르는 나자들의 우두머리이자 악귀를 쫓아내는 신(神), 그 이름은 '방상시(方相氏)'라 하였다.

『구나세전(驅儺世傳)』 발췌

자전거 한 대가 저녁으로 물든 거리를 달리고 있었다. 화려한 네온사인 불빛이 자전거 탄 남자의 얼굴을 부드럽게 쓸고 지나갔다. 남자는 주차된 순찰차들 사이를 가로질러 한쪽 구석에 마련된 거치대에 자전거를 세웠다.

"홍 순경, 일찍 왔네?"

옆으로 고개를 돌리니 때마침 김 경장이 담배를 피우고 있었다. 남자가 고개를 꾸벅 숙이자, 김 경장은 대답 대신 손을 흔들어 보였다.

"김 경장님, 아직도 퇴근 안 하셨어요?"

"아휴, 말도 마라. 사건 하나 터져서 계속 붙잡혀 있었어."

직업이 직업이니만큼 남들처럼 평화로운 일상을 보내는 것은 바라지도 않았다. 웬만한 일에는 면역이 생겨 눈 하나 깜짝하지 않게 된다는 것이 장점이라면 장점이었다. 늘 무던한 반응을 보이던 김 경장이 간만에 혀를 내둘렀다.

"무슨 일인데요?"

"아까 병원에서 난동 부리는 사람이 있다고 신고 들어와서 출동했었거든. 그래서 신상 받아 봤더니, 아마 홍 순경도 들어 봤을걸? 그 주경 건설이라고 있지? 거기 사장이더라고."

홍 순경의 눈이 휘둥그레졌다.

주경 건설은 자수성가한 젊은 사장 덕에 유명해진 회사였다. 회사를 세운 지 얼마 되지 않아 다른 업체들을 인수 합병하며 세간의 이목을 집중시켰고, 얼마 전에는 지자체가 투자하는 골프장 리조트 입찰에 성공하면서 주가가 확 뛰어 뉴스를 타기도 했다.

"거기 요새 엄청 잘나가는 회사 아니에요?"

"어, 거기 사장 아들이 올해 여섯 살인데 폐렴 때문에 병원에 입원 중이었대."

말을 멈춘 김 경장이 손에 들고 있던 담배를 걸쭉하게 빨아 들였다.

"어제만 해도 멀쩡하던 아이가 갑자기 의식 불명 상태에 빠졌어. 그래서 사장이 병원 탓이라고 생난리를 쳤나 봐. 눈이 회까닥 돌아서 의료 장비고 뭐고 다 때려 부수고 의사까지 두들겨 패더라."

"아이고…." 홍 순경이 혀를 차며 물었.

"병원 측 과실인 건 확실한 거예요?"

"바로 그게 문제인 거지. 약물 기록 확보해서 넘겼는데, 병원 말대로 문제 될 만한 부분은 없다고 결론이 났어. 검사를 해도 특별한 이상 소견이 없으니 원인을 알 수가 없다는 거야. 그야말로 귀신이 곡할 노릇이지."

홍 순경이 덩달아 심각한 얼굴을 했다.

"그러게요. 정말 그러네요…."

"병원은 병원대로 난리지, 사장은 사장대로 난리지. 증거가 나오기 전까지는 저희가 해 드릴 수 있는 게 없다고 했더니 뭐, 자기 꿈이 증거라는 둥 이상한 헛소리까지 하더라니까."

"그건 또 뭔 소리래요?"

"사장이 간밤에 꿈을 꿨단다. 꿈에서 누가 아들을 데리고 가더래. 뒤쫓았는데 중간에 넘어지는 바람에 그대로 놓쳤다

나? 이런 일이 일어날 줄 알고 예지몽을 꾼 거라면서, 진작 병원을 옮겼어야 했느니 뭐니, 악다구니를 써 대는데… 말도 마라, 정신이 하나도 없더라. 꿈에서 넘어진 상처라면서 무릎에 난 멍 자국까지 보여 주더라니까."

김 경장이 헛웃음을 터뜨렸다. 본인이 말하면서도 어이가 없는 모양이었다.

"에이, 말도 안 돼. 그런 게 어딨어요."

홍 순경은 별 뚱딴지같은 소릴 다 듣겠다는 듯이 손을 휘휘 내저었다. 경찰서는 온갖 인간 군상의 희로애락이 범람하는 장소이자, 매일 새롭게 밀려드는 사건 사고의 최전방이었다. 오늘처럼 상식적으로 이해할 수 없는 주장을 펼치며 해결을 바라는 경우도 허다했다.

"잘 해결되겠죠. 걱정 마세요."

홍 순경은 구구절절 설움을 토로하는 김 경장을 살갑게 다독거렸다.

"오늘 하루도 고생 많으셨어요, 김 경장님."

한참이나 넋두리를 늘어놓던 김 경장은 이만 가 봐야겠다며 자리를 떴다. 김 경장을 배웅한 홍 순경은 곧장 탈의실로 향했다. 평소보다 이른 시간에 출근했기 때문인지 탈의실은 텅 비어 있었다. 아무도 없는 것을 확인한 홍 순경은 곧바로 탈의실 문을 걸어 잠갔다.

홍 순경은 심호흡하며 감각을 집중했다. 귀를 세우고 발소리를 살폈으나 다행히 별다른 기척은 느껴지지 않았다. 무표정한 얼굴로 휴대폰을 꺼내 든 홍 순경이 액정 화면을 가볍게 터치했다. 120. 통화 버튼을 누르고 귓가에 갖다 대자 익숙한 안내 멘트가 흘러나왔다.

— 안녕하십니까? 서울시 120다산콜센터입니다. 교통은 1번, 수도는 2번, 일반 행정은 3번, 서울시와 구청 전화번호 안내는 4번, 직장맘 고충 상담은 5번을 눌러 주시기 바랍니다.

홍 순경은 기다렸다는 듯이 빠르게 다이얼을 눌렀다.

12345.

누른 숫자는 다섯 개 전부였다.

— 잘못 누르셨습니다. 교통은 1번, 수도는 2번….

안내 멘트가 채 끝나기도 전에 손이 움직였다.

1122334455.

이번엔 처음과 달리, 하나의 숫자를 연달아 두 번씩 눌렀다.

— …….

수화기 너머에선 아무런 소리도 들려오지 않았다. 하다못해 방금처럼 잘못 눌렀다는 안내 멘트도 없었다. 그러나 홍 순경은 전화를 끊는 대신 입술 거스러미를 뜯으며 묵묵히 휴대폰을 귓가에 대고 있을 뿐이었다. 그 상태로 몇 분이나 지났을까. 정적을 깨고 안내 멘트가 불쑥 흘러나왔다.

— 상담사를 연결해 드리겠습니다.

달칵, 소리와 함께 수화기 너머로 현장감이 느껴졌다. 그러나 전화를 받은 상담사는 그 흔한 인사는커녕 아무런 말도 하지 않고 있었다. 제대로 연결이 된 건지 의문이 들 법한 상황이었다. 홍 순경은 주위를 한 번 더 확인한 뒤, 휴대폰을 고쳐 잡았다.

"황금빛 탈을 쓴 바로 그 사람이로다. 구슬 채찍 휘두르며 귀신을 부리네. 빠른 걸음, 조용한 모습으로 운치 있게 춤추니. 너울너울 춤을 추는 봉황새와 같도다."[1]

말을 마치자마자 사무적인 음성이 귓가로 꽂혀 들었다.

– 나례청 상황실입니다. 용건을 말씀하세요.

휴대폰을 쥐고 있던 홍 순경의 손에 힘이 들어갔다.

"나례청 암행부 제3팀 소속, 나자(儺者) 홍민재입니다. 좌표 21에 6, 사건 분류 '라'형. 축역부의 지원을 요청하는 바입니다."

– 내용 보고 하십시오.

홍 순경, 아니, 나자 홍민재가 차분하게 대답했다.

"혼(魂) 납치 건입니다."

· 🕊 ·

"어서 오십쇼."

택시 기사가 룸 미러를 힐끔거렸다.

"어디로 모실까요?"

---
1 「대면大面」(신라 말기 최치원의 「향악잡영鄕樂雜詠」 수록)

뒷좌석에 올라탄 승객은 중년의 여성이었다. 눈이 마주친 순간, 기사는 저도 모르게 눈을 내리깔았다. 단정한 정장을 차려입은 그에게서 왠지 모를 기백과 위압감을 느낀 탓이다.

　　"종로 성당으로 가 주세요."

　　여자는 간결하게 행선지를 밝힌 뒤, 가방에서 서류 뭉치를 꺼내 들었다. 기사는 곧바로 차를 몰았다. 퇴근 시간이 지난 평일 저녁의 종로 일대는 적당히 한산했다.

　　콧노래를 흥얼거리던 기사가 운전석 창문을 조금 내렸다.

　　그때, 내내 서류에 시선을 고정하고 있던 여자가 대뜸 입을 열었다.

　　"거기 창문은 내리지 않는 편이 좋겠군요."

　　"예?"

　　"운전석 말고, 조수석 창문을 여세요."

　　"아, 예…."

　　기사가 얼떨떨한 표정으로 여자의 말을 따랐다. 그의 말투는 더할 나위 없이 정중했지만 어딘지 모르게 고압적이었다. 꼭 명령하는 일이 익숙한 사람 같았다. 기사는 운전하는 내내 여자의 눈치를 살폈다.

　　흘깃거리는 시선이 느껴질 법한데도 여자는 고개 한번 들지 않았다. 택시가 종로 성당 근처에 도착하자, 여자는 지갑에서 지폐를 꺼내 기사에게 건넸다.

　　액수를 확인한 기사가 휘둥그런 눈을 했다. 택시비는 고작

칠천 원 남짓이었다. 그러나 여자가 건넨 돈은 오만 원짜리 두 장. 총 십만 원이었다.

"거스름돈은 됐습니다. 나머지는 세차비로 쓰세요."

"예?"

"세차가 끝나면 차에 소금 뿌리시고."

알 수 없는 말에 기사의 표정이 기묘해졌다.

"그, 그게 무슨…."

여자는 기사를 잠시 바라보더니 이내 태연하게 대꾸했다.

"차가 더러워서요."

더럽다고? 반나절 전에 세차한 차인데….

당황한 기사가 뭐라 말을 붙이기도 전에 차에서 내린 여자가 가차 없이 뒷좌석의 문을 닫았다. 쾅, 하는 소리에 놀란 기사가 펄쩍 뛰었다. 여자는 무심한 표정으로 가방 안에서 텀블러를 꺼냈다. 그러고는 뚜껑을 열고 망설임 없이 안에 든 내용물을 택시 위로 쏟아부었다. 정체 모를 검붉은 액체가 차체를 타고 콸콸 쏟아져 내렸다. 순식간에 일어난 일이었다.

"어? 저기, 손님! 이, 이봐요! 무슨 짓이에요!"

차 안에서 기사가 뭐라 고함을 지르는 소리가 들렸다. 그러거나 말거나. 여자는 등을 돌려 걸음을 옮겼다. 구겨진 정장을 정리하던 여자가 못마땅하다는 듯 혀를 찼다. 옷소매에 액체가 튀어 있었다. 시종일관 무표정하던 얼굴에 짜증스러운 기색이 스쳐 지나갔다.

방금 전, 기사가 운전석 창문을 내리는 순간이었다.

여자는 창문 바깥의 사이드 미러에 입 없는 귀신이 매달려 있는 것을 보았다. 차에 탈 때만 해도 없었는데 대체 언제 붙었는지 모를 일이다. 시선이 마주치자 귀신이 실실거리며 눈웃음을 쳤다. 이지(理智)가 없고 형태가 불완전한 것을 보아하니 하찮은 잡귀가 분명했다.

별다른 악의는 느껴지지 않았으나 운전에 훼방이라도 놓는다면 큰 사고로 이어질 수 있으니 그대로 내버려 두는 건 곤란했다. 본래대로라면 귀신은 사멸시키는 것이 원칙이나 민간의 사람 앞에서 힘을 쓸 수는 없었다. 귀신을 사멸시키기 위해서는 귀기(鬼氣)를 사용하거나 부적을 써야 하는 탓이었다. 이런 경우엔 적당히 축귀하는 편이 최선이었다.

입청 전에 잡귀가 꼬이는 걸 보니 아무래도 오늘은 일진이 사나울 모양이라고, 석주련은 생각했다. 그간 축적된 경험을 미루어 볼 때 그러했다. 노련함이 빚어낸 예감은 여간해서는 틀린 적이 없었다.

"쯧."

나례청 축역부 부장, 석주련의 미간이 꿈틀거렸다.

· 🕊 ·

해가 지면 귀신이 활개를 친다.

그 말은 어둠이 내리면 나자들 역시 바빠진다는 뜻이었다. 보통의 사람들에게는 하루 일을 마무리하고 귀가하는 시간이었지만 나자에겐 예외였다. 정반대로 고단한 하루의 시작을 알리는 출근 시간이라고 볼 수 있었다.

종로 성당으로 향하던 석주련은 천천히 발길을 돌렸다.

종로 성당은 눈속임이었다. 언제나 조심, 또 조심할 것. 보안 유지야말로 나례청에 입청할 때 기본적으로 지켜야 하는 규칙 중 하나였다. 석주련이 진짜로 향하는 곳은 그 건너편에 있었다. 바로 조선 왕가의 사당, 종묘였다.

고려 시대부터 이어져 내려오던 나례청이 공식적으로 해체된 것은 이백여 년 전의 일이었다. 기나긴 공백 이후, 현대에 이르러 새로이 재건된 나례청은 종묘 한쪽에 터를 잡았다.

수많은 건물이 스러지고 서다 보면 땅의 정기가 점차 흐려지기 마련이지만, 종묘는 기운이 정결하면서도 안전한 장소였다. 도시의 중심부에 있으면서 일반인들의 눈을 피할 수 있는 최적의 공간이기도 했다.

관람 시간이 끝난 지 오래인 종묘 인근에는 사람 한 명 없었다. 석주련이 걸음을 옮길 때마다 구두 굽 소리가 울려 퍼졌다. 종묘로 들어가는 문은 굳게 닫혀 있었다. 석주련은 무쇠로 된 반지 모양의 커다란 손잡이를 잡고, 노크를 하듯이 나무로 된 문에 다섯 번 두들겼다.

탕, 탕, 탕, 탕, 탕.

"개문(開門)을 청합니다."

석주련의 말이 끝나자마자 문고리가 철커덕거리는가 싶더니 끽, 소리와 함께 문이 열렸다. 열린 문틈 사이로 들어서자 등 뒤에서 저절로 문이 닫혔다. 꼭 누군가 문을 여닫아 주는 것 같았다. 불빛 하나 없는 종묘 내부는 지나치게 어두웠음에도 석주련은 훤한 대낮에 활보하듯 익숙하게 발걸음을 옮겼다.

석주련이 멈춰 선 곳은 종묘의 정전이었다.

종묘의 정전은 역대 왕과 왕비의 신주를 안치해 둔 곳으로, 옆으로 길쭉하게 열아홉 개의 문이 나 있었다. 어디까지나 대외적으로는 그랬다. 평범한 사람의 눈에는 열아홉 개의 문만 보였으나 나자의 눈에는 총 스무 개의 문이 보였다. 제일 마지막 칸이 나례청과 통하는 스무 번째 문이었다.

문 앞에 선 석주련이 목에 매고 있던 카드 키를 들어 기둥 틈 사이로 꽂아 넣었다. 그 순간 카드 키 안에 새겨진 부적이 번쩍거리며 빛을 발했다.

나무로 된 문을 열자 석주련의 눈앞에 드넓고 쾌적한 공간이 펼쳐졌다. 겉으로 보기에는 낡은 목조 건물에 불과했지만 나례청의 내부는 현대적이고 세련된 인테리어로 이루어져 있었다. 여느 대기업과 다를 게 없는 모양새였다. 나례청 로비를 수선스럽게 돌아다니던 나자들이 방금 입청한 석주련을 향해 깍듯하게 허리를 숙여 보였다.

"부장님, 안녕하십니까!"

"부장님, 안녕하십니까!"

석주련이 무감한 낯으로 고개를 끄덕였다.

"정화부에 연락해서 종로 일대 한번 씻으라고 해. 잡귀가 돌아다니더군."

"네."

"암행부에도 순찰 요청하고."

"알겠습니다."

석주련의 지시에 나자 두 명이 일사불란하게 흩어졌다.

나례청은 총 다섯 개의 부서로 이루어져 있었다. 그중에서도 신분을 위장하여 민간 곳곳을 순찰하는 '암행부(暗行部)'와 부정이 깃든 것을 씻어 내리는 '정화부(淨化部)'는 현장의 최전선에서 고군분투하는 부서였다.

과거의 나례청은 궁궐을 수호하는 명목으로 세워졌으나, 현대의 나례청은 세월이 흐름에 따라 자연스럽게 민간을 수호하는 기관으로 변모했다. 양지에 경찰이 있다면 음지엔 나자가 있었다. 이는 세간에는 알려지지 않은 이야기였다. 나례청의 존재를 알고 있는 것은 정재계를 통틀어도 소수의 고위층 인사들뿐이었다.

물론, 같은 부류 사이에서야 나례청을 모르는 귀재는 없었다. 그러나 귀신을 믿지도 않고 볼 수도 없는 민간의 평범한 사람들에게라면 사정이 다를 수밖에 없었다. 범인(凡人)은 이 세계를 몰라야 했고, 모르는 게 나았다. 그편이 서로에게 좋았다.

"부장님!"

그때, 멀리서 다급한 목소리가 날아들었다.

"석 부장님!"

축역부 제2팀의 선임 나자이자 석주련의 직속 부하인 한주영이었다. 사무실에서부터 로비까지 쉬지 않고 달려온 모양인지, 한주영은 가슴팍을 들썩이며 가쁜 숨을 몰아쉬고 있었다.

"무슨 일이야?"

"아직 전달 못 받으셨습니까? 어린아이의 혼이 납치되었다는 보고가 들어왔습니다."

역시나 불길한 예감이 든다 싶더니 이것 때문이었나. 입청한 지 오 분도 안 됐건만….

조그맣게 한숨을 내쉬던 석주련이 차분하게 물었다.

"정황은?"

상관의 물음에, 헉헉거리던 한주영은 곧바로 절도 있게 허리를 세웠다.

"일, 신체에 아무런 이상이 없음에도 불구하고 의식 불명에 빠졌다는 점. 이, 친부가 아이를 빼앗기는 꿈을 꾸었다는 점. 삼, 친부가 꿈속에서 넘어져 생긴 멍 자국이 현실에서도 외상으로 남았다는 점입니다."

"일리 있네. 축역부 선임급으로 두 명 대기시켜. 현장 조사 대충 마무리되면 바로 출동할 수 있게. 정화부에 협력 요청했나?"

"예, 이미 조사는 끝났고 축역부 제2팀 대기 중입니다."

제법이었다. 한주영은 이미 빠르게 조치를 취해 놓았고, 그 조치는 석주련이 지시한 내용과 그대로 일치했다. 한주영의 판단은 깔끔하고도 정확했다. 이제 막 입청한 상관을 붙잡고 굳이 헐떡거리며 보고할 필요가 없을 정도로.

"잘했네. 그런데 왜 호들갑을 떨어?"

석주련이 눈썹을 들어 올렸다.

"아, 그게…."

한주영이 침을 꿀꺽 삼키며 말을 골랐다.

"그 아이의 친부가… 주경 건설사 사장입니다."

"…뭐?"

석주련의 얼굴이 한순간에 싸늘해졌다.

"한 선임, 상황 파악 제대로 못 하나?"

"죄, 죄송합니다. 그래서… 어떡할까요?"

"어떡하긴 뭘 어떡해?"

방금만 해도 잘했다며 슬쩍 칭찬을 건네던 석주련이 벌컥 화를 냈다. 당황한 한주영은 쩔쩔매며 고개를 숙였다.

주경 건설은 자수성가한 젊은 사장 덕에 유명해진 회사였다. 어디까지나 대외적으로는 그랬다. 그리고 당연하게도 나례청에는 세간에 알려지지 않은 희귀한 정보가 흘러들어 오기 마련이었다. 음지의 치안을 담당하는 현대의 나례청은 국무총

리 산하의 국가 기밀 기관이었고,

"타 부서에 협력 요청한 거 전부 철회하고, 입단속 철저히 하라고 전 부서에 공지 띄워."

자수성가로 유명한 주경 건설의 젊은 사장은 총리의 사생아였다.

"그, 그럼 혼을 되찾는 건 어떻게…."

"남자 한 명만 보낸다. 윗선에 정보 새지 않으려면 별수 없어."

다른 누구도 아닌 자신의 가족이 해코지를 당했다. 만약 이 사실을 총리가 알게 된다면 일 처리를 어떻게 하느냐며 노발 대발할 것이 분명했다. 관리 소홀을 명목으로 나례청에 책임을 물을 수도 있는 상황이었다. 바깥에 이야기가 새어 나가지 않도록 최대한 은밀하게 사건을 해결해야만 했다.

"네? 하지만 부장님, 한 명은 너무 적습니다. 그러다가 잘못되기라도 하면…."

"죽었다 깨어나도 그럴 일은 없을 녀석으로 보낼 거니까 하라는 대로 해."

이럴 때는 입이 무겁고, 그 누구보다 실력이 확실한 사람을 써야 한다.

"윤태희 지금 어딨어?"

석주련이 굳은 얼굴로 머리를 쓸어 올렸다.

· 🕊 ·

 귀재로 태어났다고 해서 모두가 같은 삶을 사는 것은 아니다. 자신이 남들과 다르다는 사실을 애써 외면하며 평범하게 살아가기 위해 애쓰는 이들도 있기 마련이다. 그러나 단 하나 분명한 것은, 귀재에게 있어 나자라는 선택지는 더할 나위 없이 매력적이라는 사실이었다.

 이곳에서는 숨길 필요도, 거짓말할 필요도 없다. 보이는 것을 안 보인다며 거짓말하지 않아도, 스스로를 부정하느라 애쓰지 않아도, 그래도 되었다. 역설적이게도 나례청 안에서는 모두가 평범해졌다. 이것이 무당의 딸이던 한주영이 나자가 되기로 결심한 가장 큰 이유였다.

 물론 나자가 되고 싶다고 해서 아무나 될 수 있는 것은 아니었다. 정식 나자가 되기 위해선 견습생 '초라니'로서 이 년간의 수련 기간을 거쳐야 했다. 초라니는 잠재된 귀기(鬼氣)를 다루는 고된 훈련을 병행하며 온갖 잡일을 도맡아야 했다. 때문에 나자를 꿈꾸고 입청한 귀재들 중 절반 이상은 이 시기를 견디지 못하고 민간으로 돌아갔다.

 한주영은 이를 악물고 지옥 같았던 그 시간을 견뎌 냈다. 여기도 지옥, 저기도 지옥이라면 사회에서 제대로 능력을 인정받으며 동료와 함께할 수 있는 지옥을 선택하리라. 그것은 꿈에도 상상할 수 없었던 큰 축복이었다. 한주영은 어떻게 해서

든 그 기회를 잡고 싶었다.

그렇게 최종 시험을 통과하여 정식 나자로 임명받은 날, 한주영은 나례청 로비에 주저앉아 대성통곡을 했다. 어찌나 꺼이꺼이 울었는지 선배 나자들이 놀라서 구경할 정도였다. 인내는 쓰디썼고, 결실은 혀가 녹을 정도로 달았다. 국가 기관 소속의 준공무원으로서 안정적인 수입을 얻게 된 것은 덤이었다.

한주영은 벌써 칠 년 차 나자였다. 툭하면 사고나 치던 평(平) 나자 시절도 있었다. 여기저기 사고 치고 또 수습하다 보니 어느새 주임이었고, 얼마 전에 선임으로 승진했다. 선임 나자가 되면서부터는 부서장의 직속 부하로 차출되는 행운도 얻었다. 한주영은 이제 더 바랄 것이 없었다. 초나, 평 나자, 주임 나자, 선임 나자, 마지막으로 수석 나자. 인간의 욕심은 끝이 없다고, 최고 직급인 수석까지 달면 좋기야 좋겠지만⋯. 언감생심이었다. 한주영은 자신의 그릇을 잘 알고 있었다. 수석은 노력으로 갈 수 있는 자리가 아니었다.

"윤태희 지금 어딨어?"

윤태희는 축역부 제1팀의 수석 나자였다. 그는 이십 대 중반인 한주영과 비슷한 또래였으나 한주영이 초나였던 시절부터 이미 수석을 달고 있었던, 귀신보다 더 귀신 같은 인간이었다.

"바로 확인하겠습니다."

한주영이 바지 뒷주머니에서 손거울을 꺼냈다. 제구부(祭具

部)에서 제작한 손거울은 모든 나자가 지니고 다니는 호출 도구로 휴대폰의 보안을 우려하여 그 대용으로 만들어진 것이었다. 주로 위치를 파악하거나 업무용으로 연락을 주고받을 때 쓰였다.

익숙한 손놀림으로 거울 위에 표식을 휘갈기던 한주영의 얼굴이 굳었다.

"부장님… 오늘, 윤 수석님 휴무입니다."

가는 날이 장날이라. 석주련이 머리를 짚었다. 한주영이 내민 거울 위에는 위치 확인 불가를 알리는 문자가 떠올라 있었다.

"그럼 일단 위치는 됐고, 긴급으로 메시지 남겨. 사건 정황 전달하고 확인하는 대로 당장 출동하라고 해."

"네, 알겠습니다."

한주영의 손이 거울 위에서 빠르게 춤을 췄다. 윤태희의 연락을 기다리는 동안, 석주련은 밀려오는 두통에 관자놀이를 꾹꾹 눌렀다.

현대의 나례청은 각 부서마다 중요 업무를 분담하는 시스템으로, 그중에서 석주련이 이끄는 축역부는 나례청의 핵심이었다. 귀신을 쫓는 나례(儺禮)라는 뜻을 문자 그대로 계승하는 부서이기 때문이다. 악귀를 비롯한 인외의 존재와 정면으로 격돌하는 부서인 만큼 나자 중에서도 강한 힘을 가진 나자들만이 모여 있었다.

석주련 역시 한때는 축역부 수석으로서 현장에 군림하던 인물이었다. 지금은 현장에서 물러나 부서 전체의 지휘를 맡고 있지만, 과거의 석주련은 그야말로 전설이었다. 지금도 그의 활약상이 두고두고 회자될 정도였다. 신이 내린 명장(名將). 석주련에게 따라붙는 경외의 별칭이었다. 모두가 그를 어려워하고 동경했다. 곁에서 그를 모시는 한주영 역시 마찬가지였다.

"싫, 어요."

"뭐?"

한주영의 뜬금없는 말에 석주련이 눈을 치켜떴다. 나쁘게 흘러가는 상황 때문에 석주련은 잔뜩 짜증이 난 상태였다. 눈이 마주친 한주영은 움찔하며 얼른 고개를 숙였다.

"라고 답이 왔, 습니다…."

한주영이 공손하게 손거울을 내밀었다.

[시러요.]

세 글자. 모두가 경외하는 석주련이 내린 명령에 대한 답이었다.

거울을 응시하던 석주련이 한참 만에 입을 열었다가, 말없이 다물었다. 한주영은 고개를 숙였다. 자신의 상관이 당황하면 어떤 표정을 짓는지 처음으로 목격한 순간이었다.

잠시 침묵하던 석주련이 가방에서 무언가를 꺼냈다. 꺼내든 것은 석주련의 개인 휴대폰이었다. 석주련은 차분하게 전화번호부를 뒤지기 시작했다. 마침내 원하던 이름 석 자를 찾아낸 그가 곧바로 통화 버튼을 눌렀다. 연결음이 두세 번 반복되는가 싶더니 휴대폰 너머로 풍성한 중저음이 흘러나왔다.

- 여보세….

"윤 수석, 내용 공유한 거 못 봤나?"

상관의 목소리는 차분하면서 험악했다. 한주영은 조마조마한 심정으로 석주련이 통화하는 모습을 바라보았다.

한주영은 평소 윤태희와 제대로 대화를 나눠 본 적이 없었다. 같은 축역부이긴 했지만 윤태희는 유달리 얼굴 보기가 힘든 인사였고, 한주영이 처음 입청했을 때부터 이미 높은 곳에 있는 사람이었으므로 오며 가며 멀리서 몇 번 마주친 게 전부였다. 건너서 전해 듣기로는 예의가 바르고, 상식적이며, 다정다감한 성격이라고 했다. 그때는 정말 그런 줄로만 알았다. 그러나 석주련의 비서가 된 입장에서 한주영이 직접 겪어 본 바에 의하면,

- 업무 관련해서 전화하신 거예요? 휴무일에 연락하는 직장 상사 완전 꽝이다.

윤태희는 사람 심기를 건드리는 데 탁월한 재능이 있는 사람이었다.

"지금 농담 따먹기 할 상황 아니야. 당장 출동해."

- 고작해야 윗분들 뒤치다꺼리에 참 정성이십니다. 그래 봐야 예산 나눠 주는 게 전부인데 뭘 신경 쓰세요. 나중에 정권 바뀌면 총리도 바뀔 거 아닙니까. 그냥 있는 애들이나 보내요.

석주련이 입술을 깨물며 잠시 화를 억눌렀다.

"그래, 그래서 지원 끊기면? 총리 다시 바뀔 때까지 나자들 월급 네가 댈 거야?"

- 설마요. 만약 지원 끊기면 제가 책임지고 저주하겠습니다. 저 흉살 잘 날리니까.

"윤 수석!"

- 주임 두세 명만 보내도 충분히 해결 가능한 일에 무슨 수석씩이나 보내요. 수준 떨어지게.

"……."

석주련은 잠시 말을 잃은 듯했다. 옆에서 통화 내용을 엿듣고 있던 한주영 역시 마찬가지였다. 결국 석주련은 알 만하다는 듯 한숨을 내쉬었다. 아까보다 훨씬 지친 표정이었다.

"태희야."

- 네, 석 부장님.

윤태희가 예의 바르게 대답했다. 석주련이 이마를 매만지며 말을 뱉었다.

"원하는 걸 말해."

휴대폰 너머로 윤태희가 웃는 소리가 들렸다.

- 아무거나?

"그래."

- 그럼 저 휴가 주실래요?

"기간은."

- 두 달.

"……."

석주련이 차분하게 입을 열었다.

"태희야."

- 네, 석 부장님.

"말이 되는 소릴 해. 축역부 인력 부족한 거 알고 있잖아."

- 어때서요. 그래 봐야 한 명 비는 건데.

"너 일부러 그래? 그 한 명이 그 한 명이 아니잖아. 수석 한 명 메꾸려면 선임 스무 명은 데려와야 돼. 말 같지도 않은 소리 하지 말아."

- 그럼 이번 사건에도 저 말고 선임 나자 스무 명 보내면 되겠네요. 전 황금 같은 휴일을 즐겨야 해서 이만 끊을게요.

"야, 윤태희—!"

이 능구렁이 같은 새끼! 울컥한 석주련이 고함을 내질렀다. 한주영은 기묘한 표정으로 둘의 실랑이를 지켜보았다. 석주련에게 저렇게 격의 없이 구는 사람은 오직 윤태희뿐이었다.

- 왜 소리를 지르고 그러지? 귀청 떨어지겠네.

"알겠다. 알겠다고!"

두 손 두 발 다 든 석주련이 짜증스럽게 쏘아붙였다. 석주련의 타들어 가는 마음을 아는지 모르는지 건너편에서 기분 좋게 웃는 소리가 부드럽게 흘러나왔다.

"두 달씩이나 쉬겠다는 건 휴가가 아니라 휴직이다. 이 자식아."

― 아, 그런가? 그럼 휴직계 써야겠네요.

태연한 대꾸에 석주련이 깊은 한숨을 내쉬었다.

"그래서, 두 달씩이나 쉬겠다는 이유가 뭔데?"

석주련은 습관처럼 팔을 들어 손목시계를 확인했다. 체감상 한나절은 지난 것 같은데 입청한 지 삼십 분도 채 지나지 않은 시간이었다. 저 녀석을 상대하고 있노라면 꼭 이 모양 이 꼴이 되었다. 한마디로 늙는 기분이다.

― 누구 좀 찾을까 해서요.

"누구를 찾는데?"

― 제 껌딱지요.

"껌딱지라니, 그게 무슨 소리야?"

한껏 지친 석주련의 귓가에, 윤태희가 짓궂게 속삭였다.

― 예쁘고, 깜찍하고, 저만 바라보는 후임요.

· 🕊 ·

얌생이는 녹슨 철문을 등지고 선 채 밀려오는 졸음과 사투를 벌이고 있었다. 이런 야심한 시각에, 그것도 이렇게 인적 드문 곳에 당최 누가 찾아온다는 건지 모를 일이다.

지금은 폐공장 입구에 서서 보초를 서는 중이었다. 오래전에 버려진 데다 주변에 인가는커녕 가로등 하나 없는 외진 곳이었다. 새까만 어둠을 밝히는 건 희미한 달빛과, 찌그러진 드럼통 안에 엉성하게 지펴 놓은 불길이 전부였다.

그때, 등 뒤에서 육중한 철문이 열리며 털모자를 쓴 남자가 고개를 내밀었다.

"얌생아, 교대할래?"

"아냐."

그는 됐다는 만류에도 불구하고 꿋꿋이 철문을 닫고 나왔다. 곁에 나란히 선 털모자가 주변을 두리번거렸다. 황량한 공터 위에는 여기저기 널브러진 목재 더미와 맞은편에 주차해 놓은 승합차 한 대뿐이었다. 어둠 속을 응시하던 털모자가 잠시 멈칫하는가 싶더니 고개를 돌려 얌생이를 쳐다보았다.

"하지 마."

"뭘?"

"방금 휘파람 불었잖아."

뜬금없는 소리에 얌생이가 인상을 찌푸렸다.

"내가 언제? 나 휘파람 불 줄 몰라."

"어? 잘못 들었나."

털모자가 어리둥절한 표정으로 고개를 갸웃거리자, 얌생이가 말했다.

"바람 소리 아니야?"

말이 끝나기가 무섭게 서늘한 바람이 공터를 휩쓸고 지나갔다. 털모자가 움찔 몸을 떨었다. 바람이 불어서 그런지 갑자기

한기가 드는 느낌이었다. 바람결에 나뭇잎이 흔들리는 소리를 가만히 듣고 있던 얌생이가 조심스럽게 입을 열었다.

"형님은?"

털모자가 대답 대신 고개를 설레설레 저었다. 얌생이는 착잡한 얼굴로 하늘을 올려다봤다. 도대체 무슨 생각이신 걸까. 얌생이는 짧지 않은 기간 형님, 김성훈을 곁에서 봐 왔지만 오늘처럼 그가 낯설게 느껴진 적은 처음이었다.

정확히 말하면 어제 아침부터였다.

얌생이가 알고 있는 김성훈은 쾌활하고 솔직한 사람이었다. 물론, 주먹 쓰는 사람이라면 으레 그렇듯 무식한 게 흠이긴 했다. 말 많고 부하들 놀려 먹는 걸 좋아하던 김성훈은 어제부터 완전히 딴사람같이 굴었다. 혈색이 돌던 얼굴은 하루아침에 퀭한 안색으로 변해 있었으며, 먹지도 않고 웃지도 않았다. 평소와 다른 모습에 모두가 놀라 무슨 일이냐고 물었지만 김성훈은 대답 대신 눈만 형형하게 뜰 뿐이었다.

오후가 되자 그는 어딘가 다녀온다는 언질 한번 없이 자리를 비웠다. 다시 모습을 드러낸 것은 반나절이 지났을 무렵이었다. 사무실에 돌아온 김성훈은 부하 하나를 시켜 차를 대기시켰다. 어디를 가는 것이냐고 물어도 손가락을 들어 방향만 가리킬 뿐이었다. 그가 지시하는 대로 차를 몰아 도착한 곳이 바로 여기였다.

문을 지키라는 명령과 함께 덧붙인 말은 그저 기다리고 있으라는 말이었다.

 무슨 이유에선지, 누굴 기다리라는 건지 평소에는 해 줬을 법한 설명도 없었다. 무뚝뚝하게 지시를 내린 그는 건물 안 창고로 향했고, 부하들이 그 뒤를 따르자 홀로 있겠다며 전부 내보내기까지 했다. 전에 없이 험악한 기백에 누구 하나 섣불리 다가가지 못했다. 부하들은 번갈아 교대를 하며 문을 지켰다.

 영문도 모른 채로 기약 없는 기다림의 시간을 보내는 것은 적잖은 곤욕이었다. 얌생이가 뻐근해진 목을 좌우로 꺾어 가며 긴장을 풀고 있을 때였다. 털모자가 대뜸 얌생이의 어깨를 퍽, 때리며 욕설을 내뱉었다.

"아, 이 새끼가 진짜 뒈질라고."

"왜, 또?"

"어디서 개뻥을 까고. 와, 이 새끼. 연기해도 되겠네."

 털모자가 낄낄거리며 말했다.

"그러니까 뭐가."

"뭐긴 뭐야, 새꺄. 그만해라. 이제 안 속는다."

"뭐라는 거야. 알아듣게 말을 해."

"방금 또 휘파람 불었잖아."

 얌생이가 대번에 정색을 했다. 무슨 헛소리냐는 표정이었다. 그에 피식거리던 털모자가 서서히 웃음기를 지워 냈다.

 분명히 휘파람 소리가 들렸는데? 그것도 한 번도 아니고 두 번이나…. 말로 표현할 수 없는 기이한 감각이 털모자의 등골을 훑고 지나갔다.

"아까부터 웬 휘파람 타령이야? 아무 소리도 안 들리는…."

얌생이가 미간을 구기며 입을 열 때였다.

팟—!

순식간에 눈앞이 새하얗게 물들었다. 갑작스러운 빛에 얌생이와 털모자가 허겁지겁 눈을 가렸다.

"뭐, 뭐야?"

철문 맞은편에 주차해 놓은 승합차에서 강렬한 헤드라이트가 뿜어져 나오고 있었다. 얌생이가 질끈 감았던 눈꺼풀을 천천히 들어 올렸다. 간신히 눈을 뜬 얌생이가 목도한 것은,

차체 위에 서 있는 낯선 인영이었다.

낯선 인영은 헤드라이트 불빛 뒤에 있는 탓에 어둠에 잠겨 잘 보이지 않았다. 희미하게 형체만 보이는 것이 전부였다. 형님이 기다리라고 한 사람인가? 예기치 못한 상황에 혼란스러워진 얌생이가 생각을 정리하는 사이, 낯선 인영은 차체에서 보닛 위로 훌쩍 뛰어내렸다.

쿵, 하는 소리와 함께 눈에 가장 먼저 들어온 것은 먼지 하나 없이 말끔한 구두 앞코였다.

"누, 누구야!"

뒤늦게 낯선 인영을 발견한 털모자가 고함을 내질렀다. 낯선 인영은 보닛에서 미끄러지듯 가볍게 내려오더니 어둠 속에서 천천히 걸어 나왔다. 훤칠한 키에 잘빠진 남색 슈트를 차려

입은 남자가 모습을 드러냈다.

그는 양손을 바지 주머니에 꽂고 있었다. 격식 있는 외양과 어울리지 않는 삐딱한 자세였다. 남자가 팔을 들어 어깨 근처로 큼직한 손바닥을 펼쳐 보였다.

"하이?"

윤태희가 산뜻하게 인사를 건넸다.

· 🕊 ·

얌생이와 털모자는 말문이 막힌 표정으로 멍하니 눈앞의 남자를 바라보았다. 남자는 근사한 옷차림에 걸맞지 않은 괴상한 생김새를 하고 있었다. 잔뜩 휘어진 눈썹, 곡선으로 뻗은 눈, 비뚤어진 주먹코, 그리고… 싱글벙글한 표정.

그건 가면이었다. 남자는 교과서에서나 볼 법한 전통 탈을 쓰고 있었다. 탈의 하관이 뚫려 있는 탓에 반듯한 턱, 그리고 미소 띤 입술이 보였다. 각 잡힌 슈트에 빛바랜 전통 탈. 듣도 보도 못한 기괴한 조합이었다. 어딘지 공포스럽기까지 한 모습에 둘은 멍하니 굳어 있었다.

"방금 무슨 소리야? 누구 왔어?"

그때, 얼어붙어 있던 두 사람의 등 뒤로 목소리가 튀어나왔다. 육중한 철문을 열고 안에서 나오던 사내가 기겁하며 인상을 찌푸렸다. 정면에서 쏴 대는 헤드라이트 때문이었다.

손으로 빛을 가리던 사내가 윤태희를 발견하고는 앞선 두 사람과 마찬가지로 눈에 띄게 동요하기 시작했다. 머리를 빡빡 민 사내는 털모자에게 상황 설명을 요구하는 눈빛을 보냈으나, 털모자는 인상을 찌푸린 채 고개만 내저을 뿐이었다. 빡빡이가 잔뜩 경계하며 물었다.

"누, 누구십니까? 혹시 형님이 불러서 오셨습니까?"

윤태희는 말없이 부하들의 발밑을 물끄러미 내려다보았다. 셋 모두 발밑에 그림자가 붙어 있다. 그렇다면 이들은 인간이라는 얘기다. 게다가 형님, 형님 하는 꼴을 보아하니….

눈치 빠르게 상황을 짐작한 윤태희가 천천히 입꼬리를 올렸다.

현장 조사를 마친 암행부의 보고는 이러했다. 병원에 입원 중이던 아이는 평소와 다름없이 약을 먹은 뒤 잠에 빠졌다. 아이의 친모는 깊게 잠든 아이를 두고서 잠시 병실을 비웠고 그 잠깐 사이에 아이 홀로 남은 병실에 누군가 찾아왔다는 거다.

병실을 찾은 누군가는 아이에게 손끝 하나 대지 않았다. 단, 특이점이라고 할 만한 것이 있다면 아이가 평소에 아끼던 인형을 가져갔다는 것이었다. 인형을 집어 든 누군가는 그대로 병원을 빠져나갔다. 여기까지가 병원 CCTV에 녹화된 영상으로 확인한 내용이었다.

암행부는 그 뒤를 은밀히 추적했다. 병실에 찾아온 사내의 이름은 김성훈. 주경 건설과 아무런 연고도 없을뿐더러 부하

몇 명을 거느리며 조폭 흉내나 내고 다니는 동네 건달로, 일개 범인(凡人)에 불과한 작자였다.

김성훈이 병실을 빠져나간 이후로 아이는 의식 불명에 빠졌다.

잠시 생각에 잠겨 있던 윤태희가 입을 열었다.

"응. 너네 형님 어디 계셔요?"

한참 만에 나온 대답치고는 지나치게 가벼운 말투였다.

안 그래도 험상궂은 빡빡이의 인상이 한층 더 볼썽사납게 변했다. 괴상한 탈, 묘하게 불손한 태도. 모든 것이 수상쩍게 느껴지는 남자다. 하지만 섣불리 판단하긴 일렀다. 형님은 아무런 정보도 알려 주지 않은 상황이었고, 형님을 찾아온 상대가 얼굴을 가린 것을 보니 저희 몰래 비밀리에 뭔가를 꾸미고 있는 것 같기도 했다.

의심스럽긴 했지만 찾아오기도 힘든 이런 외진 곳에 때맞춰 나타난 것을 보면 형님이 기다리는 상대가 맞는지도 몰랐다. 형님의 의중을 알 수 없으니 답답한 상황이었다. 잠시 고민하던 빡빡이가 눈짓을 했다. 일단은 형님에게 안내해 주겠다는 신호였다.

윤태희가 뚜벅뚜벅 가까이 다가왔다. 훤칠한 장신은 상당히 위협적이었다.

"잠, 잠깐만요!"

그때, 얌생이가 문 너머로 들어서려던 윤태희를 불러 세웠다. 그에 털모자와 빡빡이가 덩달아 의아한 시선을 던졌다.

"그… 헤, 헤드라이트는… 어떻게 한 거죠?"

얌생이는 입고 있던 패딩을 뒤적거리더니 차 키를 꺼내 들었다.

"차 키는 제가 가지고 있는데, 어떻게 헤드라이트를 켰습니까?"

얌생이를 제외한 모두가 뒤통수를 얻어맞은 표정이었다. 얌생이와 함께 있었던 털모자는 그제야 상황을 이해했는지 입을 떡하니 벌린 채 그대로 얼어붙었다. 남자를 보자마자 일순 압도된 나머지 그의 기묘한 등장을 잊었던 것이다.

차 키도 꽂혀 있지 않은 자동차의 헤드라이트를 켜고, 소리 없이 차체 위에 올라 서 있던 남자. 이상한 건 그뿐만이 아니었다. 이곳은 차가 없으면 올 수 없는 위치였다. 그러나 남자는 맨몸으로 나타났다.

"……"

탈 아래로 드러난 붉은 입술이 천천히 호선을 그렸다.

"그러게요. 어떻게 했을까."

윤태희가 등을 돌려 얌생이를 마주 보았다. 나머지 세 명이 움찔하며 몸을 물렸다. 빡빡이가 허리춤에 꽂아 놓은 단도에 손을 갖다 댔다. 여차하면 튀어 나가 제압할 심산이었다.

"아, 내가 재밌는 거 보여 줄까요?"

잠시 목덜미를 매만지고 서 있던 윤태희가 뜬금없이 슈트 재킷 안에서 무언가를 꺼냈다. 조그만 철제 케이스였다. 안에 든 것은 네모난 포스트잇이었다.

"이거 엄청 귀한 거예요. 제구부에 사정사정해서 받은 물건이라 웬만하면 안 쓰는 편인데, 오늘은 특별히 보여 줄게요. 왜냐면 지금 기분이 좀 좋거든."

좀처럼 알아들을 수 없는 말에 부하들이 시선을 교환할 때였다. 윤태희는 포스트잇을 한 장씩 떼어 내 손가락 사이에 끼웠다. 떼어 낸 메모지는 총 세 장이었다.

"잘 봐요, 막간을 이용한 깜짝쇼."

윤태희는 손바닥을 펼쳐 메모지를 올려놓고는 후, 부드럽게 숨을 불었다. 윤태희의 숨결에 종이가 금방이라도 날아갈 것처럼 팔랑거리더니 한 장씩 차례대로 두둥실 떠올랐다. 두 눈으로 보고도 믿기지 않는 광경이었다. 허공에 일렬로 떠오른 세 장의 종이들이 동시에 착착 접히기 시작했다. 종이는 접히면 접힐수록 작아졌고, 형태 역시 복잡해졌다.

일련의 과정 끝에 완성된 결과물은 바로 '새'였다.

손끝 하나 대지 않았음에도 완벽한 형태였다. 평범한 종이학과는 비교도 안 될 정도였다. 머리, 날개, 몸통 모든 부분에 섬세하게 각이 잡혀 있었다.

"인사해요. 이름은 흑망조(黑忘鳥). 말 그대로 날이 밝으면 어두울 때 있었던 일을 전부 잊어버리는 새예요. 그래서 누구는 이 새를 두고 어리석고 불쌍한 새라고 하던데…."

윤태희는 친절히 설명을 시작했지만 부하들에겐 아무것도 들리지 않는 듯했다. 털모자는 눈을 비볐다가 볼을 꼬집었다가 온갖 난리를 피우고 있었고 얌생이와 빡빡이는 완전히 넋이 나간 얼굴이었다. 윤태희의 예고대로 이것이 깜짝쇼라면 대성공을 거둔 셈이었다.

윤태희는 부하들의 반응에도 아랑곳없이 말을 이어 나갔다.

"근데 내 생각은 좀 달라요. 밤은 삶의 시궁창이잖아요. 추악한 일은 대부분 밤에 일어나니까. 보아선 안 되는 것을 보게 되는가 하면, 알아선 안 되는 것을 알게 되기도 하고…. 뭐, 그런 의미에서 밤을 잊는다는 건 어리석고 불쌍한 일이 아니라, 오히려 축복이지 않을까?"

종이 새 세 마리는 한 치의 미동조차 없었다. 마치 밀폐된 진공 안에 멈춰 있는 것 같았다. 윤태희가 천천히 팔을 뻗었다. 살며시 손등을 가져다 대자, 놀랍게도 종이 새 세 마리가 팔랑거리며 날갯짓을 하기 시작했다. 주변을 맴돌던 종이 새들이 윤태희의 손등 위에 사뿐히 내려앉았다.

"자, 그럼… 깡패 새끼 여러분, 쇼는 이만 끝낼까요?"

말을 마친 윤태희가 손끝을 까딱거렸다. 손등에 앉아 있던 종이 새들이 발돋움을 준비하는 것처럼 날개를 접고 몸을 움츠렸다. 윤태희가 엄지와 중지를 부딪쳐 딱, 소리를 냈다.

"나자(儺者)의 이름으로 밤을 몰수합니다."

윤태희가 성의 없이 중얼거렸다.

종이 새 세 마리가 기다렸다는 듯이 총알처럼 세 명을 향해 날아들었다. 겁에 질린 부하들이 기겁하며 흡사 날벌레를 쫓아내듯 허공에 팔을 휘둘렀다.

"뭐, 뭐야!"

"으으, 저, 저리 가!"

세 마리의 흑망조는 제각기 세 사람의 머리 근처로 흩어져 사정없이 정수리를 헤집었다. 종이로 만들어진 새의 부리인데도 마치 진짜 새에게 공격을 받는 것처럼 머리칼 사이로 끔찍한 통증이 밀려들었다. 혹여 꿈을 꾸고 있는 건 아닐까 싶을 정도로 너무나 비현실적인 상황이었다. 세 사람은 이미 반쯤 정신을 놓은 상태였다.

종이 새를 쳐 내기 위해 격렬하게 몸부림치던 부하들의 움직임이 점차 둔해졌다. 시야가 흐릿해지며 다리 힘이 풀리기 시작했다. 그렇게 하나둘씩 비틀거리는가 싶더니, 얌생이를 시작으로 한 명씩 바닥에 털썩 주저앉았다. 잠깐 사이에 일어난 일이었다.

할 일을 마친 흑망조 세 마리가 나풀거리며 윤태희의 곁으로 날아들었다. 윤태희가 기다렸다는 듯이 손바닥을 펼쳤다. 손바닥 위에 앉은 흑망조들은 부리를 벌리고 캑캑거렸.

종이 새들이 토해 낸 것은 좁쌀처럼 작은 크기의 새까만 구슬이었다. 이 구슬은 하루치 밤의 기억을 쪼아 낸 결실이었다. 저들은 날이 밝으면 평소와 다름없이 잠에서 깨어날 것이며,

마치 필름이 끊긴 것처럼 간밤에 일어난 일은 전부 잊은 채로 일상으로 돌아가게 될 것이다.

"고생했어."

윤태희가 다정하게 속삭였다. 종이 새들은 그 말을 알아듣기라도 한 것처럼 윤태희의 손바닥에 톡톡, 부리를 간지럽게 부딪치며 머리통을 비벼 댔다. 흑망조는 단 하룻밤의 기억밖에 도려내지 못한다. 그것도 처음에만 가능한 얘기로, 한 사람에게 두 번은 통하지 않기 때문에 사실상 흑망조를 사용할 수 있는 기회는 한 사람당 딱 한 번뿐이었다.

강력한 효과를 내는 대신 일회용이라는 제약이 따르는 도구였지만, 모든 것엔 장단이 있는 법이었다. 그래도 뜻하지 않는 상황에 휘말린 범인(凡人)들에겐 흑망조처럼 요긴한 게 없었다. 윤태희는 천천히 주먹을 쥐었다. 주먹 안에서 파삭, 종이가 구겨지는 소리가 들렸다.

윤태희는 잠든 부하들을 지나쳐 불을 지펴 놓은 드럼통 근처로 향했다. 그러고는 드럼통 안의 장작불 속으로 망설임 없이 흑망조와 구슬을 털어 넣었다. 정체 모를 땔감을, 활활 타오르는 불길이 착실히 잡아먹었다. 얼마 지나면 전부 재가 될 것이다.

기분 탓인지는 몰라도 이번에 접은 녀석들은 그 전 녀석들보다 애교가 많았던 것 같은데. 윤태희는 타는 불길을 가만히 내려다보며 중얼거렸다.

"살짝 아쉽네."

윤태희가 걸음을 옮긴 것은 그로부터 잠시 뒤의 일이었다.

· 🕊 ·

김성훈은 어두운 창고 한구석에서 가부좌를 틀고 앉아 있었다. 어느 순간, 감겨 있던 그의 눈꺼풀이 스르륵 열리기 시작했다. 희미한 기척을 느낀 탓이다. 부하들을 전부 물리고 창고 안에 틀어박힌 지 몇 시간째. 한 치의 미동도 없이 앉아 있던 김성훈의 미간이 꿈틀거렸다.

김성훈이 문을 노려보고 있을 때였다. 낡은 나무로 된 문이 끼익, 기분 나쁜 소리를 내며 천천히 열렸다. 문 너머에는 탈을 쓴 남자가 우두커니 서 있었다. 앞선 부하들과 달리 김성훈은 그의 외양을 보고도 딱히 놀란 기색을 보이지 않았다.

"뉘시오."

김성훈이 긴 침묵 끝에 말을 건넸다. 그러나 남자는 묵묵부답이었고, 탈 너머로 보이는 눈동자에는 의미 모를 웃음기가 서려 있었다.

"어디서 왔느냐고 물었소."

"왜 하필 골라도 그런 놈을 골랐어?"

윤태희는 질문에 답은 하지 않고 대뜸 김성훈을 타박했다. 그러고는 김성훈이 뭐라 입을 열기도 전에 곧바로 말을 꺼냈다.

"주경 건설이 요즘 골프 리조트 공사에 공을 들이고 있다는 건 유명한 얘기야. 신생 건설사임에도 불구하고 지자체의 투자를 받아서 멋지게 사업 유치에 성공했고, 그 결과 산 하나를 깎아 가며 열심히 건물을 짓고 있지. 나무고 바위고 싹 다 밀어 버리면서 말이야. 그런데 이를 어쩌나? 바위 하나를 잘못 건드려 버렸네…."

김성훈은 태연자약하게 말을 늘어놓는 윤태희를 묵묵히 응시했다.

"근데, 하필이면 그게 산중 깊은 곳에서 몇백 년간 자리를 지켜 온 바위였던 모양이야. 어쩌면 옛사람들이 손을 빌던 바위였을 수도 있지. 오래된 자연물에는 정기가 깃들기 마련인데 만약 숭배까지 받았다면, 신령 하나가 몸담을 수 있는 그릇이 되고도 남는 상황인 거야. 요즘 사람들은 당연히 미신 취급하며 코웃음 칠 이야기겠지만."

윤태희가 천천히 팔을 들어 쓰고 있던 탈에 손을 갖다 댔다.

"오래된 나무나 바위에 손을 댈 때는 신령이 노하지 않도록 제사를 지내거나 부적을 써서 달래 줘야 한다는 사실을, 주경 건설의 사장은 무시했을 거야. 어느 정도 연식이 있는 다른 건설사에서는 속는 셈 치고 제사를 지내는데, 젊은 사람 눈에는 그 모습이 얼마나 우스웠겠어? 결국은 그게 화근이 되었던 거고. 주경 건설의 귀한 도련님은 오랫동안 병을 앓아 육신이 약해져 있었는데, 혼백을 붙잡아 놓을 힘이 흐려진 상황이라 화풀이 대상으로 더할 나위 없었지. 그릇을 잃은 신령은 지나가던 인간의 몸에 들어간 뒤, 아이에게 접근해 혼을 빼돌린 거고."

말을 마친 윤태희가 탈을 벗으며 맨얼굴을 드러냈다.

"자, 여기까지가 내 시나리오야. 어떻게 생각해?"

어스름한 달빛이 윤태희의 얼굴을 찬찬히 비췄다. 탈 속에 숨겨져 있던 그림 같은 외모를 확인한 김성훈이 자리에서 일어나 몸을 바로 세웠다. 김성훈은 성큼성큼 걸음을 옮겨 윤태희에게 다가섰다. 윤태희는 가까워진 거리에도 눈 깜짝하지 않았다. 윤태희와 시선을 정면으로 마주하자, 줄곧 침묵하던 김성훈이 입가에 희미한 미소를 띠었다.

"훌륭하십니다, 태희 님."

김성훈이 무릎을 굽혀 앉으며 머리를 조아렸다.

"뭐… 나야 늘 훌륭하지."

윤태희가 한 손으로 탈에 눌려 있던 앞머리를 흐트러트리며 입꼬리를 올렸다. 그러면서 다른 손에 들고 있던 탈을 김성훈에게 넘겨주었다. 들고 있으라는 무언의 지시였다. 김성훈은 무척 익숙한 태도로 그 탈을 받아 들었다.

"아무리 기다려도 소식이 없으셔서 무슨 문제라도 생긴 줄 알았습니다."

"그랬어? 실랑이가 길어져서 좀 늦었어."

"해서, 휴가는 잘 받아 내셨습니까?"

"당연하지. 누가 짠 판인데."

다른 누구도 아닌 수석 윤태희가 나서야만 하는 상황이어야 했다. 거기에 하필이면 윤태희는 자리에 없어야 했으며, 아쉬울 것 없는 윤태희가 부탁을 '들어주는' 입장이 되는 게 중요했다.

그야말로 무언가를 얻어 내기에 완벽한 시나리오였다.

"석주련 부장은 보통내기가 아니라고 들었는데, 잘 속여 넘기셨군요."

"봐 온 세월이 몇 년인데. 석 부장은 부하를 끔찍이 여기는 사람이야. 자칫하면 부하들 밥줄 날아가게 생겼는데 가만히 있을 리가 없지. 그러면서도 남을 잘 못 믿는 성격이라 도박은 하지 않아. 어떻게든 확실히 믿고 맡길 수 있는 사람을 쓸 거고, 윗선에 들키지 않으면서 완벽하게 입막음해야 하는 아찔한 상황에 쓸 수 있는 패야 너무 뻔하지 않나?"

"네, 그건 바로 태희 님이시죠."

기다렸다는 듯 호응해 오는 김성훈의 대답에 윤태희가 피식거렸다.

"넌 참 잘해."

"무슨 말씀이신지."

윤태희가 웃음기를 흘리며 김성훈의 등을 건드렸다.

"힘들 텐데 이제 나와."

윤태희가 턱짓을 했다. 거의 이틀 동안 인간의 몸속에 있었으니 말은 안 했어도 꽤나 지쳐 있을 게 분명했다.

"왜 하필 들어가도 그런 델 들어갔어? 죄 없는 사람들한테 주먹질하고 쓰레기 짓이나 하고 다니던 몸이라 기운도 더러울 텐데."

"마땅한 인간이 없어서 그랬습니다."

윤태희의 휴무일에 맞춰 일을 벌여야 했기에 시간을 지체할 상황이 못 되었다. 급한 대로 아무나 붙잡고 들어왔더니, 어디서 시답잖은 졸개들이 나타나 뒤꽁무니를 졸졸 쫓아다녔다. 그 덕분에 윤태희는 예정에도 없던 인간들을 상대해야 했다. 물론 윤태희는 문제 삼지 않았지만.

김성훈이 몸속에서 나갈 준비를 했다. 바로 빠져나왔다간 곧장 바닥에 쓰러져 몸이 상할 수도 있었다. 김성훈은 빌린 육체를 다치게 하지 않기 위해서 바닥에 천천히 몸을 눕혔다.

"그냥 나와. 깡패 새끼는 다쳐도 싸."

윤태희는 반듯한 구둣발로 김성훈의 다리를 무례하게 걷어찼다.

"아, 말 나온 김에 손목 하나 부러뜨릴까."

"……."

아무리 그래도 억지로 몸을 빼앗긴 자인데…. 김성훈이 난감한 표정을 지었다. 윤태희는 기본적으로는 상냥한 성정이었지만 가끔 묘할 정도로 싸늘하게 굴 때가 있었다.

"장난이야. 지금 부러뜨리면 너까지 아프니까."

윤태희가 눈썹 한쪽을 슥 들어 올리며 바닥에 누운 김성훈을 내려다보았다. 김성훈이 눈을 감았다. 이윽고 김성훈의 명치에서 어두운 연기 같은 것이 스멀스멀 기어 나왔다. 검은 안개처럼 흩어져 있던 것이 점차 형체를 띠기 시작하더니, 마침내 김성훈에게서 몸을 일으켰다. 불청객이 사라진 김성훈의 몸이 축 늘어졌다. 다시 정신을 차리려면 사흘은 걸릴 것이다.

김성훈의 몸속에서 빠져나온 것은 허리까지 내려오는 긴 생머리에, 사극에서나 볼 법한 옛날 복식을 입은 사내였다. 사내가 몸을 움직일 때마다 그 기척을 따라 고운 비단옷이 펄럭거렸다. 비단옷으로 감싼 육체는 한눈에 보기에도 강건했으나 윤태희와 김성훈, 그리고 바깥에 있던 세 명의 부하들과는 사소하게 다른 점이 있다면….

발밑에 그림자가 없다는 것이었다.

· 🕊 ·

긴 생머리의 사내, 패현은 윤태희와 처음 만난 순간을 기억했다.

나자가 아니던 시절, 지금보다 훨씬 앳된 얼굴에 키도 작았던 윤태희는 패현과 눈이 마주쳤음에도 도망치지 않았다. 나이가 어린 귀재들은 처음엔 자신을 인간으로 착각했다가 발밑을 보고는 공포에 질려 달아나곤 했다. 하지만 윤태희는 패현의 발밑을 보고도 그 자리에 멀뚱하게 서 있었다. 패현은 오래 묵은 영귀(靈鬼)였다.

귀신은 셋 중 하나였다.

하나는 원한을 가진 귀신으로, 원귀 혹은 악귀라고 불렸다. 원귀는 생에 대한 미련과 한이 강하게 남아 이승을 떠나지 못한 케이스였다. 원귀는 분명한 목적을 가지고 움직이며, 악의를 품고 인간에게 해를 입히는 존재였다. 민간에 발생하는 피해의 대부분은 이 원귀로 인한 것이었다. 다만 구천을 오래 머무를수록 지니고 있던 귀기가 약해지고, 귀기가 약해질수록 원념 또한 점차 약해지면서 나중에는 이지(理智)를 잃고 모든 것을 망각한 채 감정만 남게 되는 경우가 많았다.

자신이 살았는지도 죽었는지도 모른 채, 아무런 목적 없이 구천을 떠도는 존재가 되면 그때부터는 잡귀라고 불렸다. 다른 귀신 중 하나가 바로 이 잡귀였다. 잡귀는 이지가 없을 뿐만이 아니라 망가진 외형을 가지고 있는 경우가 많았다. 때문에 잡귀는 한눈에 정체를 알아차리기 쉬웠다. 이지가 없으므로 당연히 자아 역시 없었고, 행동은 마치 짐승에 가까웠다. 원귀와는 다르게 악의가 없는 대신 호기심이 많아 하찮은 장난질을 일삼기도 했다.

마지막 하나가 바로 패현과 같은 영귀였다. 영귀는 앞선 둘과는 달리 가장 드문 경우로, 그 수 역시 현저히 적었다. 영귀는 뚜렷한 이지가 있으며 평범한 인간과 똑같이 멀쩡한 외형을 지니고 있었다. 그러나 영귀는 원귀와는 달리, 인간으로 살았던 생애에 대한 미련과 기억들을 전부 잊은 채로 귀신으로서의 자아만 가진 귀신이었다.

영귀는 살아생전에 강력한 귀기를 지녔던 인간이 죽어서 이승에 남은 존재였다. 잡귀, 원귀와 다른 점이라면 이승을 떠나지 못한 게 아니라 떠나지 '않았다'는 점이다. 그리고 셋의 공통점이 하나 있다면, 바로 그림자가 없다는 것이었다.

하루에도 몇 번씩 귀신과 마주치는 나자들은 누군가를 처음 만날 적이면 습관적으로 발밑부터 살펴보고는 했다. 잡귀라면 겉모습만으로도 파악할 수 있었지만, 원귀와 영귀의 경우는 인간과 구별하기 힘들 때가 많기 때문이었다.

대부분의 나자들은 귀신에게 뼛속까지 깊은 적개심을 품고 있었다. 이것은 일종의 트라우마에 가까웠다. 귀신에 시달리며 살았던 불우한 과거가 흉터처럼 삶에 남은 탓이었다. 나자들이 귀신을 맞닥뜨리는 족족 눈에 불을 켜고 사멸시키거나 축귀하려고 하는 이유도 그것이었다. 어느 정도 나이를 먹은 나자들은 여유와 함께 느슨함이 생겨 적당히 지나치기도 했지만, 젊은 나자들의 경우에는 그 대부분이 귀신을 혐오하며 적대감을 가졌다.

하지만 윤태희는 예외였다.

윤태희는 애초에 인간과 귀신의 구분에 크게 신경 쓰지 않는 듯 보였다. 그런 면에서 볼 때 윤태희는 꽤나 별종이라고 할 수 있었다. 흔히 귀신 때려잡는다는 축역부의 수석이면서도 아이러니하게 영귀인 패현과 가깝게 지내는 점도 그랬다. 물론 나자가 되기 전에 맺은 인연이기는 했지만, 윤태희는 나자가 되고 나서도 변함없는 태도로 패현을 대했다.

윤태희가 귀신과 왕래한다는 사실은 석 부장을 비롯한 다른 나자들은 모르는 이야기였다.

"도련님은 어딨어?"

따라서 귀신을 이용한 이번 일은 윤태희이기에 가능한, 윤태희여서 벌일 수 있었던 일이다. 김성훈의 몸에서 빠져나온 패현이 아이의 병실에서 훔쳐 온 토끼 인형을 건넸다. 아이의 혼은 바로 이 안에 있었다. 이 인형은 몇 년 되지 않은 아이의 인생 동안 아이가 깊이 교감하고 애착한 물건이었다. 이런 물건은 혼을 담을 그릇이 되기에 충분했다.

"도련님은 내가 원래대로 돌려놓을게. 너는 이만 가서 쉬도록 해."

윤태희가 손때가 묻은 인형을 만지작거리며 말했다.

주경 건설이 영험한 바위를 잘못 건드려 아이의 혼이 납치당한 사건은 여기서 종결이다. 물론, 혼을 훔친 건 노한 신령이 아니라 패현이었지만. 윤태희가 귀신인 패현을 사주하여 벌인 일이니, 범인도 윤태희였고 해결사 역시 윤태희였다. 어차피 수석씩이나 된 자가 해결한 일이니 나례청에서 의심할 여지는 없었다.

"석 부장은 별말 없었습니까?"

패현의 물음에 윤태희가 피식 웃음을 흘렸다.

"별말이야 많았지. 고작 후임 하나 찾으려고 두 달씩이나 쉬는 게 말이 되냐고 난리도 아니었어. 자기가 후임 한 명 붙여 주겠다면서."

"그래서 뭐라고 하셨습니까?"

윤태희가 바지 주머니에 한 손을 꽂아 넣으며 중얼거렸다.

"알잖아. 나는 값지고, 귀한 걸 좋아해."

"네, 그러시지요."

"그리고, 누구의 손도 타지 않은 것이어야 하고."

초라니 기간을 거쳐 나자가 된 이들은 하나같이 나례청을 향한 충성심이 하늘을 찔렀다. 나자로서 자부심이 드높은 것은 두말할 필요도 없었다. 석 부장이 데려올 후임 역시 마찬가지일 터다.

"그저 그런 후임은 관심 없어."

"그럼 어떤 자를 원하십니까?"

"내가 어딜 가더라도 기꺼이 따라올 수 있는 사람."

윤태희는 들고 있던 인형을 천천히 쓰다듬었다.

"설령 그곳이 불구덩이라고 해도."

2장

 소년은 시체처럼 누워 있었다.

 눈을 감아도, 눈을 떠도 보이는 것은 똑같다. 깊고 무거운 암흑. 시간이 마치 멈춘 듯했다. 소년은 이 어둠 속에 영원히 매몰되고 싶었다. 홀로 고립된 이 쓸쓸하고 적막한 순간이 싫지 않았다. 오히려 영영 끝나지 않았으면 했다.

 짹짹….

 미동도 없이 늘어져 있던 소년이 인상을 썼다. 시끄러운 새소리가 어둠을 비집고 끼어들었다. 눈을 꾹 감고 새소리를 무시하려고 했지만, 그런 소년을 비웃기라도 하듯 새는 더 목소리를 키워 우렁차게 우짖기 시작했다.

 "씨발."

 결국 참다못한 소년이 벌떡 상체를 일으켰다.

 "야! 메산아!"

 소년의 부름에 멀리서 다다다, 뛰어오는 소리가 들려오는가 싶더니 방문이 활짝 열렸다. 새까맣던 방 안이 한순간 밝아지며 어린아이가 모습을 드러냈다. 아이는 방긋 웃으며 침대 위에 앉아 있는 소년에게 배꼽 인사를 건넸다.

"나리, 기침하셨습니까?"

"밖에 저 염병할 새 새끼들 좀 쫓아내라."

소년은 어중간하게 자란 머리를 짜증스럽게 쓸어 올렸다. 길쭉한 목덜미를 타고 머리칼이 부드럽게 흘러내렸다. 한눈에 보기에도 곱상한 얼굴은 잔뜩 심통이 난 상태였다.

"너, 쟤네랑 친구지? 빨리 가서 닥치라고 해. 가만 안 둘 거라고."

소년이 신경질적인 어투로 말을 덧붙였다.

"네? 허, 허나… 그리 말했다가 겁에 질려 이곳을 떠나면요? 착한 아이들인데… 어제 산딸기도… 물어다 줬는데…."

메산이가 시무룩한 표정으로 웅얼거렸다.

"그럼 밤에 울라 해. 왜 아침마다 내 방 창문에서 저 지랄인데?"

메산이는 어떻게 해야 할지 망설이는 기색이었다.

"아침에 새가 지저귀는 건 당연한 거야."

그때, 문 너머에서 목소리 하나가 끼어들었다. 적절하게 끼어든 남자 덕분에, 난감해하던 메산이의 얼굴이 대번에 환해졌다.

"정주 님!"

정주가 반색하는 메산이의 머리통을 쓰다듬었다. 난데없이 등장한 남자, 정주는 한눈에도 고급스러워 보이는 쇼핑백 하나를 팔에 걸치고 있었다. 성큼성큼 방 안으로 들어서서는 소년의 허락도 없이 두꺼운 암막 커튼을 활짝 열어젖혔다. 넓은 창문에서 찬란한 아침 햇살이 무더기로 쏟아져 내렸다. 소년이 한껏 인상을 쓰며 눈가를 가렸다.

"좋은 말로 할 때 커튼 닫어."

"네가 언제 좋은 말을 했다고? 맨날 쌍욕만 하면서. 그치, 메산아?"

정주는 소년의 말에 코웃음을 쳤다. 꽤 매력적인 미소였지만 소년의 눈엔 그저 얄밉게만 보였다.

그는 묘하게 매혹적인 분위기가 느껴지는 남자였다. 이른 아침임에도 불구하고 이미 스타일링을 받고 왔는지 완벽한 차림새였다. 머리도 멋들어지게 손질한 데다가 메이크업까지 마친 모양이다.

"애먼 새들 잡지 말고 얼른 일어나."

그러거나 말거나. 소년은 미간을 일그러트린 채 정주를 흘겨보았다. 안 그래도 샐쭉 올라간 눈꼬리에 한층 날이 서 있었다.

"왜 왔어."

"너 이러고 있을 것 같아서 왔지. 빨리 준비해."

"무슨 준비."

정주는 대답 대신 팔에 걸치고 있던 쇼핑백에서 상의 하나를 꺼내 보였다. 한 달 전 재단사에게 맡겨 두었던 옷이었다. 귀하게 자란 정주는 기성 제품 대신 값비싼 수제를 선호했고, 소년은 그런 정주에게 아주 돈지랄을 사서 한다며 툭하면 빈정거리곤 했다.

"잊었어?"

정주는 잘 다려진 상의를 소년을 향해 가볍게 던졌다. 소년은 얼떨결에 옷을 받아 들었다. 상의 왼쪽 가슴팍에는 '김재겸'이라는 소년의 이름 석 자가 자수로 수놓아져 있었다.

"너 학교 다니기로 했잖아."

· ☙ ·

집 밖에는 다양한 존재들이 도사리고 있다.

수많은 인간들, 그리고 과거엔 인간이었으나 더 이상 인간이 아닌 것들, 혹은 날 때부터 인간이 아니었던 것들. 상대가 누구든 간에 엮이는 것은 딱 질색이다. 소년은 인간이고 귀신이고 상관없이 양쪽 다 공평하게 싫어했다. 어차피 인간이 있는 곳이면 귀신이 있고, 귀신이 있는 곳엔 인간이 있으므로. 고로 인간들이 바글거리는 곳이야말로 기피 장소 1위였다.

소년, 김재겸은 지독한 집돌이였다.

우선 하루의 절반은 잠으로 보냈다. 그리고 깨어 있을 땐 게임을 하거나 티브이를 보면서 나머지 하루의 절반을 때웠다.

게임도 누군가와 함께하는 온라인 게임이 아니라 혼자서 하는 콘솔 게임을 주로 했다. 배가 고프면 먹고, 졸리면 잔다. 이것이 하루 일과의 전부였다.

재겸은 오랜 시간을 마치 공중을 부유하는 먼지처럼 무의미하게 살았다. 살아 있지만 죽어 있는 것처럼. 재겸은 누구의 방해도 받지 않고 언제까지나 방구석에 틀어박혀 이 영원하고 지긋지긋한 청춘을 낭비하고 싶었다.

"내일부터는 17번 버스 타야 돼. 알겠지? 재겸아, 내 말 듣고 있어?"

정주가 잡고 있던 운전대를 탁탁, 소리 나게 두드렸다. 정주는 현재 재겸을 태우고 학교로 향하는 중이었다. 뒷좌석에 찌그러져 있던 재겸이 그제야 느리게 대꾸했다.

"아니, 안 듣고 있어."

정주가 그럴 줄 알았다는 듯이 한숨을 쉬었다. 학교 갈 준비를 하라고 했을 때부터 재겸은 심란한 기색이 역력했다. 자신이 내린 결정을 내심 후회하고 있는 것이 분명했다.

"낙장불입(落張不入)이야. 무르기 없어."

혹시나 하는 마음에 정주가 선수를 쳤다.

"누가 뭐래? 아무 말 안 했거든. 너나 약속 지켜."

"아무튼 버스 번호 17번, 17번이야. 꼭 기억해."

일정이 바쁜 정주는 재겸을 데려다준 뒤 바로 서울로 올라가야 했다. 서울에 사는 정주는 사회 적응도 빨랐고 만나는 사람들도 많았다. 반면에 재겸은 시골이나 다름없는 지방 소도시에서 산 아래 낡은 주택을 개조해 메산이와 단둘이 생활하고 있었다. 집은 시내와 멀리 떨어져 있었고, 학교가 있는 시내까지는 차로만 족히 이십 분은 걸리는 먼 거리였다.

재겸의 보호자를 자처하는 정주로서는 여러모로 걱정이 많았다. 원래 계획대로라면 재겸에게 경호원 겸 운전기사를 붙여 줄 생각이었다. 그러나 재겸은 그 제안을 싹둑 거절했다. 좁은 공간에 알지도 못하는 인간과 단둘이 있느니 걸어 다니겠다는 것이었다.

결국 정주는 하는 수 없이 버스 노선을 알아봤다. 당장 내일부터 혼자 버스를 타고 학교에 가야 하는데, 구구절절 설명을 해 주어도 재겸은 듣는 둥 마는 둥 하여 영 못 미덥기만 했다.

재겸이 밖으로 발을 내디디는 건 정주 자신도 오랫동안 바라 왔던 일이다. 하지만 막상 재겸을 학교에 보내려니 어쩔 수 없이 물가에 내놓은 아이를 바라보는 심정이었다. 평소엔 메산이가 있어서 그나마 다행이지만 메산이는 재겸을 제외한 다른 인간은 무서워했다. 그런 메산이가 학교까지 동행할 수는 없는 일이었다.

정주는 쉬는 날이면 항상 재겸을 만나러 왔다. 집 밖으로 나가지 않는 재겸을 대신해 식재료와 생필품을 갖다 나르거나 밖에서 있었던 일을 들려주기도 했다. 물론 재겸은 이 모든 것을 한 번도 원한 적이 없었다. 전부 정주가 스스로 자처해서

하는 일이었다.

"안 되겠다. 너 휴대폰 하나 만들어."

재겸은 정주와 메산이를 제외하면 누구와도 왕래를 하지 않았다. 집 밖에 나갈 일도 없고, 연락할 사람도 없으니 당연히 휴대폰도 없었다.

"왜?"

"왜긴 왜야! 걱정되니까 그렇지."

"그럼 걱정하지를 마."

정주가 어이없다는 표정으로 룸 미러 속의 재겸을 노려보았다.

에휴, 말을 말자.

재겸은 고집이 엄청나게 셌고, 한번 결정하면 좀처럼 말릴 수 없었다. 학교까지 데리고 나온 게 용한 일이다.

어느새 차는 목적지 근처에 가까이 도착해 있었다. 조금만 더 가면 학교 정문이었다. 그러나 정주는 학교 앞이 아니라 얼마 정도 떨어진 사거리 근처에 차를 세웠다.

"알지? 나 사람 많은 곳에 못 가는 거?"

정주가 운전하고 온 차는 누가 봐도 수상하도록 시꺼멓게 선팅이 되어 있었다. 장소가 학교 근처라 여차하면 시선을 끌지도 몰랐다. 정주는 재겸이 그렇게도 기피하는 바깥세상에 완벽하게 정착한 사람이었다. 직업은 유명 연예인. '유명'은 정주 본인이 꼭 강조해서 붙이는 수식어였다.

정주가 주차 브레이크를 채우며 룸 미러를 힐끔거렸다.

"아, 맞다! 재겸아, 나 팔로워 200만 넘었다?"

재겸이 어깨에 가방을 둘러메며 심드렁하게 물었다.

"그게 뭔데."

정주가 눈을 빛내며 설명을 빙자한 자랑을 늘어놓았으나, 재겸은 듣는 둥 마는 둥 했다.

"그리고 요즘 사람들이 나한테 뭐라고 하는 줄 알아?"

정주는 마치 비밀을 공유하듯, 조그맣게 속삭였다. "요정님. 정주 요정님이래." 시큰둥한 표정으로 일관하던 재겸이 단박에 얼굴을 구겼다.

"요정? 요정 같은 소리 하네. 짐승 주제에."

"야, 넌 또 무슨 말을 그렇게 하냐."

정주가 섭섭하다는 듯이 눈꼬리를 내렸다.

"내가 틀린 말 했어? 여우면 여우답게 살아. 사람들 홀려 먹고 뭐 하는 짓이냐."

"재겸아, 넌 정말 뭘 모른다. 여우는 원래 사람 홀리는 걸 낙으로 살아. 지금 이런 삶이야말로 여우다운 삶이라구."

"지랄하네."

"아, 진짜. 너 말 좀 예쁘게 해."

재겸이 심드렁한 얼굴로 귀를 후비적거렸다. 어렸을 땐 저러지 않았는데. 이젠 머리 좀 굵어졌다고 바가지를 긁고 가르치려고 든다. 예전엔 귀여운 맛이 있었는데….

정주는 호족(狐族) 출신으로 인간인 동시에 여우였다. 오랜 세월을 살아 영물이 된 노호(老狐)와 인간 사이에서 태어난 존재가 바로 호족이었다. 재겸은 그런 정주를 짐승이라고 놀려대곤 했지만. 호족의 존재는 베일에 싸여 있어 귀재들 사이에서도 알고 있는 자가 드물었다. 재겸 역시 정주를 만나기 전까진 소문으로 들은 게 다였으니, 말을 다 한 셈이었다.

정주는 여우로서의 삶 대신에 인간으로 살아가기를 선택한 경우였다.

호족의 여우들은 저들끼리 모여 공동체 생활을 했다. 여우들의 마을이자 성채는 인세(人世)에서 약간 비껴간 공간이었다. 여우들의 신묘한 술수로, 호족을 제외하면 그 누구도 들어가지 못했다. 성채에 들어가기 위해선 호문(狐門)을 열고 들어가야 하기 때문이다. 정주가 어린 여우이던 시절, 재겸도 처음이자 마지막으로 단 한 번 호문으로 들어간 적이 있었다.

보통의 호족은 여우로서 대단한 자긍심을 가지고 있었다. 따라서 호족들은 인간을 자신보다 아래의 존재라고 생각하여 깔보고 경시했다. 그런데 그런 하찮은 인간들과 살겠다며 스스로 호화로운 성채를 뛰쳐나갔으니 고고한 호족들이 뒷목을 잡고 넘어갈 일이었다. 발칵 뒤집어진 성채를 뒤로하고, 정주는 인세로 내려와 현대 사회의 어엿한 시민이 되어 살아가고 있었다.

"무슨 일 생기거나 필요한 거 있으면 바로 연락해. 학교엔 내가 절차 다 밟아 놨으니까 걱정하지 말고. 가방 안에 지갑 넣어 놨으니까 돈은 거기서 꺼내 써. 자, 이건 카드."

정주가 유광으로 번쩍거리는 신용 카드 한 장을 건넸다. 재겸이 카드를 받아 들고 이리저리 살펴보았다.

어떻게 서류를 만들어 냈는지는 몰라도, 정주는 신상 문제까지 깔끔하게 해결했다. 언젠가 정주가 주민등록증을 발급받은 날, 신난 정주는 펄쩍펄쩍 뛰면서 재겸에게 입이 닳도록 자랑을 했다. 재겸이 오랫동안 방구석 생활을 할 수 있었던 것도 정주가 없었다면 불가능했을 일이다. 재겸이 메산이와 함께 살고 있는 시골집, 거기다 집에 들어오는 전기며 수도며 하다못해 티브이 케이블 방송까지 전부 정주의 이름을 빌려 쓰고 있는 것이었다.

뭐, 여러모로 든든한 녀석이긴 했다. 가끔 지나치게 간섭을 하는 게 흠이긴 했지만….

재겸은 카드를 챙겨 넣은 뒤 책가방을 둘러멨다.

"나 간다. 잘 가라."

무뚝뚝한 인사를 남겨 놓고 재겸은 차에서 내렸다. 등교 시간이 지난 학교 인근의 거리엔 행인 몇 명이 전부였다. 정주는 차 안에서 멀어져 가는 재겸의 뒷모습을 오래도록 지켜보았다. 잠시 떨어질 일이 있을 때마다 재겸은 항상 저런 식이었다. 영영 돌아오지 않을 것처럼, 다시는 안 볼 사이처럼 인사를 한다. 그때마다 정주는 왜인지 마음 한편이 쓸쓸해졌다.

여우, 정주는 오랫동안 살아온 저 앳된 얼굴의 인간이 조금 더 열심히 살아 줬으면 좋겠다고 생각했다.

자신이 어린 여우였을 때도 재겸은 저 모습 그대로였다.

· ✺ ·

오래전의 기억 속, 사내는 만개한 매화나무 아래서 다정하게 웃고 있었다.

'겸아, 인연이란 무어라고 생각하느냐.'

그 광활한 질문에 뭐라고 대답했더라. 기억이 나질 않는 것을 보면 분명 시답잖은 대답이었을 것이다. 사내는 손가락으로 땅 위를 가리켰다. 사내가 가리킨 흙바닥 위에는, 마치 핏방울처럼, 매화나무에서 떨어진 붉은 꽃잎이 이리저리 수놓아져 있었다.

'이걸 보렴. 언뜻 보면 아무렇게나 떨어진 것처럼 보여도 사실은 정확하게 제자리를 찾아서 떨어진 것이다. 이것이 바로 인연이란다. 꽃잎 한 장이 땅 위에 떨어지는 사소한 일조차도 인연이 빚어낸 결과지.'

날 때부터 외톨이로 살아온 소년은 사내가 자신을 선택한 이유를 스스로에게 끊임없이 증명해야만 했다.

왜 나를 거두었을까. 내가 강한 귀재라서? 왜 하필 나였을까. 똑똑하고 영민해서? 만약 내가 귀재도 아니고 똑똑하고 영민하지도 않았다면 어떻게 되었을까. 그래도 나를 곁에 두었을까.

'꽃잎 한 장조차 정확하게 제자리를 찾아서 떨어진다.'

그런 소년에게, 사내의 말은 거대한 선물이자 위로나 다름없었다.

옷깃만 스쳐도 인연이라고 했다. 그리고 사내는 자신이 입고 있던 옷을 벗어 제 어깨에 둘러 준 사람이었다. 옷에 묻어 있던 온기가 얼어붙은 몸을 감싸 오던 느낌. 그 감각을 떠올리던 소년은 어렴풋이 생각했다. 인연이란 따듯한 거구나.

스승이자 부모이며, 유일한 친구였던 사내는 많은 것을 알려 주었다. 인간과 귀신, 그리고 이 세상에 대해. 소년은 더 이상 외톨이가 아니었다. 어린 재겸은 떨어진 꽃잎을 구경하는 척, 고개를 숙이고 한참 동안 흙바닥을 내려다보았다. 우리의 만남은 마치 꽃잎이 떨어지듯 처음부터 정해져 있던 일이구나. 마음이 울렁거려서 눈물이 날 것만 같았다.

그랬었는데.

'배신자.'

그땐 몰랐다. 인연이란 '악연'도 포함해서 일컫는 말이라는 것을.

사내는 재겸에게 저주를 걸었다.

홀로 남은 재겸은 작은 돌멩이, 꽃잎 한 장만 봐도 고통스러워했다. 미친 듯이 죽고 싶은 날이 있는가 하면 미친 듯이 살고 싶은 날도 있었다. 이제는 곁에 없는 그를 증오하기도 했고 사무치게 그리워하기도 했다. 방향을 잃은 분노와 증오는 긴 세월 동안 천천히 재겸을 갉아 먹었다.

그렇게 재겸은 무수한 계절을 흘려보냈다.

백일곱 번째 가을을 끝으로, 재겸은 지나온 계절을 세는 것을 그만두었다. 정신을 차려 보면 꽃이 피어 있었고, 꽃이 지는가 싶으면 어느새 눈이 쌓여 있었다. 모든 것이 생동하며 변하는데 오로지 재겸만이 소년과 청년 사이 그 어디쯤에 멈춰 있었다. 변함없이 아름답고 강한 소년은 매일같이 흘러가는 풍경을 무감한 시선으로 지켜보았다.

그사이 숱한 존재들이 재겸의 곁을 스쳐 지나갔다. 재겸은 언제나 그 자리 그대로 남아 만남과 이별을 수도 없이 반복했다. 늙지도 못하는 이 저주받은 몸뚱이에 주어진 인연이 있다면 그것은 죄다 악연일지도 모른다. 처음이자, 한때 유일했던 인연이 그러했듯이. 재겸이 인간과 연을 맺기를 꺼린 것은 당연한 결과였다.

어느 순간부터 재겸은 더 이상 괴로워하지도, 분노하지도 않았다. 얼핏 보면 마치 아무 일도 없던 예전으로 돌아간 것처럼 보였다. 단, 차이점이 있다면 재겸은 더 이상 그 어떤 것도 '싫어' 하지 않았다. 기나긴 증오와 분노 끝에 찾아온 것은 거대한 무기력이었다.

무기력에 매몰된 소년은 마음의 문을 닫고 오랜 세월을 방구석에 틀어박혀 지냈다.

그에 정주는 차마 내색 못 할 속앓이를 했다. 정주에게 있어 소년은 평생의 은인이자 소중한 벗이었다. 그렇기 때문에 소년이 그 누구보다 행복하게 살아가기를 간절히 바라게 되었다.

눈부신 하늘 아래서 눈부시게 웃고 있는 모습이 보고 싶다.

"재겸아."

갑갑한 지붕 밑에서 게임기나 들여다보고 있는, 저런 모습 말고.

"그렇게 재밌어?"

뽕. 뽀봉. 뽕….

정주의 착잡한 질문은 게임기에서 흘러나오는 요란한 사운드에 묻혀 버렸다. 재겸은 듣는 둥 마는 둥 하며 부서져라 게임기를 흔들어 대기 바빴다. 정주는 게임에 열중한 뒤통수를 바라보며 한숨을 쉬었다. 그때, 재겸이 갑자기 살벌한 시선으로 정주를 노려보았다.

"아, 깰 수 있었는데."

"응?"

"시발, 네가 말 걸어서 죽은 거잖어."

뭐만 하면 내 탓이래. 정주는 말없이 눈을 피하며 리모컨을 집어 들었다. 따질 힘도 없고, 티브이나 볼 생각이었다. 티브이 속에서는 신파로 똘똘 뭉친 일일 드라마가 한창 방영 중이었다. 누가 틀어 놓은 거야? 정주가 혼잣말로 중얼거리며 채널을 돌리려는 찰나였다. 다시 자세를 바로 세우고 게임기를 고쳐 잡던 재겸이 정주를 곁눈질했다.

"채널 돌리지 마."

"너 게임하느라 티브이 안 보고 있잖아."

"보고 있거든?"

"뻥 치시네. 지금 무슨 내용인데?"

"저 남자, 재산 물려받으려고 신분이랑 다 속이고 부잣집에 데릴사위로 들어갔는데 여자가 이상한 걸 눈치채고 사람을 붙였어. 중요한 장면이니까 돌리지 마."

재겸은 정주의 손에서 리모컨을 뺏어 들더니 볼륨을 서너 칸 올렸다. 재겸은 게임기를 주물럭거리는 동시에 일일 드라마까지 힐끔거리는, 신기에 가까운 묘기를 선보이고 있었다.

"……."

결국 정주가 처량하게 한숨을 쉬었다.

재겸이 처음으로 티브이 주변을 기웃거릴 땐 오로지 반가운 마음이었다. 오랜 세월을 상심하여 누워만 지내던 녀석이 뭐라도 낙을 찾은 게 기쁘면서, 드디어 기운이 생겼나 싶어서 내심 안도했다. 어쩌면 생동감 넘치는 일상을 되찾을지도 모른다는 기대감도 품었다. 그러나 정주의 기대가 무색하게, 상황은 영 엉뚱한 방향으로 흘러갔다.

정주는 인간의 현대 문물에 관심이 많았다. 관심이 많았던 만큼 빠르게 적응할 수 있었다. 티브이며, 전자레인지며, 처음엔 정주 자신이 사용하려고 들여온 것이었다. 그러나 정주가 연예계 데뷔를 준비하느라 서울에 따로 거처를 얻은 사이, 시골집에 있던 모든 물건은 자연스럽게 재겸의 수중으로 넘어갔다.

줄곧 소년인 상태로 멈춰 있어서 그런지 재겸은 의외로 스펀지와 같은 흡수력을 가지고 있었다. 티브이, 라디오, 게임기, 냉장고. 아무리 낯선 물건이라도 작동법을 알려 주면 관심없네, 어렵네, 귀찮네, 툴툴거리면서도 어느 순간 척척 다루고 있어서 정주를 놀라게 했다.

그렇게 강하고 아름다운 소년은 완벽한 히키코모리가 되었다….

활달한 성격의 정주는 그런 재겸을 가만히 두고 보질 못했다.
"재겸아, 요새 바깥에선 카페가 유행이래. 카페 가 볼래?"
"싫어. 귀찮아."
"재겸아, 너 「전국 노래자랑」 좋아하잖아. 너도 한번 나가 볼래?"
"내가 왜? 미쳤냐?"
"재겸아, 꽃집 차려 줄까? 메산이가 꽃 잘 알잖아."
"꽃 같은 소리 하네."
집돌이 김재겸을 밖으로 끌어내려는 무수한 시도가 있었다.

전부 실패로 돌아갔지만.

 그러나 열 번 찍어 안 넘어가는 나무 없다고, 정주는 쉽사리 포기하지 않았다.

 - 그래, 맞아. 다 거짓말이야.

 - 당신… 어떻게….

 - 널 사랑한다고 한 거, 다 거짓말이야. 이제 됐어?

"저 씹새끼. 저런 새끼는 씨발, 죽여야 돼. 저 여자는 무슨 죄냐?"

 새 판이 시작되길 기다리는 동안, 드라마를 보던 재겸은 험악하게 인상을 구겼다.

"할 거면 하나만 하지 않겠니? 티브이 볼 거면 이리 앉아서 같이 봐."

 소파에 앉아 있던 정주가 옆자리를 탁탁, 두드렸으나 재겸은 들은 척도 하지 않았다. 이번엔 금세 게임에 몰입한 모양이었다. 재겸은 바르게 세운 허리를 소파에 기댄 채 앉아 있었다. 정주가 공수해 온 비싸고 좋은 소파를 놔두고, 재겸은 항상 딱딱한 바닥에 앉았다.

 티브이 화면 안에서는 남녀 한 쌍이 말다툼을 벌이고 있었다. 정주는 지루한 눈으로 화질이 선명한 부부 싸움을 지켜보았다. 내용은 뻔하고 영 유치하기만 했다. 저게 도대체 뭐가 재밌다는 거지. 정주는 재겸의 취향을 이해할 수 없었다. 그러다 장면이 바뀌어 화면 안에서는 교복을 입은 학생들이 등장했다. 오래전에 정지한 재겸의 나이와 비슷한 또래들이었다.

정주가 소파에 반쯤 드러누우며 대수롭지 않게 물었다.

"재겸아, 학교 다녀 보는 건 어때? 너도 요즘 세상에 태어났으면 지금쯤 고등학교 다니고 있었을 거야. 네 나이 대 평범한 인간들은 어떻게 지내는지 궁금하지 않아?"

"어, 안 궁금해." 재겸은 평소처럼 정주의 제안을 싹둑 거절했다.

"그러지 말고 석 달만 다녀 봐. 소원 하나 들어줄게."

정주는 별 기대 없이 조건을 하나 붙였다.

"……."

게임기를 쥐고 있던 손이 멈칫했다.

정주는 눈을 동그랗게 떴다. 얼레? 평소라면 진작에 싫다고 할 녀석이 웬일로 조용하네. 그저 소원을 들어주겠노라 조건 하나 붙였을 뿐인데 솔깃한 기색이었다. 정주는 재겸의 성격을 잘 알고 있기 때문에 뭐든 두 번 이상 묻는 법이 없었다. 하지만, 이번만큼은 어쩌면….

사냥감의 빈틈을 파악할 때처럼 여우로서의 직감이 번뜩였다.

"그럼 석 달 말고 한 달로 해! 한 달만 다니자!"

에라, 모르겠다! 정주는 재겸이 망설이는 틈을 타서 화끈하게 승부수를 걸었다. 재겸은 한참을 고민한 끝에 어영부영 고개를 끄덕였고, 마침내 거래가 성사되었다.

정주는 호들갑을 떨며 몇 번이고 진짜냐고 물어보았다. 재겸은 정주를 밀어내며 무심한 낯으로 다시 게임기를 집어 들었다. 잠깐 사이에 떠오른 소원 하나가 머릿속에 맴돌았다.

"약속 꼭 지켜. 소원은 그때 가서 말할 테니까."

· ✯ ·

재겸은 닫힌 문 앞에 우두커니 서 있었다. 문 위에 달려 있는 팻말을 한 번, 문고리를 한 번 번갈아 가며 시선을 던지던 재겸이 이마를 긁적거렸다.

'교무실'

분명히 여기가 맞는데. 하지만 사람 하나 없는 복도도 그렇고, 문 너머에서 느껴지는 기척 역시 쥐 죽은 듯 조용하기만 했다. 들어가도 되는 걸까? 어떻게 찾아오긴 했는데….

"얘, 너 수업 시간에 거기서 뭐 하니?"

복도 한쪽에서 들려온 목소리에 재겸이 고개를 돌렸다. 교복을 입고 있지 않은 걸 보니 선생인 듯했다. 선생은 재겸의 가슴팍에 매달린 명찰을 한 번 쳐다보고는 눈을 동그랗게 떴다.

"김재겸?"

선생은 빠른 걸음으로 다가오더니 친근한 태도로 재겸의 손을 덥석 움켜쥐었다. 분명 초면인데도 엄청나게 반가워하는 기색이었다. 선생은 다짜고짜 재겸을 데리고 교무실 안으로 들어섰다. 재겸은 얼떨결에 질질 끌려가는 모양새로 그 뒤를 따랐다.

"2학년 3반 전학생 왔어요."

선생이 재겸을 소개하자, 저마다 모니터를 들여다보고 있던 교사들이 고개를 들었다. 순식간에 시선이 한곳으로 몰렸다. 모두가 호기심 어린 눈으로 재겸을 쳐다보고 있었다.

"누구? 누구라고?"

"전학생이래요."

"와, 고놈 잘생겼네."

조용하던 교무실이 술렁거리기 시작했다. 교사들에게 인사를 시킨 뒤, 서 선생은 재겸에게 손짓을 했다. 따라오라는 의미였다. 재겸은 얼떨떨한 표정으로 발걸음을 옮겼다. 복도로 나오자 서 선생이 손끝으로 계단을 가리켰다.

"재겸아, 아직 수업 중이니까 우선 도서실에 가 있어. 도서관은 4층으로 올라가면 바로 있거든? 안에 사서 선생님 계실 거야. 책 좀 보다가 종 치면 바로 3반으로 내려와. 아, 참. 그리고 내일부턴 늦으면 안 된다? 등교 시간은 알고 있지?"

"네."

"그럼 이따가 보자." 서 선생은 웃으며 재겸의 어깨를 두드렸다. 재겸은 가방끈을 만지작거리며 계단으로 향했다. 서 선생 말대로 4층에 오자마자 곧바로 도서실이 보였다.

…문을 두드리고 들어가야 하나?

잠시 고민하던 재겸이 천천히 문손잡이를 돌렸다.

도서실 내부는 넓고 쾌적했다. 그리고 조용했다. 재겸이 두리번거리며 문을 닫았다. 사서가 있을 거라는 말과는 달리 도서실엔 사람 한 명 보이지 않았다. 낮은 칸막이가 설치된 데스크에 아무도 없는 걸 보니 사서는 잠시 자리를 비운 모양이었다. 재겸은 고개를 내밀어 데스크 안쪽을 구경했다. 컴퓨터 두 대와 가지런히 정돈된 필기구, 그리고 애매하게 비뚤어진 의자.

재겸은 비뚤어진 의자 위로 메고 있던 가방을 내려놓았다. 도서실이 워낙 조용해서 걸음을 옮길 때마다 발소리가 크게 들렸다. 줄줄이 늘어선 커다란 책장에는 각기 다른 모양의 책들이 빽빽하게 꽂혀 있었다. 얇은 커튼이 매달린 창문에서 오전의 햇볕이 쏟아져 내렸다.

재겸은 길가에 핀 코스모스를 건드리는 것처럼 손가락 끝으로 꽂힌 책 위를 찬찬히 훑으며 도서실을 구경했다. 산책하듯 도서실을 배회할 때였다. 재겸이 어느 순간 우뚝 걸음을 멈췄다.

"어…?"

책장의 어두운 구석에서 무언가 꿈틀거리는 기척이 느껴졌다. 곧바로 방금 지나친 책장을 향해 뒷걸음질했다. 잘못 본 건가 싶었는데 가까이서 보니 확실했다.

어둠 속에서 꿈틀거리고 있는 것은 새까만 자벌레였다.

새끼손가락만 한 자벌레가 허리를 접었다 풀었다 꾸물거리며 재겸이 있는 방향으로 다가왔다. 재겸이 눈을 가느다랗게 좁혔다. 뭐지? 까만 자벌레는 처음 보는데… 설마 나한테 오는 건가? 자벌레를 한참 동안 들여다보던 재겸이 대수롭지 않게 시선을 내렸을 때였다.

"씨발, 뭐야?"

재겸이 단숨에 얼굴을 구기며 다리 한 짝을 들어 올렸다.

바닥에는 언제 나타났는지 모를 새까만 자벌레들이 우글거렸다. 재겸을 중심으로 둥글게 포위하고 있는 모양새였다. 족히 수십 마리는 되어 보였다. 책장 위에 있던 녀석처럼, 새까만 자벌레들은 허리를 반씩 접으며 재겸에게 가까이 다가오고 있었다. 방금 다리 하나를 피하지 않았으면 재겸이 신고 있는 운동화 위로 올라탔을 것이다.

당최 어떻게 된 일인지 알 수 없었다. 상황 파악을 하기도 전에 그새 가까이 다가온 녀석이 반대쪽 발등 위로 올라타려고 했다. 재겸은 들고 있던 다리 한 짝으로 냅다 벌레를 밟았다. 그런데, 이상하게 아무 느낌이 없었다. 이를테면 신발 아래로 뭔가 밟히는 감촉 같은.

재겸이 발을 들어 바닥을 확인했다.

"이건…."

신발 밑창 아래 보인 것은 벌레의 흉측한 잔해가 아니었다. 벌레의 흔적은 온데간데없고, 그 대신에 자벌레의 모양 그대로 불에 탄 듯 새까맣게 눌어붙은 자국만 남아 있었다. 마치 그림자가 스며든 것 같았다.

재겸은 깨달았다. 이건 진짜 벌레가 아니다. 아마도 귀재의 눈에만 보이는 벌레일 것이다. 생각이 여기까지 미치자, 재겸은 손을 뻗어 책장에 꽂혀 있던 책 가운데 아무거나 한 권을 집어 들었다. 그러고는 되는대로 펼쳐서 페이지 한 장을 찢었다. 지익, 찢긴 페이지를 확인한 재겸이 짜증스럽게 종이를 집어 던졌다. 최대한 직사각형으로 반듯하게, 재겸이 미련 없이 다음 페이지를 찢었다. 또다시 지익, 이번엔 그럭저럭 원하는 모양으로 찢어졌다.

재겸은 그대로 책을 덮었다. 글씨 쓰기 편하도록, 찢은 종이 밑에 책을 받쳐 들고 곧바로 오른손을 입가로 가져갔다. 검지를 입속에 넣고 손끝을 꽉 씹으니 붉은 선혈이 흘러나왔다. 엄습하는 통증에 재겸이 미간을 일그러뜨렸다.

"아파 죽겠네."

손가락에서 피가 충분히 떨어지는 걸 확인한 재겸은 찢은 종이 위에 피로 글씨를 쓰기 시작했다. 선혈로 글자를 휘갈겨 쓴 재겸이 재빨리 종이를 손에서 떨어뜨렸다. 급한 김에 간이로 만든 부적이었다. 자벌레가 우글거리는 바닥으로 피로 쓴 부적이 나풀나풀 추락했다.

재겸이 나지막하게 읊조렸다.

"껍데기라면 깨질 것이고, 허상이라면 사라질 것이며, 삿된 것이라면 물러날 것이다."

 재겸의 말이 끝나자마자 바닥에 떨어진 부적이 저절로 타올랐다. 그와 동시에 새까만 자벌레들이 일시에 움직임을 멈추고 나무토막처럼 뻣뻣해졌다. 마침내 부적이 전부 타들어 가는 순간이었다. 우글거리던 자벌레들이 기화하며 부적과 함께 흔적도 없이 사라졌다.

 아씨, 깜짝 놀랐네.

 깨끗해진 바닥을 확인한 재겸이 깊게 한숨을 내쉬었다. 책장에 있던 녀석도 사라졌다. 책을 쥐고 있던 손에서 그제야 힘이 빠졌다. 뭐지? 이제껏 보지 못한 종류였는데. 저런 게 있다는 얘기는 들어 본 적도 없었다. 시꺼먼 색이라 기분 나쁘긴 했지만 악의가 느껴지진 않았다. 이렇게 햇볕이 가득 들어오는 곳에 있었으니 부정한 존재가 아닐 가능성도 높았다. 하지만 숲이나 산이면 몰라도, 왜 이런 곳에 있는지 의문이었다. 게다가 무엇보다도 마음에 걸리는 게 있다면….

 왜, 나를 향해 오고 있었지?

 생각에 잠긴 재겸이 느리게 눈을 깜빡였다.

· 🕊 ·

도서실 문손잡이가 돌아가는 소리와 함께 문이 열렸다.
 문을 열고 들어온 사람은 젊은 청년이었다. 흰 와이셔츠에 검은 정장 바지를 입고 소매를 팔까지 걷어 올린 청년은 손에 머그잔을 들고 있었다. 머그잔을 홀짝이며 도서실로 들어오던 청년은 책을 읽고 있던 재겸을 발견하고 어, 하는 외마디 소리를 냈다.

재겸과 눈이 마주치자, 청년은 씩 웃어 보였다. 웃으니 무척 잘생긴 얼굴이었다.

"안녕."

재겸은 멀뚱멀뚱 자신에게 인사를 건네는 청년을 바라보았다. 저 사람이 사서인가? 그럼 선생님이라고 불러야 되는 건가? 선생님치고는 젊은 것 같은데….

고민하던 재겸이 애매하게 고개를 숙여 보였다. 인사를 하는 건 생각보다 어색한 일이었다.

"지금 수업 시간 아닌가? 친구, 왜 여기 있어요?"

데스크로 향하던 청년의 시선이 의자 위로 향했다. 의자 위엔 재겸의 가방이 있었다.

"혹시 땡땡이?"

청년이 장난스럽게 속삭였다. 그러고는 재겸의 가방을 집어 들고서 여기저기 살펴보았다. 단순히 구경하려는 모양이었는지, 청년은 이내 가방을 데스크 한쪽에 얌전히 올려 두었다.

"선생님이 여기서 잠깐 기다리라고 해서. 요."

습관적으로 반말이 튀어나왔다. 재겸은 아차 싶어 재빨리 말끝을 이어 붙였다. 다행히 이상함을 느끼진 못했는지 청년이 고개를 끄덕였다.

"그래요. 편하게 있어요."

사서 청년은 자리를 잡고 앉아 컴퓨터 자판을 두드리기 시작했다. 마침 사서가 자리를 비워서 다행이었다. 사서와 같이 있을 때 그 벌레와 마주쳤다면 꽤나 곤란했을 것이다.

책장 주변을 어슬렁거리던 재겸은 무언가를 발견하고는 흠칫했다.

아까 바닥에 버려둔, 잘못 찢은 책 페이지를 깜빡 잊고 있었다. 재겸이 저도 모르게 사서의 눈치를 살폈다. 다행히 사서 자리에서는 보이지 않는 위치였다. 책을 구경하는 척하며 종이를 줍기 위해 허리를 숙일 때였다.

"저기, 친구."

대뜸 사서가 재겸을 불렀다. 재겸은 순간 뜨끔했지만 구겨진 종이를 주먹 속에 말아쥐며 "네." 하고 최대한 태연하게 대답했다.

"거기, 그 앞에 문학 서가에서 책 한 권만 가져다줄 수 있어요? 아마 세 번째 칸 중간쯤에 보면 있을 거예요. 제목은 『지(知)와 사랑』."

아, 깜짝이야. 재겸은 가슴을 쓸어내리며 문학 서가로 갔다. 설마 들켰나 싶던 찰나에 알고 보니 부탁을 해 와서 얼떨결에 사서가 하라는 대로 하게 되었다. 재겸은 종이를 손에 쥐고 책장을 빠르게 훑었다. 지와 사랑. 지와 사랑. 지와 사랑…. 사서 청년이 말해 준 위치를 열심히 찾아보았으나 지와 사랑이라는 책 제목은 보이질 않았다.

"안 보여요?"

"잠, 잠시만요."

재겸은 이게 뭐라고 약간 쫓기는 기분이 되었다. 지와 사랑. 지와 사랑. 재겸이 조그맣게 중얼거리며 책을 찾는 데 집중했다. 세 번째 칸의 중간쯤에…. 재겸의 눈이 데굴데굴 굴러다녔다. 그때, 세 번째 칸이 아니라 가장 위 칸에 꽂혀 있는 책을 발견했다.

재겸은 종이를 쥐고 있지 않은 빈손을 뻗었다. 책을 꺼내려는 순간이었다. 뒤에서 큼지막한 손 하나가 튀어나와 재겸보다 한발 빠르게 책을 가져갔다. 늦어지니 본인이 찾으려고 온 모양이었다. 바로 뒤에 사서 청년이 가깝게 붙어 서 있었다. 청년은 재겸보다 키가 살짝 컸는데, 어깨가 넓어서 그런지 마치 뒤에 벽이 있는 느낌이었다.

"아, 위치를 헷갈렸어요."

헛수고를 하게 된 재겸이 눈을 흘기자, 사서가 사과를 건넸다.

"미안해요."

"네."

재겸은 괜찮다고 하는 대신에 당당하게 사과를 받았다. 그에 사서 청년은 픽 웃으며 재겸을 바라보았다. 그러다 문득 시선이 손으로 내려갔다. 재겸은 내심 당황했다. 행여 찢어진 종이가 보일세라 쥐고 있던 주먹을 꽉 말아 쥘 때였다. 사서 청년이 난데없이 재겸의 손목을 덥석 잡았다. 불행인지 다행인지 청년이 잡은 손은 반대쪽, 아무것도 없는 빈손이었다.

청년이 들어 올린 재겸의 손에는 피가 묻어 있었다.

"손에 상처가 났네요?"

아까 부적에 글씨를 쓰느라 일부러 만든 상처였다. 상처가 깊진 않았지만 아직도 조금씩 피가 배어 나오고 있었다. 책을 꺼내기 위해 손을 뻗었을 때 청년의 눈에 띄었던 모양이다.

잠시 멈칫했던 재겸이 대충 둘러댔다.

"책 넘기다가 베였어요."

"종이에 베였는데 이렇게 됐다고요?"

"네."

"살이 좀 파인 것 같은데?"

청년이 눈을 동그랗게 뜨며 되묻자 재겸의 눈썹이 꿈틀거렸다. 적당히 넘어갈 것이지 귀찮게 구는 것이 못마땅했다. 게다가 딱히 큰 상처도 아니었다. 재겸은 아무런 대꾸도 하지 않고 잡힌 손을 슬쩍 뺐다. 그러자 청년도 별말 없이 재겸의 손을 놓아주었다. 그대로 등을 돌려 데스크로 돌아간 청년은 허리를 숙여 서랍을 열더니 부스럭거리며 무언가를 찾기 시작했다. 재겸은 그 틈을 타서 쥐고 있던 종이를 재빨리 주머니에 쑤셔 넣었다.

"자, 손 이리 줘요."

청년이 서랍에서 꺼내 온 것은 해바라기가 그려진 반창고였다. 청년은 반창고의 포장지를 벗겨 내더니 재겸이 뭐라 하기도 전에 제멋대로 손을 가져갔다. 얼떨떨하게 서 있던 재겸이 움찔하며 손을 물리려고 했다. 그러자 청년이 슬쩍 눈을 들어 재겸을 바라보았다.

"아파요?"

잠시 침묵하던 재겸이 시선을 내렸다.

"아니요."

아프진 않았지만 왠지 기분이 묘했다. 청년은 반창고가 살갗에 잘 접착되도록 재겸의 손가락을 이리저리 매만진 후에야 손을 뗐다. 둘은 잠시 서로의 눈을 쳐다보았다.

"다 됐어요."

때마침 데스크 위에서 진동이 울렸다.

"여보세요."

청년은 데스크 위에 비스듬히 걸터앉으며 전화를 받았다. 휴대폰 너머에서 희미한 목소리가 흘러나왔으나 대화 내용은 들리지 않았다. 재겸이 꼼꼼히 달라붙은 반창고를 문지르며 청년을 곁눈질할 때였다. 천장에 매달린 스피커에서 밝은 멜로디가 흘러나왔다. 수업이 끝나고 쉬는 시간이 되었음을 알리는 종소리였다.

종 치면 내려오라고 했었지….

서 선생의 말을 떠올린 재겸은 데스크 안쪽에서 가방을 챙겨 나왔다. 청년은 간혹 응, 근데, 와 같은 짧은 대답과 함께 수화기 너머로 귀를 기울이고 있었다. 통화에 여념 없는 모습이어서 재겸은 별다른 인사 없이 청년을 지나쳤다. 조용히 도서실 문을 열 때였다.

"친구, 이제 가요?"

고개를 돌리자 청년은 귓가에서 휴대폰을 멀리 떼어 낸 채 재겸을 바라보고 있었다. 재겸의 머리부터 발끝까지 찬찬히 응시하던 청년이 어느 순간 빙그레 미소를 지었다.

"자주 놀러 와요."

청년은 전화기를 들고 있지 않은 손을 들어 재겸을 향해 가볍게 흔들었다.

"……."

재겸은 말없이 고개를 까딱 숙여 보이는 것으로 인사를 대신한 뒤 도서실을 빠져나왔다. 어수선한 복도를 걸어 나가다가, 재겸은 불현듯 사서가 붙여 준 반창고에 시선을 던졌다.

쓸데없이 친절이 과한 인간이다.

재겸은 인간을 믿지 않았다. 귀신이 악의를 면면에 드러내는 존재라면, 인간은 악의를 호의로 위장하는 존재였다. 그간 당한 경험들을 미루어 보면 그랬다. 그래서 재겸은 인간의 호의가 언제나 불편했고 성가셨다.

학교에 가겠냐는 정주의 제안에 못 이기는 척 고개를 끄덕인 이유는 단 한 가지였다. 그것만 이룬다면 더 이상 인간이 바글거리는 학교 따위에 볼일은 없었다. 재겸은 검지에 붙은 반창고를 문질렀다. 감촉이 까칠했지만 썩 싫진 않았다.

"친구…."

혼잣말을 중얼거리며 재겸은 계단을 내려갔다.

· ✠ ·

제구부 제1팀 수석 나자, 이영신의 손에는 열심히 깎다 만 나무토막이 들려 있었다.

벼락 맞은 단풍나무를 잘라 온 것이었다. 제구를 만들 적에는 영험한 재료가 필요한데, 이번에 손에 얻은 나무는 꽤 강한 목신(木神)이 깃들어 있던 탓에 벌목하는 데 애를 좀 먹었다. 나무나 바위와 같은 영험한 자연물에 손을 댈 적에는 신중을 기해야 했다. 잘못하면 신령이 노해 동티를 옮아올 수 있기 때문이었다.

동티를 방지하기 위해선 제사를 올리거나 부적을 써야 했다. 제사는 시간이 오래 걸리기 때문에, 보통 부적부에서 부적을 발급받아서 쓰곤 했다. 이번에도 가장 무난한 3급 벌목부[2]를 받아서 붙였는데, 이게 웬걸. 어림도 없었다. 벌목에 나선 제구부 선임 나자 두 명이 부정을 타고 말았던 것이다. 그래도

---

2 큰 나무를 옮기거나 벌목할 때, 나무에 붙이거나 몸에 지니는 부적.

혼이나 목숨엔 지장 없이 팔 하나를 못 쓰게 된 정도로 끝났으니 다행이었다. 그 둘은 정화부의 손을 빌려 자그마치 이틀 동안 씻김을 받고 나서야 팔을 원래대로 쓸 수 있었다.

덕분에 정화부에서 제구부에 언짢은 기색을 내비쳤고, 그에 열을 받은 이영신이 손수 출격하여 나무를 베어 왔던 것이다. 손에 쥐고 있는 나무토막이 그 전리품이었다. 원래 제구를 제작하는 일은 깎고 다듬는 내내 일정한 귀기를 불어넣어야 하는 고난도의 작업이었다. 다른 이들은 골방에 틀어박혀 심혈을 기울여서 만드는데, 이영신은 어깨에 휴대폰을 받쳐 놓고 통화를 하며 제구를 만들고 있었다. 물론 수석씩이나 되기 때문에 가능한 일이었다.

"야, 상식적으로 우리 애들이 뭘 잘못했냐? 부적부에서 부적 잘못 줘서 그런 거 아냐. 애초에 1급 벌목부 줬으면 우리 애들이 부정 탔겠냐고. 내 말이 틀리냐? 근데 정화부에선 우리한테 눈치 주고, 이 시바알. 내가 가서 다 조져 놓으려다가 참았어."

이영신은 휴대폰에 대고 열변을 토하고 있었다. 하지만 전화기 너머에선 아무런 대꾸가 없었다. 열심히 나무를 깎아 내던 이영신이 손을 멈췄다.

"야, 듣고 있어?"

— 친구, 이제 가요?

전화기 너머로 목소리가 멀어졌다.

― 자주 놀러 와요.

이영신이 눈을 끔뻑거렸다.

"야, 윤 수석."

― 너 말고. 잠깐 인사 좀 하느라.

"뭐야, 너 혼자 있는 거 아니었어? 누구랑 같이 있었나 보네?"

― 지금은 혼자 있어.

"어딘데?"

― 학교 도서실.

"도서실? 도서실은 왜?"

― 나 암행 나왔어. 사서로 잠입했거든.

이영신이 어깨로 받치고 있던 휴대폰을 두 손으로 고쳐 잡았다. 반쯤 깎다 만 나무토막이 손에서 벗어나 책상 위를 데구르르, 굴렀다. 뭐? 뭐로 잠입해?

"······."

잠시 침묵하던 이영신은 콧구멍을 몇 번 벌렁거리는가 싶더니, 이내 숨이 넘어갈 정도로 와학학, 폭소하기 시작했다.

· ※ ·

이영신과 윤태희는 친한 친구 사이였다. 이영신은 윤태희보다 일찍 나례청에 입청해 먼저 선임 직급을 달았다. 윤태희는 이영신보다 일 년 늦게 입청했는데, 그러자마자 이영신을 앞지르더니 초고속 승진을 했다. 이영신이 윤태희를 시기하고 질투하기에 충분한 상황이었다.

하지만 이영신은 그런 것에 개의치 않았다. 오히려 윤태희를 졸졸 쫓아다녔다. 저보다 강한 또래는 처음 본다며 친구가 되자고 졸라 댔던 것이다. 물론, 이영신이 자신의 능력에 여유와 확신이 있었기 때문에 가능한 일이었다. 이영신은 서두르지 않아도 자신이 언젠가 수석을 달게 될 것이라고 믿어 의심치 않았고, 실제로 그렇게 되었다.

"영신아, 귀청 떨어지겠다. 좀 떨어져서 웃어."

이영신은 뭐가 그렇게 웃긴지 한참을 낄낄거렸다.

- 야, 너 같으면 웃음이 안 나오게 생겼냐? 뭔, 잠입을 해도, 푸학!

보통 초라니는 십 대의 청소년을 대상으로 삼았다. 귀재는 저마다 총량의 귀기를 지니고 태어나는데, 귀기가 강한 정도에 따라서 귀신을 보고, 듣고, 육체적인 접촉까지 할 수 있었다. 귀기란 쉽게 말해 영적 에너지를 뜻한다고 볼 수 있었다. 나이가 어릴수록 잠재된 귀기 또한 많다는 게 중론이었다. 간혹 예외는 있었지만 대부분은 그랬다.

귀기를 다룰 줄 모르는 상태로 일정 나이가 지나면 귀기는 점점 둔해지고 무뎌졌다. 때문에 그 시기가 지나기 전에 훈련을 거쳐 귀기를 갈고 닦는 법을 체득해야 했다. 강한 귀기를 타고난 사람이 귀기를 자유자재로 운용할 수 있도록 하는 것은, 그야말로 귀한 황금을 녹여 원하는 형태로 제련하는 격이었다.

강한 귀기를 지닌 나자는 똑같은 부적 및 제구를 사용하더라도 월등히 강한 효력을 이끌어 낼 수 있다. 나자에게 있어서 귀기란 재능의 총체라고 할 수 있었다. 암행부 나자들은 초라니 모집 시기가 되면 어린 귀재를 찾아 전국 각지의 학교 주변을 어슬렁거렸다. 보통은 교사로 신분을 위장하는 경우가 대부분이었으나,

"선생으로 잠입하면 수업해야 되니까. 나 가르치는 일에는 소질 없어서."

가끔 예외도 있긴 했다.

― 야, 아무리 그래도 그렇지. 도서실에 누가 오냐?

"영신아, 다 너 같을 거라고 생각하면 안 되지. 책 읽으러 오는 애들 많아."

윤태희는 필사적으로 반박하는 이영신을 다독이며 휴대폰을 들고 있지 않은 손으로 바지 주머니를 조심스럽게 뒤적거렸다. 바지 주머니엔 옥으로 된 도장을 넣어 뒀었다. 이영신이 만들어 준 도장이었다. 옥도장은 귀기를 탐색할 때 쓰는 특별한 제구로, 주로 귀재를 찾을 때 사용했다. 도장에 인주를 묻히고, 손에 귀기를 실은 상태에서 바닥의 각 모서리에 도장을 찍으면 그 공간 안에는 벌레가 생겨났다.

귀기로 만들어 낸 특별한 자벌레는 귀기를 가진 사람을 감지할 수 있는데, 일반 사람들뿐만 아니라 웬만한 귀재의 눈에도 보이지 않는 신묘한 녀석이었다. 귀감이 일정 수준 이상으로 열려 있는 사람만 벌레를 육안으로 볼 수 있기 때문이었다. 윤태희는 이 도서실 안에 도장을 찍어 놓았다. 만약 이곳에 귀재가 들어온다면 벌레가 솟아 나와 귀재의 몸 위로 올라갈 것이다. 그리고 윤태희는 이제껏 두 명의 귀재를 만났다.

  그러나 두 학생에게 별다른 내색을 하지 않았다. 잠시 지켜볼 생각이었다. 귀기가 강한 정도에 따라 달라붙는 자벌레의 숫자가 달라지기 마련인데, 그 둘 모두 한 마리를 매달고 있는 게 고작이었던 탓이다. 윤태희는 이왕이면 강한 귀재를 원했다. 어차피 두 달이라는 시간이 있으니 차분히 기다릴 생각이었다.

  윤태희는 바지 뒷주머니에 얌전히 넣어 둔 옥도장을 꺼냈다. 영신과 통화를 하는 내내 옥도장을 만지작거리던 윤태희가, 어느 순간 손을 멈췄다.

  ─ 본청 건너편에 새로 생긴 가게 가 봤냐? 거기 돈까스가….

"영신아."

  ─ 엉?

"네가 나한테 준 옥도장 있잖아."

  ─ 어, 그거. 왜.

윤태희가 손바닥에 올려놓은 도장을 내려다보았다.

"깨졌어."

이영신이 만들어 준 도장은 정중앙을 기준으로 금이 가 있었다. 마치 칼로 자른 것처럼, 정확하고도 깨끗하게 금이 쫙 가 있는 형상이었다. 놀란 이영신이 소리를 질렀다.

- 그게 왜 깨져?!

"모르겠어. 지금 보니까 깨졌네."

- 야! 그거 내가 얼마나 개고생해서 만든 건데!

깨진 옥도장은 제 기능을 하지 못한다. 벌레는 더 이상 나오지 않을 것이고, 도서실에 도장을 찍어 둔 일도 전부 소용없는 셈이다.

"왜 깨졌을까…. 아침만 해도 멀쩡했는데."

생각에 잠긴 윤태희가 혼잣말로 중얼거렸다.

- 왜긴 왜야! 네가 어디서 떨어트렸겠지!

"떨어트린 적 없다니까."

이영신이 의아해하며 말했다.

- 떨어트리지도 않았는데 깨졌다고? 너 혹시 벌레 싹 다 죽였어? 벌레가 전부 죽으면 도장이 깨지긴 해.

"무슨 소리야. 벌레는 손도 안 댔어."

- 그러니까! 그럼 뭐 떨어트려서 깨진 거겠지.

"도장은 내가 하루 종일 몸에 지니고 있었는데 떨어트리긴 뭘 떨어…."

아. 윤태희가 도중에 말을 멈췄다. 고요하던 눈동자 위로 예리한 섬광이 스쳤다. 떨어트린 적 없는 도장이 저절로 깨져 있고, 벌레가 전부 죽으면 도장은 깨진다. 그리고 벌레는 귀감이 열려 있는 사람에게만 보인다. 아침엔 멀쩡하던 도장이 잠깐 사이에 깨졌다. 그렇다면….

- 너 옥 깎는 게 얼마나 힘든 줄 알아? 한 시간만 깎아도 온몸에 귀기가 다 빠진다고! 그것도 내가 얼마나 어렵게 구한 옥인데 내가 예전에 어느 귀신 들린 우물에 갔는데 거기서….

윤태희는 귓가에서 휴대폰을 멀찍이 떼어 냈다. 쉼 없이 조잘대는 이영신의 목소리가 모기 소리처럼 윙윙거렸다. 윤태희는 깨진 옥도장을 빤히 내려다보다가, 정돈된 데스크 위를 응시했다. 데스크엔 아까 올려 둔 책 한 권이 놓여 있었다.

『지(知)와 사랑』.

설마…. 머리부터 발끝까지 찬찬히 훑어봐도, 벌레 한 마리 매달려 있지 않아서 시시하다고 생각했는데….

어딘지 쌀쌀맞던 소년을 떠올려 낸 윤태희가 턱을 괴었다. 긴 손가락이 마치 피아노를 치듯 책상 위를 톡톡 두드렸다.

"섹시한데."

· ✦ ·

"으에. 그래서, 시적 화자는 지금, 으잉. 임금을 향한 충정을, 엥. 노래하고 있다."

말투가 느리기로 소문난 문 쌤이 안경을 추켜세웠다. 문 쌤은 성이 문 씨가 아니라 김 씨였는데도 아이들 사이에서 '문쌤'이라고 불렸다. 문 쌤은 자신에게 붙은 이 호칭이 문학 선생님의 줄임말에서 기원했다고 믿었다. 물론, 완전히 틀린 얘기는 아니었다. 문 쌤은 문학을 가르치고 있었고, 그리고… 정수리가 홀라당 벗겨진 대머리였다. 문어 선생님. 이것이 안타까운 진실이었다.

수업을 듣고 있는 반 아이들은 전부 넋이 나간 표정이었다. 한참 지루하고 허기진 3교시였다. 문 쌤은 실없이 당구 큐대를 까딱거리며 수업에 열중하고 있었다. 말투가 느린 만큼 시간을 꽉꽉 채워서 수업하는 열정적인 문 쌤 덕분에, 아이들은 몸을 배배 꼬며 스피커를 힐끔거렸다. 아이들의 인내심이 바닥을 치는 순간, 마침내 수업 종이 쳤다.

"피자빵!"

병든 닭처럼 고개를 꾸벅거리고 있던 이주열이 자리에서 벌떡 일어났다.

"저, 저, 저. 으잉? 인마, 선생님 아직 책도 안 덮었다."

문 쌤이 못마땅한 표정으로 지적했지만, 이주열 패거리는 이미 교실을 뛰쳐나간 뒤였다. 조용하던 복도가 순식간에 소란스러워졌다. 매점을 향해 선두로 달려 나가던 이주열은 뒤따라오는 녀석들을 보며 낄낄거렸다.

"조빱들아! 1등은 형이 먹는, 윽!"

뒤를 보고 달리던 이주열은 불시에 부딪힌 한쪽 어깨를 감싸 쥐었다.

"씨발, 야! 눈깔 제대로 안 뜨고 다니냐?"

이주열은 자신과 충돌한 방해물을 향해 욕지거리를 내뱉었다. 방해물은 뒤로 넘어져 엉덩방아를 찧은 상태였다. 앞을 보지 않고 달린 자신의 잘못이었음에도 불구하고, 이주열은 눈앞에 넘어져 있는 녀석을 짜증스럽게 쏘아보고는 그대로 지나쳐 다시 달리기 시작했다.

"이 자식들아! 복도에서 뛰지 말랬지!"

때마침 계단을 올라오던 서 선생이 엄한 어조로 큰소리를 내질렀다. 그러자 이주열을 비롯해 신나게 달려오던 아이들이 주춤거리며 눈치를 보았다. 그러나 그것도 잠시, 아이들은 발을 늦추는 척하며 부랴부랴 복도를 빠져나갔다.

아이들을 불러 세울까 고민하던 서 선생이 고개를 설레설레 저을 때였다.

"저런 철딱서니 없는 자식들···. 어머, 재겸아!"

복도에 주저앉아 있던 재겸을 발견한 서 선생이 빠른 걸음으로 다가왔다.

"괜찮니?"

걱정스러운 물음에, 봉변을 당한 재겸은 대충 고개를 끄덕였다. 서 선생은 화난 표정으로 아이들이 뛰어간 방향을 노려보았다. 안 되겠다. 종례 시간에 따끔하게 혼을 내야지. 안 그래도 이주열은 반에서 가장 골치를 썩이는 녀석이었다.

어정쩡하게 몸을 일으키던 재겸은 저도 모르게 속엣말을 뱉었다.

"아, 저 개새…."

"응? 뭐라고?"

"아, 아뇨."

서 선생이 귀를 바짝 붙이며 되묻자, 재겸은 황급히 말을 흐렸다. 서 선생은 고개를 갸웃거리다가 재겸의 팔을 가볍게 쥐었다. 그러고는 손가락으로 3반을 가리키며 고개를 끄덕였다. 재겸은 앞장선 서 선생의 뒤를 졸졸 따라 교실로 들어섰다.

"자, 잠깐 주목! 다들 자리에 앉아."

서 선생은 칠판을 탕탕 두들기며 아이들의 시선을 집중시켰다. 난데없는 담임의 등장에, 쉬는 시간을 만끽하며 교실을 돌아다니던 아이들은 의아한 얼굴로 슬금슬금 걸음을 옮겼다. 서 선생의 곁에서 가방을 메고 선 재겸을 향해 시선이 모여든 것은 당연한 수순이었다.

"오늘 전학생 올 거라고 했었지? 얜 재겸이야. 김재겸."

잠시 조용해졌나 싶던 교실이 금세 수선스러워졌다. 서 선생이 생긋 웃으며 재겸의 팔을 잡아끌었다. 얼떨결에 교탁 정중앙에 선 재겸이 멀뚱하게 있으니, 서 선생은 재겸에게 눈짓을 했다. 인사하라는 건가? 재겸이 정면으로 시선을 던졌다.

모두가 저를 쳐다보고 있었다.

잠시 눈치를 보던 재겸이 마지못해 입을 열었다.

"어… 안녀어엉."

아직도 저를 쳐다보고 있다.

"어, 만나서… 반갑다."

아이들이 호기심 어린 눈빛으로 재겸의 말에 귀를 기울이고 있었다. 뭘 더 말해야 되나? 재겸이 손가락에 붙은 반창고를 만지작거렸다. 재겸의 낯은 일견 무심해 보였지만, 사실은 맹렬히 머리를 쥐어짜 내는 중이었다. 이런 자리가 처음이라 낯설었던 것이다.

재겸이 말을 골랐다.

"어… 엄마 아빠 말씀 잘 듣고, 물가엔 가지 말고, 길가에 떨어진 물건은 함부로 줍지 말고, 진인사대천명(盡人事待天命)이라는 말이 괜한 소리가 아니니까… 차분한 마음으로 덕 쌓으면서 살아라."

"……"

"……"

"……"

"……"

소란스러운 복도와 비교될 정도로 싸한 정적이 교실에 내려앉았다. 반 아이들의 표정이 이상했다. 뭐? 왜? 다 피가 되고 살이 되는 소린데. 재겸이 스르륵 눈을 굴려 서 선생을 곁눈질했다. 서 선생 역시 비슷한 표정으로 저를 바라보고 있었다. 이 정도 말했으면 되지 않았나? 멀뚱멀뚱 시선을 받아 내던 재겸이 반창고를 만지작거리며 다시 입을 열었다.

"그럼 다들 행복한 여생 보내라."

무덤덤한 덕담을 끝으로 재겸은 교탁에서 내려왔다. 그때, 교실 뒷문이 열리며 입에 빵을 물고 있던 이주열 패거리가 들이닥쳤다. 피자빵을 우물거리던 이주열은 교탁 앞에 서 있는 재겸을 발견하고 눈을 크게 뜨는가 싶더니, 이내 인상을 찌푸렸다.

"뭐야? 이 초상난 분위기는…."

이주열의 중얼거림과 동시에 뒤늦게 정신을 차린 서 선생이 어색하게 외쳤다.

"자… 그, 그럼… 박, 박수!"

짝짝짝… 짝… 짝….

축 처진 박수는 경쾌한 수업 종소리가 울려 퍼질 때까지 계속되었다.

· ✤ ·

점심시간이 되자 반 아이들은 우르르 교실에서 뛰어나갔다. 창가 옆 구석 자리에 앉은 재겸은 잉크 냄새가 펄펄 나는 새 교과서를 노려보는 중이었다. 그래서 코사인이 뭘 어쨌다는 거야? 수업을 듣긴 했는데 뭔 소린지 하나도 알아듣지 못했다.

"저기, 재겸이라고 했지?"

재겸은 고개를 들어 눈앞에 선 아이의 얼굴을 쳐다보았다.

"내 이름은 조영우라고 해. 반가워."

조영우가 환하게 웃으며 인사를 건넸다. 조영우는 재겸의 앞자리였다. 수업 시간 내내 열심히 뭔가를 적고 있던 걸 봐선 성실한 성격인 듯했다.

"어. 그래."

재겸이 다시 교과서로 시선을 내렸다.

"점심시간인데, 밥 안 먹어?"

아, 밥때였구나. 반 아이들은 재겸을 힐끔거리기만 할 뿐, 별다른 말을 걸어오지 않았다. 다들 어딜 가는지는 모르지만 바빠 보여서 적당히 교과서나 뒤적거리고 있던 참이었다.

"급식실 어딘지 모르지? 내가 알려 줄게. 밥 같이 먹을래?"

조영우가 말갛게 웃어 보였다. 다들 한두 명씩 모여 다니는데 조영우만은 재겸처럼 혼자였다. 재겸은 조영우를 빤히 응시하다가 고개를 끄덕이며 자리에서 일어났다. 낯선 사람과 겸상하는 게 썩 내키진 않았지만, 조영우는 드물게 맑고 순수한 기운을 가진 녀석이었다. 잠깐 정도야 어울려도 나쁘지 않을 것 같다는 생각이 들었다. 재겸은 조영우를 뒤따라 교실을 나섰다. 나란히 복도를 걷는 둘 사이로 어색한 침묵이 감돌았다.

"재겸이 넌 어디 살아?"

눈치를 보던 조영우가 먼저 용기를 냈다.

"나 집 멀어. 저기 산 근처야."

"그렇구나. 그럼 버스 타고 다니겠네?"

"어? 어… 17번."

"정말? 나도 17번 타는데!"

조영우가 눈에 띄게 반색하며 재겸을 바라보았다.

"진짜 반갑다. 이따 마치면 집에 같이 갈래?"

"…그러든가."

재겸은 얼떨결에 고개를 끄덕였다. 조영우는 같이 집에 갈 친구가 생겼다는 게 몹시도 반가운 모양이었다. 강아지로 따지면 꼬리를 흔드는 것처럼 보일 정도였다.

"이따 버스 타기 전에 와플집 들렀다 가자. 우리 학교 명물인데…."

둘은 이런저런 이야기를 나누며 학교 본관을 빠져나왔다. 급식실로 향하는 동안 조영우는 손가락으로 이곳저곳을 가리키며 "저기가 강당이고, 저기는 체육관이야." 하고 열심히 설명해 주었다. 그에 재겸이 고개를 끄덕이며 귀 기울이는 시늉을 할 때였다.

어디서 나타났는지 모를 나비 한 마리가 재겸의 시야로 들어왔다.

조영우의 말을 듣고 있던 재겸이 스르륵 눈동자를 굴려 나비를 곁눈질했다. 아무 색깔도 없이 투명한 나비였다. 기이한 나비에게선 은은한 향기가 났다. 팔랑팔랑 날갯짓하던 나비는 재겸을 지나치더니 조영우의 주변에서 맴돌았다. 조영우는 나비가 가까이 다가와도 아무렇지 않은 표정이었다. 아무래도 조영우의 눈에는 보이지 않는 듯했다. 재겸은 조영우에게 한 번 시선을 던졌다가, 슬쩍 손을 들어서 나비를 쫓아냈다. 근처에서 얼쩡거리니 성가셨다.

"응? 왜 그래?"

허공에 손을 휘적거리는 재겸의 모습에 조영우가 고개를 갸웃거렸다.

"뭐가 좀 날아다녀서."

재겸이 대수롭지 않게 대꾸했다. 조영우는 더 물어보지 않고 하던 얘기를 계속하기 시작했다. 그러다 급식실이 딸린 강당 안으로 들어가려는데, 잠시 사라졌던 나비가 어느 순간 또다시 조영우의 곁에서 팔랑거렸다. 재겸은 다시 손을 들어서 나비를 부드럽게 밀쳐 냈다.

"재겸아, 너 방금 뭐 한 거야?"

그런데 조영우가 이번에는 걸음을 멈췄다.

"날벌레 때문에."

재겸은 대충 궁색한 핑계를 댔다. 그러자 조영우가 굳은 얼굴로 입을 다물었다. 뭐지? 본인 얘기에 집중하지 않아서 화라도 났나…. 재겸은 저도 모르게 조영우의 눈치를 살폈다. 조영우는 잠시 주변을 두리번거리는가 싶더니 또렷한 시선으로 재겸과 눈을 마주쳐 왔다.

"저기, 재겸아. 너 혹시 나비 봤어?"

조영우가 재겸을 향해 한 발짝 다가서며 조심스레 물었다.

"……."

재겸은 흠칫하며 조영우가 다가온 만큼 뒤로 물러섰다.

뭐야…. 이 녀석 귀재였나?

재겸은 조영우를 물끄러미 응시했다.

대답을 기다리는 조영우의 눈동자엔 묘한 기대감이 깃들어 있었다. 조영우를 가늠하던 재겸은 잠시 생각에 잠겼다. 재겸은 자신이 귀재임을 밝힐 생각이 추호도 없었다. 상대가 평범한 인간이든, 저와 같은 귀재든, 어느 쪽이라도 마찬가지였다. 귀재라는 사실이 알려지면 어찌 되는지 재겸은 무척이나 잘 알고 있었다. 재겸은 우선 떠보기로 했다.

"너 방금 전에…."

조영우가 머뭇거리며 말을 덧붙이려는 찰나,

"웬 나비? 나비가 어딨는데."

재겸은 조영우의 말을 싹둑 끊고 무심하게 대꾸했다.

재겸이 시치미를 떼자, 아니나 다를까 조영우의 눈빛이 일순 흔들렸다. 안심하는 것 같으면서도 살짝 실망한 눈치였다. 재겸은 조영우에게 시선을 고정한 채, 초점 바깥에서 팔랑거리는 나비의 움직임을 좇았다.

"아, 아니. 아니야. 미안. 내가 잠깐 착각했나 봐."

"착각?"

"응, 요새 들어서 자꾸 뭔가 헛것이 보여서…. 기가 허해졌나? 하하, 갑자기 이상한 소리 해서 미안해. 방금 내가 한 말은 신경 쓰지 마."

조영우는 황급히 말을 얼버무리며 손을 내저었다. 나비는 어느새 조영우의 어깨에 사뿐히 내려앉은 상태였다. 그런데도 조영우는 나비의 기척을 전혀 의식하지 못하고 있었다. 지금 조영우의 눈에는 나비가 보이지 않는다는 얘기였다.

혹시 보였다가 안 보였다가 하는 건가….

재겸은 생각에 잠겼다.

· 🕊 ·

재겸은 소란스러운 급식실을 두리번거렸다.

어깨에 앉아 있던 나비는 어느 순간 사라진 뒤였다. 조영우는 익숙한 손길로 식판과 수저를 챙긴 뒤, 재겸에게 손짓을 했다. 어리둥절하게 서 있던 재겸이 조영우를 따라서 눈치껏 식기를 집어 들었다. 조영우의 뒤를 졸졸 따라다니자 어느새 식판이 금세 묵직해졌다.

재겸은 식판에 담긴 음식을 찬찬히 훑어보았다.

메뉴는 김이 모락모락 피어나는 잡곡밥과 조갯살이 들어간 미역국, 달콤한 돼지불고기, 그리고 윤기가 흐르는 잡채와 깍두기였다. 조영우와 마주 보고 앉은 재겸은 수저를 들어 반찬을 뒤적거렸다. 제일 먼저 국물부터 후루룩 떠 마셨다. 급식을 처음 맛본 재겸이 고개를 번쩍 들었다.

대륭 고등학교의 급식은 지역에서도 맛이 없기로 정평이 나 있었다. 다들 맛없는 급식 때문에 전학을 가고 싶다고 하소연을 할 지경이었다. 아이들은 그나마 제일 맛있는 반찬만 골라 먹고 나머지는 잔반통에 쏟아붓곤 했다. 덕분에 매점은 언제나 학생들로 인산인해였고, 선생들 중에서는 아예 도시락을 싸 가지고 다니는 사람들도 많았다.

재겸의 충격적인 표정을 확인한 조영우가 난감하게 웃어 보였다. 맛이 없어서 놀랐구나. 재겸의 입에도 급식이 영 아닌 모양이었다. 재겸은 밥을 한가득 퍼서 미역국에 풍덩 말았다.

"좀 그렇지? 그래도 예전보다 많이 나아진 건데…."

머쓱하게 중얼거리던 조영우가 말끝을 흐렸다. 음식을 버리기 쉽게 한곳에 모으려는 줄 알았는데, 재겸은 식판 옆에 팔 하나를 비장하게 올리고 열심히 숟갈질을 하기 시작했다. 조영우는 재겸이 먹는 모습을 빤히 바라보았다.

"왜?"

젓가락으로 깍두기를 집던 재겸이 조영우의 시선을 느끼고 고개를 들었다.

"아, 엄청 맛있게 먹어서….."
"엄청 맛있으니까."
재겸이 엄청나게 심각한 얼굴로 대꾸했다.
"그, 그렇구나…."
재겸은 말 한마디 하지 않고 성실하게 식사에 임했다. 조영우는 숟가락 위에 고기를 차곡차곡 올리기 시작했다. 그렇게 조영우는 자신의 식판에 있던 불고기 전부를 재겸의 식판으로 옮겼다. 난데없이 늘어난 고기반찬에 재겸의 눈이 커다래졌다.
"뭐야?"
"고기 좋아해? 손 안 댄 거야."
"왜?"
"난 고기 안 좋아하거든."
재겸은 세상에 그런 사람이 어딨냐는 눈빛으로 조영우를 의심스럽게 쳐다보았다. 그러면서도 내심 기뻐하는 눈치였다. 밥이 정말 맛있나 보네. 조영우는 새어 나오려는 웃음을 꾹 눌러 참았다. 조영우가 "얼른 먹어." 하며 손짓하자 재겸은 미심쩍은 표정으로 고개를 끄덕였다.

사실 아까 헛것이 보인다는 둥 쓸데없는 소리를 한 것 때문에 계속 마음이 쓰이던 참이었다. 재겸이 혹시라도 자신을 이상하게 볼까 봐 내심 걱정을 했었다. 그런데 다행히 재겸은 신경 쓰지 않는 듯했다. 재겸이 밥 먹는 모습을 뿌듯하게 바라보던 조영우가 웃으며 질문을 던졌다.

"재겸아, 혹시 운세 보는 거 좋아해?"

열심히 젓가락을 놀리던 재겸이 눈을 들었다.

"혹시 운세 보는 거 좋아하면 내가 이따 봐 줄게."

"네가 봐 준다고?"

"내 취미가 윷점 치는 거거든. 하하, 할아버지 같지? 아, 윷점이 뭐냐면 윷을 세 번 던져서 그날의 운세를 점치는 건데, 별거 아니지만 은근히 재밌더라구."

조영우가 배시시 웃으면서 말을 이어 나갔다.

"예전부터 심심풀이로 했는데 요즘은 꽤 잘 맞는 것 같아. 오늘은 좋은 소식이 있을 거라는 점괘가 나왔거든. 근데 오늘 재겸이 네가 전학을 왔잖아. 어때? 신기하지?"

무심하게 젓가락을 놀리던 재겸이 문득 손을 멈췄다.

"뭐 나왔는데."

"응?"

"윷 세 번 던져서 뭐 나왔냐고."

조영우가 골똘한 표정으로 기억을 되짚었다.

"아… 으음, 처음엔 도. 두 번째는 모. 마지막이 뭐더라…. 아! 걸. 걸이었어."

"도, 모, 걸…."

재겸이 혼잣말로 중얼거리자, 조영우가 고개를 끄덕였다.

"응. 도모걸. 해석은 인터넷에 검색하면 나오거든. 한문으로 되어 있어서 정확히 기억은 잘 안 나는데, 좋은 일이 있을 거라는 그런 뜻이었던 것 같아."

"……."

"아! 지금 휴대폰으로 검색해 보면 되겠…."

가만히 얘기를 듣고 있던 재겸이 탁, 소리가 나도록 젓가락을 내려놓았다.

"야."

주머니에서 휴대폰을 꺼내려던 조영우가 멈칫하며 재겸을 바라보았다.

"밥 안 먹냐?"

지금까지 들어 본 적 없는 싸늘한 목소리였다. 갑자기 냉랭해진 재겸의 태도에 조영우는 당황했다. 아, 나도 모르게 들떠서 말이 너무 많았나. 조영우가 살짝 붉어진 얼굴로 입을 열었다.

"아… 미, 미안…."

조영우가 조그맣게 사과하자, 재겸이 무미건조하게 중얼거렸다.

"그런 곳에 정신을 팔고 있으니까 헛것이나 보는 거야."

"……."

"정신 똑바로 차려."

"……."

조영우는 말문이 막혔다. 재겸의 말은 구구절절 맞는 말이었는데, 이상하게 정곡을 후벼 파는 느낌이었다. 재겸은 아무 일도 없었던 것처럼 다시 밥을 먹기 시작했다.

재겸은 조영우가 건네준 고기반찬을 전부 남겼다.

· 🕊 ·

조영우는 어려서부터 몸이 허약한 아이였다. 숱한 잔병치레에 시달리느라 툭하면 병원 신세를 졌고, 건강한 날은 손에 꼽을 지경이었다. 고등학생이 되면서부터는 많이 건강해진 편이긴 했으나, 그럼에도 한 달에 한두 번 정도는 아파서 병결하거나 조퇴하는 일이 잦았다.

자주 학교에 빠지다 보니 조영우는 친구를 깊게 사귀지 못했다.

그래서였다. 조영우는 전학생이 온다는 소식을 듣고 이번만큼은 꼭 놓치지 않고 그 애와 친구가 되어야겠다고 마음을 먹었다. 그런데 알고 보니 집도 같은 방향, 심지어 같은 버스를 타는 기막힌 우연까지 겹쳤다.

그리고 지금….

조영우는 홀로 버스 정류장을 향해 걸어가고 있었다.

급식실에서 교실로 돌아오는 동안, 재겸과 조영우는 서로 한마디도 하지 않았다. 그 이후로도 마찬가지였다. 종례가 끝나고 잠시 화장실에 다녀오니 재겸은 이미 자리에 없었다. 학교 끝나면 같이 집에 가자고 했었는데, 역시나 흐지부지된 모양이었다. 기대하지 않으려고 했지만 그래도 속이 상하는 건 어쩔 수 없었다.

조영우가 한숨을 내쉬었다.

"아, 진짜… 괜히 이상한 소리를 해 가지고…."

만난 지 몇 시간도 안 되어 헛것이 보인다는 둥 헛소리를 해 댄 걸로도 모자라서, 점괘가 잘 맞는다는 둥 한심한 이야기나 늘어놓았으니 재겸 입장에서는 당연히 싫었을 것이다.

조영우가 윷점을 치기 시작한 건 일 년 전, 시시콜콜한 생활 정보를 알려 주는 방송 프로그램을 보고 나서부터였다. 간단하면서도 나름 체계가 있는 것 같아서, 속는 셈 치고 한번 해 봤더니 왠지 얼추 맞는 듯한 느낌이었다. 물론 영 애매할 때도 많았다. 하지만 심심풀이로 몇 번 하다 보니 시간이 지날수록 점괘가 들어맞는 경우가 점점 늘어났다. 조영우는 '이것도 하면 할수록 느나 보다.'라고 생각했다.

그러던 어느 날이었다. 조영우는 길을 걷다 무심코 쇼윈도에 비친 제 모습을 보았다. 귓가에서 웬 나비가 날아다니고 있었다. 조영우는 별생각 없이 나비를 확인하기 위해 고개를 돌렸다. 하지만 아무리 주변을 둘러보아도 나비는 찾아볼 수 없었다. 기이한 느낌에 다시 쇼윈도를 쳐다봤더니, 유리에 비친 저의 곁에선 여전히 나비가 날갯짓을 하고 있었다.

저기선 나비가 보이는데, 이곳엔 나비가 없다.

"뭐, 뭐야…."

당황한 조영우는 황급히 집으로 돌아왔고, 이후 별다른 일은 일어나지 않았다. 평소와 같은 일상이 흘러갔다. 그 후로 며칠이 지났고 그 일은 잊히는 듯했다. 그러나 정말 잊기 전, 조영우는 다시 나비를 발견했다. 이번엔 쇼윈도를 통해서가 아니라 자신의 눈으로.

조영우는 그때 열감기를 앓고 있었다. 비몽사몽간에 별반 대수롭지 않은 심정으로 '아, 나비네.' 하며 멍하니 바라보았다. 그런데 가만히 보고 있으려니 불현듯 위화감이 들었다. 나비의 몸체가 투명해서 날개 뒤로 물건이 비쳤던 것이다. 그와 동시에 조영우는 현재 계절이 겨울이라는 사실을 번뜩 떠올려 냈다.

"……."

조영우는 그날 결국 정신을 잃었다. 아마 그때부터였을 것이다. 조영우의 눈에 본격적으로 나비가 보이기 시작한 것은. 보일 때도 있고 안 보일 때도 있었지만, 나비는 어느 순간 불현듯 나타났다. 그리고 윷점을 치면 백이면 백, 그날 하루를 완벽하게 예견하는 점괘가 나오기 시작한 것도 그 무렵부터였다.

나비와 윷점. 조영우는 자신에게 무슨 일이 일어나는지 알지 못했다.

'그런 곳에 정신을 팔고 있으니까 헛것이나 보는 거야.'

그런가. 정말, 그럴지도….

재겸이 차갑게 쏘아붙였던 말이 자꾸만 귓가에서 맴돌았다. 조영우가 착잡한 얼굴로 어깨에 메고 있던 가방을 추슬렀다. 오늘따라 버스 정류장으로 향하는 길이 멀게만 느껴졌다.

"거기, 학생?"

누군가 부르는 소리에, 땅만 보고 걷던 조영우가 고개를 들었다. 몇 걸음 떨어진 곳에서 낯선 여자가 자신을 바라보고 있었다.

"네?"

"뭐 떨어트렸어요."

"저, 저요?"

"네."

조영우가 자신의 발밑 여기저기를 살폈다. 서 있던 자리를 빙글빙글 돌면서 찾아봤지만, 보도블록 위에는 딱히 뭐가 없었다. 바람에 굴러다니는 너덜너덜한 빵 봉지 하나가 전부였다.

"아, 아무것도 없는데…."

"제가 방금 주웠거든요."

"…네?"

조영우가 어리둥절한 표정을 지어 보였다. 그럼 그냥 주면 되는 거 아닌가? 고개를 갸웃거리는 조영우를 향해 몇 발자국 떨어진 곳에 서 있던 여자가 성큼성큼 다가왔다. 여자는 일견 평범해 보였다. 조영우에게 가까이 다가온 여자가 턱 하니 손을 내밀어 보였다.

"자, 받아요."

여자는 마치 계란을 쥐고 있는 것처럼 손을 오므리고 있었다. 물건이 깨지지 않게 조심조심 감싸고 있는 것 같았다. 조영우가 얼떨떨한 표정으로 여자의 주먹 근처로 손바닥을 펼쳤다.

"어… 이, 이거…."

조영우가 눈을 크게 뜨자, 여자가 생글거리며 웃음을 지었다.

"학생 거, 맞죠?"

여자의 손안에서 투명한 나비가 나풀나풀 빠져나왔다.

· 🕊 ·

싱그러운 어느 봄날이었다.

삐걱거리는 소리와 함께 찢어진 창호지 문이 활짝 열렸다. 낡은 초가지붕 위에 앉아 부산하게 몸단장을 하던 산새들이 줄행랑을 쳤다. 문을 열고 나온 아이는 마당을 두리번거리다가, 이내 마루에 털썩 주저앉았다. 조그만 얼굴엔 아직 잠기운이 남아 있었다. 아이는 흐리멍덩한 눈을 깜빡거리며 잠의 여운을 쫓아냈다.

댓돌 위에는 아이가 벗어 둔 신발이 가지런히 놓여 있었다. 아이는 신발을 꿰어 신고 마당을 빠져나왔다. 누군가를 찾는 듯, 연신 주변을 두리번거리던 아이가 아름드리 소나무 한 그루를 발견하고는 그 앞에 멈춰 섰다. 아이는 양팔을 활짝 펼치더니, 집채만 한 나무를 한 품 가득 끌어안았다.

"배고파."

아이가 나무에 볼을 붙인 채 중얼거렸다.

"나 배고프다고."

아무리 기다려도 대답은 들려오지 않았다. 아이는 눈썹을 꿈틀거리는가 싶더니, 품에 안고 있던 나무를 온 힘을 다해 흔들었다. 그러자 솔방울 하나가 아이의 정수리로 톡, 떨어졌다.

"아씨!"

아이가 정수리를 문지르자, 나무 위에서 부드러운 목소리가 흩어졌다.

"그러게, 나무를 괴롭히면 안 되지."

"네가 떨어트린 거잖아!"

"어허, 스승님한테 너라니. 건방지구나."

"오호, 뜨등님한테 느라늬. 근방지구나잉."

사내가 짐짓 엄한 어조로 말했으나, 아이는 눈꺼풀을 까뒤집으며 사내의 말을 그대로 따라 했다. 일부러 우스꽝스럽게 흉내 내는 모습에 장난기가 가득했다. 서까래처럼 두꺼운 가지 위에 정좌를 하고 있던 사내가 피식거리며 웃음을 터뜨렸다.

"성미가 고약한 아이로다."

아이는 사내를 잘 알고 있었다. 사내는 한 번도 저를 진심으로 나무란 적이 없었다. 반말을 하고 짜증을 부려도 사내는 항상 웃기만 했다. 말로는 스승이라고 하면서도 사내는 저를 늘 동등하게 대해 주었다. 가끔은 스승과 제자가 아니라 친우 사이 같았다.

"무어가 먹고 싶으냐?"

사내의 다정한 물음에 아이가 눈을 굴렸다.

"고기."

사내가 나무에서 소리 없이 뛰어내렸다. 꽤 높은 곳에서 뛰어내렸음에도 땅 위로 먼지 하나 일어나지 않았다.

"눈 뜨자마자 고기?"

"응, 고깃국이랑 쌀밥."

아이는 사내와 같이 다니면서부터 살이 꽤 붙었다. 마을에서 떠돌이 개처럼 생활할 때와는 달리, 아이는 그새 훌쩍 자라 있었다. 그땐 마냥 어린아이였다면, 지금은 소년이라면 소년처럼도 보였다.

사내는 소년을 목전에 둔 아이를 데리고 다니며 살아가는 데 필요한 것들을 하나씩 일러 주었다. 수시로 집을 옮겨 다니며 살았기에 생활이 불안정하긴 했지만 사내와 함께라면 괜찮았다. 항상 지붕 아래에서 잠을 잤고, 더 이상 끼니를 거르는 일도 없었다.

아이와 사내는 전국 팔도를 돌아다녔다. 이번에 둥지를 튼 곳은 산 중턱에 있는 낡은 초가집으로, 어젯밤에 짐을 풀었다. 사람의 손길이 닿지 않아 오랜 시간 동안 방치되어 있던 집이라 먼지가 가득했다. 덕분에 밤늦게까지 집 안 곳곳을 쓸고 닦느라 지쳐 잠자리에 들었다. 당분간 지낼 집이 생겼으니 이젠 주린 배를 채워야 했다.

"그럼 시전(市廛)에 나가 보자꾸나. 가는 김에 덧댈 창호지도 사고."

사내와 아이는 나란히 산길을 걸어 마을로 향했다.

산속 외딴집에 있다가 인파가 북적이는 저잣거리로 들어서자 사람들의 활기가 느껴졌다. 시전 좌판을 둘러보던 아이의 눈이 들떠 있었다. 흥정을 하는 소리, 좋은 물건이 나왔다며 발길을 붙잡는 소리, 거나하게 흥이 오른 취객의 노랫소리…. 말 그대로 시장통이었다.

인파를 헤쳐 휘적휘적 걷던 사내가 어느 순간 걸음을 멈췄다. 옆에 있어야 할 아이가 보이지 않았다. 사내가 주변을 두리번거렸다. 다행히 아이는 멀지 않은 곳에 서 있었다. 잘 말린 육포를 널어놓은 좌판 앞에서 아이는 입을 벌린 채 서 있었다. 많이 컸나 싶어도 영락없이 애구나. 사내가 빙그레 웃으며 아이를 불렀다. 왁자지껄한 와중에 아이는 용케 사내의 목소리를 알아듣고 고개를 돌렸다.

그때였다. 아이가 난데없이 뒤로 철퍼덕 자빠졌다.

"이런, 다친 덴 없느냐?"

부리나케 달려온 사내가 아이를 일으켜 세웠다. 아이가 아픈지 인상을 쓰며 손바닥을 털었다. 살갗이 살짝 까지긴 했지만 다행히 피는 나지 않았다.

"어떤 놈이 뒤에서 잡아당겼어."

"잡아당겼다고?"

아이가 고개를 끄덕였다. 앞으로 나아가려는 순간, 갑자기 뒤에서 알 수 없는 힘이 봇짐을 잡아당겼다. 아이가 뒤를 흘끔거리며 확인했지만 봇짐은 육안으로 봐서는 멀쩡했다. 사내가 손을 내밀었다.

"이리 내보거라."

"뭘?"

"봇짐 말이다."

아이가 어깨에서 봇짐을 벗어 사내에게 건넸다. 사내는 말없이 봇짐을 받아 들더니, 끈을 풀어 봇짐 안으로 손을 집어넣었다. 뭔가를 찾는 듯 손을 이리저리 뒤적거리던 사내가 미묘하게 입꼬리를 올렸다.

"이런…."

"왜?"

알쏭달쏭한 사내의 표정에 아이가 의아한 듯 물었다. 사내는 대꾸 없이 봇짐 안에서 전낭(錢囊)을 꺼내 들었다.

"어…?"

엽전이 가득 들어 있어야 할 전낭은 한눈에 보기에도 홀쭉해져 있었다. 아이가 휘둥그런 눈을 하고 전낭을 덥석 움켜쥐었다. 역시나였다. 아무리 주물럭거려도 전낭 안의 내용물은 지나치게 부실했다.

"뭐야! 이거 다 어디 갔어!"

놀란 아이가 벌컥 소리를 질렀다. 설마! 아까 잠깐 부딪쳤던 인간이…. 아이는 옷소매를 걷더니 주변을 두리번거렸다. 샐쭉 올라간 눈꼬리에서 분기가 흘러넘쳤다.

"아니, 이런 개좆같은 인간을 봤나?"

"……"

"사지를 어? 포를 떠 가지고 확 그냥, 아주 모가지를 베어서…."

"어허, 그만…."

지나가던 이들이 놀란 눈으로 아이를 흘끔거렸다. 속사포처럼 쏟아지는 험한 말에 사내가 손을 들어 아이의 코를 잡아당겼다. 이를 바득바득 갈던 아이가 눈을 치켜떴다.

"애먼 인간을 잡아서 쓰나. 인간의 소행이면 전낭이 통째로 사라졌겠지."

"아."

아이가 입을 다물었다. 생각해 보니 그러네. 사내는 전낭을 탈탈 털어 내용물을 확인했다. 남은 건 딸랑 엽전 두 푼이 전부였다. 사내가 혀를 찼다.

"아무래도 전낭 속에 돈 귀신이 붙었는가 보다."

"돈 귀신?"

"그래. 오래 묵은 엽전을 좋아하는 잡귀인데, 전낭 속에 잠들어 있다가 사방에서 돈 냄새가 폴폴 나니 그 틈을 타서 깨어난 모양이야."

"그럼 어떻게 해?"

돈 귀신은 엽전인 척 둔갑하여 진짜 엽전들 틈에 끼어서 잠을 자는 것을 좋아했다. 오래 묵은 엽전일수록 돈 귀신이 잘 꼬였다. 그러다가 더 오래된 엽전 냄새를 맡으면 신이 나서 그쪽으로 이사를 간다. 인간에게 특별한 해를 끼치지는 않았지만, 다른 엽전으로 옮겨 갈 때면 자신이 좋아하는 엽전들을 주렁주렁 이고 떠나서 하루아침에 눈 뜨고 돈을 도둑맞는 날벼락이 종종 발생하곤 했다. 물론, 돈 귀신이 옮겨 간 그 엽전의 주인은 난데없이 전낭이 두둑해져서 뜻밖의 횡재를 했을 것이고.

"미리 확인하지 못한 불찰이지, 별수 있겠느냐? 돈 귀신은 기척이 없어서 잡기 어렵단다."

아이가 시무룩한 표정으로 수중에 남은 단돈 두 푼을 바라보았다. 반면에 사내는 태연자약했다. 심란한 아이에게 사내가 이런저런 당부를 늘어놓았다.

"그러니 돈을 보관하는 항아리에는 정결한 소금 주머니를 넣어 놓아야 한다. 잡귀들은 소금에 진저리를 놓기 마련이니 응당 돈 귀신도 물러갈 것이다. 아니면, 엽전을 멍석에 전부 쏟아 놓고 여린 엄나무 가지로 회초리질을 하는 방책도 있단다. 회초리로 엽전을 골고루 내리치면, 둔갑해 있던 돈 귀신이 매를 얻어맞고 잠에서 깨어날 것이다."

"그래서?"

"음?"

"그래서, 고깃국은?"

"……."

사내가 난처한 표정으로 턱을 매만졌다.

"오늘은 날이 아닌 모양이다. 두 푼으로는 어림도 없지."

사내와 아이는 팔도를 떠돌아다니긴 했으나 주머니 사정은 대체로 넉넉한 편이었다. 마을을 옮겨 다니는 동안, 사내는 민간의 의뢰를 받아 그 대가로 수입을 벌었는데 그게 꽤나 쏠쏠했기 때문이다. 그 의뢰라 함은 귀재만이 해결할 수 있는 일들을 뜻했다.

사내는 삿갓을 쓰고 집집마다 돌아다니며 대문을 두드렸다. 그러고는 집주인이 아니면 전혀 알지 못할, 그 집에 얽힌 내력을 줄줄 풀어놓았다. 보통은 집에 갑자기 안 좋은 일이 연달아 일어난다거나, 계속 반복되는 불가사의한 꿈을 꾼다거나, 집터를 옮기고 나서 몸이 자꾸 아프다는 이야기였다. 그렇게 일을 해결해 주고 나면 으레 소문이 퍼지기 마련이었다. 흑색 장포를 두른 신통한 이가 나타났다는 소문. 그러다 사내의 귀에도 그 소문이 들려오는 날이면 그때는 미련 없이 마을을 떠나곤 했다.

그렇게 해서 번 돈을, 고작 하찮은 잡귀 때문에 한순간에 거덜 내 버렸다.

"이를 어쩐다."

사내가 눈을 굴렸다.

당장 어디서 의뢰를 받을 것이며, 고작 두 푼으로는….

"고깃국은 고사하고, 당장 한 끼도 배불리 먹기 힘들 것인데…."

사내의 말에 아이가 어깨를 늘어뜨렸다. 사내는 손바닥 위에 놓인 두 푼을 보고 무언가 곰곰이 헤아리는가 싶더니 살짝 미소를 지어 보였다. 좋은 생각이 난 듯한 표정이었다. 사내는 고개를 들어 주변을 두리번거리며 뭔가를 찾는가 싶더니 덥석, 아이의 어깨를 짚었다.

"잠깐만 있어 보거라."

눈을 댕그랗게 뜬 아이를 뒤로하고, 사내는 비뚤어진 삿갓을 고쳐 썼다. 그러고는 흑색 장포 자락을 휘날리며 어디론가 바삐 걸음을 옮겼다. 그로부터 잠시 뒤, 사내는 손에 큼지막한 주머니 하나를 들고 나타났다. 이것을 사기 위해 잠깐 자리를 비운 모양이었다. 먹을 건가? 뭘 사 온 거지? 궁금해진 아이가 까치발을 들자, 장신의 사내는 무릎을 굽혀 주머니 안에 든 내용물을 보여 주었다.

"이게 뭐야?"

"내 이걸로 제자에게 고깃국을 사 줄 생각이다."

사내는 곱게 깎아 낸 나무토막 네 개를 가지런히 내밀었다.

"이건 윷이라는 거란다."

어리둥절한 아이의 표정에 사내가 부드럽게 웃었다.

"정월이면 이 윷가락을 던져서 놀음을 하는데, 해 본 적이 있느냐?"

"있겠어? 그동안 여기저기 빌어먹고, 얻어터지면서 사느라 바빴는데."

"……."

물어 뭐 하니. 사내는 머쓱하게 턱을 매만졌다.

"남은 두 푼으로 이거 산 거야?"

"그래, 이걸로 돈을 충당하련다."

"어떻게? 이걸로 놀음을 해서 돈 벌려고?"

아이가 눈을 깜빡였다.

"음, 애석하게도 그런 데는 소질이 없구나. 대신 다른 데 소질이 있잖느냐?"

"뭔데?"

"윷가락을 던졌을 때 패의 결과에 따라 점사를 봐 주는 것이다."

"이걸로 점을 친다고?"

"그렇지."

사내가 웃으면서 주변을 두리번거렸다.

"목이 괜찮은 곳에 판을 벌여서 오가는 행인에게 윷점을 쳐주는 거지. 윷점을 칠 때는 윷을 세 번 던져 결과를 보는데, 주역의 64괘를 바탕으로 괘사를 풀이한다. 따라서 윷점을 쳐서 나오는 패 역시도 총 예순네 개나 되지."

"예순네 개? 그걸 다 알고 있어?"

"그럼, 내 주역을 닳도록 읽었는데."

아이의 눈이 휘둥그레졌다. 사내는 평소 서책을 즐겨 읽었고, 따라서 문장에도 일가견이 있었다. 아는 것이 많다 싶었는데, 설마 예순네 개나 되는 패를 모조리 외우고 있는 건가? 아이가 감탄하자 사내가 눈을 접으며 웃었다. 그러고는 작은 목소리로 속삭였다.

"사실 열댓 개밖에 모른다."

"……."

장난하나?

"그럼 나머지는?"

"말했잖느냐, 나머지는 모른대도."

"근데 어떻게 윷점을 쳐?"

"말했잖느냐, 소질을 살리면 된다고."

사내가 아이를 이끌고 빈 좌판의 구석으로 데리고 갔다. 그러고는 바닥에 봇짐을 펼치더니 아이에게 윷가락을 건넸다. 아이가 멀뚱멀뚱하게 서 있자, 사내가 손짓을 했다.

"던져 보렴."

아이가 손에 쥐고 있던 윷을 봇짐 위로 던졌다. 데굴데굴. 나무토막이 서로 부딪히는 소리가 생각보다 청쾌해서 듣기 좋았다. 근데 이게 지금 뭐 하는 거람. 물끄러미 패를 내려다보던 사내가 재차 손짓했다. 아이는 두 번 더 윷을 던졌다.

"보자. 도, 도, 개. 도도개가 나왔구나. 도도개라 하면…."

"도도개. 알고 있는 거야?"

잠시 생각에 잠겼던 사내가 고개를 끄덕였다.

"서입창중(鼠入倉中). 쥐가 곳간에 들었다는 뜻으로, 재산이 빠져나간다는 의미지."

"……."

"안타깝게도 적중이구나."

돈 귀신이 전낭에 들었다. 잠시나마 돈 귀신의 소행을 잊고 있었던 아이가 금세 한스러운 눈빛을 했다. 이걸 진작에 알았다면…. 숙연해진 아이에게 사내가 웃으면서 다시 윷을 주워서 건네자, 그걸 받아 든 아이가 봇짐 위로 가볍게 던졌다.

"자, 이번엔 도, 걸, 개. 도걸개로구나."

"도걸개. 이것도 알아?"

"기자득식(飢者得食). 굶주린 자가 밥을 얻는다는 뜻이다. 흐음, 이거야 두말할 필요도 없지. 아무래도 고깃국을 먹게 되려나 본데?"

사내의 말에 아이가 눈을 반짝였다. 처음엔 긴가민가하던 아이는 어느새 윷점에 흠뻑 빠져 있었다. 귀재가 윷점을 치니 딱딱 들어맞는 모양이다. 사내가 또다시 윷을 주웠다. 아이에게 윷을 건네준 뒤, 던져 보라며 손짓했다.

"도, 모, 걸."

"도모걸, 도모걸, 도모걸…."

뭔가 좀 이상한데. 아이가 눈을 들어 사내를 쳐다보았다.

"이거 원래 이래?"

"무어가 말이냐."

"왜 다 '도'로 시작해?"

"글쎄. 그거야 네 손에 달린 우연 아니겠느냐?"

"이건 무슨 뜻인데?"

사내가 웃음을 참으며 말했다.

"한자득의(寒者得衣). 추운 자가 옷을 얻게 된다는 뜻으로, 귀인의 도움으로 어려움을 이겨 나간다는 의미구나. 흐음, 우리 제자에게 귀한 인연이라 함은 나뿐이니, 스승이 돈을 벌어 제자의 끼니를 해결해 준다는 의미렷다."

"……."

아이가 말없이 봇짐 위에 흩어진 윷을 주워 들었다. 그러고는 무언가를 음미하듯 지그시 눈을 감은 채 윷을 들고 서 있었다. 잠시 뒤, 눈을 뜬 아이가 땅바닥에 냅다 패대기를 쳤다.

매번 사내의 손을 거치다가, 아이가 손수 주워서 던진 이번 패는 '도'가 아니라 '모'였다.

"사기꾼."

"사기라니. 아까 말하지 않았느냐? 그저 소질을 살린 거래도."

"열댓 개밖에 모른다면서, 세 번을 던졌는데 전부 뜻을 알고 있잖아."

아이가 눈을 흘겼다.

사내가 쿡쿡거리며 아이가 집어 던진 윷을 주워 들었다. 아이는 총명하고 눈치가 빨라 언제나 사내를 실망시키지 않았다. 사실 사내는 '도'로 시작되는 괘사만 알고 있었다. 그래서 사내는 궁리 끝에 아이에게 윷가락을 건네줄 때마다 미약하게 귀기를 실어 놓았다. 윷을 던질 때마다 귀기로 인해 사내가 미리 손을 써 놓은 대로 윷가락이 저절로 넘어갔던 것이다.

"기분이 상했느냐?"

"당연하지. 나는 그 점괘가 다 진짜인 줄 알고 기대했단 말이야."

"음, 그건 모르는 일이지."

아이는 휙, 등을 돌리고 주섬주섬 봇짐을 챙겼다. 안 그래도 성질 나빠 보이는 눈매에 잔뜩 날이 서 있었다. 아이의 심상치 않은 표정을 본 사내가 삿갓을 고쳐 쓰며 난처하게 웃었다.

"내 소질을 살려서, 그 점괘가 다 들어맞게 해 주마."

아이는 봇짐을 메더니, 앞장서서 걸음을 옮겼다.

"고깃국도 필시 먹게 될 것이다."

아이는 들은 척도 하지 않고 좌판을 벗어났다. 저잣거리엔 사람과 잡귀가 넘쳐나서, 저대로 혼자 보내자니 사내는 걱정이 앞섰다. 왜 저리 뿔이 났나. 장난 좀 친 것 가지고. 아이의 마음을 알 리 없는 사내는 휘적휘적 긴 다리로 그 뒤를 따라갔다.

"매정한 제자야."

사내가 웃음기 어린 목소리를 높였다.

"겸아!"

'겸아!'

'재겸아!'

"재겸아!"

놀란 재겸이 휘청거리며 번쩍, 고개를 들었다.

"어?"

"담임 쌤이 너 교무실로 오라는데."

눈앞에 서 있는 건 모르는 얼굴이었다.

"아, 아, 어…."

재겸은 얼떨떨한 얼굴로 주변을 두리번거렸다. 7교시가 지리 시간이었나. 분명히 수업을 듣고 있었던 것 같은데…. 턱을 괴고 있다가 깜빡 졸아 버렸다. 수업도 종례도 어느새 다 끝난 모양이었다. 교실 안은 방과 후에 남아 자습을 하는 아이들,

교실 청소하는 아이들, 귀가하는 아이들로 어수선하기 짝이 없었다.

한참을 멍하게 있던 재겸은 손목을 주물렀다. 오랫동안 턱을 괴고 있어서 그런지 손목이 욱신거렸다. 한참 만에 자리에서 일어난 재겸은 무심코 비어 있는 의자 하나를 쳐다보았다. 조영우의 자리였다. 먼저 집에 갔나 보네. 하긴, 괜히 화풀이를 했으니….

"……."

그래서, 결국 고깃국을 먹었던가?

사람들로 넘쳐나는 복도를, 재겸은 비틀거리는 걸음으로 헤쳐 나갔다.

· 🪿 ·

조영우가 나비의 존재에 관해 언급할 때까지만 해도 재겸은 긴가민가했었다.

조영우를 따라다니는 나비는 평범한 사람에겐 보이지 않는 것이었다. 하지만 조영우는 나비의 존재를 알고 있었다. 범인이라도 기가 약해져 있거나, 특정한 장소에 가면 일시적으로 눈이 열리는 경우가 간혹 있었다. 귀재일 수도 있고, 아닐 수도 있고. 둘 다 가능성이 있는 이야기였다.

혹시나 하던 의심이 확신으로 바뀐 순간은 조영우가 윷점 이야기를 꺼냈을 때였다. 조영우는 최근 들어 점괘가 잘 맞는다고 말했다. 점괘가 들어맞기 시작한다는 것은 귀재로서의 능력이 점점 발현되고 있다는 증거였다. 수도꼭지로 따지면 한 방울씩 똑, 똑, 떨어지는 수준에 불과했던 것이 점점 굵은 물줄기로 변하는 것과 비슷했다. 헛것이 자주 보인다는 말로 미루어 아직은 보이다가도 안 보이고 하는 모양이지만, 머지않아 눈이 완전히 열릴 것이다.

조영우는 귀재임이 틀림없었다.

보통 귀재들은 같은 귀재를 만나면 무척이나 반가워했다. 자연스레 동질감에서 비롯된 호감을 갖기 마련이지만 재겸의 경우엔 정반대였다. 재겸은 귀재를 몹시 싫어했다.

적당히 어울려 줬던 것은 조영우가 범인이라고 생각했기 때문이다. 재겸은 오히려 범인에게 훨씬 너그럽게 구는 편이었다. 범인은 이 바닥에 관해 아는 것도 없고 능력도 없으니, 어차피 적당히 둘러대고 숨기면 그만이니까. 조영우가 귀재인 줄 알았으면 처음부터 말도 섞지 않았을 것이다. 귀재는 똬리를 튼 뱀처럼 언제든지 간사해질 수 있는 존재라고, 재겸은 생각했다. 이러한 뼛속 깊은 불신은 과거의 누군가로부터 얻은 깨달음이었다.

재겸은 정류장 벤치에 앉아 홀로 버스를 기다렸다.

오지 않는 버스를 기다리는 시간이 길어질수록, 재겸의 기분도 점점 바닥을 쳤다. 유달리 피부가 하얗고 유약해 보이던 얼굴이 잔상처럼 떠올랐다. 조영우는 얼굴에 감정이 고스란히 드러나는 알기 쉬운 녀석이었다. 자신이 던진 한마디에 어쩔 줄 몰라 하던 표정이 자꾸만 생각났다. 그러던 와중이었다. 재겸은 불현듯 귓가를 맴도는 희미한 목소리 하나를 들었다.

'우야, 우야….'

난데없는 목소리에 멈칫한 재겸은 주변을 둘러보았다. 우야, 하고 애타게 이름을 불러 대는 목소리는 노쇠해 있었다. 하지만 정류장 근처에 목소리의 주인이라 짐작할 만한 사람은 보이지 않았다. 주변엔 교복을 입은 어린 학생들뿐이었고, 학생들은 아무런 소리도 들리지 않는 것처럼 보였다.

그렇다면 이 소리는….

귀를 기울이던 재겸이 손을 들어 두 귀를 틀어막았다.

귀를 틀어막자 도로의 자동차 소리, 학생들의 수다 소리, 귓가로 들려오던 모든 소리가 멀어졌다. 그러나 늙은 여성의 목소리만은 예외였다. 오히려 훨씬 선명하고 또렷하게 들렸다. 재겸의 예상대로였다. 이 목소리는 범인의 귀에는 들리지 않는다.

재겸은 한층 가깝게 들리는 소리에 귀를 집중했다.

'영우야, 영우야….'

영우? 재겸은 저도 모르게 자리에서 일어섰다. 도모걸. 한자득의(寒者得衣). 추운 자가 옷을 얻는다. 즉, 귀인의 도움으로 어려움을 이겨 나간다는 의미였다. 조영우는 이 점괘를 두고 좋은 소식이 있을 거라는 해석을 보았다고 했다. 하지만 엄밀히 따지면 이 점괘는 마냥 길한 점괘가 아니었다. 어쨌든 어려움이 따른다는 것이므로.

그렇다면 저 목소리가 들려오는 곳에선….

"알 게 뭐야."

재겸이 심드렁하게 중얼거리며 다시 벤치에 주저앉았다. 귀인 같은 소리 하네. 재겸은 조영우가 됐든 누가 됐든 간에, 누군가의 귀인이 될 생각은 꿈에도 없었다. 점괘는 정해져 있는 법이다. 어차피 자신이 아니라도 누군가가 도와줄 것이다. 조영우의 점괘가 정확하다면.

만약 귀신이랑 관련된 일이라면, 괜히 끼어들었다가 귀재라는 걸 드러내야 할 상황이 올지도 모른다. 뒷수습하는 것도 귀찮을 테고, 수습하자면 또 구구절절 설명해 줘야 하고, 온통 귀찮은 일투성이였다. 범인이고 귀재고 다 떠나서 상관없는 일에 휘말리는 건 딱 질색이었다.

불현듯 식판에 수북하게 쌓여 있던 고기반찬이 떠올랐다.

'이따 마치면 집에 같이 갈래?'

'고기 좋아해? 손 안 댄 거야.'

'오늘은 좋은 소식이 있을 거라는 점괘가 나왔거든. 근데 오늘 재겸이 네가 전학을 왔잖아.'

아무리 따져 봐도 가야 할 이유가 없었다. 그래, 없는데….

"버스가 너무 안 오잖아."
재겸은 결국 짜증을 내며 벤치에서 일어섰다.

· 🕊 ·

"학생 거, 맞죠?"
여자의 손안에서 투명한 나비가 나풀나풀 빠져나왔다.
"어, 어떻게 이걸…."
조영우가 놀란 눈을 부릅떴다. 여자는 입가에 미소를 머금은 채 나비의 움직임을 주시했다. 나비는 여자의 근처에서 떠돌다가, 어느새 조영우의 어깨 위로 살포시 내려앉은 상태였다.
"이게 보이세요?"
"그럼요. 나비잖아요."
"죄송한데, 저기… 누, 누구세요?"
"여긴 보는 눈이 많네요."
"네?"
조영우가 주변을 둘러보았다. 행인들은 이상한 사람이라도 본 것처럼 조영우를 위아래로 훑어보며 지나갔다. 뭐지? 왜 쳐다보는 거지? 아무것도 모르는 조영우는 사람들의 시선이 그저 당황스럽기만 했다. 사람들의 눈에 비친 조영우는 허공에 대고 혼잣말을 하는 중이었다.

"저쪽 가서 잠깐 얘기 좀 할까요?"

여자는 그것 보라는 듯, 생글생글 웃으며 상가 뒤쪽의 골목을 가리켰다.

"학생한테 꼭 알려 주고 싶은 게 있거든요."

"저, 저한테요?"

여자는 그대로 등을 돌려 골목으로 향했다. 내 눈에만 보이는 헛것인 줄 알았는데, 이 사람은 어떻게 나비를 볼 수 있는 걸까. 조영우의 심장이 빠르게 뛰었다. 의미심장한 말과 표정을 보니 뭔가 알고 있는 것이 분명했다. 고민하던 조영우는 머뭇거리며 여자의 뒤를 쫓았다.

인적 드문 골목에 들어서자마자 여자는 조영우를 향해 얼굴을 확 들이밀었다. 지레 놀란 조영우가 흠칫하며 몸을 뒤로 물렸다. 몇 걸음 떨어진 곳에서 본 여자는 평범하기 이를 데 없는 행색이었다. 그러나 이렇게 가까이서 보고 있으니 뭔가 이질적인 느낌이 들었다. 입가엔 미소를 머금은 여자는 기이할 정도로 새까만 눈동자를 가지고 있었다. 꼭 마네킹이 웃고 있는 것 같았다.

"그 나비, 저 주세요."

"네?"

"나비가 싫으시죠? 눈에서 안 보였으면 좋겠죠?"

뜬금없는 요구에 당황한 조영우가 얼빠진 소리를 냈다.

"그 나비는 학생의 앞길을 그르치기 위해서 따라다니는 거예요. 학생한테 흉사(凶事)를 몰고 오는 나비라는 말이에요. 그러니 저한테 주세요."

조영우가 황망한 낯으로 입을 벌렸다. 나비가 흉사를 몰고 온다니…. 당최 무슨 말을 하고 있는 건지 이해할 수 없었다. 여자는 바둑알처럼 새까만 눈동자로 조영우를 응시하고 있었다. 모든 사정을 훤히 꿰고 있다는 눈빛이었다. 여자가 미소를 지으며 손바닥을 내밀었다.

"으…."

그 순간, 등골에 오싹한 소름이 끼쳤다. 조영우는 저도 모르게 뒷걸음질을 쳤다. 그러자 여자의 얼굴에서 웃음기가 싹 사라졌다. 싸늘한 여자의 표정만큼이나 급격히 공기가 서늘해지는 느낌이었다. 뜬금없이 구역질이 올라오려고 했다. 조영우가 황급히 양손으로 입을 틀어막을 때였다.

"아니면, 이렇게 할까요…."

빈 손바닥을 내려다보던 여자가 한참 만에 입을 열었다.

"그냥 학생 손으로 나비를 찢어서 죽여 버리는 거예요."

조영우는 뒤돌아 달리려고 했다. 도망쳐야 한다. 본능적으로 든 생각이었다. 하지만 어쩐 일인지 다리가 꿈쩍도 하지 않았다. 마치 가위에 눌린 것처럼 손끝 하나 옴짝달싹할 수 없었다. 조영우가 새파랗게 질린 낯으로 부들부들 떨었다.

"나비가 싫죠? 싫잖아요? 그렇죠?"

바둑알처럼 까만 여자의 동공이 점점 넓어지고 있었다.

"대답해요. 나비가 싫잖아!"

마침내 여자의 검은 눈동자가 흰자위를 전부 집어삼켰다. 그와 동시에 조영우의 눈동자가 흐려지더니 초점이 사라졌다. 눈은 뜨고 있지만 의식은 없는, 마치 물고기와 같은 얼굴이었다. 어느 순간부터 조영우는 멍하니 여자의 눈만을 바라보고 있었다. 방금 전까지만 해도 무서워서 죽을 것 같았는데 한순간에 공포심이 사라졌다. 대신, 머리끝까지 화가 났다.

"죽이세요, 어서."

분노에 사로잡힌 조영우가 여자의 명령에 기계적으로 고개를 끄덕였다. 방금 전까지 마비된 것처럼 꿈쩍도 않던 몸이 깃털처럼 가볍게 움직였다. 조영우는 손을 뻗어 자신의 어깨에 얌전히 앉아 있던 나비를 감쌌다. 주먹 안에서 나비의 날개가 파르르 경련하는 느낌이 생생하게 전해졌다. 지금 조영우의 머릿속엔 오로지 나비를 죽여야겠다는 생각뿐이었다. 여자의 말이 맞다. 다 이 나비 때문이다. 이 나비만 없어지면 다 해결될 것이라는 확신이 생겼다.

"죽이세요… 어서…."

조영우가 여자가 했던 말을 앵무새처럼 따라 했다. 그러자 여자가 새하얀 이를 드러내며 만족스러운 미소를 지었다. 조영우가 손아귀에 힘을 실으려던 순간이었다. 내내 여유롭던 여자의 얼굴에 불현듯 당혹감이 떠올랐다. 여자가 조영우를 향해 황급히 손을 뻗으려는 찰나,

빡—!

간발의 차로 조영우의 몸이 무너졌다. 동시에 나비가 손아귀에서 쏜살같이 빠져나왔다.

"아, 흐으, 윽…."

앞으로 고꾸라진 조영우가 뒤통수를 감싸 쥐었다. 두개골이 부서진 것은 아닐까 걱정이 될 정도로 정신이 번쩍 드는 충격이었다. 시야가 새까맣게 물드는가 싶더니 머릿속이 새하얗게 변했다. 파도처럼 밀려드는 엄청난 통증에, 조영우가 앓는 소리를 내며 바닥에 엎드렸다.

신음하던 조영우의 시야에 가장 먼저 들어온 것은 때 묻지 않은 스니커즈였다.

조영우가 힘겹게 고개를 들었다. 한쪽 어깨에 비스듬히 가방을 메고서, 한심해 죽겠다는 표정을 한 재겸이 자신을 내려다보고 있었다.

"너 뭐 하냐?"

조영우가 혼란스러운 눈길로 재겸을 올려다보았다. 재겸이 뒤통수를 냅다 후려갈긴 덕분에 흐릿하던 조영우의 눈동자에 초점이 돌아와 있었다. 지금 이게 무슨 상황이지? 막 잠에서 깨어난 것처럼 조영우의 머릿속이 굼뜨게 돌아갔다. 조영우가 횡설수설 입을 열었다.

"어, 나비가, 아니 그게, 어떻게…. 재겸아, 너, 왜, 여기 있어?"

재겸이 말없이 이마를 긁적거렸다. 일단 상황이 안 좋게 흘러가서 보다 못해 끼어들긴 했는데, 뭐라 말해야 될지 몰라서 난감해졌다. 잠시 머뭇거리던 재겸이 신경질적으로 쏘아붙였다.

"아, 집에 같이 가자며!"

조영우가 넋이 반쯤 나간 얼굴로 멍하니 재겸을 올려다보았다.

"어? 어, 어어…."

머릿속에선 전후 상황이 온통 뒤죽박죽으로 엉켜 있었다. 뭐지? 분명히 집에 가는 길이었는데. 나는 왜 여기 있지? 재겸이는 먼저 간 거 아니었나? 뒤통수는 왜 이렇게 아픈 거야….

산만하게 주변을 두리번거리던 조영우가 식겁해 숨을 들이켰다.

구석진 자리로 물러나 있던 여자가 재겸과 조영우를 죽일 듯이 노려보고 있었다. 여자를 발견한 조영우는 하얗게 질린 낯으로 벌벌 떨기 시작했다. 흰자위 없이 새까맣게 물든 기괴한 눈을 보고 나서야 비로소 현실 감각이 돌아왔다. 조영우가 손가락으로 여자를 가리켰다.

"재, 재겸아! 저, 저, 저기…."

기척 하나 없이 접근한 재겸을 보고 당황했던 것도 잠시, 여자는 살기가 흘러넘치는 얼굴을 하고 있었다.

"너는 누구지?"

멀뚱멀뚱 서 있던 재겸은 여자를 힐끔 쳐다보더니 다시 조영우에게 시선을 던졌다. 조영우는 숨이 넘어가기 일보 직전이었다. 재겸이 대답을 하지 않자 여자가 흉흉한 목소리로 재차 물었다.

"너는 누구지?"

"누군지 모르면 너, 너, 거리지 말지?"

재겸은 여자에게 눈길 한 번 주지 않은 채로 평이하게 대꾸했다.

"너한테 너, 소리 들을 사람은 아니거든."

재겸이 허리를 숙여 조영우의 낯빛을 확인했다. 우선은 이쪽이 먼저였다. 맨손도 아니고 귀기를 실은 손으로 뒤통수를 후려갈겼으니 꽤나 아팠을 것이다. 그래도 눈에 초점이 돌아온 것을 보니 일단 의식을 되찾긴 한 모양이다.

"야, 나 봐 봐."

"도, 도망쳐야 돼. 도망쳐야 돼!"

눈물로 범벅이 된 얼굴로, 조영우가 다급하게 재겸의 옷깃을 잡아끌었다. 얼씨구. 정신 똑바로 차리라고 했던 것이 불과 몇 시간 전인데 그새 홀려서는…. 이게 다 마음이 약해 빠져서 그런 거다. 재겸이 속엣말로 투덜거렸다. 만약 옆에 정주가 있었다면 '그러는 너도 고작 고기반찬 한 번 나눠 줬다고 마음이 약해져서 여기까지 달려왔잖아.'라고 핀잔을 주었겠지만 안타깝게도 정주는 곁에 없었으며 재겸은 원래부터 자기반성에 서툴렀다.

"도망쳐야 돼, 재겸아…. 저 여자, 눈이 이상해…. 그리고 나비, 나비를… 나비를 죽여야 된다고 그러면서, 근데 갑자기 몸이 말을 안 듣고…."

재겸이 다짜고짜 손바닥으로 조영우의 눈가를 덮었다. 재겸의 알 수 없는 행동에, 조영우가 버둥거리며 재겸의 손목을 붙잡았다. 손바닥이 조영우의 눈물로 축축해졌다.

"진정해. 됐다고 할 때까지 눈 감고 있어."

"재겸아! 뭐 하는 거야, 도망쳐야 된다니까…."

"아, 시끄러워! 입도 닫아. 그냥 가만히 있어."

"그, 그치만…."

재겸이 쓰읍, 소리를 내며 무언의 경고를 했다. 조영우가 움찔하며 입을 다물었다. 몇 초가 흘렀을까, 신기하게도 눈가를 덮고 있던 재겸의 손바닥이 점차 시원하게 느껴지기 시작했다. 미간 정중앙이 간지러우면서 무언가가 빠져나가는 느낌이 들었다.

그리고 이상하게 손바닥이 닿은 순간부터 아무런 소리도 들리지 않았다. 낯선 감각이었다. 조영우는 지금 뭘 하고 있는 것이냐고 묻고 싶었지만, 왜인지 재겸의 기세가 험악하여 말을 붙이기가 꺼려졌.

"아직 안 갔냐?"

대뜸 재겸이 입을 열었다. 그러자 몇 발자국 떨어진 곳에 서서 줄곧 재겸을 관찰하던 여자가 고개를 비스듬히 기울이며 되물었다.

"왜 나를 방해하는 거지?"

여자의 말에 재겸이 인상을 쓰며 여자를 노려보았다.

"방해 같은 소리 하네. 방해는 네가 먼저 했잖아."

"그게 무슨 소리지?"

재겸이 턱짓으로 조영우를 가리켰다.

"애먼 사람 붙잡고 가는 길 방해하고 있잖아."

조영우는 아까부터 연신 고개를 갸웃거리고 있었다. 왜 갑자기 아무 소리도 들리지 않는 거지…? 조영우는 인지하지 못하는 상태였지만, 어느새 조영우의 떨림은 완전히 멎어 있었다. 흐리멍덩하던 머릿속 역시 개운했다. 이 모든 것은 재겸의 손이 닿은 순간부터였다.

"말장난도 정도껏 하는 편이 이로울 거야."

여자가 음산하게 중얼거렸다.

"말장난? 내가?"

재겸이 눈동자를 스르륵 굴려 여자를 곁눈질했다. 재겸과 눈이 마주치자, 여자의 표정이 일변했다. 또렷한 눈동자에서 순간적으로 흘러나온 날카로운 귀기가 목을 겨누는 듯했다.

"상황 파악이 안 되는 것 같은데, 역시 이지(理智)가 점점 흐려지나 봐?"

"…뭐?"

"너도 알고 있지? 아직은 눈뿐이지만, 점점 다른 곳도 형태가 망가지기 시작할 거야."

"……."

"아직 원하던 것도 이루지 못했는데, 잡귀가 될까 봐 초조해졌구나. 그치?"

여자의 얼굴에서 점차 표정이 사라졌다.

"이런 별 볼 일 없는 녀석한테 손 뻗치는 거 보면 많이 조급했나 본데. 목적이 뭔지 내 알 바는 아니고. 나비를 없앨 힘도 남아 있지 않은 걸 보면 애저녁에 글러 먹은 것 같은데. 그냥 포기하는 게 어때?"

"입 닥쳐."

여자가 잇새로 뇌까렸다. 새까맣게 물든 눈동자에선 분노가 흘러넘쳤다. 재겸은 저런 눈을 질리도록 봐 왔다. 원한과 증오로 잠식당한 눈. 목소리를 쫓아 골목에 들어서던 순간부터, 굳이 여자의 발밑을 보지 않고서도 충분히 느낄 수 있었다. 슬프고도 무거운 원념을.

여자는 원귀(怨鬼)였다.

"네까짓 게 뭘 안다고 지껄여. 너만… 너만 없었으면…."

"그래, 그대로 몸을 뺏을 생각이었겠지."

재겸은 조영우의 뒷모습을 보던 순간, 여자한테 홀려 있다는 사실을 알았다. 그와 동시에 애타게 녀석을 불러 대던 목소리의 출처 역시도.

'영우야, 영우야….'

애원처럼 들리던 목소리는 조영우의 손아귀 안에서 흘러나오고 있었다. 목소리의 주인은 나비였다. 재겸은 그제야 뒷전으로 미뤄 두었던 나비의 정체를 눈치챌 수 있었다.

투명하고 따스한 기운, 향긋한 냄새. 조영우의 주변을 졸졸 쫓아다니는 그것은 '염원'이었다. 재겸이 그 목소리를 들을 수 있었던 것은 나비를 쫓아낸답시고 잠깐 건드렸을 때, 그 접촉의 영향일 것이었다. 누군가의 간절한 바람이 세상에 남아 조영우의 곁을 떠나지 못하고 있었다. 재겸이 알지 못하는 그는 조영우를 위해 생전에도 무수히 손을 빌어 왔을 것이다.

영우야, 건강해야 해. 영우야, 무탈해야 해. 소중한 우리 영우야. 언제나, 언제나….

"나비가 이 녀석을 지키고 있으니 손을 댈 수 없었겠지. 그렇다고 나비를 없애자니 자칫하면 역으로 당할까 봐 두려웠던 거고. 어떻게든 구슬려서 나비를 떼어 놓을 생각이었겠지만."

조영우의 손에서 도망쳐 나온 나비는 또다시 녀석의 주위에서 맴돌고 있었다. 귀인의 도움으로 어려움을 이겨 낸다. 나비를 응시하던 재겸은 불현듯 생각했다. 그 귀인이라 함은, 재겸 자신이 아니라 어쩌면 저 나비일지도 모른다고. 나비의 목소리를 듣지 못했다면 자신이 여기까지 올 리는 없었을 테니까.

결국 또 점괘에 놀아났네….

재겸이 작게 한숨을 내쉴 때였다. 여자가 이를 악물고 재겸을 노려보았다.

"그래, 네 말이 맞아. 하루하루 생각이 흐려지고, 이러다 나중엔 모든 기억을 잃겠지. 하지만 나는, 나는… 아직 해야 할 일이 남았어."

　여자의 목소리는 어느새 떨리고 있었다. 사특한 기운이 넘실거리고 있는데도, 위협적이라기보단 어딘지 처연하게 느껴졌다. 힘이 약해진 탓이겠지. 분명 얼마 지나지 않아 잡귀가 될 것이 뻔했다. 여자의 눈에서 먹물처럼 새까만 눈물이 흘러내렸다.

"똑같은 간절함이야. 그런데… 왜, 누구는 나비가 되고, 누구는 죽어도 죽지 못하고 구천을 떠돌아야 해?"

　원귀의 강렬한 감정이 세월에 따라 희석되는 건 어쩌면 잔혹한 일인지도 모른다. 하지만 재겸의 생각은 조금 달랐다. 그건 세상이 선사하는, 몇 안 되는 비틀린 친절일지도. 생전의 기억과 과오를 잊는다는 건 그만큼 자유로워질 수도 있다는 것이다.

　무감한 시선으로 여자를 응시하던 재겸이 조용히 말했다.

"원래 세상은 이유 없이 악의적이야."

　단호함이 묻어나면서도 어딘지 쓸쓸하게 느껴지는 말이었다. 그렇게 말한 뒤, 재겸은 대뜸 한쪽 손을 들어 넥타이를 주섬주섬 풀기 시작했다. 아침에 정주가 매어 준, 역시나 값비싼

원단으로 만든 넥타이였다. 재겸은 넥타이를 입에 앙, 가볍게 물었다가 놓았다. 그러고는 대충 둘둘 말아 여자를 향해 던졌다. 허공에서 넘실넘실 넘어온 넥타이를 받아 든 채 여자가 피눈물이 흘러내리는 눈을 깜빡거렸다.

"할 수 있으면 해 봐."

· 🕊 ·

"재, 재겸아…."

한참이나 부동자세로 있던 조영우가 입술을 달싹였다. 재겸의 말대로, 여태껏 눈도 입도 닫은 채 가만히 있었다. 꼭 시간이 멈춘 것만 같았다. 암흑 속에 있으니 상황을 알 수 없어 답답하기만 했다. 하지만 왠지, 지금쯤이면 입을 열어도 괜찮겠다는 예감이 들었다.

"저, 저기. 재겸아…?"

그때, 눈가를 덮고 있던 미지근한 온기가 살며시 떨어져 나갔다. 오랫동안 닿아 있던 손바닥이 사라지자 눈가가 허전했다. 그와 동시에 멍멍하던 귓속이 뻥 뚫리는 듯한 느낌이 들었다.

이제 눈 떠도 되나? 잠시 망설이던 조영우가 얼굴을 잔뜩 찡그린 채 슬그머니 눈을 떴다.

눈을 뜨자마자 가장 먼저 보인 것은 쪼그려 앉은 재겸의 얼굴이었다. 재겸은 무언가 생각에 잠긴 듯한 표정으로 시선을 먼 곳에 두고 있었다. 단정한 얼굴 옆선이 골똘해 보였다.

조영우는 불안한 기색으로 주변을 두리번거렸다.

"그, 여자는… 어디…."

"모르겠는데. 바로 가 버렸어."

"재, 재겸아, 너도 그 여자 눈 새까만 거 봤지?"

"눈이 새까맣다고? 내가 볼 땐 평범했는데."

재겸은 무슨 헛소리를 하냐는 표정이었다.

"뭐?"

당황한 조영우가 황급히 기억을 되짚었다. 그러고 보니 재겸은 여자를 봤을 때부터 태연한 얼굴을 하고 있었다. 같은 것을 봤으면 저렇게 아무렇지 않을 리가 없는데, 대체 어떻게 된 거지….

조영우가 혼란스러운 얼굴로 이마를 짚을 때였다.

"너 할머니 있냐. 아니, 계시냐?"

재겸이 뜬금없는 질문을 던졌다.

"응? 갑, 갑자기 그건 왜…."

경황이 없는 와중에 조영우가 어리둥절한 얼굴을 했다.

"대답이나 해. 할머니 계시냐고."

"어? 아… 친할머니는 계신데 외할머니는 안 계셔."

"언제 돌아가셨는데?"

남들은 조심스럽게 물어볼 법한 질문인데도 재겸은 거리낌이 없었다. 오히려 당황한 건 조영우였다. 조영우가 더듬더듬 대답을 꺼내놓았다.

"아, 어… 그게, 얼마 안 됐어. 나 고등학교 입학 앞두고 있을 때였나?"

재겸이 고개를 끄덕였다. 계속 얘기해 보라는 것 같았다.

"평소에 내 걱정 엄청 많이 하셨는데, 그때 하필 내가 아파서… 결국 임종을 못 지켜 드렸어. 지금도 사실 실감 안 나. 나 되게 예뻐해 주셨거든…. 근, 근데 갑자기 그건 왜…?"

잠시 침묵하던 재겸이 몸을 일으키며 건성으로 대꾸했다.

"그냥. 난 할머니 없어서."

재겸은 한쪽 어깨에 허술하게 메고 있던 가방을 추슬러 올렸다. 조영우의 눈이 완전히 열리면 그땐 다 알겠지만, 지금은 일일이 설명하기에 성가셨다. 일단은 둘러댈 수 있을 때까진 둘러댈 예정이었다. 재겸은 조영우의 눈가를 덮고 있을 때 손을 좀 써 놓은 상태였다.

먼저 홀렸을 때 달라붙어 있던 귀신의 부정한 기운을 빼내고, 이후로는 재겸 자신의 귀기를 대신 흘려 넣어 조영우의 머릿속을 어지럽혔다. 쉽게 말해 귀신에 홀렸다가, 그다음엔 재겸에게 홀린 것이었다. 귀신에 홀리면 보고 듣고, 더 나아가 움직이는 것까지 제약이 따른다. 재겸은 그와 비슷하게 조영우의 귀에 들어갈 소리에 훼방을 놨다.

"재겸아, 혹시 그 여자가 이상한 소리 하지 않았어?"

조영우가 횡설수설하며 이야기를 털어놓았다.

"그 여자 진짜 이상했어. 내가 뭘 떨어트렸대. 그러면서 갑자기 따라오라고 하더니 막 이상한 소리를 하는 거야. 나비가 흉사를 몰고 온다고…."

말을 늘어놓던 조영우가 갑자기 입을 다물었다.

"왜 말을 하다 말아?"

"아, 아니. 아무것도 아니야…."

조영우가 풀죽은 목소리로 고개를 저었다.

"아까부터 자꾸 이상한 소리 해서 미안해."

생각해 보니 나비가 보인다느니, 윷점이 잘 맞는다느니, 오늘 처음 만난 재겸에게 다짜고짜 이상한 소리를 늘어놨던 건 저 자신이었다. 자신에게 여자가 그랬던 것처럼, 재겸에겐 자신이 이상한 사람처럼 보일지도 모른다. 그래 놓고 또다시 나비 얘기를 꺼내다니…. 말을 하는 와중에 재겸이 자신을 뭐라고 생각할지 덜컥 겁이 났다.

"안 이상해."

그때, 재겸이 심드렁한 얼굴로 대꾸했다.

"너한텐 그게 정상인 거겠지."

조영우가 멈칫하며 재겸을 쳐다보았다. 재겸이 불퉁한 투로 덧붙였다.

"그러니까 남의 눈에 어떻게 보일지 신경 쓰지 말고, 네 인생이나 신경 써."

"어? 어어…."

재겸은 자리에서 일어나 골목 바깥을 향해 걸어 나갔다. 조영우는 잠시 멍하니 서 있었다. 불현듯 서러움 같은 것이 왈칵 북받쳤다. 역시 조영우는 재겸이 좋았다. 재겸이 하는 말에는 특별한 힘이 있는 것만 같았다. 헛것을 본 건지는 몰라도 무서워서 제정신이 아니었는데, 조영우는 재겸이 먼저 가지 않고 자신을 찾아와 준 것이 그저 고마웠다. 제일 다행인 건 어찌 됐든 재겸과 함께 집에 가게 되었다는 사실이다. 저를 싫어하거나 밀어낼 것이라고 생각했는데, 그게 아니었다는 걸 알게 되자 왠지 마음이 뭉클해졌다. 갑자기 무엇이든 털어놓을 수 있을 것만 같았다.

'너한텐 그게 정상인 거겠지.'

재겸의 뒤를 몇 걸음 쫓아가던 조영우가 돌연 발길을 멈췄다.

"재겸아… 있잖아…."

머뭇거리던 조영우는 잠시 심호흡을 한 뒤 입을 열었다.

"사실 나한테 나비가 따라다녀."

재겸이 무심한 얼굴로 조영우를 힐끔 돌아보았다.

"보일 때도 있고 안 보일 때도 있는데…."

"그래."

재겸이 건성으로 대꾸했다.

"왜 따라다니는지는 모르겠지만… 솔직히 좀 무섭기도 해."

"……."

문득, 재겸은 고개를 들고 멍하니 하늘을 올려다보았다. 어느덧 하늘에선 해가 뉘엿뉘엿 지고 있었다. 반듯한 이마와 곱게 떨어지는 얼굴선이 저물녘의 하늘과 몹시 잘 어울렸다.

"무섭긴 개뿔이."

하늘을 쳐다보던 재겸이 고개를 돌려 조영우를 돌아보았다. 정확히 말하면 조영우의 어깨에 앉아 있는 투명한 나비를.

"걔 눈엔 네가 꽃으로 보이나 보지."

재겸이 대수롭지 않은 투로 말했다.

"아…."

앞서 걷던 재겸이 조영우에게 턱짓을 했다. "뭐 해. 가자."
멍한 얼굴로 서 있던 조영우가 부랴부랴 재겸의 옆에 따라붙었다. 교복을 입은 어깨 두 개가 나란히 골목 어귀를 벗어났다. 골목길 담장 위에 앉아 그 모습을 지켜보던 작은 멧새가 하늘로 푸드덕 날아올랐다.

늦은 오후였다.

3장

 재겸은 페인트칠이 된 익숙한 대문을 열고 마당으로 들어섰다. 잘 가꾼 넓은 마당을 지나 현관에 다다른 재겸은 발을 탈탈 털어 신발을 대충 벗어 던졌다. 반나절 만에 돌아온 집은 평소처럼 조용했다. 베이지색 컨버스가 신발장을 데굴데굴 굴러다녔다. 한쪽에는 손바닥에 들어올 만큼 앙증맞은 꼬까신 한 켤레가 가지런히 놓여 있었다.
 "메산아."
 재겸의 부름에도 집 안에선 이렇다 할 인기척이 느껴지지 않았다. 어디 갔나? 재겸은 가방을 내려놓은 뒤, 현관문을 열어 마당을 내다보았다. "메산아." 재겸이 재차 부르자, 바깥에서 재겸의 허리쯤 오는 작은 아이가 부랴부랴 현관으로 뛰어들었다. 메산이는 재겸을 보자마자 함박웃음을 짓더니, 한달음에 달려와 재겸의 다리를 와락 끌어안았다.
 "나리—!"
 "뭐야. 어디 있었어?"

"어어, 뒷마당에요! 나리, 잘 다녀오셨어요?"

메산이가 해맑은 얼굴로 재겸의 허리에 얼굴을 비볐다. 흙장난을 하다가 왔는지 얼굴이며 손이며 죄다 꼬질꼬질했다. "학교는 어떠셨나요?" 방긋 웃으며 저를 반갑게 맞이하는 메산이를 내려다보다가, 재겸이 대뜸 엄한 표정을 지었다.

"너 또 맨발로 돌아다녔냐?"

"아차! 그, 그게."

"신발 신고 다니라고 몇 번을 얘기했냐."

반가움도 잠시, 재겸이 나무라자 메산이가 시무룩한 낯을 했다.

"일백스물한 번이요…."

아니, 그걸 셌냐. 메산이의 정직한 대답에 재겸은 어이가 없었다. 재겸이 장난스럽게 메산이의 코를 잡아당기자 메산이가 눈을 질끈 감으며 아야야, 소리를 냈다. 아프지도 않으면서 엄살은. 재겸의 입꼬리가 슬쩍 올라갔다. 재겸은 메산이의 뒤통수를 부드럽게 쓰다듬었다.

"잘 놀았어?"

재겸의 물음에 메산이는 금세 헤헤거렸다.

"네! 너구리가 놀러 왔었어요."

"너구리? 걘 또 누군데?"

"며칠 전에 산 중턱에 놀러 갔을 때 만난 친구예요."

"넌 친구도 많다."

재겸은 집 안에 들어서자마자 곧장 욕실로 향했다. 메산이가 그 뒤를 졸졸 쫓았다. 재겸이 세면대에 물을 틀고 물비누를 펌핑해 손을 꼼꼼히 닦기 시작했다. 차갑게 쏟아지는 물이 기분 좋았다. 메산이는 그 옆에 찰거머리처럼 붙어서는 까치발을 하고 그 광경을 구경했다.

재겸이 손을 씻다 말고 멈칫했다. 검지에 붙어 있던 노란색 반창고가 덜렁거렸다. 아, 맞다. 이거…. 재겸은 도서실에서 봤던 새까만 자벌레를 떠올렸다. 부적을 써야 할 일이 앞으로도 있을까? 잠시 생각에 잠겨 있던 재겸이 손에 묻은 물기를 털며 수도꼭지를 잠갔다.

"메산아, 다락에 가서 자개함 좀 가지고 와."

"네? 나리, 갑자기 자개함은 왜…."

"우선 가져와. 나중에 말해 줄게."

메산이가 어리둥절한 표정으로 고개를 끄덕였다. 메산이가 다락으로 올라간 사이, 재겸은 욕실에서 나와 집 안쪽 구석에 있는 창고로 향했다.

잡동사니가 가득한 창고 안에는 문 하나가 더 있었다. 재겸이 손수 결계를 걸어 놓아, 재겸의 귀기가 아니면 좀처럼 열기 힘든 문이었다. 문손잡이엔 낡은 새끼줄이 칭칭 감겨 있었다. 재겸은 잠시 눈을 감고 손끝에 귀기를 집중했다. 그러자 단단하게 묶여 있던 새끼줄이 스르륵, 풀리며 바닥으로 떨어졌다. 새끼줄이 완전히 풀린 뒤에야 문이 열렸다.

오랫동안 방치되어 있던 방은 휑하면서도 살풍경했다. 방 정중앙에 긴 세월이 고스란히 묻어나는 녹슨 은장도 하나만이 덩그러니 놓여 있었다. 재겸은 바닥에 정좌를 하고 앉아 은장도의 칼집을 빼냈다. 잔뜩 녹슨 칼집 속에서 예리한 칼날이 모습을 드러냈다. 재겸은 손을 들어 축축한 반창고를 떼어 냈다.

"나리, 자개함을 가져왔…."

자개함을 품에 안고 방에 들어서던 메산이의 눈이 화등잔처럼 커졌다.

"자개함은 이리 주고, 넌 잠깐 나가 있어."

"나, 나리, 설마…."

재겸이 들고 있던 은장도를 미련 없이 손 한가운데로 박아 넣었다.

"부적을 좀 써 놓아야겠다."

· 🕊 ·

버스에 앉아 꾸벅꾸벅 졸던 재겸은 하마터면 내릴 곳을 지나칠 뻔했다. 졸리면 자고 저절로 눈이 떠져야 일어나던 권태로운 일상에 규칙적인 시간표가 생겼다. 평소라면 한밤중이었을 시간에 재겸은 팔자에도 없는 교복을 입고 가방을 챙겼다. 적응하려면 며칠은 걸릴 터였다.

버스 정류장에서 내리자 거리 위에는 학생 몇 명뿐이었다.

등교 시간치고 살짝 이른 시각이었다. 아침잠이 많은 재겸은 잠이 덜 깬 상태였다. 재겸은 불퉁한 얼굴로 꾸역꾸역 발걸음을 옮겼다. 학교 앞 편의점 앞을 지나칠 때였다. 딸랑, 영롱한 종소리와 함께 유리문이 열리며 차분하고 관능적인 머스크 향이 코끝에 훅 끼쳤다.

"안녕."

인사를 건넨 이는 어제 봤던 사서 청년이었다. 편의점에서 물건을 사고 나오던 모양이었다. 청년은 연한 하늘색 와이셔츠에 발목이 보이는 슬랙스를 입고 있었다. 어제와 비슷한 정장 차림이었지만 구두 대신 운동화를 신고 있어서 어제보다 한결 산뜻해 보였다.

내 얼굴을 기억하는 건가? 잠시 주춤하던 재겸이 고개만 까딱 숙여 보였다. 그러자 청년의 얼굴에 웃음기가 서렸다. 눈매가 휘어지면서 서늘하던 인상이 한순간에 허물어졌다.

"또 보네요."

"네."

"친구는 원래 이 시간에 와요?"

"네, 뭐…."

재겸이 짧게 대꾸했다.

"그래요? 근데 왜 오늘 처음 보지?"

재겸이 떨떠름한 얼굴을 했다. 전학 왔다고 하면 어디서 왔냐, 학교생활은 어떠냐, 귀찮은 화제가 따라붙을 것 같아서 대충 대답했건만. 아니나 다를까 청년은 말꼬리가 길었다.

"저, 이 학교 어제 처음 왔는데요."

재겸은 마지못해 입을 열었다.

"어, 그럼 전학생이에요?"

"네."

"그랬구나. 어쩐지, 못 보던 얼굴이다 싶었어요."

놀란 표정을 짓던 청년이 고개를 끄덕였다.

"뭐, 근무한 지 얼마 안 돼서 전교생 얼굴을 다 아는 건 아니지만. 친구는 아무리 봐도…."

청년은 잠시 말을 멈추고 재겸을 물끄러미 응시했다.

"스쳐 지나가도 기억에 남을 얼굴이라서."

뭔 소리야.

모호한 말에 재겸이 불퉁한 얼굴을 했다. 그게 무슨 뜻이냐고 물어볼까 하다가 그냥 관두기로 했다. 생각했던 것보다 학교 이야기가 길게 이어지지 않아서 다행이었다. 멀뚱멀뚱 청년을 바라보던 재겸의 시선이 문득 아래로 향했다. 청년의 손에 종이 팩 하나가 들려 있었다. 방금 막 편의점에서 사 온 음료였다. 겉면에 쓰인 상표명을 응시하던 재겸이 눈을 깜빡거렸다. 베리베리… 드링킹 요거트? 시선을 느낀 청년이 종이 팩을 흔들어 보였다.

"좋아해요?"

"뭐를요?"

"이거. 드링킹 요거트."

"안 먹어 봤는데요."

"그래요? 난 되게 좋아해요."

어쩌라고….

재겸이 무심한 얼굴로 청년을 흘겨보았다.

"키위, 딸기, 맛이 여러 종류인데 베리베리가 제일 맛있어요."

청년은 계산할 때 챙겨 나온 빨대를 종이 팩에 꽂았다.

"줄까?"

재겸은 대답 대신 눈짓으로 거절했다. 청년은 두 번 권하지 않고 그대로 빨대를 물더니, 성큼성큼 걸어와 자연스럽게 재겸의 옆에 섰다. 얼떨결에 청년과 동행하는 꼴이 되었다. 둘 사이에 침묵이 감돌았다. 아무 말 없이 걷다 보니 멀리서 정문이 보이기 시작했다.

"친구, 근데…."

청년이 대뜸 입을 열었다.

"그러고 들어갈 거예요?"

"뭐가요?"

맥락을 알 수 없는 질문에 재겸이 의아한 얼굴을 했다. 청년은 말없이 손바닥을 펼쳐 자신의 가슴팍을 탁탁 두드렸다. 청년의 행동을 이해하지 못한 재겸이 희미하게 인상을 찌푸렸다.

"뭐요."

"넥타이 안 해요? 이제 슬슬 해야 하지 않나."

그제야 넥타이가 없다는 걸 알아차린 재겸이 몸을 우뚝 세웠다.

"미착용 벌점 받을 텐데."

재겸이 인상을 구기며 고개를 숙였다.

"아… 넥타이…."

어쩐지 뭔가 허전하다 싶었다. 어제 원귀에게 넥타이를 넘겨줬다는 사실을 깜빡했다.

재겸은 어제 원귀에게 귀기를 나누어 주었다. 원귀를 동정하거나 연민하여 그런 것은 아니었다. 다만, 그 절박함을 어렴풋이 이해했을 뿐이다. 원귀가 가진 원한이 무엇인지 알 수 없으나 저 역시 깊은 원한에 사로잡혔던 시절이 있었으므로. 적극적으로 도움을 주거나 원귀의 사연에 엮이고 싶은 마음은 추호도 없었다. 그러나 형태가 망가지고 이지를 완전히 상실하기까지 짧게나마 시간을 늦춰 줄 수는 있었다. 그 시간을 어떻게 쓰느냐는 원귀의 몫이겠지만. 몸에 지닌 물건을 전해 주어야 했기 때문에 별생각 없이 건넸는데, 실수였다.

청년이 눈썹 한쪽을 들어 올렸다.

"놓고 왔어요?"

놓고 온 건 아니고, 남한테 줘 버린 셈이긴 했지만 그거나 저거나. 황당해하는 재겸을 물끄러미 응시하던 청년은 좌우를 둘러보는가 싶더니 재빨리 넥타이를 풀었다.

"얼른요. 누가 본다."

청년이 작게 속삭였다. 재겸은 당황한 얼굴로 청년이 건넨 넥타이를 바라보았다.

"하필이면 오늘 남색 넥타이라서 색깔이 똑같네요."

공교롭게도 청년이 매고 있던 넥타이는 교복 넥타이와 동일한 색상이었다. 청년은 웃으면서 목 끝까지 채웠던 와이셔츠의 단추를 풀었다. 위에서 두 칸. 넥타이를 맸을 때는 단정하고 깔끔해 보였다면 지금은 보다 자연스러웠다.

"빨리 매요. 만약 누가 보고 일러바치면 어떡해요. 사서 쌤이 넥타이 빌려줬다고."

청년이 장난기 가득한 목소리로 말했다. 영 억지스러웠지만 청년이 그렇게 얘기하니 왠지 덜컥 동요가 일었다. 재겸이 약간 당황하여 주변을 두리번거렸다. 같은 교복을 입은 학생들이 청년과 재겸을 힐끔거리며 곁을 지나쳤다. 어느새 시간이 흘러 등교하는 인파가 점점 늘어나고 있었다. 재겸이 얼떨결에 넥타이를 받아 들었다.

"벌점 쌓이면 골치 아파요. 여기 학교 되게 빡세거든요."

재겸이 머뭇거리자 청년이 조그맣게 겁을 줬다. 그래 놓고서는 아무렇지 않게 남 일이오, 하는 얼굴로 태연자약하게 빨대를 물었다. 청년에게서 받아 든 넥타이에서 은은한 향기가 났다. 재겸이 머뭇거리며 청년을 쳐다보았다.

"……."

시종일관 시큰둥하고 까칠해 보이던 소년의 낯에 균열이 생겼다.

"저기, 저 구석 가서 매고 와요."

예상보다 빨리 찾아온 기회에 윤태희는 조금 즐거운 기분이 되었다.

"그럼 난 먼저 가고 있을게요."

윤태희가 재겸의 귓가에 낮게 속삭인 뒤 자리에서 벗어나려고 했다.

"저기요."

재겸이 저도 모르게 청년의 팔을 덥석 잡았다. 셔츠 안으로 단단한 팔이 느껴졌다. 윤태희가 어리둥절한 얼굴로 재겸에게 가까이 다가섰다. 묘하게 관능적인 향수 냄새 역시 거리를 좁히며 깊숙이 파고들었다. 재겸은 막상 붙잡아 놓고도 용건을 말하지 못하고 한참을 머뭇거렸다.

말없이 재겸을 내려다보던 윤태희가 물었다.

"왜?"

재겸이 얼굴을 찡그리며 중얼거렸다.

"이거 어떻게 매는 건데요…?"

◦ ✦ ◦

어제는 멧새를 시켜 소년의 뒤를 쫓았다.

소년의 동향을 파악하기 위함이었다. 멧새는 알에서 나오던 순간부터 제구부의 관리 감독하에 철저한 훈련을 받아 온 특수한 새였다. 휴직서를 내고 퇴청하는 길에 윤태희는 이영신의 작업실에 들러 온갖 물건을 다 털어 왔는데 멧새도 그중 하나였다. 후에 이영신이 전화를 걸어 "야, 이 도둑놈아. 빈집털이범아." 하며 울먹거린 것은 덤이었다.

윤태희는 멧새에게 소년이 사는 곳을 알아 오라고 명했다.

하지만 재겸이 뜻하지 않게 조영우의 일에 휘말리면서 일이 꼬이고 말았다. 멧새가 골목길 담장에 앉아 재겸을 관찰하는 동안, 시간이 흘러 어둑어둑한 오후가 되었던 것이다. 그렇게 멧새는 소년이 사는 곳을 알아 오라는 명령을 무시하고 그대로 윤태희의 품으로 복귀했다. '낮말은 새가 듣고 밤말은 쥐가 듣는다.' 멧새는 도청과 엿보는 데 능했다. 대신 그 효용은 속담처럼 해가 떠 있는 낮에만 통하는지라, 땅거미가 내리기 시작하면 멧새는 가차 없이 칼퇴근을 했던 것이다.

하지만 윤태희는 멧새를 나무라지 않았다. 오히려 만족스러운 얼굴로 멧새의 꽁지깃을 쓰다듬어 주었다. 원하던 것은 아니었지만 나름대로 확실한 수확이 있었기 때문이었다.

윤태희는 평소 넥타이 매는 것을 좋아하지 않았다. 귀찮고 답답해서 현장에 출동하거나 격식 있는 자리에 참석할 때만 빼면 웬만해선 넥타이를 매지 않았다. 그러나, '사소취대(捨小取

지.' 큰 것을 취하기 위해선 작은 것쯤은 버릴 줄 알아야 한다. 그러면,

"이거 어떻게 매는 건데요."

이렇게 기회가 온다.

"……."

윤태희는 가만히 재겸을 내려다보았다.

윤태희가 나례청 안에서 누구보다 빨리 자리를 잡을 수 있었던 이유는, 찰나의 순간 빛을 발하는 상황 판단 능력과 아주 작은 가능성 하나조차 놓치지 않는 집요함 덕분이었다. 여분의 넥타이 하나쯤은 있을 거라고 예상하면서도 윤태희는 밑져야 본전이라는 마음으로 남색 넥타이를 골랐다. 아니면 말고, 잘되면 좋고. 그렇게 윤태희의 '혹시나'는 어김없이 적중했다.

"아… 요즘 교복 넥타이는 자동식이지. 깜빡했네…."

윤태희는 미처 생각지 못했다는 듯이 웃었다. 문득 자신의 팔을 붙잡고 있는 손에 시선을 던졌다. 강하지도, 약하지도 않은 적당한 악력에서 전해지는 온기가 꽤 묘하게 느껴졌다. 시선을 느낀 재겸이 한순간에 손을 털었다. 그러자 윤태희의 한쪽 뺨에 옅은 볼우물이 패었다.

"내가 해 줄게요. 이리 와요."

윤태희는 사람이 없는 길가 구석으로 걸음을 옮겼다. 큼지막한 가로수 뒤에 서서 재겸에게 손짓을 하자, 재겸이 마지못해 그 뒤를 따랐다. 윤태희는 들고 있던 드링킹 요거트를 재겸

에게 내밀었다.

"잠깐 들고 있어요. 양손으로 매 줘야 되니까."

재겸이 불퉁한 표정으로 말없이 종이 팩을 받아 들었다. 표정은 시큰둥했지만 귓바퀴가 불그스름하게 물들었다. 윤태희는 긴 손가락을 뻗어 재겸의 셔츠 깃을 매만졌다. 시선이 정면으로 마주쳤다.

"고개 살짝 들어 봐요."

윤태희는 그대로 셔츠 깃을 반듯하게 세운 뒤, 넥타이를 둘렀다.

"이렇게 한 바퀴 돌려서, 좁은 자락을 위로 넣고, 고리를 만들면…."

가까운 거리에서 윤태희가 속삭이듯 중얼거렸다. 곱게 뻗은 손가락이 목덜미를 스쳤다가 쇄골 부근에서 꼼지락거리는 것이 느껴졌다. 뻣뻣한 자세로 턱을 치켜들고 있던 재겸은 힐끗 시선을 내렸다. 넥타이를 매는 데 집중한 청년의 얼굴이 보였다. 어제도 느낀 거지만 부담스러울 정도로 친절한 남자였다. 평범한 인간들은 원래 이렇게까지 서로 살갑게 대하는 걸까….

청년이 재겸의 가슴팍을 가볍게 두드렸다.

"다 됐어요."

먼 산을 바라보며 딴청을 피우던 재겸이 이마를 긁적거렸다. 윤태희가 장난기 어린 목소리로 물었다.

"나 고맙죠?"

재겸은 윤태희를 멀뚱멀뚱 바라보았다. 고맙냐고? 곰곰이 생각하던 재겸이 진지한 얼굴을 했다.

"따지고 보면 고맙긴 한데, 고맙다고 말할 정도로 고맙진 않은데요."

"……"

윤태희가 오묘한 표정으로 재겸을 응시했다. 진짜로 인사를 받고 싶은 마음 따위는 없었고, 어디까지나 장난삼아 물어본 거였는데…. 덩달아 진지한 얼굴이 된 윤태희가 물었다.

"고맙기는 하지만, 고맙다고 말할 정도는 아니다?"

"네."

재겸은 비꼬거나 심술을 부리는 게 아니라 정말 그렇게 생각하는 듯했다. 잠시 턱을 매만지고 서 있던 윤태희가 질문했다.

"고마운데 고맙다고 말하기 싫다는 거예요?"

"네."

"왜요?"

"왜냐뇨. 그냥 제 맘이 그런데요."

"……"

윤태희는 눈앞에 선 소년을 물끄러미 응시했다.

넥타이를 빌려주고, 손수 매 주기까지 했는데 소년은 시큰둥하기만 했다. 아무래도 떠밀리듯 도움을 받은 것이 썩 내키지 않는 듯했다. 소년은 생각보다 훨씬 더 경계심이 강했다. 스스로 의식하지 못하는 사이에 불순물이 섞인 호의를 본능적으로 느끼고 있는 게 분명해 보였다.

사람한테 크게 한 번 데였나 본데. 시간이 좀 걸릴지도 모르겠네….

"장난이에요. 어차피 내가 해 주고 싶어서 그런 거니까."

윤태희가 피식 웃으며 재겸의 손에 들려 있던 드링킹 요거트를 되찾아 왔다.

그러나 조급할 필요는 없었다. 계속해서 틈을 파고들다 보면 언젠가 그 틈은 '곁'이 될 것이었다. 십 대의 귀재는 폐쇄적이고 감정적인 교류에 서투르다는 사실을 윤태희는 잘 알고 있었다.

윤태희가 종이 팩을 흔들며 천천히 걸음을 옮겼다. 거리가 벌어지자 재겸은 그제야 자신이 딱딱하게 굳어 있었다는 사실을 깨달았다. 비로소 숨이 트이며 긴장감이 풀리는 기분이었다. 청년이 매고 있던 넥타이 때문인지, 코끝에선 전에 없던 은은한 잔향이 맴돌고 있었다.

"그럼 이따가 수업 끝나고 봐요. 도서실에서 기다리고 있을게요."

기다린다고? 날?

"왜요?"

재겸이 반사적으로 되물었다. 마치 우리가 또 만날 일이 뭐가 있느냐, 하고 묻는 얼굴이었다. 재겸을 응시하던 윤태희가 푸시시 흐트러진 웃음을 내뱉었다.

"왜냐뇨."

청년이 장난스럽게 재겸의 말을 따라 했다.

"넥타이 내 거니까 돌려주러 와야지."

"아…."

재겸이 외마디 소리와 함께 시선을 피했다.

· ※ ·

평범한 인간들은 원래 이렇게까지 서로 살갑게 대하는 걸까? 불과 아까까지만 해도 재겸의 머릿속에 떠올랐던 질문이었다.

그 질문을, 재겸은 폐기하기로 했다.

재겸이 뾰로통한 얼굴로 눈앞에 선 중년의 남자를 바라보았다. 사나운 인상의 남자는 매일 아침마다 본관 입구를 지키는 선생으로, 건물에 들어서던 아이들은 그를 '학주 쌤'이라고 부르며 예의 바르게 인사를 하고 지나갔다. 교문에서 바라본 건물 입구 앞에는 선도부원 몇 명과 근엄한 자태의 학주가 서 있었다. 학주는 손에 든 당구 큐대를 맥없이 허공에 휘두르며 현관에 들어선 아이들에게 일일이 참견을 해 댔다. 그때까지만 해도 재겸은 '아, 저렇게 걸리면 벌점을 받는구나.' 하는 태평한 생각이나 하고 있었다. 그저 남의 일이겠거니 했는데.

처음에 학주가 "거기, 너." 하며 손짓할 때만 해도 재겸은 자신을 부르는 줄 몰랐다. 그대로 입구에 들어서자 선도부원 하나가 달려와 재겸의 진로를 방해했고, 재겸은 그제야 자신이 표적임을 깨달았다. 그 순간 재겸의 얼굴에 짙은 먹구름이 드리웠다.

가장 먼저 했던 생각은,

'어떤 새끼가, 넥타이 빌리는 거 보고 고새 일러바쳤구나….'

였다. 사서의 말이 맞았다. 잠깐 머뭇대는 사이에 누군가 목격한 게 틀림없다. 얍삽하게 생긴 놈이 학주의 귀에 속닥속닥하는 장면이 눈에 훤했다. 세상 참 정말 각박하다. 너무 치졸한 거 아니냐? 학주 앞에 질질 끌려온 재겸이 이를 바득바득 갈며 주변을 두리번거렸다.

"너 인마…."

"누, 누가 그래요!"

"뭐?"

분노한 재겸이 씩씩거렸다.

"사람이, 사람이 살다 보면 그럴 수도 있는 건데, 한 번 정도야…."

"허, 얘 지금 뭐래는 거냐?"

학주가 황당한 얼굴로 옆에 서 있던 선도부와 시선을 교환했다.

"너 인마, 머리가 왜 그리 길어?"

"……."

어쩐지 오늘따라 아침부터 삐끗하는 느낌이다.

"조금만 더 길면 묶을 수도 있겠다이? 그치?"

"제 머리요?"

"그래, 인마. 네가 장 발장이냐?"

장 발장은 그 장발이 아닌데요. 옆에 있던 선도부가 속으로 조용히 말을 삼켰으나, 장 발장이 누군지 모르는 재겸은 내가 장발이라고? 눈을 빠르게 깜빡였다. 넥타이 때문에 붙잡힌 게 아니었구나. 그렇다면 일단은 안심이었다. 재겸은 약간 당황한 얼굴로 주변을 지나는 아이들의 두발 상태를 확인했다. 뭐 얼마나 차이 난다고…. 노련한 교사는 그 틈을 놓치지 않고, 학생의 눈동자에서 묘한 불만스러움을 읽어 냈다.

"허, 이놈 좀 보게. 두발 규정 같은 건 내 알 바 아니오, 이거냐?"

"두발 규정이 뭔데요?"

"옆머리가 귀를 덮으면 안 돼."

"왜요?"

재겸은 정말 궁금해서 물어본 것이었다. 생각해 보니 넥타이를 안 하면 왜 벌점인지도 의문이었다. 머리가 길면 왜 안 되는데? 물론, 재겸은 학교에서 하라는 대로 할 생각이었다.

그러니 넥타이도 얌전히 맸던 건데. 하지만 그와는 별개로 순수한 궁금증에 이유를 물어봤던 것일 뿐이다. 하지만 재겸이 질문을 던짐과 동시에 학주의 눈에서 불꽃이 튀었다. 재겸은 순수한 질문이 교권을 위태롭게 한다는 사실을 몰랐다.

"왜요? 왜애요오?"

학주가 험악하게 말을 늘어뜨렸다. 주변에 일렬로 서 있던 선도부원들이 움찔하며 재겸과 학주를 힐끔거렸다.

"허, 이 자식이 아침부터 열받게 하네. 안 된다면 안 되는 줄 알아! 뭔 말이 그렇게 많아? 어? 눈이 달렸으면 다른 애들 머리를 봐 봐라. 넌 옆머리가 이건 뭐, 거의 이불이야, 이불. 귀를 덮고도 남네. 그래, 이걸 봐도 아무런 생각이 안 드냐?"

그간 재겸은 늘 집에만 있었으니 머리를 자를 일이 없었다. 오래전에야 머리가 길었지만, 세월이 지나면서부터는 좀 길었다 싶으면 그냥 가위를 가져다가 싹둑 잘랐다. 귀찮으면 질끈 묶고, 더우면 짧게 깎고. 그뿐이었다. 게다가 사내의 저주를 받고 나서부터 머리가 자라는 속도가 지독하게 느려졌다. 고작 이만큼 기른 것도 햇수로 따지면 몇 년이었다. 지금 재겸의 머리는 귀를 중간쯤 덮으면서 목덜미까지 내려오는 어중간한 길이였다.

"아니… 전 그냥 궁금해서, 안 되는 이유나 좀 말해 주… 말씀해 주시면."

학주가 왜 저렇게 화가 났는지 이해할 수 없었다. 뭔가 잘못

했나. 재겸은 최대한 공손한 태도로 입을 열었다. 그때, 학주가 손에 들고 있던 큐대로 재겸의 가슴팍을 쿡 찔렀다.

"이게 보자 보자 하니까. 너, 지금 나랑 한번 해보자는 거야?!"

재겸은 시선을 내려 제 가슴팍을 쳐다보았다.

"……."

'재겸아, 혹시라도 학교 가서 선생들이 뭐라고 혼내면 무조건 죄송하다고 해.'

'왜?'

'그게 요즘 세상의 처세야. 너보다 얼굴 늙어 보이는 사람한텐 꼭 존댓말 쓰고. 알았지?'

머릿속에서 정주가 당부하던 목소리가 맴돌았다. 요즘 세상의 처세…. 재겸은 차분히 감정을 삭였다. 재겸이 또렷하게 눈을 치켜뜨고 자신을 바라보자, 학주는 '이것 봐라?' 하며 헛웃음을 터뜨렸다.

"옛 고사 중에서 일보일추(一步一趨)라는 말이 있는데요."

"뭐?"

"스승이 걸으면 제자도 걷고, 스승이 뛰면 제자도 뜁니다."

재겸이 손을 들어 큐대가 닿았던 부분을 툴툴 털어 냈다.

"제자는 스승의 발자국을 본보기로 삼고 따라간다고요."

"허! 너 지금 무슨 말을….'

"선생님 옆머리가 저보다 길어 보이는데요?"

"……."

"……."

"……."

둘을 지나쳐 건물 안으로 들어가던 학생들이 일동 경악하며 재겸을 돌아보았다.

"선생님 옆머리야말로 이불 아니에요? 선생님도 머리 길잖아요."

탁, 탁….

학주의 손에서 떨어진 큐대가 요란한 소리를 내며 바닥을 뒹굴었다. 학주는 특히 교사들 가운데서 문 쌤과 사이가 좋았다. 동년배이기도 했고, 둘 다 대머리라는 아픔을 공유하고 있기 때문이리라. 모두가 내심 짐작하고 있는 이야기였다.

학주는 일단 학생들에게 엄하게 굴면서도 사실은 정이 많아서 꽤나 다정한 편이었다. 대신 자신의 아픔을 건드는 행위만은 용인하지 못했다. 언젠가 한 학생이 학주와 문 쌤이 나란히 걸어가는 것을 보고 "문어가 쌍으로 다니네. 쌍문동 가요, 쌍문동." 하고 조용히 키득거렸다가 교내 봉사를 한 적도 있었다.

그만, 그만해…. 일렬로 서 있던 선도부원들이 눈을 질끈 감았다.

그러거나 말거나. 그러한 사정도 모를뿐더러, 선도부의 속마음을 알 길 없는 재겸은 격앙된 심정을 억누르고 정중하게 말을 덧붙였다.

"정수리 덮어 놓은 거 그거 다 옆머리잖아요."

핏기가 가신 얼굴로 우두커니 서 있던 학주는 한참 만에 바닥에 떨어진 큐대를 주워 들었다. 모두의 우려와는 달리, 학주는 평온한 얼굴로 재겸에게 물었다.

"너 몇 학년 몇 반이니?"

그리고 넥타이 미착용을 이유로 벌점을 받지 않도록 애써 주었던 청년의 노력이 무색하게, 재겸은 등교 두 번째 날에 벌점 5점을 받는 쾌거를 달성했다.

사유는 태도 불량 및 교사의 지시 불이행이었다.

· ✺ ·

오늘 자 대륭 고교의 점심 메뉴는 콩나물이 들어간 부대찌개와 달큰한 찜닭, 그리고 네모난 계란찜과 사과가 한 무더기 섞인 마카로니샐러드였다. 매일 반찬이 달라지는 것도 모자라서 또 고기가 나오다니! 낯선 메뉴를 경계하듯 노려보던 것도 잠시, 재겸은 어제처럼 식판을 지키듯이 팔 한 짝을 척 올려놓고 전투적으로 식사를 마쳤다.

그사이, 조영우의 입은 그야말로 댐이 터진 듯했다. 친구와의 대화에 목말라 있던 조영우에게 재겸은 단비 같은 존재였다. 게다가 어제의 일로 묘한 유대감까지 생겼으니 말을 다 한 셈이었다. 재겸은 쉴 새 없이 조잘대는 조영우가 썩 귀엽게 느껴졌다. 꼭 메산이 같다고나 할까….

 혹시 어제의 일을 두고 필요 이상으로 파고들면 어쩌나 우려했는데, 다행히 조영우는 그에 관해선 별말이 없었다. 여러모로 순진한 녀석이었다. 이렇게 된 거 당분간은 조영우와 적당히 어울리며 지내도 나쁘지 않겠다는 생각이 들었다. 어쨌든 길어야 한 달일 테니까.

 식사를 마치고도 점심시간이 꽤 널널하게 남아 있던 덕분에, 조영우는 재겸에게 매점 나들이를 제안했다. 매점에 도착한 둘은 시원한 아이스크림을 먹기로 했다. 매점 냉동고를 열자 살갗이 시릴 정도로 차가운 냉기가 흘러나왔다.

 "재겸아, 골랐어?"

 재겸이 머뭇거리는 사이, 조영우는 별 고민 없이 먹고 싶은 아이스크림 하나를 이미 골라 둔 상태였다. 매점 내부는 디저트를 먹기 위한 인파로 바글바글했다. 학생들에게 이리저리 치이던 재겸은 냉동고에 손을 넣고 대충 잡힌 것을 꺼내 들었다.

 "엇! 나도 그거랑 둘 중에 고민하다가 이거 골랐는데."

 "헤헤, 통했다." 하며 조영우가 배시시 웃었다. 재겸은 조영우의 것을 한 번, 자신의 것을 한 번 번갈아 바라보았다. 빠삐꼬와 소다 맛 뽕따. 어쩌다 보니 둘 다 쭈쭈바를 골랐다. 계산을 마친 뒤 매점 밖으로 나온 둘은 천천히 운동장을 가로질러 걸었다.

설익은 햇볕이 교정 구석구석까지 찬란하게 쏟아져 내렸다.

조영우와 재겸은 나무 그늘에 자리한 벤치에 나란히 앉았다. 조영우가 들고 있던 쭈쭈바를 허벅지에 냅다 내리꽂았다. 퍽! 순간 놀란 재겸이 어리둥절한 표정으로 조영우를 바라보았다. 충격에 의해 포장지 위쪽이 뜯겨 쭈쭈바 꼭지가 모습을 드러냈다.

오호라….

조영우를 곁눈질하던 재겸은 슬그머니 들고 있던 뽕따를 움켜쥐었다. 퍽! 그러자 조영우의 빠삐꼬와 똑같이 뽕따의 하늘색 꼭지가 튀어나왔다. 쭈쭈바를 처음 경험한 재겸의 입가에 설핏 미소가 걸렸다. 조영우가 꼭지를 잡고 비틀었다. 재겸도 그대로 흉내를 냈다. 꽝꽝 언 꼭지가 깔끔하게 떨어져 나왔다.

"재겸아, 우리 꼭지 바꿔 먹을래?"

"그러든지."

조영우가 헤실헤실 웃으며 꼭지를 건네려던 참이었다. 난데없이 날아든 축구공 하나가 재겸의 발치로 떼굴떼굴 굴러 들어왔다.

"야! 패스 어디로 하는데!"

교복 와이셔츠는 어디다가 벗어 던졌는지, 흰 반팔 티를 입은 한 소년이 투덜거리며 뛰어왔다. 어제 복도에서 부딪쳤던 이주열이었다. 이주열이 허리를 굽혀 축구공을 주워 들더니 이마에 가득한 땀을 닦아 냈다.

"오, 조영우, 전학생이랑 친구 먹었냐?"

조영우와 재겸을 번갈아 보던 이주열이 아는 척을 해 왔다.

"아… 주, 주열아, 안녕."

조영우가 어색하게 인사를 건넸다.

흰 티셔츠 자락을 펄럭거리며 더위를 쫓아내던 이주열의 시선이 어느 순간 조영우의 손에 들려 있던 쭈쭈바로 향했다. "오, 쭈쭈바 먹냐." 이주열이 조영우의 손목을 움켜쥐었다.

"나 한 입만."

"어… 어?"

이주열은 그대로 조영우의 손목을 자신의 입가로 끌어당기려고 했다. 그에 조영우는 저도 모르게 붙잡힌 손에 미약한 힘을 주고 버텼다. 베어 먹는 하드도 아니고 쭈쭈바였다. 하물며 아직 입에도 대지 않은 건데. 그러자 이주열이 피식 웃으며 조영우의 어깨를 툭 쳤다.

"좀 줘라. 나 지금 목말라서 뒤질 것 같다고. 친구끼리 뭐 어때?"

이주열은 자신이 아쉬울 때만 세상에 둘도 없는 친구처럼 굴었다. 이주열은 소위 논다는 애들의 중심에 있었다. 반 분위기를 주도했고 기분이 나쁘면 애먼 애들한테 화풀이를 했다. 이주열에게 시달린 경험은 비단 조영우뿐만이 아니라 반 아이들 대부분이 겪어 본 것이었다.

바스락거리는 포장지 너머로 아이스크림의 차가운 냉기가 손바닥까지 옮아오고 있었다. 망설이던 조영우가 손에서 힘을 뺐다. 그래, 고작 천 원이다. 똥이 무서워서 피하나, 더러워서 피하지, 하는 심정이었다. 이주열이 조영우의 손에서 쭈쭈바를 뺏어 들려던 참이었다.

"야."

옆에서 들려온 나직한 목소리에 이주열이 고개를 돌렸다. 재겸은 입에 쭈쭈바를 물고 주머니에서 지갑을 꺼냈다. 정주가 사 준 고급스러운 가죽 지갑이었다. 재겸은 지갑 속에서 지폐 한 장을 꺼내 이주열에게 내밀었다.

"사 먹어. 이걸로."

빳빳한 만 원짜리 지폐였다. 재겸은 지폐를 팔랑팔랑 흔들며 어서 받아 가라는 신호를 보냈다. 동시에 매점이 있는 방향을 향해 턱짓을 한 건 덤이었다. 뜻밖의 횡재에 이주열은 미련 없이 조영우의 손목을 떨쳐 버렸다.

"대박. 야, 전학생, 설마 이거 나 주는 거?"

"어."

"빌려주는 거 아니고?"

"어. 아닌데. 다 가져."

이주열은 상기된 얼굴로 옳다구나, 하며 재겸이 건넨 지폐를 홱 채 갔다. 기껏해야 쭈쭈바인데 만 원씩이나 줘 버리다니. 당황한 조영우가 재겸을 향해 눈빛을 보냈다. 소극적으로 나마 말리고 싶은 마음에서 나온 의사 표현이었다. 하지만 재겸의 표정은 태연하기만 했다.

"야이, 영우야! 이렇게 좋은 친구를 사귀었으면, 어? 나한테 말을 해 줬어야지."

"……"

"전학생, 아니, 김재겸이라고 했나? 생긴 건 꼭 기생오라비처럼 생겨서. 솔직히 좀 재수 없었거든? 역시 사람은 겉모습이 다가 아니라니까. 새끼, 통 크다?"

예상치 못한 수확에 신난 이주열이 싱글벙글 웃으며, 양손으로 지폐의 끄트머리를 잡고 세종대왕의 얼굴을 음미했다. 흡사 돈이 아니라 그림을 감상하는 듯한 모양새였다.

"나중에 말 바꾸기 없기다? 꽁돈 맞지?"

이주열은 호들갑을 떨며 재차 물었다. 재겸이 귀찮은 기색으로 중얼거렸다.

"그래, 꽁돈 맞다고."

이주열이 지폐를 주머니 속에 넣으려던 순간이었다.

"너한테 적선한 거니까."

재겸이 손에 든 쭈쭈바를 주물럭거리며 말을 덧붙였다. 실실거리던 이주열이 우뚝 움직임을 멈췄다. 조영우가 눈을 크게 뜨고 재겸을 쳐다보았다. 차가운 쭈쭈바만큼이나 분위기 역시 차갑게 얼어붙었다. 재겸은 적당히 녹은 소다 맛 뽕따를 앙, 입에 물었다.

"……."

"……."

얼마간 싸한 침묵이 찾아왔다. 시간이 잠시 더디게 흘렀고,

"야, 너 방금 뭐라고 했냐?"

이주열은 시뻘겋게 달아오른 얼굴로 재겸의 멱살을 잡았다. 화들짝 놀란 조영우가 허겁지겁 이주열의 손을 붙잡았지만, 이주열은 그대로 재겸을 뒤로 밀쳤다. 덕분에 재겸은 중심을 잃고 벤치 뒤로 넘어가 화단 안쪽으로 나자빠졌다.

"방금 뭐라고 했냐고, 이 개새끼야!"

이주열이 공을 주워 오기를 기다리며 운동장에서 시시덕거리고 있던 아이들은 멀리서 심상치 않은 분위기를 느끼고 헐레벌떡 싸움에 난입했다. 이주열은 목에 핏대를 세우며 악을 써 댔다. 아이들은 다급하게 이주열을 뜯어말리기 시작했고, 씩씩거리며 재겸에게 달려들려던 이주열의 시도는 그렇게 불발에 그치는 듯 보였다. 그러나,

"윽!"

난데없이 날아든 축구공이 재겸의 안면을 강타했다. 아이들의 만류에 못 이기는 척 등을 돌리는가 싶던 이주열이 기습적으로 재겸을 향해 축구공을 내던진 것이다. 가까운 거리에서 날아든 축구공은 정확히 얼굴에 명중했고, 쌍코피라는 처참한 결과를 만들어 내고 말았다.

· 🕊 ·

 텅 빈 책꽂이 앞에 서서 서류를 뒤적거리던 윤태희가 불현듯 고개를 들었다. 문간에서 느껴진 인기척 때문이었다. 상대를 예감한 윤태희의 입가에 조그만 미소가 떠올랐다. 잠시 문을 뚫어져라 응시하던 윤태희는 다시 들고 있던 서류로 시선을 고정했다. 그러고는 언제 웃었냐는 듯 입꼬리에 매달고 있던 웃음기를 싹 물렸다. 도서실 문이 열린 것은 거의 동시에 일어난 일이었다.

 "⋯⋯."

 문을 열고 도서실로 들어서던 재겸이 멈칫하며 눈을 깜빡거렸다. 사서 청년의 외양이 지금까지 봤던 모습과는 미묘하게 달랐기 때문이다. 청년은 안경을 쓰고 있었다. 청년은 책꽂이 앞에 서서 무언가에 열중해 있는 모습이었다. 재겸 자신이 왔다는 걸 미처 알아차리지 못한 듯했다. 잠시 머뭇거리던 재겸이 일부러 문을 강하게 닫았다.

 쿵, 하는 소리에 청년의 시선이 재겸에게로 와 닿았다.

 재겸을 발견한 청년이 슬며시 미소를 지었다. 얇은 금속 테로 이루어진 동그란 안경 너머로 눈매가 부드럽게 휘었다. 테가 얇아서 그런지 청년의 인상은 훨씬 예민하고 날카로워 보였다. 책을 보거나 빽빽한 글씨를 읽을 적이면 항상 애용하는 안경이었다.

"왔어요? 어…."

청년이 쓰고 있던 안경을 슬쩍 내리더니, 맨눈으로 재겸을 응시했다.

"코피 났어요?"

재겸은 코를 킁킁거리며 시선을 피했다. 코피가 난 쪽을 휴지로 단단하게 틀어막았더니 숨을 쉬기가 힘들었다. 청년은 들고 있던 서류를 빈 책꽂이 한쪽에 올려 두고 재겸을 향해 뚜벅뚜벅 다가왔다.

"무슨 일 있었어요?"

점심시간이 끝나고 오후 수업이 시작되었을 때, 교실에 들어온 선생들은 재겸을 보고는 하나같이 놀란 눈을 했다. 그러고는 사서 청년이 물어봤던 것처럼 무슨 일이 있었느냐고 물어 왔다. 그때마다 멀찍이 대각선 방향에 앉은 이주열은 적의 어린 눈으로 재겸을 노려보았다. 입조심해. 잠시 침묵하던 재겸은 선생들에게 했던 대로, 똑같은 대답을 내놓기로 했다.

"한눈팔다가 부딪혔어요."

"저런."

청년이 안됐다는 어투로 심심한 유감을 표했다. 선생들 역시 "아팠겠다.", "조심 좀 하지."라는 추임새를 덧붙이고는 바로 수업에 나섰었다. 별다른 관심을 보이지 않으면서 더 캐묻지 않아 주는 것이 재겸 입장에서는 편했다. 하지만,

"부딪혔다는 게 혹시 주먹인가요?"

청년이 비스듬히 팔짱을 끼며 물었다. 누군가와 싸운 것이냐고 돌려서 묻는 것이었다. 순간 어이가 없어진 재겸은 저도 모르게 피식했다.

"네."

"그래서? 가만히 있었어?"

따지고 보면 가만히 있었던 셈이긴 했다. 딱히 대응 같은 건 하지 않았으니까. 상대가 먼저 덤빈다고 해서 당장에 치기 어린 주먹다짐을 주고받을 수 있는 노릇도 아니었다. 제아무리 눈이 뒤집혀 주먹을 휘두른다고 해도 어차피 이주열은 약한 범인이었다.

"참을 인 세 번이면 살인을 면한다는 말이 있으니까요."

재겸이 평화로운 도서실 내부를 두리번거리며 건성으로 입을 열었다.

"정말 그렇게 생각해요?"

청년이 짓궂게 웃으며 말을 덧붙였다.

"나처럼 참을성 없는 사람한텐 너무 가혹한 속담이네요."

그게 무슨 소리냐는 듯, 재겸이 눈을 들었다.

"그냥, 참는 게 능사는 아니라는 의미에서."

청년은 장난스레 콧잔등을 한 번 찡긋거리고는, 살짝 흘러내린 안경을 추스르며 다시 서류를 집어 들었다. 잠시 짧은 침묵이 흘렀다. 아, 그러고 보니 넥타이를 돌려주러 온 거였지. 청년이 서류에 시선을 고정한 사이, 멀뚱멀뚱 서 있던 재겸은 넥타이 매듭으로 손을 가져갔다.

"아, 맞다. 친구."

넥타이를 풀기 직전, 조용하던 청년이 갑자기 고개를 들었다.

"나 좀 도와줄래요?"

"…도와 달라고요?"

재겸이 어리둥절한 얼굴로 되물었다.

"오늘 서가 정리를 했어요. 몇 년 동안 대출 이력이 없는 책은 따로 한데 모아서 배치하려고 하는데. 리스트도 다 뽑아 놨고, 책도 다 추려 놔서 이제 순서대로 꽂기만 하면 되거든요. 근데 서류 보면서 책을 찾으려니 손이 많이 가서요. 친구가 도와주면 금방 끝낼 수 있을 것 같은데. 도와줄래요?"

청년이 부드럽게 웃으며 들고 있던 서류를 펄럭거렸다. 재겸이 눈을 가느다랗게 뜨고 서류에 적힌 내용을 살펴보았다. 청년의 말대로 서류에는 책 제목이 길게 나열되어 있었다. 재겸은 선뜻 대답을 하지 못하고 힐끔, 청년의 얼굴을 곁눈질했다.

"아, 매정하네. 내가 넥타이도 빌려줬는데."

재겸의 마뜩잖은 기색을 눈치챘는지 청년이 장난스럽게 투덜거렸다. 그러자 시큰둥하던 재겸의 낯에 희미한 금이 생겼다.

지가 먼저 빌려줘 놓고 생색은….

재겸은 도서실 한쪽에 놓인 커다란 북트레이를 바라보았다. 북트레이 안에는 낡고 오래된 책들이 겹겹이 쌓여 있었다. 청년이 말한 대로 책장에 꽂기 위해 추려 놓은 책인 듯했다. 확실히 좀 많아 보이긴 했다.

잠시 고민하던 재겸이 마지못해 고개를 끄덕였다.

"…알았어요."

"고마워요. 이 학교는 사실상 도서부가 없는 거나 마찬가지라서, 가끔 청소하러 와 주는 친구들이 전부예요. 그래서 맨날 나 혼자 일하니까 쓸쓸했는데…. 우리 친구밖에 없네요."

청년은 도서실 한쪽에 놓여 있는 북트레이를 빈 책꽂이 근처로 가져왔다. 청년은 자신이 책 제목을 서너 권씩 불러 주면 북트레이에서 책을 찾아 순서대로 건네 달라고 했다.

청년은 안경을 추스르며 서류에 적힌 책 목록을 읊어 주었다.

"『바람의 전사』, 『매일을 이루는 습관』, 『시라쿠사의 봄』."

재겸은 북트레이 안을 꼼꼼히 훑으며 책을 건넸다. 청년은 재겸이 책을 찾아 주면 이어서 다음 차례의 제목을 불러 주었다. 그리고 재겸이 책을 찾는 동안, 청년은 재겸이 건네준 책에 붙어 있는 청구 기호를 살펴 순서대로 꽂아 넣었다.

처음엔 책을 찾는 속도가 느렸다. 시간이 좀 지체된다 싶으면 청년은 북트레이로 다가와 함께 책을 찾아 주었고, 이렇게 몇 번을 반복하고 나니 재겸의 눈과 손에도 슬슬 속도가 붙기 시작했다. 어느 순간부터 둘의 손발이 착착 맞아떨어졌다. 청년이 미리 건네준 책을 정리하고 나면 타이밍 좋게 재겸이 곧바로 다음 책을 내밀었다.

"친구, 눈썰미가 좋은데요."

윤태희는 틈틈이 소년에게 칭찬을 건넸다. 재겸은 그때마다 시선을 내리며 "네, 뭐…." 하고 말을 흐렸다. 소년의 낯은 일견 무심해 보였으나 칭찬을 받는 것이 영 쑥스러운 듯했다.

"『긴 여행과 고양이』, 『모로코의 아침』, 『관촌수필』."

재겸은 곧바로 책을 찾아 건네주었다. 윤태희는 큼지막한 손으로 책 세 권을 한꺼번에 받아 들었다. 책 표지를 차례대로 살피며 하단에 붙어 있는 청구 기호를 꼼꼼히 확인하던 윤태희가 어느 순간 손을 멈췄다.

冠村隨筆.

관촌수필. 낡고 오래된 책 표지와 책등에, 적혀 있는 글자라곤 온통 한자뿐이었다.

"……."

청년이 책 제목을 불러 주길 기다리며, 북트레이를 들여다보고 있던 재겸이 고개를 들었다. 아무리 기다려도 청년은 말이 없었다. 재겸이 의아한 시선을 보내자 청년이 천천히 눈을 마주쳐 왔다.

"왜요?"

청년이 재겸의 두 눈을 뚫어져라 쳐다보았다. 어떤 작품을 들여다보기라도 하는 것처럼, 마치 무언가를 감정하는 시선이었다. 청년의 묘한 시선에 재겸이 희미하게 인상을 찌푸렸다.

"왜 그러는데요?"

안경 너머로 청년의 눈매가 휘어졌다.

"아니, 아무것도 아니에요."

청년은 들고 있던 서류에 시선을 던졌다. 그러고는 아무 일도 없었다는 듯이 이제껏 하던 대로 책 제목을 불러 주었다. 재겸은 대수롭지 않은 얼굴로 쏙쏙 책을 집었다. 건네면 받고, 찾으면 꽂고. 북트레이에 담긴 책이 눈에 띄게 쑥쑥 줄어들었다.

어느덧, 북트레이 안에는 남은 책은 열 권 남짓이었다.

"근데 친구, 딴소린데."

"네."

재겸이 고개도 들지 않고 대답했다.

"이렇게 가까이 있으니까 생각보다 친구 키가 꽤 크네요."

"네."

재겸은 얼마 남지 않은 책을 열심히 주섬거리며 건성으로 고개를 끄덕였다. 윤태희는 아까와 달리 빼곡해진 서가에 책을 꽂아 넣으며 여상하게 물었다.

"키 몇이에요? 한, 육 척(尺)[3]은 넘나?"

"그쯤 될걸요."

"그래요? 그럼 나랑은 두 촌(寸)[4] 정도 차이 나려나."

"뭐… 그렇겠죠."

---
3 길이의 단위. 약 30cm에 해당.
4 길이의 단위. 약 3cm에 해당.

재겸이 싱겁게 대꾸하며 책을 건넸다. 그러자 윤태희가 조그맣게 "고마워요." 하며 받아 들었다. 재겸은 트레이에 남은 책을 차곡차곡 쌓았다. 이제 이것만 꽂으면 마무리였다. 윤태희가 이제는 쓸모가 없는 서류를 꼬깃꼬깃 구겼다.
"근데, 친구."
아, 왜 자꾸 불러.

또다시 들려온 청년의 목소리에 재겸이 인상을 찌푸리며 눈을 치켜떴다. 가뜩이나 귀찮아 죽겠는데 자꾸 쓸데없는 말이나 하고. 재겸은 마지막으로 남은 책을 포개어 청년에게 건네며, 대답 대신 빨리 용건이나 말하라는 까칠한 눈빛을 보냈다. 코앞에 내밀린 책을 내려다보던 청년은 쓰고 있던 안경을 비스듬히 내리고는, 고개를 들어 재겸을 응시했다.
"근데, 친구는 몇 살이에요?"
상냥한 목소리와 정반대인 날카로운 시선이 재겸을 관통했다.
"······."
돌발적인 질문에 재겸의 낯이 딱딱하게 굳었다.
"어, 그···."
평정심을 되찾기 위해 애쓰는데 번뜩, 정주의 말이 떠올랐다. 이런 상황을 대비해 정주가 해 준 조언이 있었다. 정주가 말하길 현대의 사람들은 고정된 통념을 가지고 있기 때문에, 굳이 몇 살이라고 말하지 않아도 학년을 얘기하면 그걸 나이로 알아들을 거라고 했었다.

표정을 정리한 재겸은 짐짓 태연한 어조로 말했다.

"고등학교 2학년이요."

"응, 그래서 몇 살?"

청년이 고개를 끄덕이며 재차 물었다.

학년 말고 나이 말이에요. 청년은 친절하게 덧붙이며 재겸이 건넨 책을 받아 들었다. 그러자 묵직하던 손안이 한순간 허전해졌다. 재겸과 윤태희는 서로를 또렷하게 응시하고 있었다. 마치 신경전을 벌이는 것처럼, 둘 사이로 묘하게 팽팽하면서도 날 선 기류가 흘렀다.

"……."

학년을 얘기하면 된다던 정주의 예상은 보기 좋게 빗나가고 말았다. 순간적으로 말문이 막힌 재겸이 잠시 침묵했다. 그나마 다행인 것은, 재겸의 표정이 언뜻 봐서는 평소와 크게 다르지 않았다는 것이다. 청년은 뭐든 그냥 지나치는 법이 없었다. 이 정도면 되겠지라고 생각했는데 항상 그보다 더 깊숙이 들어왔다. 어제도, 오늘도 그랬다.

찰나의 순간, 동요를 억누르던 재겸이 역으로 질문을 건넸다.

"고, 고등학교 2학년은 몇 살인데요?"

"음… 보통은 열여덟이겠죠."

재겸이 턱을 치켜들었다.

"그럼 저도 그걸로 할게요."

"……."

재겸의 당당한 대꾸에 윤태희가 눈을 몇 번 깜빡거리는가 싶더니, 이내 흐트러진 웃음소리를 냈다. 저도 그걸로 할게요? 무슨 중국집에서 메뉴 고르는 것도 아니고….

"뭐예요, 그게."

"보통은 열여덟이라매요? 알고 있으면서 왜 물어봐요?"

"그야, 친구는 아무리 봐도 보통 사람 같지가 않아서."

어딘지 의미심장하게 느껴지는 말이었다. 재겸이 희미하게 미간을 찌푸렸다.

"그게 무슨 말이에요?"

"한자가 무척 익숙한가 봐요."

윤태희가 손에 든 책을 책꽂이에 꽂아 넣으며 지나가듯 중얼거렸다. 한문? 갑자기 한문은 왜…. 청년의 말을 곱씹던 재겸의 시선이 문득 책꽂이로 향했다. 冠村隨筆. 별다른 한글 표기 없이 큼직한 한자로만 이루어진 제목이 눈에 들어왔다.

"……."

아차. 아주 짧은 순간, 재겸의 눈동자 위로 낭패감이 섬광처럼 떠올랐다가 사라졌다.

"요즘 사람들한테는 한자가 꽤 낯설 텐데, 친구는 척이랑 촌까지 알아들었잖아요. 알고 보니 엄청 옛날 사람이라거나, 보기보다 나이가 많다거나, 뭐 그런 게 아닐까 싶어서."

어느새 빼빽해진 책꽂이를 마지막으로 점검하던 윤태희가 가벼운 농담조로 말을 건넸다. 뜨끔한 재겸은 책을 정리하는 세심한 손길을 묵묵히 바라보았다. 뭘 알고나 하는 소리인가? 뭐가 됐든 일단은 시치미를 떼는 편이 이로울 것이다. 재겸이 더듬더듬 입을 열었다.

"나이가… 많지 않아도 한자를 잘 알 수도 있는 건데요."

"과연 그럴까요?"

"외국 말 잘하는 사람은 다 외국 사람이겠네."

재겸이 중얼거리자 윤태희가 홱, 고개를 돌려 시선을 부딪쳐 왔다.

"……."

허를 찔린 듯한 표정이었다. 뭔가, 묘하게 설득력이 있는 것 같기도 하고. 눈이 마주치자 윤태희가 눈썹 한쪽을 슥 들어 올렸다.

"그러는 그쪽, 선생, 님도 요즘 사람이면서 한자 알아본 거 아니에요?"

재겸이 덧붙인 말에 윤태희는 가만히 재겸을 응시했다. 뭐, 따지고 보면 그렇긴 했다. 멀뚱멀뚱 시선을 받아 내던 재겸이 마침내 딴청을 피우듯 시선을 돌리자, 윤태희의 입가에 싱거운 미소가 매달렸다. 재겸의 지적을 흔쾌히 수긍하는 얼굴이었다.

"그렇네…."

윤태희는 손에 묻은 먼지를 탁탁 털었다. 그러고는 데스크로 걸어가 어제 반창고를 꺼냈던 서랍을 열어젖혔다. 부스럭거리는 소리가 나는가 싶더니, 윤태희는 물티슈 여러 장을 뽑아 그중에서 몇 장은 재겸에게 건네주었다.

"그냥 해 본 소리예요."

 윤태희는 데스크에 비스듬히 걸터앉아 물티슈로 손을 꼼꼼히 닦기 시작했다. 새하얗던 물티슈가 금세 지저분해졌다. 오랜 시간 방치되어 있던 책에서 묻어 나온 먼지가 생각보다 많았다. 가만히 윤태희의 눈치를 살피던 재겸도 따라서 물티슈를 조몰락거렸다. 적당히 습기를 머금은 물티슈가 개운하면서도 시원하게 느껴졌다.

"나이가 뭐가 중요하겠어요. 그래 봤자 숫자 놀음이지."

"뭐… 그렇, 죠."

"난 나이 상관 안 해요."

"……."

 재겸은 빨리 이곳에서 벗어나고 싶었다. 보다 정확히 말하면 사서 청년과 함께 있고 싶지 않았다. 청년이 던지는 말들은 하필이면 재겸을 곤란하게 만드는 내용뿐이었다. 청년은 줄곧 재겸에게 관심을 보이고 호의를 베풀었다. 하지만 그럴수록 이자와 가깝게 지내는 건 좋지 않다는, 근거는 없지만 강렬한 느낌이 솟아올랐다.

 조영우야 같은 반에다가 바로 앞자리니까 그렇다고 쳐도.

청년은 필요 이상으로 친절했고, 예상치 못한 순간에 불쑥 거리감을 좁혀 왔다. 재겸은 그것이 영 부담스럽고 껄끄럽기만 했다. 게다가 넥타이는 지가 먼저 빌려줘 놓고 대뜸 도와 달라고 하지를 않나….

어쨌든 빚은 청산했으니 앞으로 엮일 일은 없을 것이다. 이제 북트레이에 남은 책도 없고, 책꽂이 정리도 끝났으니 더 이상 도서실에 있을 이유가 없었다.

"도와 달라는 건 다 끝난 거죠?"

"네, 고생해 준 덕분에."

재겸은 대충 손을 닦고는 근처에 있던 휴지통으로 더러워진 물티슈를 집어넣었다. 이참에 코 한쪽을 막아 두었던 휴지도 빼서 버렸다. 어깨에 가방을 멘 뒤, 높은 데스크를 의자 삼아 걸터앉아 있던 윤태희의 앞으로 가 마주 보고 섰다. 마지막으로 넥타이를 돌려줄 생각이었다.

그때, 윤태희가 한발 빠르게 넥타이 자락을 잡아당겼다.

한 걸음 떨어져 서 있던 재겸은 갑작스럽게 당기는 힘에 주춤하며 끌려갔다. 향수 냄새가 훅 끼치며 손쓸 틈도 없이 거리가 가까워졌다. 재겸의 눈꼬리가 샐쭉 올라갔다.

"친구가 되는 일에도 나이는 중요하지 않다고 하던데."

데스크에 걸터앉은 탓에 시선이 낮아진 윤태희가 물끄러미 재겸을 응시했다.

"노인과 어린아이도 마음만 맞는다면 서로 친구가 될 수 있어요."

"뭐, 뭐요?"

"나이로 따지면 나는 친구한테 한참 형이지만 우리도 친구가 될 수 있고."

"그래서요?"

윤태희가 빙그레 웃으며 속삭였다.

"우리 진짜로 친구 할까?"

"왜요?"

"왜냐뇨. 친구 하고 싶으니까."

"그러니까 왜요?"

"그야 친해지고 싶으니까."

재겸의 낯이 기묘하게 굳어졌다.

"나, 이 학교에 아는 사람도 없고, 온 지 얼마 안 돼서, 되게 쓸쓸하거든."

윤태희가 눈을 내리깔며 중얼거렸다. 여전히 넥타이는 그의 손에 붙잡힌 채였다. 순간 말문이 막힌 재겸이 윤태희의 머리부터 발끝까지 찬찬히 훑어보았다. 어쩌다 보니 재겸은 데스크에 걸터앉은 윤태희의 양쪽 다리 사이에 서 있는 꼴이 되어 있었다. 그만큼 거리가 가까웠다.

"싫은데요."

재겸은 인상을 쓰며 넥타이를 쥔 윤태희의 손등을 냅다 후려쳤다. 윤태희가 눈을 댕그랗게 뜨고 제 손등을 쳐다보았다.

재겸은 뒤로 물러서며 다시금 거리를 확보했다. 그러고는 곧바로 넥타이를 풀었다. 넥타이는 원래 주인의 어깨 위에 성의 없이 훌러덩 걸쳐졌다.

"…왜죠?"

방금 전에 재겸이 물었던 것처럼, 이번엔 윤태희가 물었다. 재겸은 뭘 그리 당연한 걸 묻느냐는 듯한 얼굴로 태연하게 입을 열었다.

"왜냐뇨. 그야 친해지기 싫으니까."

• ❦ •

재겸이 떠나고 난 뒤, 적막한 도서실 안에 혼자 남아 있던 윤태희는 깊은 생각에 잠겨 있었다. 긴 다리를 꼬고 의자에 느슨하게 앉아 몸을 흔들거렸다. 그때마다 의자 역시 살랑살랑 가볍게 틀어졌다가 원래대로 되돌아오길 반복했다.

유리창 너머로 해 질 녘 노을이 도서실 내부를 주홍빛으로 물들이고 있었다.

문득 고개를 들어 벽에 걸려 있는 시계를 확인한 윤태희는 자리에서 일어나 문간으로 향했다. 퇴근 시간은 지난 지 오래였다. 윤태희는 도서실의 문을 걸어 잠갔다. 그러고는 출근한 뒤 데스크 구석에 올려 두었던 가방을 뒤적였다. 가방의 깊숙한 곳에는 고운 비단 주머니가 들어 있었다.

윤태희는 곧바로 손바닥을 펼쳤다. 그 위로 주머니에 든 내용물을 조심스럽게 꺼내 놓았다. 안에 든 것은 구슬 팔찌였다. 알알이 매달린 구슬은 오십 원짜리 동전만 한 크기로, 무척이나 진귀하고 값비싼 보석으로 정평이 나 있는 흑진주였다.

 흑진주는 칠흑같이 새까만 와중에도 영롱한 빛을 뿜어내고 있었다. 흑진주의 빛깔은 시시각각 기묘한 색을 띠었다. 붉은빛이 감돌았다가, 노란빛이 감돌았다가, 어느 순간엔 그저 하얗게 빛나기도 했다.

 윤태희는 흑진주가 얼마나 값비싼 보석인지는 별 관심이 없었다. 중요한 건 흑진주가 아니라 이 흑진주 안에 깃든 것이었다. 그게 바로 윤태희의 보물이었다.

 윤태희는 무표정한 얼굴로 손바닥 정중앙쯤에 팔찌를 걸친 뒤 눈을 감았다. 손안에 감각을 집중하고, 마치 염주를 굴리듯 흑진주 한 알 한 알을 차분히 헤아리기 시작했다.

 어느 순간, 도서실 내부로 부드러운 미풍이 흘러들었다. 선선한 바람이 윤태희의 머리칼을 휩쓸고 지나갔다. 그러나 창문이며 문이며 바깥과 통하는 모든 입구는 틀어 막혀 있었다. 가르마를 따라 자연스럽게 옆으로 흘러내린 앞머리가 파스스, 허공으로 떠올랐다.

 윤태희가 손놀림을 멈추고 눈을 매섭게 떴다.

 찾았다.

 날카롭던 눈매가 사르르 허물어졌다. 팔찌에 매달려 있는 흑진주 중 한 알에서 원하던 기운을 찾았다. 겉으로 보기엔 다 똑같아 보이지만, 안에 깃든 것은 천차만별이기 때문에 꽤 집중력이 필요했다. 윤태희는 방금 전, 손끝에 닿았던 흑진주에 입을 맞췄다.

"새로."

흑진주에 입술을 붙인 채 낮은 목소리로 중얼거렸다. 그러자 도서실 내부에 차올랐던 바람이 일시에 멎었다. 기류 역시 차분히 가라앉았다. 잠시 멍하게 있던 윤태희가 입술을 떼고 측면으로 고개를 돌렸다.

시선이 향한 곳에는, 누군가 한쪽 무릎을 꿇어앉은 채로 고개를 숙이고 있었다. 윤태희는 기척도 소리도 없이 도서실에 나타난 자를 가만히 내려다보았다. '새로'라 불린 자의 외양은 꽤 독특했다. 파마를 한 것처럼 짧은 머리칼은 온통 굴곡져 있었고, 너덜너덜한 티셔츠 위에 걸쳐 입은 카디건은 난해한 패턴이 어지럽게 수놓아진 데다가 심지어 무지개색이었다.

여전하네. 윤태희는 흐트러진 머리를 쓸어 넘기며 인사를 건넸다.

"새로, 안녕."

"언제쯤 불러 주실까 오매불망 기다리고 있었습다."

커다란 창문에서 노을빛이 물감처럼 쏟아졌다. 뻐딱한 자세로 서서 새로를 내려다보고 있는 윤태희와, 가장 낮은 자리에서 윤태희를 올려다보고 있는 새로를 진한 노을빛이 천천히 집어삼켰다. 어느덧, 노을빛에 의해 바닥으로 길쭉한 그림자가 생겨났다.

둘 사이를 가로지르는 그림자는 단 하나뿐이었다.

"영귀, 새로가 왔슴다. 태희 님."

"어서 와."

윤태희는 미소를 띤 채 가볍게 턱을 까딱였다. 일어나도 좋다는 무언의 의미였다. 그러자 깍듯하게 머리를 조아리던 새로가 금세 실실 웃으며 몸을 편하게 세웠다. 방금 전까지 진지하던 기색은 어디로 사라졌는지, 새로는 기지개를 켜며 도서실 내부를 두리번거렸다.

"와우, 태희 님, 여기 책 열라 많슴다."

"신기해?"

"완전 신기. 제 평생 봐 온 책들보다 여기 있는 책이 훨씬 많슴다."

새로가 책장 구석구석을 기웃거리며 우아, 이야, 연신 감탄사를 내뱉었다. 새로는 귀신이면서도 가끔 보면 인간보다 더 인간같이 느껴질 때가 있었다. 호기심도 많았고 새로운 것을 좋아했다. 여러모로 영귀답지 않은 녀석이었다.

영귀는 인간처럼 사리를 분별할 줄 알며 강한 힘을 가진 존재였다. 때문에 영귀들은 이지가 없는 잡귀나 생의 미련을 버리지 못하고 말썽이나 피우는 원귀와 동일한 취급을 받는 걸 기분 나빠했다. 그럼 인간과 어울리느냐 하면 막상 또 그런 것만은 아니었다. 명줄이 짧고 힘이 약하다 하여 인간을 낮잡아 보는 영귀가 대다수였다. 윤태희를 만나기 전, 패현이 그러했듯이.

인간을 괄시하는 영귀들은 저들끼리 옹기종기 모여 살았다. 인간의 발길이 닿지 않는 곳에서 자연을 벗 삼아 지내며 유유자적 풍류를 즐겼다. 그러다 평화롭고 고고한 생활이 지겨워지면 기분 전환 겸 인간이 사는 곳으로 놀러 나오기도 했다. 그런가 하면, 처음부터 인간에게 호의적인 소수의 영귀들도 있었다. 그들은 날 때부터 사람들 틈에 섞여 인간의 생활 양식을 흉내 내며 살아가기도 했다. 본디 패현이 전자였다면 새로는 후자였다.

영귀는 힘이 강하다 보니 마음만 먹으면 평범한 인간들 앞에도 모습을 드러낼 수 있었다. 그래도 귀신인지라 그림자가 없기 때문에, 혹시라도 들킬 것을 우려하여 어둑어둑한 밤이나 새벽에 거리를 활보했다. 소수의 영귀들은 마치 저들이 인간이라도 된 양, 인간의 문화를 만끽하며 쇼핑을 하거나 유흥을 즐기기도 했다.

새로는 유독 패션에 관심이 많았다. 윤태희가 불러들일 때마다 새로의 옷차림과 헤어스타일은 꼭 변해 있었다. 지난번엔 빠글빠글한 아프로 헤어에 우비를 입고 다니더니, 이번엔 짧게 커트를 치고 알록달록한 카디건을 입고 나타났다. 아직 파마의 흔적이 남아 머리카락이 구불거렸다. 인간의 사고방식과 무슨 차이가 있는지는 몰라도 새로의 패션 세계는 언제나 해괴하기 짝이 없었다.

새로가 정신없이 도서실 내부를 구경하는 사이, 윤태희는 진한 노을빛이 쏟아져 들어오는 창문을 열었다. 드르륵 소리와 함께 신선한 공기가 밀려 들어왔다.

"그나저나 무슨 일로 부르셨습까? 설마, 저 책 읽으라고?!"

새로가 양손으로 입을 틀어막으며 오들오들 떠는 시늉을 했다.

윤태희는 소리 없이 웃었다. 새로는 언제나처럼 유쾌하고 발랄했다. 진중하고 정적인 성격의 패현과는 정반대였다. 때문에 새로와 패현을 함께 붙여 놓으면 두 영귀는 서로 으르렁대기 바빴다. 패현은 새로에게 '정신없고 까불대는 천덕꾸러기'라며 손가락질을 했고, 새로는 패현에게 '농담이라곤 씨알도 먹히지 않는 시시한 샌님'이라며 깎아내리곤 했다.

"부탁하고 싶은 게 있어."

윤태희의 말에 새로가 반색을 했다.

"무엇이든 말씀만 하십쇼."

"궁금한 인간이 생겼어."

새로는 창문에 팔을 걸치고 있는 윤태희의 등을 응시했다. 궁금한 인간이 생겼다고? 지금껏 새로가 봐 온 윤태희는 웬만해선 남에게 관심을 갖지 않는 인간이었다. 새로가 흥미롭다는 눈을 했다. 붉은 하늘을 거대한 장폭으로 삼아, 윤태희의 선이 풍경 속에 녹아들었다.

"그 아이에 관해서 좀 알아보고 싶은 게 있는데."

윤태희가 나지막한 목소리로 입을 열었다.

"물건은 얻어 두셨습까?"

새로는 두말 않고 고개를 끄덕였다.

"응, 운이 좋았지."

윤태희가 천천히 걸음을 옮기더니, 휴지통 앞에 쪼그려 앉았다. 졸졸 따라온 새로가 어리둥절한 얼굴로 윤태희와 휴지통을 번갈아 바라보았다. 윤태희는 검지를 들어 휴지통 안쪽을 가리켰다. 손가락이 가리키는 방향을 따라서, 새로의 시선이 휴지통 속에 쌓여 있는 지저분한 쓰레기에 닿았다. 눈을 가늘게 뜨던 새로가 인상을 찌푸렸다.

새로가 설마, 하는 얼굴로 윤태희를 쳐다봤다.

"태희 님, 말씀하신 물건이 혹시…."

"그래, 저거야."

윤태희가 가리킨 것은 피가 묻은 휴지였다. 몇 시간 전까지만 해도 재겸의 코를 막고 있던.

"이거… 혹시 콧구멍에 쑤셔 넣었다 뺀… 휴지 아닙까?"

"응, 코피가 묻은 휴지야."

"아, 진짜, 태희 님…."

새로가 차마 말을 잇지 못하고 쪼그린 무릎 위로 얼굴을 묻었다. 좌절하는 새로의 모습을 보고도 윤태희는 태연자약하기만 했다. 오히려 양손을 쥐고 여유롭게 새로를 응원했다.

"너라면 할 수 있을 거야."

빈말이 아니었다. 윤태희는 새로의 힘을 믿었다. 그렇기 때문에 새로를 부른 것이었다. 영귀는 잡귀와 원귀에 비해 그 수가 현저히 적기 때문에 나자들 사이에선 알려지지 않은 정보가 많았다. 귀신이라면 앞뒤 가리지 않고 무조건 적대감을 드러내는 편협한 그들이 알 리가 없다. 귀기의 강도에 따라 귀재의 능력이 달라지듯이, 영귀 역시 마찬가지라는 사실을.

새로는 피의 내력을 읽어 낼 수 있는 능력을 가지고 있었다.

"태희 님… 아무리 그래도 그렇지, 남이 코 푼 휴지를 제가 어떻게 만집까?"

"코 푼 게 아니라 코피."

"아니, 하… 그게 그거지 말임다…."

"뭐 어때."

"게다가! 이러면 꼭, 그… 스티커라도 된 것 같지 않슴까!"

"스티커가 아니고 스토커."

윤태희가 차분하게 단어를 고쳐 주었다. 비록 말투는 헐렁했지만 새로의 얼굴은 심각했다. 새로는 선혈을 통해 그 대상의 일생을 전부 읽어 낼 수 있었다. 몸을 타고 흐르는 핏속에는 각자의 역사가 담겨 있기 마련이었다.

"이거 말고 생피는 없슴까?"

새로가 울상을 하고는 사정하듯 덧붙였다. 흔히 작은 병이

나 밀폐된 용기 안에 담긴 피를 건네받는 게 보통이었으나, 살다 살다 코피를 닦은 휴지를 물건으로 받기는 처음이었다.

"없으면 제가 직접 찾아가서, 칼질을 하든가 해서 얻어 오겠습다."

"글쎄. 그건 좀 그런데."

"예?"

"흠집 생기면 보기 싫으니까."

"……."

윤태희의 태평한 대답에, 새로는 착잡한 심정이 되어 휴지통 안을 힐끔거렸다.

"헌데, 어째서 이자의 내력이 궁금하십까?"

"비밀이 많아 보여서."

"그게 무엇인지 여쭈어도 되겠습까?"

쪼그려 앉아 있던 윤태희가 몸을 일으켰다. 윤태희는 벽 한쪽에 비스듬히 등을 기대고 서서 잠시 생각에 빠졌다.

"어린 귀재야. 근데 한자를 아주 능숙하게 알아들었어. 아무리 한자를 잘 알더라도 요즘 시대에서 일말의 고민도 없이 바로 말을 알아듣긴 힘들지. 칠순, 팔순 먹은 노인이라면 모를까. 한자를 쓰는 게 일상이었던 조건 속에 있었다는 얘기야. 예를 들면, 나례청의 나자들은 젊은 나이임에도 부적을 다루고 경을 읊어야 하니 당연히 한자에 익숙해질 수밖에 없지."

"햐아, 고것 참 신통합다?"

새로의 눈이 휘둥그레졌다.

"그리고 직접 내 눈으로 본 건 아니지만, 그 아이는 아마도 귀기를 자유자재로 다룰 수 있을 확률이 높아. 나례청에서 몇 년간 수련을 거쳤다 해도 귀기를 마음대로 다루는 건 쉽지 않은데, 고작 열여덟밖에 되지 않은 어린 귀재가 귀기를 그렇게까지 다룬다?"

윤태희는 눈을 가늘게 뜨며, 깨져 버린 옥도장을 떠올렸다.

"경우의 수는 두 가지야. 아주 어릴 때부터 누군가를 사사(師事)[5]했거나, 아니면…."

"아니면…?"

"아주 오래전부터 살아왔거나."

엥? 새로가 붕어처럼 입을 뻐끔거리는가 싶더니, 실실거리며 손바닥을 퍼덕거렸다.

"에이, 태희 님도 참. 여전히 상상력이 풍부하심다. 어린 귀재라고 하지 않으셨슴까? 한낱 인간이 명줄보다 오래 살 리가 있겠슴까."

"그럴까? 상상과 현실의 간격은 생각보다 멀지 않아. 새로, 너 같은 영귀가 이 세상을 살아가고 있다는 걸 평범한 인간들은 상상조차 못 하고 있는 것처럼."

윤태희가 목덜미를 매만지며 덧붙였다.

"그래서 널 부른 거야."

---

5 스승으로 섬김. 또는 스승으로 삼고 가르침을 받음.

"그치만, 태희 님…."

무슨 말씀인진 알겠는데. 새로가 미묘한 표정으로 휴지통 안을 들여다보았다.

"이건 적어도 너무 적습다. 무슨 병아리 눈물을 모아도 이것보단 많겠습다. 이렇게 적은 양의 피로는 내력을 읽기가 쉽지 않습다. 알고 계시지 않습까? 일생을 전부 보려면 최소한 피 한 됫박은 있어야 함다."

"꼭 일생 전부가 아니어도 괜찮아. 과거의 한 장면만이라도 좋으니, 힌트가 될 수 있는 것이라면 뭐든지 상관없어."

휘유우, 새로가 고개를 숙이고 땅이 꺼져라 한숨을 쉬었다. 둘 사이로 찰나의 정적이 흘렀다. 째깍거리는 벽시계 소리가 유독 크게 들렸다. 잠시 고민하던 새로가 고개를 번쩍 들었다.

"일단 시도는 해 보겠습다. 근데… 솔직히 장담은 못 할 것 같습다. 게다가 이건 양이 너무 적어서 시간이 좀 걸릴 것 같습다. 혹시나 실패해도 혼내시면 안 됨다?"

새로는 자신 없다는 눈을 했다. 축 처진 눈꼬리가 영 시무룩해 보였다.

"그래, 서두르지 말고 천천히 해도 좋아."

새로는 시간이 걸릴 것 같다고 했지만, 윤태희는 정말로 개의치 않았다. 재촉하고 서두르는 것보다 느긋하되 완벽한 것이 좋았다. 원하는 결과를 얻기 위해선 차분히 공을 들이고 기다리는 것이 중요했다.

'왜냐뇨. 그야 친해지기 싫으니까.'

윤태희가 소리 없이 웃음을 흘렸다. 물론, 순순히 알겠노라 대답할 리는 없겠거니 예상이야 했었지만 설마 대놓고 싫은 티를 낼 줄은 몰랐다. 직구는 통하지 않는 것 같고, 그렇다면 돌아가는 수밖에 없나…. 윤태희는 아까보다 훨씬 길게 늘어진 자신의 그림자를 응시했다. 천천히 시간을 들여 기다리면 언젠가 물밑으로 가라앉은 찌가 움찔거리는 순간이 올 것이다.

돌이켜 보면 시간은 언제나 제 편이었다.

・🕊・

재겸이 집에 돌아온 것은 해 질 녘 무렵이었다.

"나리—! 다녀오셨습니까?"

현관을 열자마자 메산이가 도도도, 뛰어와 배꼽 인사를 했다. 메산이의 발걸음이 닿은 자리마다 물기가 흥건했다. 재겸이 눈썹을 꿈틀거리며 신발을 벗었다. 척하면 척이다. 또 맨발로 놀러 나갔다가 방금 막 지저분한 발을 씻은 듯했다. 재겸의 꾸중을 피하기 위해 나름대로 요령을 터득한 모양이었다.

그 노력이 가상하여 재겸은 선심을 베풀기로 했다. 메산이의 젖은 발을 모른 척하며, 재겸은 한 손에 들고 있던 작은 쇼핑백을 내려놓았다. 메산이가 눈을 동그랗게 뜨며 쇼핑백 입구를 기웃거렸다.

"나리, 이것이 무엇입니까?"

"아, 그거… 넥타이."

재겸은 학교 근처에 있는 교복 가게에 들러 넥타이를 샀다. 그 넥타이 하나 때문에 팔자에도 없는 책 정리까지 했으니까. 메산이는 쇼핑백을 들고 재겸을 빤히 바라보았다. 재겸의 분위기가 아침과는 살짝 달랐다. 지친 것 같기도 하고, 묘하게 가라앉아 있는 느낌이었다.

재겸은 부엌으로 가서 가위를 챙긴 뒤, 곧장 욕실로 향했다. 메산이는 어리둥절한 얼굴로 재겸을 지켜보았다. 시간이 얼마나 흘렀을까. 욕실 문이 열리자 거실에 가만히 앉아 있던 메산이가 자리에서 벌떡 일어났다.

샤워를 마치고 편한 옷으로 갈아입은 재겸은 젖은 머리를 수건으로 탈탈 털었다. 한눈에 보기에도 머리 길이가 확연히 짧아져 있었다. 되는대로 싹둑싹둑 자른 머리카락은 끝이 삐뚤빼뚤했다. 줄곧 재겸을 관찰하고 서 있던 메산이가 머뭇거리며 다가갔다.

"나, 나리."

"응."

"혹시… 화나셨어요?"

재겸이 젖은 수건을 어깨에 둘렀다.

"왜?"

"그, 그냥… 기분이 안 좋아 보이셔서요."

메산이가 기어들어 가는 목소리로 말을 덧붙였다.

"무슨 일이라도 있, 있으셨나요?"

무슨 일이야 많았다. 아침부터 넥타이가 없어 골치가 아팠고, 학주한테 대거리를 했다가 벌점을 받았으며, 날아온 축구공에 얼굴을 맞아 코피를 쏟은 데다가, 넥타이를 빌미로 도서실에 붙잡혀 일손까지 보태야 했다. 하루가 길어도 너무 길었다.

"……"

재겸은 말없이 메산이를 내려다보았다. 눈치를 보며 몸을 배배 꼬는 모습이 웃기면서도 귀여웠다. 팔자에도 없는 학교에 다녀야 하는 이유는 눈앞에 서 있는 이 조그만 아이 때문이다.

언젠가 늦은 밤, 재겸은 창문 너머로 속닥거리는 목소리를 들었다. 메산이와 정주는 뒷마당에 나와서 이야기를 나누고 있었다. 굳이 마당으로 나온 이유는 집 안에서 대화를 나눴다가 잠결에라도 재겸의 귀에 들어갈까 염려했기 때문이었다. 허나 애석하게도 둘의 대화는, 그중에서도 메산이의 목소리는 활짝 열린 창문을 통해 아주 선명하게 들렸다.

"지난주에 오겠다고 해 놓고 못 와서 미안. 요즘 일이 바빠서…"

"괜찮아요. 걱정 마셔요, 정주 님. 제가 항상 나리 곁에 있으니까요."

"그래, 나 없어도 메산이 네가 재겸이 좀 잘 봐 줘. 부탁할 게."

재겸은 가끔 궁금했었다. 메산이가 고향으로 돌아가지 않는 이유가 무엇인지, 그리고 서울로 독립한 정주가 자주 내려오지 못해서 미안하다며 사과를 하는 이유가 무엇인지. 그게 설마 저 때문일 거라고 생각해 본 적은 단 한 번도 없었다. 어쩌다 보니 같이 살게 되었던 것일 뿐, 함께 사는 걸 바란 적은 한 번도 없었다. 그런 건 원하지 않았다.

재겸이 원하는 건 그런 게 아니었다.

멍하니 누워 있던 소년은 그때 처음으로 바깥에 나가야겠다는 생각을 했다. 누구라도 만나자. 무엇이든 하자. 설령 흉내에 불과하더라도. 나를 동정하는 저 불쌍한 녀석들을 위해서라도.

"아니, 아무 일도 없었어."

재겸이 피식 웃으며 고개를 저었다. 비로소 평소와 같은 모습이었다. 안심한 메산이가 환하게 미소를 지어 보였다.

재겸은 그대로 방에 들어가 지갑을 챙겨 나왔다. 메산이는 그런 재겸의 뒤를 졸졸 쫓아왔다. 현관으로 향한 재겸은 물기가 남은 머리칼을 만지작거리며 슬리퍼에 발을 집어넣었다.

"나리, 해가 졌는데 어, 어디 가셔요?"

"요 앞에 있는 가게."

근처에 있는 가게라곤 정류장 앞에 있는 낡은 구멍가게뿐이었다. 이곳에서 몇 해를 살았지만 재겸은 지금껏 단 한 번도 그 가게에 들른 적이 없었다. 놀란 메산이가 눈을 크게 떴다. 밖에 나가는 것을 지독히 귀찮아하는 분이 손수 지갑을 챙겨 들고 집을 나서다니…. 설마, 학교에 다니시면서 바깥 생활에 정이라도 붙으신 걸까? 메산이의 눈동자가 기쁨으로 물들었다.

"무, 무, 무어가 필요하셔서요?"

"열불 터져서 시원한 것 좀 먹으려고 그런다."

"예?"

"왜. 같이 갈래?"

재겸이 장난스럽게 묻자, 그 말을 이해하지 못한 메산이가 고개를 갸웃거렸다.

"같이 가게에 가겠느냐고."

"허, 헉… 정, 정말요?!"

"너만 괜찮으면."

메산이의 얼굴이 대번에 환해졌다. 메산이는 재겸을 제외한 인간은 모조리 무서워하는 주제에 바깥 구경이라면 사족을 못 썼다. 지금껏 재겸은 항상 집에만 있었고, 정주는 머나먼 타지에서 지냈다. 혼자선 도저히 마당을 벗어날 용기가 없던 메산이였다.

메산이가 부랴부랴 조막만 한 신발을 꿰어 신었다. 그러자 재겸이 현관문을 열고 눈짓을 했다. 먼저 나가라는 뜻이었다. 메산이가 상기된 얼굴로 마당에 발을 디뎠다.

어느덧 날이 어두워져 있었다. 둘은 마당을 지나서 삐걱거리는 대문을 열고 바깥으로 나왔다. 저녁이 되자 바람이 조금 쌀쌀했다.

좁고 울퉁불퉁한 산길을 걷다 보니 포장된 도로가 나왔다. 멀리 불 켜진 구멍가게가 보였다. 재겸의 곁에서 나란히 걷던 메산이가 눈치를 보며 손을 들어 올렸다. 재겸은 군말 없이 자신의 손을 잡아 오는 작은 온기를 쥐었다. 가게에 가까워질수록, 긴장한 메산이가 움찔거리며 손에 힘을 주었다.

가게 앞에는 낡은 평상 하나가 놓여 있었다. 재겸이 버스에서 내릴 때만 해도 평상은 비어 있었는데, 지금은 허리가 굽은 노인 두세 명이 앉아 있었다.

"왔어?"

인사를 건넨 쪽이 가게 주인인 듯했다. 주인은 초면인데도 몇 번은 마주친 사람처럼 인사를 했다. 나머지 노인들은 평상 한가운데에 김치를 꺼내 놓고 사이좋게 막걸리를 마시고 있었다.

재겸은 별말 없이 고개만 살짝 숙였다. 메산이는 어느새 잡고 있던 손을 놓고 재겸의 티셔츠 자락을 움켜쥔 채 몸을 뒤로 숨기고 있었다. 가게 주인은 주름이 자글자글한 얼굴로 인자한 미소를 지어 보였다.

"동상인가?"

"네?"

"어린 아가 동상이여?"

주인의 말에 막걸리 잔을 기울이던 다른 이들이 재겸과 메산이를 힐끔거렸다. 그에 당황한 메산이는 재겸의 등 뒤에서 코만 빼꼼 내놓은 수준이었다.

잠시 침묵하던 재겸이 입을 달싹였다.

"아뇨, 동생 아닌데요."

"형제 아니여? 그럼 누구여?"

"동생은 아니고… 그냥 아는 애요."

"그려어."

주인이 더는 묻지 않고 느리게 고개를 끄덕였다. 재겸은 메산이에게 들릴 듯 말 듯 한 목소리로 "괜찮아." 하고 속삭였다. 메산이는 대답 대신 마른침을 꼴깍 삼켰다. 가게 안으로 들어가기 위해 미닫이로 된 문을 열려던 순간이었다. 무언가가 재겸의 눈에 들어왔다. 바깥에 놓여 있는 낡은 냉동고였다. 재겸은 가게 안에 들어가는 대신에 냉동고로 향했다.

냉동고의 높이는 메산이의 키와 얼추 비슷했다. 점심에 먹었던 쭈쭈바를 떠올린 재겸은 냉동고의 문을 열었다. 허리를 숙이고 냉동고 안을 들여다보았다. 시원한 냉기가 스멀스멀 흘러나왔다. 키가 작은 메산이는 까치발을 들고 냉동고 안을 구경했다. 하지만 재겸의 기대와는 달리 아무리 살펴보아도 쭈쭈바는 보이지 않았다.

재겸은 별수 없이 막대기가 달린 하드를 골랐다. 오랫동안 냉동고에 있었는지, 하드 포장지에는 차가운 성에가 잔뜩 붙어 있었다. 지갑을 꺼내 값을 치른 뒤 포장지를 벗겼다. 길쭉한 사각형으로 된 아이스크림은 연두색이었다. 재겸은 메산이의 손으로 막대기를 넘겨주었다.

"나리, 이게 뭐예요?"

메산이가 평상에 앉은 노인들을 힐끔거리며, 조그맣게 물었다.

"포장지엔 메루나라고 써 있던데."

"이, 이걸 먹으면 열불이 꺼지나요?"

메산이가 심각한 얼굴로 묻자, 재겸이 웃음을 터뜨렸다.

"그래, 인마."

메산이는 잠시 머뭇거리는가 싶더니 이내 결심이 섰는지 아이스크림을 입에 물었다. 달고 차가운 느낌에 메산이의 눈이 튀어나올 것처럼 커졌다. "맛있냐?" 메산이가 정신없이 고개를 끄덕였다. 그 모습을 물끄러미 바라보던 재겸이 나지막한 목소리로 입을 열었다.

"나중에, 고향으로 돌아가면."

"예?"

"네 친구들한테 자랑해."

"무엇을요?"

"나 이런 것도 먹어 봤다고."

메산이가 어리둥절한 얼굴로 재겸을 올려다보았다.

"야, 녹는다. 일단 먹어."

재겸은 메산이의 나풀거리는 빈손을 끌어당겼다. 일전에 정주와 약속했던 대로 한 달을 채우는 날, 재겸은 미련 없이 소원을 얘기할 생각이었다. 나를 떠나서 각자 제 삶을 찾아가기를.

재겸과 메산이는 잡은 손을 흔들거리며 왔던 길을 되돌아갔다.

· 🕊 ·

재겸은 비장한 얼굴로 교문 앞에 섰다.

혹시라도 어제처럼 사서와 마주치는 불상사가 생길까, 오늘은 십 분 늦게 집에서 나왔다. 불안한 마음에 목 언저리를 쓸어 보았다. 넥타이가 든든하게 목을 조이고 있었다. 이번엔 뒷덜미와 귓바퀴를 더듬었다. 싹둑 잘려 나간 머리카락 덕분에 만져지는 것은 살갗뿐이었다.

확인을 마친 재겸이 심호흡을 하며 고개를 끄덕였다.

재겸은 흡사 전장으로 향하는 장수처럼 교문 안으로 들어섰다. 멀리 본관 입구에 서 있는 학주가 보였다. 마침내 학주와 재겸이 시선을 마주했다.

"……."

"……."

철천지원수를 외나무다리에서 만난 듯 한차례 긴장감이 흘렀다. 학주는 재겸을 위아래로 훑으며 심히 못마땅한 표정을 짓긴 했지만 그뿐이었다. 다행히 어제처럼 붙잡히는 일은 없었다.

당당히 본관에 입성한 재겸은 뿌듯한 얼굴을 했다. 본관 내부는 등교하는 아이들로 인해 계단이며 복도며 소란스럽기 짝이 없었다.

교무실이 위치한 2층 계단을 지날 때였다. 난간을 붙잡고 계단을 오르던 재겸이 걸음을 멈췄다. 정면에서 사서 청년이 계단을 내려오고 있었다. 서류 뭉치를 뒤적거리며 느리게 발을 내딛던 청년이 고개를 들었다.

"어…."

또다. 이래서야 집에서 십 분 늦게 나온 보람이 없는 셈이다.

재겸은 입을 꾹 다문 채, 멀뚱멀뚱 청년을 올려다보았다. 청년이 한 칸씩 계단을 내려올수록 눈높이 역시 점점 내려왔다. 청년은 재겸보다 서너 칸 위에서 걸음을 멈췄다. 재겸을 물끄러미 내려다보던 청년이 미소를 지었다.

"안녕."

어제와 같은 미소였다. 재겸이 건성으로 고개를 숙여 보였다. 또 어제처럼 귀찮게 말을 걸고 쓸데없는 질문이나 하겠지. 오늘은 왜 늦었어요? 오늘은 넥타이 안 빼먹었네, 뭐 이런 것들. 만난 지 얼마 되지 않았지만 이미 청년이 무슨 말을 건네고 어떤 행동을 할지 눈에 훤했다.

벌써부터 귀찮아지려고 했다. 재겸은 떨떠름한 낯으로 청년이 다가오기를 기다렸다. 서너 칸 위에 멈추어 있던 청년이 천천히 계단을 내려오기 시작했다. 거리가 가까워질수록 향기가 진해졌다. 역시나 어제와 같은 향기였다. 한 칸, 두 칸, 세 칸, 네 칸.

그리고 다섯 칸, 여섯 칸….

가만히 서 있는 재겸의 곁을, 청년은 그대로 지나쳤다.

재겸이 어리둥절한 얼굴로 청년을 돌아보았다. 마주칠 때마다 꼭 한두 마디는 붙이더니만 오늘은 간단한 인사가 끝이었다. 재겸을 지나친 청년은 그대로 교무실로 들어갔다. 기분 탓인진 몰라도 오늘따라 데면데면한 느낌이었다. 예상과는 다른 전개에 재겸은 이마를 긁적거렸다.

청년은 어제 친구가 되자는 둥 엉뚱한 소리를 늘어놓았다. 고작 말 몇 마디 주고받는 것도 불편해 죽겠는데 친구는 무슨 얼어 죽을 놈의 친구란 말이냐. 재겸이 단칼에 거절하자, 청년은 "그래요? 아쉽네." 하며 천연덕스럽게 받아쳤었다. 그랬는데,

"……."

재겸은 어깨를 한 번 으쓱한 뒤, 다시 걸음을 옮겼다.

뭐가 됐든 저와는 상관없는 일이었다.

· 🕊 ·

재겸이 교실에 도착해서 가장 먼저 하는 일은 급식 식단표를 노려보는 것이다. 요일마다 달라지는 반찬을 확인함으로써 진정한 하루가 시작된다. 이제는 제법 학생 티가 났다. 수업 중에 꾸벅꾸벅 졸기도 하고, 쉬는 시간을 알리는 종이 울리면 조영우와 함께 매점으로 날랐다. 점심시간이면 배식 줄에 섰다가 새치기하는 녀석을 발견하고 눈을 부라리기도 했다.

어느덧, '전학생'이 된 지 일주일이 넘어가고 있었다.

계단에서 마주친 이후로도 재겸과 청년은 곧잘 부딪쳤다. 식사를 끝내고 벤치에 앉아 있다가 교정을 산책하는 청년과 맞닥뜨리기도 했고, 체육 시간에 운동장을 뛰다가 도서실 창문 근처에 서 있는 청년과 눈이 마주치기도 했다. 하지만 청년은 계단에서 그랬던 것처럼 재겸에게 '안녕.' 하며 미소를 지어 보이고는 그대로 제 갈 길을 가는 것이었다.

어떨 때는 분명히 눈이 마주쳤는데도 인사 없이 그대로 무시할 때도 있었다. 그때마다 재겸은 묘한 기분이 되었다. 전처럼 필요 이상으로 다가오지 않아 편하긴 했지만… 이상하게 신경이 쓰였다. 가까이 있든, 멀리 있든, 매한가지로 사람을 불편하게 만드는 재주가 있는 인간이었다.

어쨌든 순탄히 흘러가는 일상이었다. 적어도 겉으로 보기엔 그러했다. 며칠 전부터 인과를 알 수 없는 사소한 사건이 일어나는 것만 빼면.

 보통 하루에 한 번 꼴로, 사건 대부분은 재겸이 자리를 비운 사이에 벌어졌다. 이를테면 화장실에 다녀왔더니 책상 위에 쓰레기가 올려져 있다거나, 가방 안에 물을 쏟았는지 책이 젖어 있다거나, 의자에 더러운 신발 자국이 남아 있다거나 등등.

 그때까지만 해도 재겸은 별생각이 없었다. 그저 누군가 실수로 그랬겠거니 했다. 하지만 재겸은 어느 순간, 이 일련의 일들이 실수치고는 꽤나 악의적이라는 사실을 깨달았다.

 깨달은 계기는 손을 씻으러 화장실에 갔을 때 생겼다. 세면대에서 손을 씻고 난 뒤 제일 마지막 칸에 들어가서 휴지 몇 장을 뜯었다. 느릿느릿 손을 닦고 있는데, 위쪽에서 무언가 툭 떨어졌다. 옆 칸에서 날아든 물건은 우유 팩이었다. 벽 쪽에 가까이 붙어 있던 게 천운이었다.

 몸에 맞지는 않았으나 우유가 떨어지며 터지는 바람에 재겸의 신발이 더러워졌다. 잠시 멍하니 서 있던 와중이었다. 누군가 후다닥 도망치는 발걸음 소리가 들렸다. 뒤늦게 정신을 차린 재겸이 밖으로 나가 보았지만, 그때는 이미 화장실에 남아 있는 사람이라곤 저뿐이었다.

 "……."

 이렇게 유치하고 의미 없는 장난질을 벌일 상대야 당연히 잡귀뿐이라고, 재겸은 생각했다. 그동안 재겸은 학교 이곳저곳에서 몇몇의 잡귀를 발견했었다. 뭘 하고 있나 살펴보면 분

필을 들고 허공에 글씨를 쓰고 있거나, 커튼을 묶은 매듭을 묶었다가 풀며 놀고 있거나, 빈 책상에 앉아 공부하는 흉내나 내고 있는 것이 전부였다. 딱히 손을 쓰지 않은 이유는 인간에게 별 관심이 없어 보였기 때문이었다.

그러나 점점 상황이 이상하게 돌아갔다. 가벼운 장난으로 봐 주기엔 그 정도가 점점 심해지고 있었다. 재겸은 손을 들어 가슴팍을 더듬거렸다. 교복 재킷 안쪽으로 두툼한 무언가가 만져졌다. 일전에 써 둔 부적이었다. 만약을 대비해 항상 몸에 지니고 다녔는데, 이제 쓸 일이 생겼다.

"이런 잡귀 씹새….'

이대로 가만히 있을 순 없었다.

· ꕤ ·

분장실 거울 앞은 수십 가지가 넘는 메이크업 도구와 소품들로 가득 차 있었다.

"정주 씨, 삼십 분 뒤에 숏 들어갑니다! 분장팀, 마무리해 주세요!"

정주는 분장실 의자에 앉아 얌전히 눈을 감고 있었다. 눈가며 광대며 여기저기를 톡톡 건드리는 부드러운 브러시의 질감이 느껴졌다. 스타일리스트의 손에 얼굴을 맡기고 있던 정주가 한쪽 눈을 뜨고 문간에 선 스태프를 향해 고개를 끄덕였다.

등교 첫날, 재겸을 학교로 데려다준 뒤로 벌써 열흘 가까이 지나 있었다. 시간은 갈기를 휘날리며 내달리는 준마처럼 빠르게 흘러갔다. 그사이 재겸으로부터 단 한 통의 연락도 받지 못했다. 무슨 일이 있으면 꼭 연락하라고 신신당부를 했던 정주였다. 바쁜 스케줄을 정신없이 소화하는 와중에도 재겸을 향한 걱정이 불쑥불쑥 고개를 들었다.

휴대폰을 만들자고 몇 번도 넘게 사정해 봤지만 재겸은 귓등으로도 듣지 않았다. 정주는 더 강경하게 밀고 나가지 않은 것이 후회되었다. 물론 일찍이 시골집에 집 전화 한 대를 놔두었지만 집 전화는 있으나 마나였다. 재겸이 항상 전화선을 빼놓기 때문이었다. 혹시 몰라 전화를 걸어 보았으나 역시나 연결음은 들리지도 않았다.

언젠가 서울에 있던 정주는 평소처럼 시골집으로 전화를 걸었다. 그런데 하필이면 그때 재겸은 게임 속에서 보스 몬스터와 결투를 하던 중이었던 것이다. 난데없이 울린 전화벨 소리에 놀라 잠깐 손을 머뭇댄 사이에 재겸은 죽었다. 아니, 정확히 말하면 재겸의 캐릭터가 죽었다. 재겸은 분노하며 정주에게 개쌍욕을 쏟아 냈고, 결국 집 전화의 플러그는 일 년 열두 달 가운데 한 달이라도 꽂혀 있으면 다행인 셈이 되었다.

"그래, 무소식이 희소식이겠지."

정주가 조그맣게 중얼거리자, 스타일리스트가 손을 멈추고 "네?" 하고 물었다.

"아, 아니에요."

스타일리스트가 고개를 기우뚱하며 마저 손을 놀렸다. 정주는 소리 없이 한숨을 쉬었다. 학교에 연락을 해 볼까 했지만, '저희 애는 잘 지내나요?' 하고 물었다간 괜히 유난 떠는 형국만 될 것 같았다. 최대한 빨리 스케줄을 끝내고 직접 내려가는 편이 나았다. 큰 투자를 받아 진행하고 있는 영화 촬영도 어느덧 막바지였다.

"선배님, 전화 왔습니다."

그때, 옆에서 대기하고 있던 매니저가 정주의 휴대폰을 내밀었다.

"누구예요?"

"모르는 번호입니다."

매니저가 휴대폰의 액정을 보여 주었다. 화면에 뜬 번호는 저장되지 않은 낯선 번호였다. 섭외나 일 연락이라면 매니저의 번호로 올 것이고, 이것은 정주의 개인 번호였다. 정주는 평소 모르는 번호는 절대 받지 않았다. 여느 때처럼 손을 저으며 무시하라고 말하려는데, 문득 머릿속을 스치는 생각이 있었다.

혹시 재겸이가 아닐까? 다른 사람 전화를 빌려 연락을 했다거나….

"이리 주세요."

정주는 매니저의 손에서 휴대폰을 넘겨받았다. 골똘히 액정을 내려다보다가 화면을 터치해 옆으로 밀었다. 곧바로 휴대폰을 귓가로 가져갔다.

"…여보세요."

- 네, 여보세요?

혹시나 재겸인가 했던 기대감이 초라하게 흩어졌다. 너머에서 들려온 목소리는 여성의 것이었다. 정주의 얼굴 위로 실망감이 떠오르려던 순간이었다.

- 여기 대륭 고등학교인데요. 혹시 김재겸 학생… 삼촌 되시나요?

헉! 편하게 앉아 있던 정주가 상체를 벌떡 세웠다.

"네네! 맞습니다. 제가 재겸이 삼촌입니다."

- 아아, 네, 안녕하세요. 저는 재겸이 담임을 맡고 있는 서미진이라고 합니다.

"아! 예, 안녕하세요. 제가 진작에 찾아뵙고 직접 인사를 드렸어야 하는데…."

정주가 두 손으로 휴대폰을 받쳐 들고 허리를 굽신거렸다. 당황한 듯 묘하게 쩔쩔매는 태도에, 곁에 서 있던 스타일리스트와 매니저가 눈을 동그랗게 떴다. 정주와 서 선생은 적당히 인사치레를 주고받으며 간단하게 대화를 나눴다. 예의 바른 서두가 지나자 곧바로 본론이 시작되었다.

"그런데, 이렇게 전화를 주신 이유가…."

왠지 좋지 않은 예감이 스쳤다. 정주가 침을 꿀꺽 삼키며 조심스럽게 운을 뗐다.

― 네, 그게, 연락을 드린 건 다름이 아니라….

잠시 말을 흐리던 서 선생이 침중한 어투로 물꼬를 텄다.

― 삼촌분께서 잠시 학교로 와 주셔야 할 것 같아요.

"…예?"

― 재겸이가….

정주가 초조한 기색으로 서 선생의 말을 기다렸다.

― 재겸이가… 같은 반 아이랑 치고받고 싸움을 벌였어요. 무슨 일인지는 모르겠지만, 통 말을 안 하네요. 상황이 좋지 않습니다. 싸움이 붙은 아이의 부모님이 학교에 찾아오셔서….

서 선생의 목소리가 가까워졌다가 멀어졌다가 띄엄띄엄 들려왔다. 정주의 입이 벌어졌다.

그간의 무소식이 비보가 되어 날아드는 순간이었다.

· 🕊 ·

계속되는 장난질을 귀신의 소행이라 결론 내린 재겸은, 이런 일을 벌인 잡귀를 색출하고자 마음을 먹었다. 그리고 계획을 행동으로 옮긴 것이 바로 어제였다.

하루의 수업이 끝나고 집으로 돌아갈 시간이었다. 조영우와 함께 본관 건물에서 나와 교문으로 향하던 중이었다. 아무것도 모르는 조영우는 교문 앞에 모처럼 와플 트럭이 왔으니 와플을 먹고 가자고 제안했다. 조영우가 일전에 학교의 명물이라고 얘기한 바가 있던 그 와플이었다. 재겸이 대수롭지 않게 고개를 끄덕일 때였다.

학교 화단 구석에 잡귀 서넛이 모여 있는 것이 보였다. 머리를 맞대고 옹기종기 둘러앉아 뭔가에 집중하고 있는 듯한 모습이었다. 잡귀 무리를 발견한 재겸은 해맑게 와플 찬양을 늘어놓고 있던 조영우에게 먼저 가서 와플을 주문해 놓으라고 했다. 조영우는 의아한 얼굴로 왜 그러냐고 물었고, 재겸은 교실에 놓고 온 물건이 있다고 둘러댔다.

조영우가 멀어지는 것을 확인한 재겸은 잡귀 무리를 향해 발걸음을 옮겼다. 잡귀 서넛은 재겸이 가까이 다가온 것도 모르고 그저 시시덕거리기 바빴다. 가까이서 잡귀들의 외양을 확인한 재겸이 희미하게 인상을 찌푸렸다.

잡귀 하나는 초여름인데도 불구하고 털장갑을 끼고 콧물을 줄줄 흘리며 추위에 떨고 있었고, 다른 하나는 팔과 다리가 바뀌어 붙어 있어 손이 아니라 발을 쓰고 있었고, 나머지 하나는 머리부터 발끝까지 빨간 천을 뒤집어쓰고 있는 듯했으나 자세히 보니 그건 천이 아니라 붉은 머리카락이었다.

잡귀들은 화단에 쪼그리고 앉아 돌멩이로 탑을 쌓고 있있는데, 각자 손에 조그만 돌멩이를 들고 차례가 돌아오기를 기다리는 중이었다. 돌멩이로 만든 탑은 두 뼘 정도 되는 높이였다. 잡귀 하나가 꼭대기에 무사히 돌을 안착시키면, 나머지 둘은 좋다고 웃어 대는 것이었다. 재겸은 짝다리를 짚은 채 무심한 얼굴로 그 광경을 관람했다.

추위에 떠는 잡귀가 떨리는 손으로 돌을 올렸다.

"잘했다! 높아졌다!"

"잘했지. 높아졌지."

"잘했나? 높아졌나?"

다행히 탑을 무너뜨리지 않고 돌멩이를 쌓는 데 성공했다. 잡귀 셋이 기분 좋게 몸을 흔들거리며 손뼉을 쳐 댔다. 잠시 서 있던 재겸도 손을 들어 무성의하게 박수를 쳤다.

"잘했네. 높아졌네."

재겸은 동그랗게 모여 앉은 잡귀들 사이에 비집고 들어갔다. 그러고는 태연한 표정으로 잡귀들이 앉은 대로 똑같이 쪼그려 앉았다. 잡귀들이 어리둥절한 눈으로 재겸을 쳐다보았다.

"으응…?"

"으응….."

"으응…!"

"그럼 이제 내 차례냐?"

재겸은 주변을 두리번거렸다. 다행히 멀지 않은 곳에 적당히 쓸 만한 돌이 보였다. 재겸은 쪼그려 앉은 채로 오리걸음을 했다. 마침내 돌을 들고 자리로 돌아온 재겸이 사악하게 웃었다. 재겸이 가져온 것은 작은 돌멩이가 아니라 거의 바위 수준이었다.

"으랴차."

와르르….

"……."

"……."

"……."

잡귀들은 순식간에 무너져 내린 돌탑을 허망한 눈길로 바라보았다. 잔 돌로 차곡차곡 쌓아 올린 탑은 육중한 크기의 돌을 견디지 못하고 그대로 폭삭 내려앉았다.

"망했어?"

"망했어."

"망했어!"

"눈 뜨고 코 베인 격이다."라는 말은 이런 상황을 두고 하는 말이 분명했다. 삽시간에 일어난 일이었다. 몇 시간 동안 쌓아 올린 탑이다. 방금 전까지만 해도 기분이 좋아 보이던 잡귀들이 부들부들 떨면서 재겸을 노려보았다. 재겸은 손바닥을 탁탁 털면서 자리에서 일어났다.

"뭘 봐, 이 잡놈의 새끼들아."

재겸이 험악한 표정으로 발치로 굴러든 돌멩이를 걷어찼다. 그러고는 교복 재킷 안주머니를 뒤적거렸다. 미리 만들어 둔 부적은 축퇴부(縮退符)였다. 이 축퇴부가 있으면 웬만한 하급 잡귀, 요물 정도는 쉽게 쫓아내고 없앨 수 있었다. 일전에 자벌레를 상대할 적에 급하게 썼던 부적과 비슷했다. 재겸은 축퇴부를 한 장씩 돌돌 말아 정결한 명주실로 질끈 동여맨 뒤, 종이봉투에 넣어 다녔다.

재겸은 봉투 안에서 말아 둔 부적 하나를 꺼내 들었다.

"셋 중 누구냐? 아니면 셋 다냐?"

재겸이 손가락 사이로 귀기를 내보냈다. 그러자 부적을 동여매고 있던 명주실이 귀기와 반응하며 재가 되어 흩어졌다.

명주실이 사라지자 비로소 가려져 있던 부적의 기운이 흘러나왔다. 그제야 잡귀들은 재겸이 꺼내 든 것이 부적이라는 걸 알아차렸다. 잡귀들이 식은땀을 뻘뻘 흘리며 턱을 덜덜 떨었다. 잡귀들은 이지가 불분명한 존재인 만큼 피부로 와닿는 즉물적인 공포감에 취약했다.

"너네지? 며칠 전부터 내 자리에 지랄한 거?"

재겸이 협박하듯 물었다.

"나 아니야!"

"나도 아니야."

잡귀 둘은 벌벌 떠는 와중에도 억울해했다. 재겸이 눈을 가늘게 떴다. 부적으로 잔뜩 겁을 줘 가며 물었건만 잡귀들은 한사코 부정했다. 잡귀는 사고 회로가 단순하기 때문에 치밀하게 머리를 굴리지 못한다.

"너구나?"

재겸은 말이 없는 잡귀를 향해 음산한 목소리로 물었다.

"나는… 나는…."

재겸은 잡귀에게서 허술한 변명이라도 이끌어 낼 생각이었다. 추위에 떨던 잡귀의 어깨가 펄쩍 뛰었다. 옳거니. 재겸이 부적을 팔랑거리며 잡귀를 노려보았다. 잡귀는 주먹을 쥐고 제 가슴팍을 퍽퍽 내리쳤다. 무섭고 당황스러운 와중에 무언가 답답한 모양이었다.

"나는 그냥 구, 구, 구경만 했단 말이야!"

"뭐?"

"진짜 구경만 했어…."

"뭘 구경했는데?"

콧물을 찔찔 흘리며 추위에 떨던 잡귀가 이상한 말을 했다. 그러고는 손에 뾰족한 나뭇가지 하나를 주워 들더니 화단 울타리를 넘어 운동장으로 껑충껑충 뛰어갔다. 잡귀는 멀뚱멀뚱 서 있는 재겸에게 손짓을 했다. 잡귀가 재겸의 눈치를 보며, 나뭇가지를 붓처럼 쥐고 흙바닥에 무언가를 그리기 시작했다.

"뭐 하냐?"

재겸이 바지 주머니에 손을 꽂은 채 물었다. 나머지 잡귀 둘도 그 뒤를 쭈뼛쭈뼛 따라왔다. 그러나 추위에 떠는 잡귀는 창작 활동에 여념이 없었다. 툭하면 허공에 붓질을 하고 있더라니. 잡귀의 그림 실력은 굉장했다. 나뭇가지 하나로 흙 위에 음각을 새기듯 형체를 그려 나갔다. 엄청난 속도였다. 손놀림 몇 번에 책상이 생겨났고, 의자가 생겨났고, 칠판도, 그리고 교복을 입은 학생들도⋯.

"⋯어?"

무심한 낯으로 운동장 바닥을 내려다보던 재겸이 눈을 커다랗게 떴다. 어느 순간, 잡귀가 그린 그림이 꿈틀거렸기 때문이었다. 잡귀가 그린 것은 교실 풍경이었다. 흙 위에 그려진 선이 저절로 움직였다. 말 그대로 살아 움직이고 있었다. 애니메이션 영상처럼 교복을 입은 학생들이 저마다 생명력을 얻고 교실을 돌아다녔다. 잡귀가 그린 학생들은 놀랍도록 섬세했고, 인물의 특징을 아주 정확히 잡아내고 있었다. 잡귀는 그 와중에 사람 한 명을 더 그려 넣었다.

"이건⋯ 이주열?"

재겸이 희미하게 인상을 찌푸렸다.

잡귀가 마지막으로 그린 것은 틀림없이 이주열이었다.

이주열이 움직인다. 사물함 위에 놓여 있는 주인 없는 물병을 발견한다. 물병을 집어 든다. 물병을 들고 창가 자리로 향한다. 주변을 두리번거린다. 물병의 뚜껑을 연다. 다시 주위를 살핀다. 이주열이 그대로 일시 정지하여 서 있다. 그때, 잡귀가 창가 쪽 어느 의자에 가방을 그려 넣었다. 그제야 이주열이 다시 움직인다. 이주열은 의자 뒤에 걸려 있는 가방으로 다가간다. 반쯤 열린 지퍼 사이로 물을 쏟아붓는다.

"설마⋯."

잡귀는 지금 자신이 본 광경을 그대로 그림으로 옮겨서 보여 주고 있는 게 틀림없었다.

"너, 도화귀(圖畵鬼)였구나."

재겸이 혼잣말처럼 중얼거리자 잡귀가 고개를 들었다. 돌멩이로 탑을 쌓을 때만 해도 흐리멍덩하던 눈에선 어느새 총기가 흐르고 있었다. 도화귀. 삼라만상을 그림으로 그릴 줄 알며, 그림에 미쳐 지내는 귀신이었다. 도화귀는 병풍 속에서 산다. 집집마다 병풍 하나쯤은 있던 과거엔 쉽게 볼 수 있었지만 시대가 바뀌면서 여간해선 그 모습을 보기가 힘들어졌다.

도화귀가 초여름에도 덜덜 떨고 있는 것은 집으로 삼았던 병풍이 사라진 탓이었다. 병풍에서 나왔다가 갈 곳이 없어지자 미술실이 있는 학교에 뿌리를 내린 듯했다. 예전엔 그림을 그리는 화인들이 일부러 도화귀를 불러내어 그림 실력을 탐했다가 시름시름 앓는 경우도 많았다.

도화귀는 자신이 직접 본 것만 그릴 수 있다. 때문에 이렇게라도 그림을 그려서 억울한 누명을 벗고 싶은 모양이었다. 구경만 했다더니 이걸 말하는 거였나.

범인은 이 그림 안에 있다. 우유를 던진 것 역시 이 녀석일 터. 겉으로는 관심 없는 척하면서 뒤에서 치졸하고 유치한 수작질을 부리고 있던 거였다. 생각보다 질이 나쁜 인간이었다.

재겸은 들고 있던 부적을 슬그머니 집어넣었다.

"거참. 그림, 잘도 그리네…. 아니라고 말을 하지 그랬냐…."

말로 해 봤자 재겸은 믿어 주지도 않았을 것이고 진짜 범인이 누군지도 몰랐을 테지만, 어쨌든 재겸은 구시렁거리며 딴청을 피웠다. 애꿎은 돌탑을 무너뜨린 게 미안해지려고 했다. 그사이, 잡귀 둘은 방금 전의 일은 금세 잊어 먹었는지 흙바닥에 쪼그려 앉아 또다시 박수를 치고 있었다. "잘 그렸나?", "잘 그렸어!"

"……."

잠시 머뭇거리던 재겸이 잡귀 둘과 똑같이 손뼉을 쳤다.

"잘 그렸네."

짝짝짝. 아까와는 달리, 이번엔 성의가 듬뿍 묻어 나오는 박수였다.

"재겸아!"

그때, 멀리 교문에서 두 손에 와플을 들고 선 조영우가 보였다. 재겸은 잡귀들에게 인사를 남긴 뒤, 조영우와 함께 사이좋게 집으로 향했다. 조영우가 사 온 와플은 맛있었다.

그리고 이튿날 아침,

재겸은 교실에 들어서자마자 이주열에게 주먹을 날렸다.

· 🕊 ·

끼이이익—!

차 한 대가 교문 앞에서 급작스러운 커브를 돌았다. 시꺼멓게 선팅된 차는 운동장 한가운데를 가로질렀다. 타이어가 긴 궤적을 그리며 흙먼지를 일으켰다. 시끄러운 바퀴 소리에, 한창 수업 중이던 선생은 물론이고 대룡 고교 학생들까지 창문으로 고개를 내밀었다.

"이놈들아, 자리에 앉아라!"

선생의 일갈에 아이들이 수런거렸다.

"쌤, 누가 운동장에 차 끌고 왔어요."

"어? 저거 밴이지?"

밴은 본관 건물 코앞에서 멈춰 섰다. 조금이라도 늦게 멈췄으면 건물을 들이받았을 것이다. 아이들이 웅성거리는 사이, 운전석의 문이 열리며 누군가 모습을 드러냈다.

사색이 된 얼굴로 운전석에서 튀어나온 건 연예인이었다.

"야, 야! 저거 그, 그 정주 아냐?"

"헐! 정주 맞는 것 같은데?"

"나 어제 티브이에서 봤어! 존나 똑같이 생겼어!"

우아아아—!

삽시간에 학교 전체에 우렁찬 환호가 울려 퍼졌다. 각 반 창문마다 아이들이 상체를 내밀고 꽥꽥 소리를 질러 댔다. 선생들 역시 아이들을 제지하는 것은 뒷전이요, 입꼬리를 씰룩대며 운동장을 기웃거렸다. 평소 티브이만 틀었다 하면 보이는 것이 정주의 얼굴이었다.

"형 존나 잘생겼어요!", "올라와서 사인해 줘요!", "형 팬이에요!", "손 한 번만 흔들어 주세요!"

지방 소도시에, 그것도 별 볼 일 없는 남고에 연예인이 출현했다. 한눈에 정주를 알아본 아이들의 반응은 가히 폭발적인 수준이었다. 콘서트장을 방불케 하는 열렬한 아우성을 뒤로하고, 정주는 머리카락을 휘날리며 부랴부랴 본관 입구로 들어섰다. 바깥을 돌아다닐 땐 무조건 선글라스를 착용했지만 오늘은 그럴 겨를이 없었다.

정주는 흡사 문고리를 뜯어낼 기세로 교무실 문을 열어젖혔다.

엄숙하던 교무실 공기가 한순간에 깨졌다. 모니터를 바라보거나 교과서를 뒤적거리고 있던 선생들이 일제히 문간으로 고개를 돌렸다. 요란하게 난입한 정주가 여유 없는 표정으로 교무실 내부를 두리번거렸다. 짧은 순간, 정주를 알아본 교사들 몇몇이 의자를 뒤로 물리며 자리에서 벌떡 일어났다.

"어, 어어…?!"

문간 근처에 앉아 있던 최 선생이 입을 틀어막았다. 최 선생은 교무실 내에서도 정주의 진성 팬으로 정평이 나 있던 사람이었다. 최 선생은 숨을 헐떡거리며 손가락으로 정주를 가리켰다. 경악의 삿대질이었다. 교무실 내부가 술렁거렸다. 탄성과 놀라움이 넘실거리는 가운데, 대륭 고등학교의 교감은 어안이 벙벙한 얼굴로 정주에게 다가섰다.

"이, 이게 누구십니까. 여긴 어쩐 일로….”

정주는 땀에 젖은 앞머리를 정돈하며 평정심을 되찾기 위해 애썼다. 그런 다음 다짜고짜 허리부터 숙였다.

"처음 뵙겠습니다. 저는 2학년 3반 김재겸 학생 삼촌입니다."

다리 힘이 풀려 버린 최 선생이 결국 바닥에 털썩 주저앉았다. 교감 역시 무척이나 당황한 눈치였다. 전학생 김재겸이 현직 연예인과 혈연 사이라는 것은 사전에 듣지 못한 내용이었기 때문이다. 잠시 넋이 나가 있던 교감이 황급히 정신 줄을 붙잡고 "허허, 미처 몰랐습니다." 하며 짐짓 점잖은 반응을 내보였다.

교감은 정주와 몇 마디 인사를 주고받은 뒤, 곧바로 교무실 안쪽으로 안내했다. 교무실 안쪽에는 간소한 응접실이 마련되어 있었다. 응접실로 들어선 정주의 눈에 제일 먼저 들어온 것은 불퉁한 얼굴로 앉아 있는 재겸의 모습이었다.

"재, 재겸아!"

정주는 새하얗게 질린 얼굴로 재겸을 향해 벼락같이 뛰어갔다.

"재겸아, 도대체… 얼마나 맞은 거야!"

재겸이 뭐라 입을 열기도 전에, 정주는 양손으로 재겸의 볼부터 감쌌다. 얼굴을 들어 올려 이곳저곳을 살폈다. 치고받고 싸웠다더니 입술에 피딱지가 앉아 있었고, 광대 부근에는 푸르스름한 멍까지 올라와 있었다. 그걸로도 모자라서, 머리 꼬락서니가 왜….

"머리는 또 이게 뭐야. 너 설마 머리채라도 잡힌 거야?"

응접실 안에 기묘한 정적이 내려앉았다. 재겸의 옆에 앉아 있던 서 선생이 멍하니 입을 벌렸다. 하지만 지금 정주는 재겸 말고는 그 어떤 것도 안중에 없는 듯했다.

"왔, 오셨어요."

재겸은 정주의 손을 슬그머니 떼어 내며 주변 이들의 눈치를 살폈다.

"얼마나 머리를 잡아 뜯었으면 사람 머리카락이 이렇게 쥐 파먹은 것처럼, 응? 재겸아!"

정주는 거의 눈물이라도 쏟을 기세였다. 어지간히 놀랐는지 손까지 파르르 떨고 있었다.

작작해라….

재겸은 한숨을 쉬었다가 이를 지그시 악물었다.

"머리는… 내가. 직쩝. 짤라서 그래요. 쌈촌."

그렇게 말하는 재겸은 조금 지쳐 보였다.

정주는 한껏 거칠어진 숨결로 재겸의 머리통을 여기저기 살펴보았다. 그러고는 금세 슬픈 표정을 지어 보였다. 정주는 재겸의 어깨를 움켜쥐고 짤짤 흔들기 시작했다.

"재겸아, 사실대로 말해도 괜찮아. 내가 걱정할까 봐 그러는 거지? 그래. 네 맘 다 알아. 그치만 재겸아, 이런 상황일수록 시시비비는 제대로 따져야 해. 쥐어뜯긴 거잖아, 그렇지?"

아니라고….

재겸은 단전에서부터 올라오는 쌍욕을 간신히 눌러 참았다. 요즘 영화 찍는다더니 여기서도 아주 그냥 영화를 찍는구나…. 정주의 손길을 따라 재겸의 몸 전체가 종잇장처럼 펄럭펄럭 힘없이 흔들렸다. 참다못한 재겸이 은밀하게 정주의 정강이를 걷어차려던 순간이었다.

"저, 실례지만, 재겸이 삼촌 되시나요?"

잠시 넋을 놓고 있던 서 선생이 뒤늦게 상황 정리에 나섰다. 정주는 그제야 주변을 돌아보며 황급히 허리를 숙였다. 응접실 안에는 재겸 말고도 세 명이 더 있었다. 담임인 서 선생과 학주, 그리고 험상궂은 인상을 가진 중년의 남자였다. 중년의 남자는 아까부터 부리부리한 눈으로 정주를 주시하고 있었다.

"아, 예, 죄송합니다. 인사가 늦었습니다."

"혹시… 그, 티브이에 나오시는."

"아아. 예, 맞습니다."

서 선생이 아연한 얼굴을 했다. 통화할 때까지만 해도 전혀 예상치 못했다. 보호자를 호출했더니만 연예인이 달려온 경우는 교사 생활을 시작한 뒤로 처음 있는 일이었다.

뒤늦게 자기소개를 마친 정주가 침착하게 입을 열었다.

"저희 조카와 싸웠다는 그 아이는…."

"댁이 쟤 삼촌이라고?"

그때, 테이블 한쪽에 앉아 있던 중년의 남자가 자리에서 벌떡 일어났다. 일면식도 없는 사이에 건네는 첫마디치고는 꽤나 공격적이면서도 무례한 태도였다. 남자가 입을 열자마자 분위기는 한순간에 싸늘해졌다. 서 선생이 난감한 기색으로 남자의 눈치를 살폈다.

"이보쇼, 선생 양반. 부모 데려오라니까. 지금 장난해?"

"주열이 아버님, 일단 진정하시고…."

중년의 남자는 테이블 위를 탕, 소리가 나도록 강하게 내리쳤다. 그것은 전쟁의 서막을 알리는 묵직한 신호탄처럼 들렸다.

"주열이 아버님, 저 학생의 부모님이 지금 사정상 외국에 나가 계셔서… 부득이하게 삼촌분이 대신…."

곁에 앉아 있던 학주가 짐짓 점잖은 태도로 남자를 만류하며 자리에 앉히려고 했다. 하지만 잔뜩 흥분한 남자는 학주의 손을 거칠게 뿌리쳤다.

"아! 비행기 타고 오라고 하쇼! 그게 나랑 무슨 상관인데?"

상황을 지켜보던 정주가 대화에 끼어들려던 참이었다.

"내 얼마나 대단한 집구석인가 했지! 얼굴 팔아서 먹고사는 주제에 꼴에 유명인이라 이거야? 그럼 더더욱 애새끼 교육을 똑바로 시켜야 할 거 아뇨?"

"주열이 아버님!"

남자의 막말에 학주가 단호하게 언성을 높이며 제지를 했다. 심정은 이해하지만 정도가 지나쳤다. 이래 봐야 서로의 감정을 긁는 꼴밖에 되지 않는다. 하지만 안타깝게도 이미 정주의 얼굴은 딱딱하게 굳은 뒤였다. 정주가 매서운 눈으로 남자를 노려보았다.

"지금 뭐라고 하셨습니까?"

정주가 남자를 향해 한 발짝 다가섰다.

"애새끼라니요. 지금 누구더러 애새끼라는 거죠?"

"하! 애새끼를 애새끼라고 하지, 이건 뭐 적반하장이 따로 없구만?"

남자가 고함을 내질렀다. 가만 놔뒀다간 정주의 멱살이라도 잡을 기세였다. 심상치 않은 분위기에 서 선생과 학주가 남자의 양팔을 붙잡고 그만하세요, 하며 말리기 시작했다.

"이래서 분칠한 것들은 믿으면 안 된다더니 아주 가관이 따로 없네. 하! 너, 인생 끝난 줄 알아. 어디 반반한 낯짝 계속 들고 다녀 봐! 어? 인터넷에 확 그냥⋯."

어른 네 명이 한데 뒤엉켜 얼굴을 붉히고 있는 와중이었다. 이 공간에서 가장 나이가 어리면서, 또 가장 나이가 많은 소년은 시큰둥한 낯으로 두 어른의 말다툼을 관전하고 있었다.

"우리 애 얼굴 좀 보세요. 저게 사람 얼굴입니까?"

턱을 괸 채 입술에 매달린 피딱지를 만지작거리고 있던 재겸이 눈을 들었다. 정주가 손가락을 펼쳐 저를 가리키고 있었다. 동시에 나머지 셋의 눈동자가 한곳에 꽂혀 들었다.

"⋯⋯."

멀뚱멀뚱 시선을 받아 내던 재겸이 슬그머니 딴 곳으로 고개를 돌렸다.

"저렇게 상처가 생길 정도로 싸웠으면 먼저 사과부터 하셔야 되는 거 아닙니까?"

감정이 북받친 정주가 호소하듯 성을 내기 시작했다.

"아무리 애들 싸움이라지만 사람을 이 모양 이 꼴로 만들어 놓다뇨. 근데 애 앞에서 애새끼니, 교육이니 어떻게 그런 말씀을…. 주열 군은 애를 저렇게 때려 놓고 대체 어디 간 겁니까?"

남자는 테이블을 탕탕 내려치며 조소를 터뜨렸다.

"애들 싸움? 애들 싸움! 오오냐, 말 한번 잘했다."

씩씩거리던 이주열의 아버지가 울먹이며 말했다.

"우리 아들, 그 애들 싸움에 병원 실려 갔다!"

4장

"너 미쳤어?"

정주는 재겸을 본관 구석으로 끌고 나왔다. 주변에 보는 눈이 없는 걸 확인한 정주는 응접실에서 했던 것처럼 재겸의 어깨를 붙잡고 짤짤 흔들어 댔다.

"내가 뭐?"

"걘 인간이야. 그것도 평범한 어린 인간이라고!"

"그게 뭐?"

"근데 그렇게 죽사발을 내 놓으면…!"

정주는 말을 채 잇지 못하고 이마를 짚었다. 평범한 어린 인간을 상대로 치고받고 싸웠을 줄은 몰랐다. 모난 성격 탓에 시비가 걸릴지도 모른다고 예상은 했지만, 평상시 무기력한 재겸의 모습을 떠올리면 상대하기 귀찮아서라도 몇 대 얻어맞고 끝내리라고 생각했던 것이다.

"너 혹시 뭐 의자라도 집어 던졌어?"

"아니, 주먹만 썼어."

"재겸아, 내가 진짜 혹시나 해서 물어보는 건데."
"뭐."
정주가 떨리는 목소리로 물었다.
"주먹 날릴 때… 주먹에 귀기, 실은 건 아니지?"
재겸이 뺨을 긁적이며 시선을 내렸다.
"딱 한 번. 실수로 나도 모르게 살짝 실었어."
"……."
이 미친놈아….
정주가 한쪽 벽에 팔을 기댄 채 고개를 묻었다.

오늘 아침, 2학년 3반의 교실 풍경은 한마디로 난장판이었다. 교실에 들어서자마자 재겸은 가방도 내려놓지 않은 채로 이주열에게 주먹을 날렸다. 불시에 얼굴을 맞은 이주열은 책상과 함께 넘어졌고, 주변에 있던 아이들은 새우등이 터지기 전에 복도로 뛰쳐나갔다. 이주열은 얼굴을 감싸 쥐고 바닥을 굴러다녔다. 재겸은 그제야 손바닥을 탁탁 털며 가방을 내려놨다.

그리고 좀 더 본격적으로 두들겨 패기 시작했다.

"이 싹수 노란 새끼가! 넌 좀 맞아라, 이 개새끼야."

"대가리에 피도 안 마른 놈이 어디서 못돼 처먹은 것만 배워서."

"이 씹새끼가 어디 던질 게 없어서 먹기도 아까운 귀한 우유를 던져?"

 악에 받친 이주열 역시 순순히 맞고 있지만은 않았다. 이주열은 코피를 줄줄 흘리는 와중에 재겸에게 주먹을 날렸다. 빈틈을 노린 공격에 재겸 역시 상처를 입었다. 몇 번의 엎치락뒤치락 끝에 둘의 싸움은 거의 개싸움이 되어 버렸다. 안타깝게도 승부는 내지 못했다. 반 아이들의 호출을 받고 달려온 학주에 의해 둘 다 교무실로 끌려갔기 때문이었다.

 학주는 길길이 날뛰며 재겸과 이주열에게 고함을 내질렀다. 누가 먼저 때렸냐는 말에 재겸과 이주열은 사이좋게 서로를 가리켰다. 재겸은 며칠 전 날아온 축구공에 맞았던 것을, 이주열은 방금 전 주먹에 맞았던 것을 얘기했다. 남고에선 종종 이런 일이 일어났다. 학주는 그때까지만 해도 둘의 싸움을 별반 대수롭지 않게 생각했다.

 상황이 제법 심상치 않게 돌아가고 있음을 느낀 것은 이주열이 코와 가슴팍의 통증을 호소했을 때였다. 시간이 지나도 이주열의 코피는 멎을 생각을 하지 않았다. 양호실에서 상처를 소독하고 코에 솜을 박아 넣었지만, 솜은 금세 코피로 축축해졌다. 그에 분위기를 살피던 재겸도 슬그머니 광대뼈가 아프다, 입술이 쓰라리다, 들으란 듯이 중얼거렸다.

 우선은 양쪽 학부모에게 연락을 넣었다.

 가장 먼저 달려온 것은 이주열의 어머니였다. 그는 귀한 아들의 쥐어 터진 얼굴을 확인하자마자 비명을 질렀다. 자세히 보니 코가 미세하게 삐뚤어져 있었던 것이다. 이주열의 어머니는 당장 남편에게 전화를 걸었다. 회사에 있던 그의 남편은 반차를 내고 허둥지둥 학교로 달려왔다. 그는 학교엔 남편을 앉혀 놓고, 차를 운전해 아들을 데리고 병원으로 향했다.

그사이 이주열의 아버지는 칼을 가는 심정으로 재겸의 학부모를 기다렸다.

"엑스레이 결과만 나와 봐! 우리 아들 코가 삐뚤어졌다고, 코가! 갈비뼈든 코뼈든 금 하나라도 갔다간, 아주 그냥 네놈들 가만 안 둘 거니까. 내가 어? 어디 신문사고 방송국이고 다 연락 돌려서 티브이에 나오는 누구누구, 어? 다 폭로할 거요. 당신 그 잘난 조카 때문에 좋은 신세 다 끝장난 줄 알라고."

격분한 학부모를 향해 정주는 몇 번이고 거듭 허리를 숙여 가며 사죄했다. 그 와중에 재겸은,

"저기요, 아저씨, 저도 인생 살면서 코뼈 몇 번 부러져 봐서 아는데요. 그거 어차피 금방 붙어요."

하고 태평하게 말을 얹었다가 정주에게 소리 없이 발을 밟혔다. 불난 집에 기름을 붓는 방법도 가지가지였다. 이주열의 아버지는 뒷목을 잡고 실신하기 일보 직전이었고, 정주는 새하얗게 질린 얼굴로 연신 머리를 조아렸다.

"정말 죄송합니다. 저희 조카가 아직 학교생활에 적응을 못 해서, 제가 잘 돌봤어야 하는데, 모든 게 제 불찰입니다…. 병원비는 제가 책임지고 전부 배상하겠습니다. 실례지

만 지금 주열 군이 어느 병원에 있는지 알려 주시겠습니까? 염치없지만 현재 주열 군의 상태를 제 눈으로 직접 보고 싶습니다. 지금 바로 병원에 가서 주열 군에게 정식으로 사과하겠습니다."

겉으로 보기엔 재겸이나 이주열이나 비등비등한 꼴이었다. 둘 다 멍 자국이며 피딱지며 사이좋게 매달고 있었으므로 쌍방으로 비칠 수도 있었다. 하지만 문제는 재겸이 주먹에 귀기를 실었다는 데 있었다. 재겸은 '살짝'이라고 얘기했지만, 귀기를 실어서 때리면 그냥 맨주먹으로 때릴 때보다 훨씬 강한 내상이 남기 마련이었다.

귀기를 실어 때린 이상, 학부모가 말한 대로 이주열의 코뼈가 부러지거나 갈비뼈에 금이 갔을 가능성이 높았다. 그렇게 되면 생각보다 일이 훨씬 커질 게 분명했다. 설상가상으로 정주가 평소 뿌듯해 마지않던 연예인으로서의 인기는 오히려 독이 되었다. 유별난 부모들의 행태를 보아하니 어떻게든 꼬투리를 잡힐 것이 뻔했기 때문이었다. 계기야 어찌 됐든 훨씬 큰 피해를 입은 쪽으로 시선이 쏠리는 건 당연했다.

정주가 음울한 낯으로 차 키를 꺼내 들었다. 이러고 있을 시간이 없었다. 만일의 상황에 대비해 늦지 않게 수습을 해야 했다. 피 한 방울 섞이지 않은 나이 많은 조카 때문에 해야 할 일이 많았다.

"난 잘못한 거 없어. 걔가 먼저 그랬어."

그때, 재겸이 뾰로통한 어조로 입을 열었다.

"제발 부탁인데, 재겸아, 너 그 성질 좀 죽이면 안 돼?"

"내가 뭘? 난 더도 말고 덜도 말고 걔가 한 대로 돌려준 거야."

"네가 걔랑 같아? 걔가 아무리 잘못을 했어도! 걔는 어리고 약한, 평범한 인간이야!"

"……."

재겸의 눈꼬리에 날이 섰다.

"그럼 난?"

"뭐?"

"그럼 난 뭔데."

"그야 넌….."

순간적으로 말문이 막혔으나, 정주는 서둘러 화제를 돌렸다.

"일단 나중에 얘기해. 나 지금 바로 병원 가 봐야 돼."

"병원 갔다가 집으로 올 거야?"

"그래, 그러니까 재겸이 넌 이따 학교 끝나면 먼저 집에 가 있어. 그리고…."

정주는 잠시 망설이는가 싶더니, 최대한 덤덤하게 중얼거렸다.

"메산이도 병원에 데려갈 거니까 그렇게 알고."

"뭐?"

예상대로 재겸이 대번에 정색을 했다.

"메산이가 거길 왜 가?"

"왜긴 왜야? 진짜 코뼈라도 부러졌으면 큰일이니까 그렇지."

"병원에 의사 있잖아. 의사한테 고치라고 해."

골치가 아픈지 정주가 관자놀이를 꾹꾹 눌렀다.

"재겸아, 나 지금 너랑 말씨름할 상황 아니야. 시간 없다니까!"

"웃기지 마. 네가 뭔데 메산이를 데려가."

"재겸아."

"네가 뭔데? 메산이는 신성한 존재야. 왜 메산이가 그딴 새끼 때문에…."

"그걸 몰라서 물어? 다 너 때문이잖아!"

정주가 울컥하며 일갈하자 재겸이 입을 다물었다.

"……."

아차. 정주는 제 입으로 말해 놓고도 당황한 기색이었다. 둘 사이로 짧은 침묵이 흘렀다. 재겸은 제법 길게 이어지는 정적 내내 눈 한 번 깜빡이지 않고 정주를 노려보고 있었다.

"그, 아니, 그러니까, 재겸아, 내 말은…."

재겸은 정주의 말을 더는 듣지 않겠다는 듯이 등을 돌렸다.

"됐다. 가라."

짧게 대꾸하며 돌아선 어깨는 묘하게 축 처져 있었다.

· 🕊 ·

 메산이는 간밤에 까치집이 되어 버린 머리를 긁적이며 현관으로 걸어갔다. 신발을 꿰어 신고 곧장 마당으로 나왔다. 새벽 안개에 휩싸인 고즈넉한 뒷마당에는 잎이 무성한 나무며, 꽃이며, 생기 가득한 식물이 잔뜩 모여 있었다. 남들이 보면 그저 잘 가꿔진 정원으로 보일 테지만, 메산이에겐 소담스러운 한상차림과도 같았다.
 메산이는 나나나나, 기분 좋은 콧노래를 불렀다.
 "제비꽃? 우음… 각시붓꽃? 아니면 주목나무?"
 잠시 고민하던 메산이가 폴짝폴짝 걸음을 옮겼다. 오늘은 이걸로 해야지. 마음을 정한 메산이는 잎이 동그랗고 커다란 동백나무에 가까이 다가갔다. 작은 손을 뻗어 가까운 잎사귀 하나를 조심스럽게 잡았다. 넓은 잎사귀에는 투명하고 깨끗한 아침 이슬이 방울방울 맺혀 있었다.
 메산이는 입술을 오므려 굴러떨어지는 이슬을 받아먹었다.
 산의 정기를 받은, 신선하고 향긋한 이슬은 메산이의 소중한 식사였다. 가끔 정주와 재겸을 따라 과자나 밥처럼 인간이 먹는 음식을 입에 댈 때도 있었지만 그건 어디까지나 부수적인 간식일 뿐이다. 메산이는 산의 정기와 아침 이슬이 없으면 살아갈 수 없는 존재였다. 오랫동안 산으로부터 떨어지면 차츰 기운이 약해져 종국에는 생명력을 완전히 잃고 만다.

그것은 산에서 태어나, 산을 지켜야 하는 존재가 지닌 숙명이었다.

메산이는 부지런히 잎사귀를 뒤적거렸다. 주기적으로 아침 이슬을 취하지 않으면 여러모로 곤란했다. 이슬이 없으면 인간의 형상을 유지하기 힘들어지고, 온몸에 힘이 빠져 비실비실해지기 때문이었다. 인간의 형상을 한 채 오랜 시간을 보냈더니 이젠 본모습으로 있는 게 어색했다. 언제까지고 저의 나리를 지키기 위해선 언제나 튼튼한 상태여야만 했다.

메산이는 다디단 이슬을 하염없이 받아먹었다. 멀리 산자락 너머에서 깍깍, 까치가 우는 소리가 들렸다. 오늘은 반가운 손님이 오시려나? 메산이가 입을 오물거렸다. 그렇게 얼마간 목을 축이고 나서야 집 안으로 들어왔다. 포근한 이부자리로 돌아온 후로는 다시 침구 위로 몸을 누였다. 든든한 식사를 끝내고 이어 붙인 아침잠은 달콤하기만 했다.

그리고 정오가 되자, 정말로 반가운 손님이 찾아왔다.

마루에 앉아 산새들과 도란도란 이야기를 나누고 있던 메산이는 우당탕, 대문이 열리는 소리가 들리자마자 헐레벌떡 마당을 가로질렀다. 등굣길을 배웅한 지 한나절쯤 지났던가? 처음엔 재겸이 평소보다 이른 시간에 귀가한 줄로만 알았다. 하지만 대문을 열고 들어온 것은 재겸이 아니라 정주였다. 오랜만에 본 정주는 온 얼굴이 땀으로 범벅이 되어 있었다.

정주의 깜짝 등장에, 일단은 신난 메산이가 다다다 달려가며 양팔을 벌렸다. 언제나 그랬던 것처럼 정주가 저를 하늘 높이 들어 올리며 반갑게 품에 안아 줄 것이라고 생각했기 때문이다. 그 예상대로 정주는 메산이를 단숨에 안아 올렸다. 그리고….

다짜고짜 대문을 발로 뻥 걷어차더니 바람처럼 달려 나갔다.

"어, 어? 정, 정주 님? 지금 어딜 가는 거예요?"

당황한 메산이가 정주의 품에 대롱대롱 매달렸다. 정주는 근처에 주차해 둔 밴에 도착하자마자 조수석 문을 열고 메산이를 앉혔다. 일사불란한 손길로 안전벨트까지 단단히 채워 주었다. 이주열이 진단서를 끊지 못하게 해야 한다. 늦지 않게 병원에 도착하기 위해선 한시가 급한 상황이었다.

정주가 비장한 얼굴로 액셀을 밟았다.

"메산아, 천하에서 제일가는 명의가 되어 줘야겠다."

· ✦ ·

이주열의 어머니는 복잡한 병원 복도를 하염없이 서성이는 중이었다.

두 모자는 방사선실 앞에서 한 시간 가까이 대기하고 있었다. 처음엔 학교 근처에 있는 정형외과에 들렀었다. 그러나 일이 틀어지려면 어떻게든 틀어지는 법이라고, 접수를 하려고 봤더니 하필이면 점심시간에 걸리고 만 것이다.

잠자코 기다리려니 어머니 눈에는 자식이 곧 죽어 가는 것처럼 보였다. 결국 이주열의 모친은 부랴부랴 병원을 나왔다. 그렇게 해서 도착한 곳이 바로 여기, 학교에서 꽤 멀리 떨어져 있는 종합 병원이었다.

의사는 쓰고 있던 안경을 추슬러 올리며 무심한 어조로 입을 열었다.

"코가 딱 봐도 한쪽으로 내려앉았네. 뭐, 코뼈 골절은 확실하고요. 그래도 일단은 자세하게 검사를 해 봐야 하니 흉부 쪽도 같이해서 엑스레이부터 찍어 봅시다."

청천벽력 같은 소리에 두 모자는 사이좋게 휘청거리며 진료실을 빠져나왔다. 이주열은 아픈 와중에도 이를 바득바득 갈았다. 분명 내가 더 많이 때렸다고 생각했는데! 코뼈가 부러졌다니 왠지 진 것 같은 기분이 들었다.

며칠이고 쥐 죽은 듯 찌그러져 지내던 녀석이 하루아침에 달려들 줄은 몰랐다. 지금 이주열은 정말로 코뼈가 부러진 게 맞는지 검사 결과를 한시라도 빨리 알고 싶으면서도 한편으로는 알고 싶지 않은, 오묘한 딜레마에 빠져 있었다. 다행인지 불행인지는 몰라도, 금방 끝날 거라 생각했던 엑스레이 촬영은 밀린 환자들이 많아 자꾸만 순번이 늦어지고 있었다.

초조하게 방사선실 근처를 맴돌던 이주열의 어머니가 간호사를 채근했다.

"저기요! 도대체 얼마나 더 기다려야 되는 거예요?"

차트를 들여다보고 있던 간호사가 한숨을 내쉬었다. 벌써 같은 질문만 몇 번째였다. 재촉한다고 순서가 앞당겨지는 것도 아니고, 차례가 되면 어련히 불러 줄 텐데 눈앞의 보호자는 아까부터 성화를 부리고 있었다. 오늘따라 병원은 북새통이었다. "금방 불러 드릴게요." 하고 간호사가 눈을 흘기며 무미건조하게 대꾸할 때였다.

"저, 주열이 어머님?"

대기 좌석에 앉아 몸을 웅크리고 있던 이주열이 고개를 들었다. 모친 역시 간호사에게 뭐라 짜증을 덧붙이려다 뒤에서 들려온 목소리를 향해 시선을 돌렸다. 서 있는 것은 낯선 남자였다. 정주는 미리 준비한 검은색 모자를 깊이 눌러쓴 채, 일회용 흰색 마스크로 얼굴을 반쯤 가리고 있었다.

"누구시죠?"

이주열의 모친이 인상을 찌푸리며 물었다.

"처음 뵙겠습니다. 저는 재겸이 삼촌입니다."

두 모자가 멈칫하며 시선을 교환했다. 정주는 고개를 숙이며 공손하게 입을 열었다.

"저희 조카 때문에 주열 군이 많이 다쳤다고, 병원에 있다는 얘기를 들었습니다. 그래서 재겸이의 보호자로서 정식으로 사과를 드리고 싶어서요. 이렇게 무례를 무릅쓰고…."

"이봐요, 지금 장난해요?"

말을 끊은 모친이 잔뜩 성난 표정으로 정주를 향해 성큼성큼 다가왔다.

"도대체, 애를 똑바로 관리해야 될 거 아니야!"

날카로운 고성이 울려 퍼졌다. 병원 복도에 있던 사람들이 정주와 두 모자를 힐끔거렸다. 정주가 숨을 들이켜며 눈을 질끈 감았다. 귀가 쨍쨍 울렸다. 내 이럴 줄 알았지…. 혹시라도 사람이 많은 병원에서 때아닌 소란이 일어날 것을 우려해 모자와 마스크를 쓰고 왔더니만. 결과만 놓고 보면 아주 탁월한 선택이었다.

"우리 애, 코뼈가 부러졌어, 코뼈가! 어떻게 책임질 거예요? 아니, 부모가 곁에 없으면 삼촌이라도 애를 잘 돌봐야지. 그 나이에 벌써 사람을 이렇게 두들겨 패고, 손버릇이 그렇게 험하면 어쩌자는 얘기예요? 뭐, 커서 깡패 시킬 거야? 조폭이야?"

"…면목 없습니다."

"지금 엑스레이 찍을 건데, 어? 아주 결과만 나와 봐요. 나 가만히 안 있어. 진단서 뽑아서 바로 절차 밟을 거니까, 그렇게 알아요. 이건 도저히 학교 차원에서 끝낼 문제가 아니야. 불안해서 그런 애랑 어떻게 같이 학교를 다니란 말예요?"

"…정말 죄송합니다."

어느 정도 예상은 했지만 아니나 다를까 부부는 아주 쌍으로 요란했다. 모친은 펄펄 날뛰며 정신없이 본인 할 말만 쏘아붙이기 바빴다. 정주는 그 와중에 아직 검사 결과가 나오지 않았다는 사실을 알아채고는 소리 없이 안도의 한숨을 쉬었다.

"직접 찾아뵙고 상태를 확인하는 것이 최소한의 도리라고 생각했습니다. 병원비는 전부 제가 부담하겠습니다. 결과가 나오는 대로 차후 수술비뿐만 아니라 정신적 보상…."

그때, 의자에 찌그러져 있던 이주열이 인상을 벅벅 쓰며 자리에서 벌떡 일어났다.

"아씨. 진짜."

"주열아, 왜 그래! 많이 아파?"

"아, 쫌."

때아닌 소란에 사람들의 시선이 모여들자 이주열은 신경질이 났다. 거기다가 자식을 위한답시고 큰 목소리로 코뼈가 부러졌니, 두들겨 팼니 하며 화를 내는 것이 결국엔 온 사방에 자신이 얻어맞았다고 소문을 내는 꼴과 진배없는지라, 본의 아니게 가오 빼면 시체인 이주열의 체면이 뭉개져 버린 셈이다.

"어디 가, 간호사가 금방 부를 거라고 했는데."

이주열은 저를 붙잡는 모친을 지나쳤다. "주열 군, 저기…." 그러고는 앞에 선 정주의 어깨를 고의적으로 밀치며 짜증스럽게 소리를 질렀다.

"아, 비켜요!"

난데없이 어깨빵을 당한 정주가 입술을 짓씹었다.

이런 천하의 개잡놈을 봤나.

부모의 성격을 봤을 때부터 대충 짐작은 했지만, 그 밥에 그 나물이라. 싹수를 보아하니 얻어맞아도 싼 녀석이라는 생각이 들었다. 안 그래도 재겸에게 애꿎은 화풀이를 한 것 같아 마음이 무거웠다. 이런 녀석도 약한 범인이랍시고 손을 대면 어떡하냐며 재겸을 꾸짖었던 것이 새삼 후회스러웠다.

이주열은 보란 듯이 발을 쿵쿵 굴려 가며 복도 모퉁이를 돌았다. 못마땅한 발걸음으로 향한 곳은 남자 화장실이었다. 잠시 자리도 피할 겸, 내친김에 피가 말라붙어 끈적끈적한 코를 헹궈 낼 요량이었다. 찬물을 틀어 놓고 손부터 빡빡 씻었다. 투덜거리며 대충 세수를 하고 페이퍼 타월을 뽑아 물기를 닦아 냈다.

"저, 저기이요호오오오…."

얼얼한 코끝을 살살 훔쳐 내던 이주열이 고개를 돌렸다. 화장실 입구에 웬 어린아이 하나가 고개를 빼꼼 내밀고 있었다. 자그마한 아이는 몸의 몇 배나 되는 커다란 후드를 뒤집어쓰고 있었는데, 이주열과 눈이 마주치자마자 파드득 놀라더니 곧바로 시선을 피했다.

"저어기…, 요호오, 오…."

시선을 피하길래 뭔가 했더니 아무래도 저를 부르고 있는 모양이었다. 아이의 음성은 거의 염소 울음소리 같았다. 어찌나 덜덜 떠는지, 흉내를 내 보라고 해도 어려울 지경이었다.

앤 뭐야?

"뭐? 나?"

"네에에…."

주변을 두리번거리던 이주열이 인상을 쓰며 묻자, 아이가 고개를 끄덕였다. 아이는 침을 꼴깍 삼키며 눈치를 보았다. 그러더니 까치발을 들고 이주열을 향해 다가오기 시작했다. 안 그래도 성질 뻗쳐 죽겠는데 알지도 못하는 꼬맹이가 근처에서 얼쩡거리니 이주열은 짜증이 났다. 아이는 숫제 거북이처럼 아주 느리게 걸어왔다.

"아, 뭔데!"

"이, 이, 이, 이거… 드, 드시, 오…."

아이가 등 뒤로 감추고 있던 양손을 내밀었다. 손에 든 것은 액체가 담긴 종이컵이었다. 이주열이 이게 뭐냐는 표정으로 아이를 쳐다보았다. 그러자 아이는 또다시 파드득 놀라며 시선을 피했다. 허, 이주열이 어이없다는 듯 코웃음을 쳤다. 앤 뭐 이렇게 겁이 많아?

"그, 그… 도령, 아, 아니…."

"뭐?"

"형, 형아… 형아네 엄마가, 갖다주라고…."

"우리 엄마가?"

"네에에…."

이주열이 종이컵의 내용물을 한 번, 그리고 아이를 한 번 번갈아 보았다.

"뭔데, 이거?"

"형아… 목마를까 봐… 형아네 엄마가, 마시라고…."

금방 갈 건데 뭘 또 얼굴도 모르는 애한테 심부름까지 시켜. 이주열이 못마땅한 시선으로 종이컵을 받아 들었다. 종이컵에 담겨 있는 것은 투명한 액체였다. 아마도 생수인 듯했다. 안 그래도 목이 마르긴 했던 터라, 이주열은 별다른 의심 없이 종이컵에 담긴 물을 입으로 가져갔다. 절반 정도 담겨 있던 물을 단숨에 들이켰다.

"켁, 큭. 쿨럭!"

별생각 없이 물을 삼키던 이주열이 대뜸 거센 기침을 토했다.

"아씨. 쿨럭, 뭐야. 이거 물맛이, 큭. 켁?"

입 속으로 털어 넣은 액체는 뜻밖에도 굉장한 단맛이 나는 음료였다. 꼭 설탕물 같았다. 예상치 못한 당도에 놀란 이주열은 한참 동안 옆구리를 움켜쥐고 쿨럭거렸다. 기침을 할 때마다 찌르르, 울리는 갈비뼈의 통증 때문에 눈앞이 번쩍거렸다. 세면대에 허리를 숙인 채 한참을 낑낑대던 이주열은 통증이 가라앉은 뒤에야 간신히 고개를 들었다.

"으윽, 야, 이거 물…."

"이거 물 맞아?" 하고 물어보려던 이주열이 눈썹을 찌푸렸다. 방금 전까지만 해도 눈앞에서 덜덜 떨고 있던 어린아이는 이미 사라지고 없었다. 이주열은 화장실에서 나와 복도를 두리번거렸다. 다가올 때는 거북이처럼 느리더니, 아이는 종이컵을 전해 주자마자 아주 쏜살같이 자취를 감췄다. 이주열은 "뭐야." 하고 불만스럽게 중얼거리며 천천히 발걸음을 뗐다.

화장실로 향할 때와는 달리, 복도를 걷는 발걸음은 묘하게 가벼워져 있었으나 이주열은 그 사실을 체감하지 못했다.

· 🕊 ·

대기 좌석에 복귀하자마자 간호사가 이주열을 호명했다. 기다림에 지쳐 신경이 곤두서 있던 모친은 후다닥 이주열을 방사선실로 떠밀었다. 그리고 지금, 정주는 초조한 낯으로 진료실 앞에 앉아 있었다. 안면과 흉부 엑스레이를 찍고 얼마 지나지 않아 두 모자는 곧바로 진료실에 불려 갔다. 검사 결과를 토대로 정확한 진단이 내려질 터였다.

병원 안은 인간이 많아 메산이가 있을 곳이 못 되었다. 그래서 정주는 메산이에게 일을 마치거든 병원 주차장에 있는 밴 안에서 기다리고 있으라고 미리 언질을 해 둔 상황이었다. 두 모자를 기다리는 동안 정주는 주머니에 넣어 두었던 휴대폰을 꺼냈다.

[언제쯤 올라오십니까. 지금 다 선배님만 기다려요…]

정주는 심호흡을 하며 매니저와 소속사로부터 날아든 메시지를 차례차례 확인하다가, 벌떡 몸을 일으켰다.

"주열 군, 어머님."

진료실 문이 열리고 두 모자가 모습을 드러냈다. 정주는 둘을 향해 성큼성큼 다가갔다. 연기를 업으로 삼은 만큼, 겉으로 드러난 표정만 보면 걱정이 뚝뚝 묻어나는 얼굴이었다.

"수술 날짜는 언제로 하셨나요?"

"……."

"……."

정주의 조심스러운 물음에 이주열이 미묘하게 시선을 피했다. 말이 없는 이주열 대신에 모친을 응시해 보았지만 마찬가지로 알쏭달쏭한 표정이었다.

둘의 반응을 확인한 정주가 고개를 천천히 숙였다. 겉으로는 면목이 없다는 심정을 내비치고 있었지만, 마스크 속에 숨겨져 있던 정주의 입가에선 꽃이 피어나듯 서서히 미소가 어리고 있었다. 정주는 미소와 반대되는 침통한 목소리를 냈다.

"아무래도 수술 날까지는 혹시 모르니… 주열 군이 입원하는 편이 좋겠습니다. 말씀드렸던 대로 병원비 전액은 제가 부담…."

"그럴 필요 없어요."

이주열의 모친은 이전에 보여 주던 모습과는 다르게 차분히 대꾸를 했다. 그러면서 머릿속으로는 방금 전의 상황을 떠올리는 중이었다.

"어라? 이상하다. 안면이랑 흉부, 전부 다 멀쩡한데요?"

엑스레이로 촬영한 사진을 들여다보던 의사는 걸치고 있던 안경을 썼다 벗었다 하며 당혹스러워했다. 마음의 각오를 단단히 한 채 의사가 골절상을 선고하기를 기다리던 두 모자는 예상과는 다른 결과에 눈을 크게 떴다.

"지인짜 이상하다? 분명히 아까만 해도 코가 이렇게, 한쪽이 비뚤어져 있었는데?"

의사는 화면과 이주열의 안면을 번갈아 보더니, 믿을 수 없다는 표정을 지었다. 그러고는 의자를 끌어와 맞은편에 앉아 있던 이주열을 향해 손을 뻗었다. 갑자기 부기가 빠진 콧대며 옆구리를 꾹꾹 눌러 보더니 "아파요? 어때요?" 하고 물었다. 이주열은 얼떨떨한 표정으로 고개를 저었다. 아까 전까지만 해도 온몸 구석구석이 아팠는데, 지금은 의사가 아무리 만져도 가벼운 통증 하나 느껴지지 않았다.

"허허, 제가 아까 잠이 덜 깼나 봅니다. 이런 일이 한 번도 없었는데…."

의사가 머쓱한 기색으로 말을 덧붙였다.

'가벼운 타박상 말고는.'

"아무 문제 없다네요."

이주열의 모친이 마뜩잖은 기색으로 의사의 진단을 전했다.

"…엑스레이상으로는, 코뼈고 갈비뼈고 금 간 데 하나 없으니 안심하랍니다."

그 말을 들은 정주가 눈을 동그랗게 떴다. 아니, 뜨는 척을 했다.

"네? 그게 무슨 소리죠? 아까는 의사 선생님께서 골절이라 말씀하셨다고…."

"내 말이 그 말이에요. 이거 순 돌팔이 아니야? 눈대중으로 코뼈 부러졌다고 할 땐 언제고, 지금은 또 멀쩡하다니…."

모친은 기가 찬다는 듯 헛숨을 내뱉었다. 여태껏 정주에게 있는 성화, 없는 성화를 다 부리더니 이번엔 그 불씨가 의사에게로 옮겨 간 상태였다.

그리하여 정주는 알 수 있었다. 두 모자가 지금 무척이나 곤욕스러워하고 있다는 것을. 자칫하면 주도권이 넘어갈 수 있는 상황에서 그들은 애써 태연함을 가장하고 있었다. 다치지 않은 건 천만다행이지만, 미안하다며 고개를 숙이자니 그건 또 싫은 모양이었다.

하지만, 재겸과 이주열 둘 다 가벼운 타박상에서 그쳤다는 사실로 결론이 난 이상 정주는 더 이상 두 모자의 비위를 맞춰 줄 생각이 없었다. 서로 사이좋게 주고받았으니 어느덧 상황은 일대일이었다. 정주가 방긋 웃으며 고개를 끄덕였다.

"정말 다행이네요. 주열 군이 크게 다쳤을까 봐 걱정 많이 했거든요."

"종, 종합 병원이라고 해서 왔더니만, 의사가 영…."

"의사도 사람이니까요. 얼마든지 실수할 수 있죠. 애들도 원래 싸우면서 크는 법이고요. 우리 재겸이도, 주열 군도 오늘을 본보기로 삼아서 앞으로는 이런 일이 없었으면 좋겠네요."

말을 마친 정주가 이주열에게 시선을 던졌다. 눈이 마주치자, 이주열은 뜨끔한 기색으로 시선을 피했다. 이주열은 다소 표정 관리에 서툰 모양이었다.

"하긴 뭐, 이 세상에서 제일가는 명의가 있다면… 그 앞에선 웬만한 의사들이라도 돌팔이 취급을 받고 말겠죠. 당연한 얘기네요."

"…뭐, 무슨 명의요?"

"하하, 아무것도 아니에요. 주열 군."

정주가 뒷주머니에서 지갑을 꺼냈다. 그러고는 오만 원짜리 지폐 네 장을 꺼내 정확히 반을 접더니 이주열에게 내밀었다.

"진료비는 이걸로 되겠죠? 가벼운 타박상이니까요."

당황한 두 모자가 뻣뻣하게 굳어 있는 사이, 지폐를 내민 채로 이주열을 물끄러미 응시하던 정주가 뭔가를 떠올리고는 "아, 맞다." 하며 분위기를 환기시켰다.

"그리고 보니까, 주열 군은 엄살이 꽤 심한 편인가 봐요. 고작 타박상에 그렇게 아파하는 걸 보면 엄살이 심한 거 아닐까요? 모두 깜빡 속았잖아요. 연기에 소질이 좀 있는 것 같은데… 만약 앞으로 연기할 생각 있으면 연락 주세요."

이주열의 낯이 딱딱하게 굳어졌다.

"…뭐, 뭐요?"

"원한다면 오디션 자리 소개해 줄 수 있어요. 음, 제 개인적인 생각인데, 주열 군은 깡패나 조폭 같은 역할에 무척 잘 어울릴 것 같아요. 아프지도 않은데 아픈 척을 잘하니까… 주먹질하는 배역에 딱이겠네요. 성격이 호전적이고 대담하니까요."

"저, 저기요. 지금 당신, 뭐라고…."

두 모자는 어안이 벙벙한 표정으로 정주를 노려보았다. 그러거나 말거나. 정주는 손에 들고 있던 지폐를 한 번 더 접었다. 그러고는 이주열이 입고 있는 교복 재킷의 한쪽 주머니에 곱게 접은 지폐를 다소곳이 꽂아 주었다.

"아, 오해하시면 안 돼요. 칭찬이에요. 칭찬. 어디까지나… 동종업계 종사자로서요."

정주가 애교 가득한 웃음을 지으며 하관을 가리고 있던 마스크를 턱 밑으로 내리고 모자를 벗었다. 그러자 가려져 있던 이목구비가 훤히 드러났다. 그제야 두 사람의 눈동자가 튀어나올 것처럼 커졌다. 표정을 보아하니 아직 연락을 받지 못한 모양이었다.

"그럼 저는 이만."

정주는 고개를 가볍게 숙여 인사를 건넨 뒤, 모자를 원래대로 앞으로 눌러 썼다.

정주가 곧장 등을 돌려 병원 로비로 내달리기 시작했다. 캬캬. 유명인이 세상에서 제일 재밌다. 고얀 인간들 같으니. 마스크 안쪽에서 여우의 기분 좋은 캥캥 소리가 흘러나왔다. 가볍게 뛰어오르는 발걸음은 후련해 보이면서도, 마치 탭 댄스를 추듯 홀가분해 보였다.

· 🕊 ·

신나게 주차장으로 뛰어나온 정주는 밴을 세워 둔 자리로 나비처럼 날아들었다. 병원에 들어설 때까지만 해도 인간을 무서워하는 메산이는 겁에 질려 훌쩍거렸다. 하지만, "이것이 너의 나리를 위한 길이다."라며 정주가 기운을 북돋아 주자, 메산이는 입을 앙다물고 고개를 끄덕였다.

아니나 다를까 메산이는 아주 잘해 주었다.

정주가 미리 주문했던 내용은 겉으로 보이는 상처는 그대로 두되, 내상은 모두 낫게 해 달라는 것이었다. 대놓고 힘을 쓰면 더 수월하긴 했지만 사람들 눈에 발각될 우려가 있으니 까다롭게 접근해야 했다. 고심하던 메산이는 정주에게 그릇을 하나 달라고 했다. 평소 차에 넣어 두었던 종이컵을 건네자, 메산이는 컵을 받아 들고 얼마간 명상에 빠졌다.

그로부터 몇 분이 흘렀을까.

"뿌에엑."

눈을 뜬 메산이는 종이컵에 다짜고짜 토를 했다.

"……"

난데없이 펼쳐진 광경에 어찌나 놀랐던가. 당황한 나머지 정주의 머리통 위로 여우 귀 두 짝이 폴짝 튀어나왔다. 덕분에 귀를 집어넣기 위해 한참 동안 마음을 다스려야 했다.

 "오늘 아침에 이슬을 무지막지하게 마셔 놨는데 다행이에요. 헤헤. 이건 제 몸속에 고여 있던 이슬로 만든 정화수입니다. 힘을 쓰지 않아도, 이걸 마시면 내상이 씻은 듯이 나을 것입니다."

 과연 그 말대로였다. 이주열은 홀로 떨어져 있는 사이에 메산이와 접촉했던 모양이었다. 시간이 약간만 지체되었어도 원래 결과대로 나왔을 것이었다.

 앞선 두 사람의 우스꽝스러운 표정을 떠올리면 아주 고소해 죽겠다. 사회적 체면이 있어 뭐라 더 쏘아붙이지 못한 게 한이었다. 정주가 캥캥 웃으며 시꺼멓게 선팅된 조수석 문을 활기차게 열어젖혔다.

 "이야, 우리 장한 풀때기! 진짜 잘했⋯."

 놀란 정주가 두 눈을 의심하며 마스크를 쓱 내렸다.

 "⋯어?"

 차 내부는 텅 비어 있었다.

 분명히 차에 가서 기다리고 있으라고 했건만 메산이는 온데간데없었다. 정주의 얼굴이 새하얗게 질렸다. 이렇게 인간이 많은 곳에서 사라지다니. 신났던 기분이 한순간에 곤두박질쳤다.

정주가 황망한 시선으로 주변을 정신없이 두리번거렸다. 그러나 아무리 둘러봐도 메산이의 머리털 하나 보이지 않았다. 돌발 상황이었다. 정주의 손끝이 파르르 떨렸다. 혹시 길을 잃은 걸까? 정주가 마스크를 단단히 올려 쓰고 병원 곳곳을 뛰어다니기 시작했다.

주차된 차들 사이사이, 꽃이 핀 화단, 큰 그늘을 만들어 낸 나무 밑. 있을 만한 곳은 다 찾아 봤지만 어디에도 메산이는 없었다. 순간 현기증이 핑 돌았다.

정주가 거친 숨을 몰아쉬며 머리통을 감싸 쥐었다.

"침착해야 해. 침착해야 해."

돌돌돌, 링거대를 밀며 병원 앞을 산책하던 환자들이 정주를 힐끔거렸다. 정주가 다시 뛰기 시작했다. 이번엔 병원 밖이었다. 혹시나 하는 마음에서였다. 정문을 넘어 대로변에 선 정주가 좌우를 두리번거렸다. 그때, 몇 미터 떨어진 곳에서 동그랗게 모여 있는 행인들의 모습이 눈에 띄었다. 그 광경을 보자마자 정주의 본능이 꿈틀거렸다. 그건 바로 위기감이었다.

행인들은 중심을 겹겹이 둘러싸고 무언가를 구경하고 있었다.

"어머. 웬일이야?"

"으, 저거 고양이 맞지?"

"어떡해. 다쳤나 봐."

정주가 다급한 손길로 인파를 헤쳤다. 틈을 비집고 들어가자 마침내 익숙한 뒷모습이 보였다. 몸집의 몇 배나 될 법한 큰 후드티를 걸치고 있는 어린아이였다. 아이는 쪼그려 앉은 채로 바닥을 내려다보고 있었다. 바닥에는 피투성이가 되어 누워 있는 고양이가 있었다. 의식을 잃고 축 늘어져 있는 고양이는 차마 쳐다보기도 힘들 만큼 끔찍한 몰골이었다.

"메, 메산…!"

정주가 입술을 달싹일 때였다.

"어머. 어머머."

"애기야, 내버려 둬."

"꼬마야! 만지면 안 돼!"

메산이를 부르려던 정주가 숨을 들이켰다. 메산이가 결심하듯 쓰러진 고양이의 몸 위로 손을 올렸기 때문이었다. 그와 동시에, 메산이의 작은 손바닥에서 새하얀 빛무리가 뿜어져 나왔다. 메산이를 제지하려던 행인들이 눈을 동그랗게 떴다.

메산이의 손에서 뿜어져 나온 새하얀 빛은 무수한 알갱이가 되었다. 작은 알갱이들은 너덜너덜하던 고양이의 살갗에 촘촘하게 달라붙었다. 피가 흘러나오던 상처가 순식간에 아물기 시작했다. 두 눈으로 보고도 믿기 힘든 광경에 행인들이 탄성을 내뱉으며 입을 틀어막았다.

"세, 세상에…."

순식간에 상처가 사라지고, 기절한 듯 쓰러져 있던 고양이가 눈을 떴다. 어느새 메산이의 작은 손은 피로 범벅이 되어 있었다. 눈을 깜빡거리던 고양이가 벌떡, 자리에서 일어났다. 행인들이 뒷걸음질을 치며 소리를 질렀다. 망부석처럼 굳어 있던 정주가 그제야 행인들을 뚫고 다급히 메산이에게 뛰어들었다.

그러고는 메산이의 뒷덜미를 단숨에 잡아 올렸다. 당황한 메산이가 눈을 커다랗게 뜨고 정주를 올려다봤다. 정주는 메산이가 뒤집어쓰고 있던 후드를 거칠게 잡아당겼다. 커다란 후드가 메산이의 작은 얼굴을 전부 가렸다. 행인들이 웅성거리는 소리가 들려왔다.

정주는 그대로 메산이를 들고 튀었다.

· 🕊 ·

정주와 메산이는 저녁이 되어서야 집으로 돌아왔다.

현관문을 열고 들어온 정주와 메산이는 피곤한 얼굴로 신발을 벗었다. 정주는 재겸의 컨버스 운동화가 신발장을 어지럽게 굴러다니는 것을 확인하고는 안도의 한숨을 쉬었다. 내심 딴 데로 샜을까 봐 걱정했는데 다행히 집에 들어온 모양이었다.

"재, 재겸아, 나 왔어."

"나리, 다녀왔습니다…."

집 내부는 불이 켜져 있었고, 티브이를 틀어 놨는지 요란한 소리가 흘러나오고 있었다. 사람이 있는 건 분명하건만 정주와 메산이가 건넨 인사는 되돌아올 기미가 보이질 않았다. 냉랭한 분위기에 메산이가 눈치만 보는 사이, 거실로 향한 정주가 어느 한곳으로 시선을 던졌다.

"……."

재겸은 평소처럼 소파에 등을 기대고 앉아 티브이를 보고 있었다. 뭘 먹고 있었는지 손에는 커다란 그릇이 들려 있었다. 재겸은 티브이에 시선을 고정한 채 묵묵히 수저질을 했다. 피딱지가 달려 있는 입가는 음식을 씹느라 우물거렸다. 그릇을 가득 채우고 있는 것은 흰 쌀밥이었다.

"밥 먹어? 반, 반찬도 없이 왜 맨밥만 먹어."

눈길 하나 주지 않는 재겸을 향해, 정주는 짐짓 태연한 어조로 말을 건넸다. 마치 아무 일도 없었다는 듯 평상시와 크게 다르지 않은 모습이었다. 재겸 역시 평소에 보던 표정 그대로였다. 단, 말이 없을 뿐이었다. 재겸은 지금 정주와 메산이를 아예 공기 취급을 하고 있었다. 아무래도 물 흐르듯 자연스럽게 넘어가는 것은 어려울 듯싶었다.

정주가 마침내 깊은 한숨을 내쉬며 재겸의 정면에 앉았다.

"재겸아."

"……."

"재겸아."

"비켜. 안 보여."

정주는 일부러 티브이 화면을 등지고 앉았다. 재겸이 짧게 대꾸했음에도 정주는 자리를 비켜 주지 않았다. 그러자 재겸은 군말 없이 시선을 밥그릇으로 옮겼다. 묵묵히 밥만 퍼먹었다. 메산이는 걱정스러운 표정으로 둘의 모습을 지켜보고 있었다. 집으로 돌아오는 차 안에서 정주가 말해 줬던 대로였다. 지금, 저의 나리는 화가 난 게 분명해 보였다.

정주는 운전하는 내내 그야말로 노발대발을 했었다.

"메산아, 내가 진짜 너네 둘 때문에 미치겠다. 너네 나리도 그렇고, 너도 그렇고, 너넨 조심성이라는 게 없어?"

"죄, 죄송해요. 저는 그냥, 고양이가, 아파 보여서…."

"재겸이 성질머리 몰라서 그래? 메산이 네가 길거리 한복판에서 그런 짓을 벌였다는 걸 개가 알기라도 해 봐. 이 정도로 안 끝내! 나니까 이렇게 혼내고 말지. 내가 진짜 너네 때문에 심장 떨려서 못 살겠다. 안 그래도 재겸이 지금 화났을까 봐 걱정인데!"

"예? 그, 그게 무슨 말씀이세요? 나리께서 화나셨다니…."

그 이유를 물었지만 정주는 뜨끔한 기색으로 딴청을 피우며 그저 함구할 따름이었는데,

"…미안해."

메산이는 뒤늦게 깨달았다. 정주 님 때문이구나.

가만히 재겸을 바라보던 정주가 시무룩한 얼굴로 사과를 했다. 그럼에도 재겸은 조용히 밥만 먹었다. 정주가 재겸의 눈치

를 살피며 큼큼, 헛기침을 했다. 그와 동시에 정주의 머리통 위로 여우 귀가 퐁, 튀어나왔다. 정주는 일부러 귀를 축 늘어트렸다, 한껏 불쌍해 보이도록. 재겸의 연민을 유발하기 위한 필살 전략이었다.

"아니, 괜찮아."

작전이 통했는지 재겸은 들고 있던 밥그릇을 순순히 내려놓았다. 재겸이 한참 만에 눈을 마주쳐 오자 정주의 얼굴 위로 단번에 화색이 돌았다.

"아냐, 재겸아. 내가 아까는 말이 심했….."

"학교 한 달 다니면 소원 들어준다고 했지."

"어? 어….."

재겸이 평소와 같은 말투로 입을 열었다.

"지금 말할게. 메산이 고향으로 돌려보내고, 넌 다시는 내 앞에 나타나지 마."

무거운 정적이 넓은 거실을 가득 채웠다.

"……."

정주가 귀를 의심하며 눈을 커다랗게 떴다. 흔들리는 시선으로 재겸을 응시하던 정주가 뻣뻣하게 고개를 돌렸다. 시선을 마주한 메산이 역시 저와 같은 표정이었다.

"재겸아, 너… 지금 무슨 소리를."

"약속 지켜. 앞으로 이 주 남았어."

"나, 나리!"

그때, 한 번도 큰 소리를 낸 적 없던 메산이가 고함을 질렀다.

"그게! 그게 무슨 말씀이세요?!"

재겸이 눈을 들어 메산이를 바라보았다. 메산이의 얼굴이 새빨갛게 달아올라 있었다. 메산이가 씨근덕거리며 그렁그렁 맺힌 눈물을 간신히 눌러 참았다. 잠시 넋을 놓고 있던 정주가 재겸의 손목을 잡아 쥐었다. 정주는 입꼬리를 가까스로 끌어올리며 침착하게 말을 꺼냈다.

"재, 재겸아, 갑자기 왜 그래. 내, 내가 아까는 너무 흥분해서 그랬어. 나는 그냥 네가 걱정되니까… 혹시 무슨 일이라도 생길까 봐… 그래서 그랬어. 예전에야 뼈 하나 부러지는 것쯤은 별거 아니지만 요즘 세상에선 다르니까. 그러니까…."

"알아, 무슨 말인지. 네 말이 맞아."

재겸이 고개를 끄덕였다.

"나는 그냥, 재겸이 네가 학교를 다니기로 한 이상 진짜 다른 애들처럼 평범하게 지냈으면 해서. 아주 잠깐만이라도. 그래서 그랬어. 이주열 같은 인간, 나도 싫어. 싫은데! 당연히 걔가 잘못을 했겠지. 근데 재겸아, 그런 놈은 원래 그런 놈이고, 넌 어차피 학교 천년만년 다닐 것도 아니잖아! 넌 걔보다 강하고. 그러니까 눈 딱 한 번만 감고 참으면 조용히 넘어갈 수 있는 거잖아. 앞으로도 이런 일 있으면 이번처럼 내가 다 해결할 테니까, 진흙탕 싸움은 피할…."

"야."

잠자코 이야기를 듣고 있던 재겸이 불쑥 말을 잘랐다.

"너 진짜 인간 같다."

횡설수설 말을 늘어놓던 정주가 입을 다물었다.

"……."

"진짜 인간 다 됐네."

"…재겸아."

"이제 이렇게 사는 거 지긋지긋해."

재겸이 고요한 시선으로 창문 밖을 응시했다. 코앞으로 다가온 메산이가 눈물을 뚝뚝 흘리며 입을 열었다. 어찌나 울음을 참았는지 어깨는 마구 들썩거렸다.

"나리, 전 아무 데도 가지 않을 거예요. 언제나 나리의 곁에 있을 거예요."

"재겸아, 나는 그냥 네가 다시 사람들이랑 어울렸으면 해서, 예전처럼 기뻐하고 즐거워했으면 해서, 그래서 그랬어. 그냥 그 모습이 보고 싶어서 그랬어."

"……."

둘의 애원에 재겸은 뼈마디가 하얗게 질릴 정도로 주먹을 움켜쥐었다.

"야… 제발 부탁인데… 나 때문이라고, 날 위해서라고 그런 말 좀 하지 마. 사실은 너네 스스로를 위해서 그러는 거잖아."

자리에서 일어난 재겸이 밥그릇을 집어 들더니 말없이 부엌으로 향했다.

"정말 날 위한다면, 차라리 내가 원하는 걸 들어주지 그래?"

재겸은 식어 버린 밥을 개수대에 쏟아부었다.

"나 좀 죽여 줘라. 제발 좀."

그 말을 끝으로 긴 침묵이 내려앉았다. 재겸은 개수대에 양손을 짚고 몸을 지탱했다. 고개를 돌려 둘을 응시하던 재겸이 피식 미소를 지었다.

"표정들이 왜 그러냐? 그냥 한번 해 본 소리야."

비스듬히 서 있던 재겸이 수도꼭지를 틀었다. 솨, 개수대 안쪽으로 시원한 물줄기가 쏟아져 내렸다. 재겸은 느린 손으로 설거지를 시작했다. 설거지라고 해 봐야 숟가락과 밥그릇 하나가 전부였다. 하얗고 두꺼운 사기그릇을 꼼꼼히 헹구던 재겸이 문득 손을 멈췄다.

재겸은 흐르는 물에 손을 담근 채 나지막하게 중얼거렸다.

"너네도 알고 있잖아."

쾅!

개수대 안쪽에서 요란한 파열음이 들렸다.

"재겸아!"

번뜩 정신을 차린 정주가 재겸에게 달려왔다. 개수대 안을 들여다보던 정주가 숨을 들이켰다. 밥그릇이 산산조각이 나 있었다. 개수대에 팔을 걸치고 있던 재겸이 이를 악물고 고개를 푹 숙였다. 재겸은 깨진 파편을 으스러져라 움켜쥐고 있었다.

"이게 손이 아니라 목에 박혀도 나 안 죽어."

정주가 새파랗게 질린 얼굴로 재겸의 손목을 낚아챘다. 주먹을 펼치자 살갗을 파고들던 사기 조각이 툭 떨어졌다. 붉은 선혈이 팔뚝을 타고 철철 흘러내렸다. 정주가 당황하여 재겸의 몸을 거칠게 잡아당겼다. 이끄는 대로 재겸은 순순히 끌려왔다.

피가 솟구치는 손바닥은 속살이 드러날 만큼 깊은 자상이 남아 있었다. 재겸은 아무런 표정 없이 상처를 내려다보고 있었다. 무척이나 아플 텐데도 그저 태연하기만 했다. 메산이는 재겸의 손을 부여잡고 차마 소리도 내지 못한 채 눈물만 펑펑 쏟았다.

"메, 메산아! 빨리…!"

정주가 다급하게 재촉했다. 메산이가 엉엉 흐느끼며 사시나무처럼 떨리는 손을 들었다. 상처 위로 황급히 빛무리를 내보냈다. 그러자 바닥으로 줄줄 쏟아져 내리던 피가 서서히 멎기 시작했다. 그때, 재겸이 대뜸 손을 뒤로 물렸다.

"나, 나리, 이러지 마세요…. 어서 손을…."

상처가 다 나은 것처럼 보여도, 깊게 베인 속살은 아직 완전히 아물지 않은 상태였다. 메산이가 축축하게 젖은 얼굴로 재겸의 옷자락을 잡아당겼다. 정주도 서둘러 재겸을 붙잡았다.

"재겸아, 제발. 일단 상처부터 치료를…."

"너넨 내가 불쌍하냐?"

재겸이 정주의 손을 차갑게 뿌리쳤다.

"죽지도 못하고 늙지도 못해서, 집구석에만 처박혀 있는 내가 불쌍하냐고. 나도 나를 안 불쌍해하는데 너넨 왜 나를 불쌍해하냐? 나는, 내 뒤치다꺼리나 하는 너네들이 더 불쌍해. 내가 너네 없인 못 살 것 같냐? 나는 어차피 못 죽어."

"재겸아! 지금 무슨 소리를 하는 거야…!"

"가슴에 칼도 꽂아 봤어. 물 한 모금 입에 대지 않고 몇 날 며칠을 굶어도 보고, 높은 절벽에서 떨어져도 봤어. 근데 계속 이렇게 살아 있잖아. 무슨 수를 써도 못 죽는다고…."

자리에서 일어난 재겸이 닫혀 있던 방문 앞에 섰다. 피로 얼룩진 손을 뻗어 문고리를 잡아 돌렸다. 재겸은 어두컴컴한 방 안에 들어서다가, 고개를 반쯤 돌리며 낮은 목소리로 덧붙였다.

"그러니까 괜히 내 옆에 붙어 있지 말고, 너네 하고 싶은 대로 하면서 살아. 나도 그렇게 할 테니까."

· 🕊 ·

새벽 기운이 가시지 않은 이른 아침이었다.

교무실 내부에 진한 원두 향이 가득 들어차 있었다. 한쪽 구석에 위치한 조그만 탕비 공간은 일찍 출근한 교사들로 북적거렸다. 여타 직장인에 비해 출근 시간이 훨씬 빠른 만큼, 교사들에게 모닝 티타임이란 가히 생명줄처럼 귀한 것이었다.

"진짜 아무도 몰랐대요? 어떻게 삼촌이 연예인이야."

"저 태어나서 연예인 직접 본 거 어제가 처음이에요."

"최 선생님은 어제 화장실 가서 울었다잖아요."

교사들은 커피를 후룩거리며 속닥속닥 수다를 나누고 있었다. 평소라면 서로의 일상이 주된 화제였겠지만 오늘은 달랐다. 학생 보호자를 호출했더니 현직 연예인이 찾아온 사건은 대룡 고교 설립 이후 전대미문의 파장을 일으켰다. 학생이고 교사고 할 것 없이 모두가 어제의 일을 두고 입을 모아 떠들어 댔다.

"온 학교가 아주 난리네, 난리."

그때, 퀭한 얼굴의 학주가 고개를 좌우로 꺾으며 나타났다. 어제 하루 종일 골머리를 앓았던 탓인지 학주는 오늘따라 유달리 피곤해 보였다. 젊은 선생들과 어울리길 좋아하는 중년의 학생 주임은 녹차 티백을 뜯으며 티타임 무리에 자연스럽게 합류했다.

"크흠, 내가 제일 가까이서 봤을걸? 잘생기긴 했드라."

학주는 괜히 헛기침을 하며 슬쩍 자랑을 던졌다. 그러자 교사들은 부럽다는 시선을 던지며 제각기 질문 세례를 쏟아 냈다. 예상치 못한 연예인의 방문은 크나큰 이벤트였다. 하지만 연예인이기 전에 보호자로서 온 것이었고, 좋지 않은 일로 불려 왔기 때문인지 대외적으로는 모두가 쉬쉬하는 분위기였다.

상황이 상황이니만큼 먼발치에서 바라본 것이 전부인지라, 모처럼 연예인을 보고도 사인을 받기는커녕 악수도 못 해 봤다며 모두가 아쉬워했다. 학주가 내심 뿌듯한 얼굴을 한 채 연예인 실물 후기를 늘어놓을 때였다.

"어! 윤 쌤, 일찍 오셨네요."

기척 없이 다가온 윤태희를 향해 선생들이 반갑게 인사를 건넸다.

"안녕하세요."

윤태희가 웃으며 가볍게 목례를 했다. 차이나 칼라로 된 검은색 셔츠를 입은 윤태희는 한 손에 머그잔을 들고 서 있었다. 머그잔에는 앙증맞은 리본이 빼곡히 그려져 있었다. 어둡고 차분한 옷차림과는 썩 어울리지 않는 아기자기한 디자인이었다.

늘 도서실에 상주하는 윤태희는 종종 교무실로 내려왔다. 하루에 서너 번씩, 리본이 그려진 머그잔에 커피를 한가득 타서 올라가고는 했다. 포트에 물을 올려놓고 끓기를 기다리며 몇몇 선생들과 자연스레 말을 주고받다 보니 다들 윤태희와 안면이 생긴 상태였다.

"커피 내려 둔 거 좀 남았는데, 드릴까요?"

"괜찮습니다."

"아직 따듯해요. 방금 전에 내린 거라."

선생 중 한 명이 원두커피가 반쯤 담긴 유리 주전자를 내밀었다. 윤태희가 미소를 지으며 예의 바르게 사양을 했다.

"감사합니다. 근데 저는 믹스만 마셔서요."

"아, 그러세요?"

"달콤한 게 좋습니다."

윤태희는 믹스커피 두 개를 뜯어 머그잔 안에 털어 넣었다. 곁으로 다가온 학주가 윤태희의 어깨에 슬쩍 몸을 부딪쳤다. 나름 친근함의 표시였다. 학주는 윤태희를 처음 본 순간부터 마음에 들어 했다.

"윤 선생, 교무실 좀 자주 내려와요. 우리 윤 선생만 내려오면 교무실 분위기가 산다니까. 젊고 잘생긴 사람이 얼굴을 자주 비춰 줘야 다른 선생들도 일할 맛이 나지요. 응?"

윤태희가 소리 없이 웃었다. 한쪽 뺨 위로 옅은 볼우물이 패었다.

"과찬이십니다."

"으허허, 사람 참. 윤 선생, 내 주책인 건 알지만 하도 궁금해서 말이야. 혹시나 물어보는 건데. 어째, 누구 좀 만나요?"

학주가 능청스레 속삭이자, 다른 선생들의 시선이 일제히 윤태희에게로 향했다. 학교에서 몇 안 되는 젊은 사람이니 다들 내심 궁금했던 것이다. 에둘러 던진 질문의 의미를 윤태희는 단번에 알아들었다. 윤태희는 부러, 부끄러운 기색을 내보이며 웃음기를 머금었다.

"아직 없습니다."

"뭐어? 아니! 이렇게 인물이 훤한 사람을, 가만히 내버려 둔단 말이야?"

"하하, 선생님, 그만하세요. 윤 쌤 민망해하시잖아요."

윤태희가 조용히 웃으며 머그잔에 끓는 물을 부었다. 향긋한 냄새와 함께 뜨거운 김이 펄펄 솟아올랐다. 화기애애한 분위기 속에서 학주가 슬쩍 목소리를 낮췄다.

"에헤이, 내가 뭐 틀린 말 했남? 내 사심 쏘옥 빼놓고 얘기하는 거라. 어제 온 연예인 삼촌도 잘생기긴 했는데 화면에서 보는 게 더 낫드라. 실물은 우리 윤 선생이 휘얼씬 잘생겼지."

티스푼을 딸그락거리던 윤태희가 고개를 들었다.

"어제 연예인이 왔었습니까?"

"아, 참. 윤 쌤은 도서실에 계셔서 모르셨겠구나."

학주가 녹차를 후루룩 들이켜며 화제를 뺏어 갔다.

"2학년에 김재겸이라고, 전학 온 녀석이 있는데, 그 김재겸이가 쌈박질에 붙어 가지고 아주 학교가 난리가 났다 이거야. 그래서 보호자를 불렀는데 연예인이 왔드라니까."

티스푼으로 커피를 휘젓던 손이 우뚝 멈췄다.

"근데 재겸이도 참 의외네요. 수업 때 워낙 조용해서 얌전한 아이인 줄 알았는데. 그리고 가족 중에 유명인이 있으면 보통은 몸 사리지 않아요? 간도 크네요."

"그러게요. 주열이 그 녀석이야 원래부터 시끄러웠잖아요.

작년에 담임 맡았던 진경 쌤이 아주 학을 떼더만요. 학년 바뀌면서 좀 잠잠해졌나 싶었는데 여전하네요."

잠시 잊혔던 화제에 다시 불이 붙었다. 학주는 진절머리가 난다는 표정으로 응접실 안에서 있었던 일을 늘어놓기 시작했다. 그에 선생들이 귀를 쫑긋거렸다. 모두가 무용담 아닌 무용담에 집중하고 있을 때였다.

커피를 마시며 가만히 이야기를 듣고 있던 윤태희가 불쑥 입을 열었다.

"근데, 둘 중에 선빵은 누가 먼저 갈겼습니까?"

선생들의 시선이 일제히 윤태희를 향해 꽂혀 들었다.

"……."

"……."

"……."

찬물을 끼얹은 듯 대화가 뚝 끊겼다. 평소처럼 예의 바르고 정중한 어투로 던진 질문이었지만 그 내용은 묘하게 과격했다. 윤태희는 평온한 표정으로 머그잔을 입가로 가져갔다. 모두가 당황한 사이, 윤태희는 눈썹 한쪽을 들어 올리며 커피 한 모금을 들이켰다.

"크흠. 그, 얘기 들어 보니 김재겸이가 교실 들어가자마자 덤볐다데."

분위기가 어색해지려는 찰나, 학주가 헛기침을 하며 짐짓 태연한 어투로 말을 이었다. 머그잔에 붙어 있던 윤태희의 입술에 미소가 번졌다. 재밌는 얘기를 들었다는 표정이었다. 소리 없이 웃던 윤태희가 지나가듯 중얼거렸다.

"역시. 깜찍하시네."

선생들은 그저 놀랍다는 반응이었다.

"정말요? 주열이가 먼저 때린 게 아니고요?"

"어머머. 되게 의외네요."

"대충 상황을 보아하니 참다 참다 들이받은 것 같드라고. 그래서 내가 넌지시 물어봤어요. 이주열이가 뭐 잘못했냐구. 그런데 아무리 물어도, 김재겸이 이 녀석이 대답을 안 하네?"

학주의 표정이 미묘하게 가라앉았다.

"아마 그동안 몇 번씩 시비가 붙었던 모양이지요. 김재겸이가 얼굴은 안 그래 봬도 성깔이 보통이 아니드라고. 으허허. 참 나. 나도 처음엔 몰랐는데 아주 호되게 당했어요."

학주가 씁쓸하게 웃었다. 그는 얼마 전부터 몇 년 넘게 고수하던 헤어스타일을 버렸다. 손바닥으로 하늘을 가릴 수 없듯, 옆머리로 텅 빈 정수리를 가린다 한들 본질은 변함이 없다는 것을 깨달았기 때문이다. 처음엔 화도 나고 억울했지만 그게 사실이었다.

"그 정도 성깔이면 끝까지 악을 써야지. 입을 꾹 다물고 있으니 뭔 일이 있었는지 누가 알겠어요? 깡다구 좀 있는 녀석들은 그래서 문제야. 혼자 참고 혼자 해결하면 되는 줄 알아. 지가 꼭 뭐라도 된 줄 알고 착각하는 거지. 혼자 사는 세상이 아닌데."

그래서였는지도 몰랐다. 학주는 재겸에게 내심 마음이 쓰였다. 당돌하고 되바라진 녀석이었지만 생각해 보니 그 패기 하나만큼은 마음에 들었다. 그렇기에 자신 앞에서 겁도 없이 고개를 치켜들었던 그때처럼 재겸이 좀 더 뻔뻔해지길 바랐다.

그러나 재겸은 자신에게 날아드는 모든 화살을 덤덤히 받아내기만 했다. 그에 기세가 등등해진 상대 학부모는 강력한 항의를 빙자한 폭언을 쏟아부었다. 자식이 크게 다쳤을 판이니 같은 부모 입장에서 그 심정이야 이해가 가지 않는 것은 아니었다.

하지만 그렇다고 해서 재겸이 그걸 듣고 있어야 할 이유는 없다고, 학주는 생각했다. 마찬가지로 똑같은 부모 입장에서였다. 병원에서 돌아온 이주열에게 아무런 이상이 없다는 소식을 전해 들었을 때는 다행이라는 생각이 들면서도 속에서 천불이 났다.

"애들끼리 붙어 있으면 쌈박질도 한 번씩 하는 거지. 허이고, 유난도 그런 유난이 없드만. 교감님도 얼마나 진땀을 뺐는지 몰라. 말마따나 뼈라도 부러졌어 봐요, 그 부모 성격에. 어휴, 상상도 하기 싫으네. 똑같이 주고받았으니 둘 다 교내 봉사로 해야지, 뭐."

말을 마친 학주는 깊게 한숨을 내쉬었다. 하루 만에 폭삭 늙은 기분이었다.

결국엔 둘 다 사이좋게 잘못한, 가벼운 애들 싸움으로 정리가 되는 듯 보였다. 선생들은 보호자 면담을 핑계로 한 번만 더 정주를 부르자는 둥, 서 선생이 오면 사인을 부탁해 보자는 둥, 두런거리며 우스갯소리를 했다.
"아이고! 내 정신 좀 봐."
그때, 손목시계를 들여다보던 학주가 펄쩍 뛰었다.
"시간이 벌써 이렇게 됐어? 슬슬 애들 올 시간인데 빨리 내려가서 지도 서야지."
학주는 반쯤 남은 녹차를 벌컥벌컥 들이켰다. 그러자 나머지 선생들도 하나둘씩 담소를 끝내고 자리로 돌아갔다. 선생들 사이에 자연스레 끼어 있던 윤태희 역시 머그잔을 들고 총총 교무실을 나섰다.
허둥지둥 자리로 돌아간 학주는 컵을 내려놓고 당구 큐대를 집어 들었다. 아침 지도를 나설 때 큐대는 필수였다. 손때 묻은 큐대를 챙겨 부랴부랴 교무실 문을 열고 나갈 때였다.
"선생님."
문 옆에서 누군가 튀어나왔다.
"어잇! 깜짝아!"
놀란 학주가 괴성을 지르며 소중한 큐대를 움켜쥐었다.
"아이, 윤 선생, 사람 간 떨어지게! 아직 안 올라갔어요?"
"부탁드리고 싶은 게 있어서요."
"어, 어? 엉. 무슨 부탁?"

학주가 펄떡거리는 가슴을 진정시키며 고개를 끄덕였다. 앙 증맞은 머그잔을 들고 서 있던 윤태희가 눈매를 허물어트렸다. 윤 선생은 흘러내린 머리를 쓸어 올리며 비밀스레 속삭였다.

 "교내 봉사요."

· 🕊 ·

 울다 지쳐 까무룩 잠들었던 메산이는 눈을 뜨자마자 재겸을 찾았다.

 애석하게도 방 안은 텅 비어 있었다. 혹시 그새 어디론가 떠나 버리신 건 아닐까? 메산이는 덜컥 겁이 났다. 그러나 방 안을 자세히 둘러보니, 벽 한쪽에 걸려 있던 교복과 가방이 사라져 있었다. 간밤에 집을 발칵 뒤집어 놓고, 저의 나리는 평소처럼 학교에 갔다.

 문을 열고 마당으로 나온 메산이가 마루 끄트머리에 엉덩이를 붙였다. 그러자 메산이를 기다리던 산새들이 앞다투어 지지배배 인사를 건넸다. 평소라면 배시시 웃어 주었겠지만 오늘만큼은 그럴 기분이 아니었다. 메산이의 얼굴은 간밤에 쏟은 눈물로 인해 찐빵처럼 통통 부어 있었다. 메산이는 수심이 가득한 낯으로 고즈넉한 산자락을 올려다보았다.

 '잘 잤어? 잘 잤어? 잘 잤어?'
 "아아니… 잘 못 잤어…."

메산이가 무릎을 세우고 양팔로 다리를 끌어안았다.

정주는 어젯밤 서울로 떠났다. 갑작스레 촬영을 중단하고 장시간 자리를 비웠던 상황이었다. 금방 돌아오겠다 해 놓고 밤이 되도록 정주가 나타나질 않자, 삼 분에 한 번 꼴로 전화가 빗발쳤다. 더는 시간을 지체할 수 없었다.

"메산아, 우리가 같이 보낸 세월이 얼만데. 홧김에 그냥 해본 소리일 거야."

"그, 그렇겠죠? 진심으로 하신 말씀은 아니시겠죠?"

"그래, 그러니까 걱정하지 말고, 잘 달래 주자."

정주는 평소 들고 다니던 여분의 휴대폰을 메산이에게 넘겨주었다. 그리고 부탁하기를, 재겸의 동태를 살펴 하루에 한 번씩 자신에게 알려 달라고 했다. 집 전화로 연락을 주고받았다간 재겸의 귀에 들어갈 우려가 있으니 재겸 몰래 휴대폰으로 전화를 하라는 뜻이었다.

메산이는 손을 내려 주머니에 든 묵직한 휴대폰을 만져 보았다.

"우리 나리께는, 내가 없으면 안 돼."

울적한 목소리로 중얼거리며, 메산이는 무릎에 고개를 묻었다.

· 🕊 ·

아침이면 언제나 부산한 복도였지만 오늘은 유달리 그 정도가 심했다.

2학년 3반 앞은 송사리 떼처럼 구경꾼이 몰려 있었다. 앞문, 뒷문은 물론이고 창틀까지 다닥다닥 얼굴을 붙이고 교실 내부를 기웃거렸다. 덕분에 복도 한가운데가 꽉 막혀 버렸다. 3반 앞을 지나쳐야 할 아이들은 온갖 짜증을 내며 구경꾼 무리를 밀쳐 내야만 했다.

"없는데? 안 보이는데?"

"아직 안 왔나 봐."

"개놈들아, 좀 비켜 봐."

"야이, 밀지 말라고."

3반 아이들 역시 얼떨떨한 건 마찬가지였다. 이게 다 현직 연예인을 삼촌으로 둔, 신기한 동급생의 얼굴을 두 눈으로 보기 위함이었다. 재겸은 고작 단 하루 만에 학교의 유명 인사로 거듭났다. 김재겸 이름 석 자는 전교 1등의 명성에 버금갈 정도로 널리 퍼져 있었다.

"야야, 3반 애들아, 김재겸 언제 와?"

"맞아. 빨리 좀 오라고 해 봐."

"김재겸 휴대폰 번호 아는 사람?"

기다리다 지친 학생 두세 명이 질문을 던질 때였다.

"나 휴대폰 없는데."

시장 바닥처럼 왁자지껄한 와중에 뒤쪽에서 무심한 목소리

하나가 튀어나왔다. 혼잣말처럼 중얼거린 말은 금세 묻힐 뻔했으나 근처에 있던 몇 명이 그 목소리를 듣고 고개를 돌렸다. 명찰에 적힌 이름을 확인하자마자 아이들의 눈이 휘둥그레졌다. "야, 야! 뒤에…."

"왔다!"

그와 동시에 모여 있던 학생들이 양쪽으로 쫙 갈라졌다. 모세의 기적처럼 순식간에 길이 생겼다. 인파에 치여 교실로 들어가지 못하고 발만 동동 구르던 3반 아이들은 그 틈을 타 간신히 교실 안으로 들어올 수 있었다. 옆으로 물러선 학생들은 대놓고 수군대며 재겸을 구경하기 바빴다. 그러거나 말거나. 재겸은 시큰둥한 낯으로 구경꾼들의 곁을 지나쳤다.

"이 자식들이 지금 뭐 하는 거야! 교실로 빨랑 안 튀어가?!"

그때, 계단을 내려오던 서 선생이 쩌렁쩌렁 고함을 질렀다. 복도 끝에서 날아든 꾸짖음에 학생들은 아쉬운 눈을 하며 발길을 돌렸다. 그 와중에 교실 안쪽으로 고개를 들이밀고,

"야아, 이따가 정주랑 영통 한 번만 해 주면 안 되냐?"

"나는 사인 한 장만. 울 누나가 받아 오랬어."

라는 식의, 애절하고도 질척한 부탁을 맡겨 두고 떠나는 학생들도 더러 있었다.

서 선생은 조회를 끝낸 뒤, 이주열과 재겸을 복도로 불러냈다. 순순히 불려 나온 두 사람은 서로에게서 멀찍이 떨어져 섰다. 다행인지 불행인지 어제 이후로 둘은 서로를 없는 사람 취

급했다. 서 선생은 이주열과 재겸에게 닷새간의 방과 후 교내 봉사 처분을 내렸다.

사실, 말만 교내 봉사일 뿐 학교 차원에서 정식으로 징계를 내리는 것은 아니었다. 서로 엇비슷한 피해를 봤으니 이 이상 일을 키우지 않고 담임 선에서 무마하기로 했다. 학주와 상의한 끝에 내린 결론이었다. 정주가 메산이를 대동하여 병원으로 달려갔던 노력이 허사가 되지는 않은 셈이었다.

재겸은 본관에 별관, 그 하고많은 장소 중에서 하필이면 도서실을 청소하게 되었다. 서 선생으로부터 도서실로 가라는 지시를 듣자마자 표정 관리가 되지 않았다. 이주열은 무거운 장비가 한가득 쌓여 있는 강당 기자재실로 불려 갔다. 둘이 바꾸자고 해 볼까 생각도 해 봤지만 아무리 그래도 이주열에게 말을 거는 건 더 싫었다.

방과 후, 도서실 문 앞에 선 재겸은 애먼 가방끈만 만지작거렸다. 그렇게 한참을 머뭇거리다가 문고리를 잡아 돌렸다. 서가 앞에서 허리를 숙이고 있던 청년과 눈이 마주쳤다.

"어…."

다시는 올 일이 없을 줄 알았다. 원래도 가깝게 지내던 건 아니었지만 넥타이를 돌려주던 그날 이후로 재겸과 청년 사이엔 묘한 거리감이 생겼다.

"안녕."

오랜만에 본 얼굴임에도 전혀 반갑지 않았다. 모른 척할 땐 언제고 청년이 씩 웃으며 반갑게 인사를 건넸다. 괜히 심기가 뒤틀린 재겸은 뻣뻣하게 고개를 끄덕였다.

재겸을 빤히 쳐다보던 청년이 넌지시 말을 건넸다.

"얼룩덜룩하네요."

갑자기 뭔 소리야.

재겸의 뚱한 눈빛을 읽어 낸 청년이 손가락으로 자신의 뺨을 톡톡 건드렸다.

"얼굴 말이에요."

"아, 뭐….."

재겸이 말을 흐리며 괜스레 볼따구를 쓸어 보았다. 마땅히 대답할 말이 없었다. 어쩌다 그랬느냐고 묻지 않는 것을 보아 하니, 청년은 재겸이 여기에 온 이유를 이미 아는 모양이었다. 전처럼 필요 이상으로 질문을 하진 않는 점 하나는 마음에 들었다.

서가 앞을 서성이던 청년은 천천히 걸음을 옮겼다. 재겸은 저를 향해 다가오는 줄 알고 자신도 모르게 몸을 굳혔다. 하지만 청년은 그대로 재겸을 지나쳐 데스크로 향했다. 지척에서 익숙한 향기가 풍겼다. 몇 번이고 맡았던 적 있는, 관능적인 그 향수 냄새였다.

잠시 눈치를 보던 재겸은 구석 한편에 가방을 내려놓았다. 도서실 내부를 가볍게 훑어보았다. 데스크 옆에는 못 보던 테이블 하나와 의자 여러 개가 놓여 있었다. 길쭉한 테이블에는 학생 두세 명이 앉아 열심히 책을 읽는 중이었다.

"저 뭐 해요."

주변을 두리번거리던 재겸이 물었다.

"마음에 드는 책 아무거나 골라서 읽어요."

"저는 교내 봉사하라고 해서 청소하러 온 건데요."

"어쩌지, 청소는 아까 전에 내가 다 했는데."

청년이 다리를 꼬고 앉으며 평이하게 대꾸했다. 청년은 장난기 가득한 웃음을 머금은 채 재겸을 바라보고 있었다. 그에 재겸이 어리둥절한 얼굴을 했다.

"그럼 전 뭐 해요?"

"책 읽으라니까요."

"……"

대화가 다시 원점으로 돌아왔다. 황당해진 재겸이 입을 다물었다. 그때, 청년이 데스크 위를 톡톡 건드렸다. 잠시 무언가 생각하던 청년은 의자를 뒤로 물리며 자리에서 일어났다.

"그렇게 할 일이 필요해요?"

그러더니 서랍을 열어 무언가를 꺼냈다. 손에 든 것은 얇은 스프링 노트와 볼펜 한 자루였다. 청년은 노트와 볼펜을 테이블의 비어 있는 자리에 반듯이 올려 두었다.

"그럼 책 읽고 감상문 쓰세요."

뭐? 재겸이 단박에 인상을 구겼다.

"청소는 내가 다 했고, 책 정리도 방금 내가 다 했고, 그래서 친구가 할 일은 없고. 근데 친구는 할 일이 필요하고. 그러니까 책 읽고 감상문 쓰세요."

"아니, 감상문 쓰는 거랑 교내 봉사랑 무슨 상관인데요?"

"싸운 벌로 도서실에 온 거니까 뭘 시킬지는 사서 선생님 마음이지."

테이블에 삐딱하게 몸을 기대고 선 윤태희가 짓궂게 웃었다.

"형식과 분량은 자유롭게 해도 좋아요. 반, 번호, 이름 쓰는 거 잊지 말고."

"……."

"책은 끝까지 안 읽어도 되니까 읽을 수 있는 만큼만 읽어요. 읽다가 감명 깊은 문장이 있으면 그걸 인용해서 그 밑에 감상을 달아도 좋고, 읽은 내용에 관한 자신의 생각을 적어도 좋아요."

청년이 친절하게 덧붙였다. 재겸은 어처구니가 없다는 표정으로 청년을 노려보았다. 몸을 쓰러 왔는데 머리를 쓰라고 한다. 하루 종일 교과서를 들여다보고 왔는데 또 책을 읽으라고?

재겸이 짜증스레 목덜미를 긁적거렸다.

뜬금없이 과제를 내준 청년은 데스크로 돌아갔다. 의자에 다리를 꼬고 앉아 리본이 그려진 머그잔을 들어 올렸다. 식어 버린 믹스커피를 소리 없이 들이켰다. 그러고는 보란 듯이 컴퓨터에 딸려 있는 모니터에 시선을 고정했다.

도서실 안이 조용해졌다. 들리는 소리라곤 청년이 마우스를 딸각거리는 소리와 책 읽는 아이들이 이따금 사라락, 페이지를 넘기는 소리뿐이었다.

"……."

문간에 멀뚱히 서 있던 재겸이 마지못해 걸음을 옮겼다. 청년의 말대로 도서실 내부는 깨끗했다. 수많은 책은 각각 알맞은 자리에 정확하게 꽂혀 있었고 멀끔한 바닥엔 휴지 쪼가리 하나 굴러다니지 않았다. 재겸의 눈으로 봐도 마땅히 할 일이 없어 보였다.

우선은 읽을 책을 골라야 했다. 책장 앞에 서서 물끄러미 제목을 훑던 재겸이 손을 뻗었다. 독서에 흥미라곤 눈곱만큼도 없는 자신에게 읽고 싶은 책 같은 것이 있을 리가 없었다. 흰 것은 종이요, 까만 건 글씨였다. 재겸은 대충 손에 잡히는 대로 아무 책이나 빼 들었다.

최대한 두께가 얇은 책을 고른 재겸은 열람석 테이블로 향했다. 노트와 볼펜이 올려진 자리로 가서 의자를 슬그머니 빼냈다. 의자에 앉자마자 저절로 에휴, 한숨이 나왔다. 회한이 담긴 한숨 소리에 책을 읽던 아이들이 재겸을 힐끔거렸다. 윤태희는 턱을 괴는 척하면서 소리 없이 웃었다.

재겸은 허리를 꼿꼿이 세우며 책을 직각으로 펼쳐 들었다. 자세만큼은 웬만한 선비 저리 가라였다. 재겸이 또렷한 시선으로 페이지를 넘겼다.

"흠…."

십 분 뒤, 재겸은 책을 눕혔다. 자세는 여전히 꼿꼿했다.

이십 분 뒤, 재겸은 턱을 괴었다. 자고로 책을 볼 땐 자세가 편해야 한다.

삼십 분 뒤, 재겸은 테이블에 얼굴을 누였다. 볼따구 한쪽이 찌그러졌다. 책과 눈높이를 맞춰야 내용을 보다 깊게 이해할 수 있다.

한 시간 뒤, 재겸은 그대로 한쪽 팔을 베고 잠이 들었다.

· 🕊 ·

열람석에 앉아 책을 읽던 학생들이 하나둘 도서실을 떠났다. 어느 순간, 마지막까지 남아 있던 학생도 자리에서 일어섰다. 의자가 뒤로 끌리며 끼익, 불편한 마찰음을 일으켰다. 그러자 입을 벌리고 자던 재겸이 번뜩 눈을 떴다.

"어, 어… 미, 미안. 깼어?"

재겸이 눈을 부릅뜨고 가방을 메던 학생을 응시했다. 노려보듯 한기가 흐르는 시선에, 학생이 움찔하며 저도 모르게 속삭이듯 사과를 건넸다. 학생은 순간적으로 사과를 해 놓고도 어리둥절한 얼굴이었다. 내, 내가 잘못한 건가? 도서실에서 자는 애한테 깨워서 미안하다고 할 이유는 없지 않나? 표정이

하도 험악해서 저절로 사과가 나왔다.

학생을 째리던 재겸이 상체를 벌떡 일으켰다. 그러고는 혹여 누가 들을세라, 아주 작은 목소리로 입을 열었다.

"나 안 잤는데?"

"어?"

"안 잤다고."

"아, 어…."

"안 잤어."

학생은 얼떨떨하게 고개를 끄덕였다. 이상한 애네…. 학생은 가방을 챙겨 후다닥 도서실을 빠져나갔다. 도서실 문이 닫히는 것을 멀뚱멀뚱 바라보던 재겸이 데스크를 슬쩍 곁눈질했다. 청년은 여전히 변함없는 자세로 모니터를 응시하고 있었다. 업무를 보는 중인지 무언가에 한창 열중한 모습이었다. 청년의 눈치를 살피던 재겸이 소리 없이 목을 가다듬었다. 뒤늦게 스프링 노트를 펼쳤다. 볼펜을 들고 흰 여백에 글씨를 적기 시작했다.

간간이 책 내용을 힐끔거리며 진지하게 글을 끄적거리던 재겸이 어느 순간 볼펜을 내려놓았다. 펼쳐 놨던 노트 커버를 덮었다. 읽던 책도 덮었다. 책을 꺼낸 서가로 가서 원래 있던 자리에 꽂아 두었다. 천천히 정리를 끝내고는 노트를 들고 청년이 앉아 있는 데스크로 향했다.

"다 했어요."

모니터를 들여다보고 있던 청년이 힐끗 재겸에게 시선을 던졌다. "잠시만." 청년은 조그맣게 중얼거리며 다시 모니터로 눈을 돌렸다. 그러면서 재겸을 향해 한쪽 팔을 뻗었다. 재겸이 멀뚱멀뚱하게 서 있자 청년은 내민 손을 까딱거렸다. 노트를 달라는 뜻인 것 같았다.

재겸이 빈손에 노트를 건넸다. 노트를 건네받은 청년이 그제야 모니터에서 시선을 뗐다. 데스크에 가까이 붙어 있던 청년이 바퀴가 달린 의자를 뒤로 물리더니 등받이에 허리를 편히 기댔다. 방금 전의 반듯하던 자세보다 훨씬 나른해 보였다.

"설마 책 한 권을 다 읽었어요?"

청년이 눈매를 느슨하게 풀었다.

"아뇨. 다 안 읽었는데요."

"그럼 왜 이렇게 오래 걸렸어요?"

재겸이 손을 꼼지락거리며 시큰둥하게 대꾸했다.

"읽는 속도가 느려서요."

"그래요?"

청년이 조그맣게 웃으며 의자에 몸을 깊숙이 묻었다.

"그럼, 얼마나 잘 썼는지 볼까."

호기롭게 노트를 펼치자마자 청년이 눈을 가늘게 떴다. 종이에 적힌 글씨를 물끄러미 바라보던 청년이 다음 페이지로 넘겼다. 뒷장을 확인했다가 금방 다시 돌아왔다. 청년의 입가에 삐뚜름한 미소가 걸렸다. 청년은 얼굴 높이로 들어 올렸던 노트를 내리고 재겸을 응시했다.

"……."

말없이 재겸을 바라보는 청년의 표정은 오묘하기 짝이 없었다.

"이게 감상문이에요?"

"마음대로 쓰라면서요."

재겸이 뭐가 문제냐는 듯 고개를 끄덕였다. 윤태희가 심각한 눈빛으로 노트를 다시 한번 얼굴 근처로 들어 올렸다. 일단 소년은 엄청난 악필이었다. 휘갈겨 쓴 듯한 글씨는 말 그대로 괴발개발, 아주 엉망이었다. 하지만 가장 큰 문제는 필체가 아니라 내용이었다.

> 2학년 3반 34번
> 김 재 겸
> 감자떡은 강원도 지방의 전통 떡으로 특유의 쫀득거리는 식감이 일품이다
> 콩 앙금 또는 삶은 콩을 안에 넣어 빚는다
> 감상: 나는 감자떡보다 꿀떡이 더 좋다

윤태희가 망설임 없이 노트를 덮었다.

"……."

"……."

둘의 시선이 허공에서 맞부딪쳤다. 분량과 형식을 자유롭게 하라고 말은 했지만 이건 너무 자유로운 게 아닐까? 거의 파괴 수준인데…. 감명 깊은 구절을 인용하라고 했더니 감자떡을 소개하는 문장을 베껴 올 줄은 몰랐다. 침묵하던 윤태희가 진지한 어조로 물었다.

"이게 책에 나오는 내용이에요?"

"네."

"책 제목이 뭐예요?"

"『팔도의 맛을 찾아서』요."

"작가가 누군데요?"

"전 모르는 사람인데요."

"아니, 내 말은…."

그야 당연히 그렇겠지. 윤태희가 말을 채 잇지 못하고 입을 다물었다. 고개를 숙인 채 눈썹을 매만지던 윤태희가 팔걸이 위로 턱을 괴었다. 그러고는 재겸을 빤히 응시했다.

"……."

다소 앳된 얼굴의 소년은 그 흔한 감상문 한 번 써 본 적이 없는 듯했다. 어차피 감상문은 구실에 불과했다. 윤태희가 진정으로 원하는 건 고작 독후감 따위가 아니었다.

"좋아요."

잠시 생각에 잠겨 있던 청년이 눈매를 사르르 허물어트렸다.
"감자떡에 대한 부분이 감명 깊었군요."
"네."
"그리고 친구는 감자떡보다 꿀떡을 좋아하고요."
"네."
청년이 고개를 끄덕였다.
"주관이 확실하네요. 보기 좋아요."
"흠, 네."
"솔직하고 간결한 감상, 아주 인상 깊었어요."
 재겸은 말없이 볼따구를 긁적거렸다. 사실은 읽는 둥 마는 둥 했다. 빨리 집에 가고 싶어서 대충 아무 쪽이나 펼쳐서 보이는 대로 옮겨 적었다. 그런데 사서가 보기에 썩 나쁘진 않은 모양이었다. 전처럼 말꼬리를 물고 늘어질 기미가 보이는 듯하여 내심 귀찮아지려던 참이었다.
 하지만 사서는 담백한 칭찬을 건넸다. 처음엔 난데없이 감상문을 쓰라고 해서 화가 뻗쳤는데 이렇게 칭찬을 받으니 약간 쑥스러워졌다. 과연 칭찬받을 정도인가? 멋쩍어진 재겸이 눈을 내리깔 때였다.
"감자떡 먹어 봤어요?"
청년이 나지막이 물었다.
"네."

"난 한 번도 안 먹어 봤는데. 어때요?"

잠시 고민하던 재겸이 입을 열었다.

"콩 들어간 것보다 앙금으로 채운 게 맛있어요."

"그래요? 혹시 콩 싫어해요?"

"아뇨, 그건 아닌데요."

"나는 콩이 싫어요."

청년이 살짝 인상을 썼다. 재겸이 저도 모르게 물었다.

"왜요?"

"맛없어."

재겸이 알겠다는 듯이 고개를 끄덕이며 중얼거렸다.

"배가 덜 고파 봐서 그래요."

다리를 꼬고 앉은 청년이 말없이 발끝을 살랑거렸다.

"……."

잠시 뒤, 청년이 자리에서 일어났다. 그러고는 반창고와 노트를 꺼냈던 때처럼 드르륵, 데스크 서랍을 열었다. 이번에도 역시나 무언가를 꺼내 든 청년은 멀뚱히 선 재겸에게 다가왔다.

가까이 다가온 청년이 재겸을 내려다보았다.

"잠깐 손 좀 주세요."

재겸이 눈꼬리를 세우며 경계심 어린 눈빛을 했다. 이번엔 또 뭘 하려고. 재겸의 표정을 본 청년이 조그맣게 웃었다. 청년이 서랍에서 꺼내 든 것은 동그란 스티커가 잔뜩 붙어 있는 종이였다. 청년은 파란색 스티커 한 개를 떼어 내 재겸의 손등 위로 붙여 주었다.

재겸은 뒤늦게 몸을 물리며 손등을 살폈다.

"이게 뭔데요."

"칭찬 스티커."

잠시 스티커를 내려다보던 재겸이 희미하게 인상을 쓸 때였다.

"참 잘했어요."

청년이 장난스럽게 말했다. 재겸이 긴가민가한 얼굴로 물었다.

"감상문이요?"

"감상문도 잘했어요."

감상문도, 라니. 감상문 말고 칭찬할 게 또 있나? 재겸이 어리둥절한 표정으로 청년을 올려다보았다. 그게 무슨 소리냐고 물으려는데 청년이 한발 먼저 가볍게 손을 흔들었다.

"그럼 잘 가고, 내일 봐요."

재겸의 손이 순간 움찔거렸다. 하마터면 저도 모르게 그대로 따라서 손을 흔들 뻔했다. 재겸은 얼떨결에 고개를 끄덕이며 바닥에 내려 둔 가방을 챙겨 들었다. 느릿느릿 등을 돌려 도서실 문을 열었다.

등 뒤에서 탁, 소리와 함께 문이 닫혔다.

재겸은 도서실 문을 등진 채로 한참 동안 가만히 서 있었다.

하교 시간이 지난 복도는 도서실만큼이나 조용했다. 복도에 난 창문 너머로 뉘엿뉘엿 노을이 졌다. 재겸의 발등으로 시들어 가는 주홍빛 햇살이 쏟아져 내렸다.

뭔가 좀 이상한데?

뭐가 이상하냐고 묻는다면 무어라 콕 짚어 대답하긴 힘들지만 아무튼 간에 이상했다.

귀찮게 다가오는가 싶으면 데면데면하게 굴었고, 모른 척하며 피하는가 싶으면 적당히 말을 붙여 왔다. 재겸의 심사를 불편하게 만들던 질문들 역시 종적을 감췄다. 서로 시시껄렁한, 시답잖은 말이나 몇 번 주고받은 것이 대화의 전부였다. 근데 그것이 제법 편하게 느껴졌던 것이다. 사실은 친구 하기 싫다고 해서 삐진 줄 알았다. 그게 아니었나.

"내일…."

재겸은 알쏭달쏭한 표정으로 말을 곱씹었다. 그러다 손등에 붙은 파란색 칭찬 스티커를 가만히 내려다보았다. 스티커가 살갗에 착 달라붙은 촉감이 마음을 싱숭생숭하게 만들었다.

· 🕊 ·

휘영청 밝은 달빛이 밤하늘을 은은히 비췄다.

깊은 밤, 산 밑에 자리한 이층집은 적막했다. 마루와 연결된 거실의 미닫이창은 굳게 닫혀 있었다. 마루에 귀뚜라미 한 마리가 올라왔다. 귀뚜라미가 뚜르르 울었다. '들어가도 될까요?' 창 너머로 들려온 희미한 물음에 메산이가 고개를 끄덕였다.

메산이는 손을 뻗어 미닫이창을 반쯤 열었다.

"근데, 집 안에선 조금만 작게 울어 줄래? 나리께서 주무시고 계시거든."

메산이가 손으로 입가를 가리며 소곤소곤 말을 건넸다. '금방 구경하고 나가겠습니다.' 귀뚜라미는 조그맣게 감사를 표하며 거실로 폴짝 뛰어들었다. 메산이는 불 꺼진 거실 한쪽에 무릎을 꿇고 앉아 있었다. 어스름한 달빛이 무릎에 놓인 휴대폰을 물들였다. 휴대폰을 만지작거리던 메산이가 침을 꿀꺽 삼켰다. 일전에 정주가 알려 준 순서대로 숫자를 눌렀다.

휴대폰을 귓가로 가져갔다. 뚜르르, 뚜르르, 귀뚜라미의 울음소리와 비슷한 소리가 흘러나오는가 싶더니 익숙한 음성이 들렸다.

- 메산아!

이름을 불린 메산이의 표정이 대번에 환해졌다.

"정, 정주 님!"

왈칵 치솟는 마음에 목소리가 꽤 크게 나왔다. 메산이는 순간 아차 싶은 표정으로 뒤를 돌아봤다. 굳게 닫힌 방문 너머까지 들렸을까 봐 걱정이 되었다. 다행히 재겸이 있는 방은 기척 하나 없이 조용했다. 메산이가 안도의 한숨을 내쉬며 공손하게 휴대폰을 움켜쥐었다.

"아, 아무것도 아니여요. 예, 나리께선 아까 전에 잠이 드셨습니다."

오늘 메산이는 재겸이 학교에서 돌아오기만을 기다렸다. 정주는 걱정하지 말라고 메산이를 다독였지만 메산이의 마음은 몇 번이고 무너져 내렸다. 하루 종일 마당을 서성거리며 걱정과 상상을 반복했다. 홧김에 한 말이 아니라 만약 진심이라면?

좀 더 확실하게 재겸의 의중을 알고 싶으면서도, 동시에 알고 싶지 않다는 양가적인 마음이 들었다. 메산이는 재겸에게 제일 먼저 무슨 말을 꺼낼지 한참을 고민했다. 하지만 고민한 시간이 무색하게 메산이는 대문을 열고 들어서는 재겸을 보는 순간 그대로 굳어 버렸다.

차마 입도 뻥긋하지 못하고 그저 쳐다만 보고 서 있기만 했다. 재겸이 꺼낸 첫마디는 메산이의 마음을 허무하게 만들었다. "야, 잘 놀았냐?" 평소와 같은 인사였다.

재겸은 어제 일에 대해 그 어떤 내색도 하지 않았다.

저의 나리는 여느 때와 다름없이 저에게 잔소리를 하고, 밥을 먹고, 일일 드라마를 챙겨 보고, 게임기를 두들기다가 잠자리에 들었다.

아무 일도 없었다는 듯이 행동하는 재겸의 모습에 메산이는 당황스럽기만 했다. 혹시 내가 어제 꿈을 꾼 건 아닐까? 설마 싶어서 부엌으로 가 봤다. 역시나 밥그릇 개수가 하나 모자랐다. 재겸의 동태를 살펴 달라는 정주의 부탁이 민망할 정도로 평범하고도 잔잔한 하루였다.

메산이는 틈틈이 닫힌 방문을 힐끔거리며 정주에게 재겸의 일상을 전했다. 가만히 얘기를 듣고 있던 정주는

- 그래, 그렇구나….

하고 말을 흐렸다. 목소리는 무겁게 가라앉아 있었다. 재겸의 의중을 알 수 없으니 메산이 못지않게 정주 역시 마음이 복잡한 듯했다. 둘은 짧게 안부를 주고받은 뒤, 내일 이 시간을 기약하며 통화를 마무리했다.

오랫동안 꿇어앉아 있었더니 다리가 저렸다. 들고 있던 휴대폰은 주머니 깊숙이 넣었다. 메산이는 살금살금 재겸의 방 앞으로 향했다. 잠시 망설이다가 조심스레 문고리를 잡아 돌렸다. 거실을 가득 채운 달빛이 새까맣던 방 안을 은은하게 밝혔다.

달빛에 의지해 방 안으로 들어섰다. 안력을 돋우자 침대 위로 저의 나리가 보였다. 재겸은 배를 훌러덩 내놓고 잠에 빠져 있었다. 메산이는 곤히 잠든 얼굴을 내려다보았다. 언제나 시큰둥하던 표정은 멍하니 풀어져 있었다. 메산이가 재겸의 얼굴 위로 손바닥을 펼쳤다.

"나리."

숨결처럼 조그맣게 속삭이는 목소리였다.

"저를 거두신 것을 후회하세요?"

메산이의 손바닥에서 희미한 빛무리가 새어 나왔다. 손바닥 근처가 살짝 환해졌다. 하지만 재겸은 한 치의 미동조차 없이 단잠에 빠져 있었다. 어제의 여파로 인해, 아까는 치유를 하겠노라고 차마 말을 꺼낼 용기가 없었다. 빛무리가 재겸의 얼굴 곳곳과 내상이 남은 손에 달라붙었다. 입술에 붙어 있던 피딱지가 떨어지고, 얼룩덜룩하던 멍 자국 또한 차츰 옅어졌다.

"제가 싫어지셨나요?"

대답이 돌아올 리 없는 질문을 던지며 메산이는 그대로 손을 거뒀다. 평범한 자연 치유 정도로 보이게끔. 더도 말고 덜도 말고 딱 하룻밤 어치였다. 마음만 같아선 지금 당장 전부 낫게 하고 싶었다. 하지만 학교를 다니는 저의 나리가 의심을 사지 않기 위해선 이게 최선이었다. 하루 만에 모든 상처가 나았다간 평범한 인간들 눈에 이상하게 보일 것이다.

죽지 않는다는 것을 알기에 재겸은 원래부터 몸을 험하게 굴렸다. 학교에 다니게 된 이후로도 걸핏하면 몸에 상처를 입었다. 손가락을 깨물고, 손바닥에 칼을 쑤셔 넣고, 코를 다쳐 피를 쏟았다. 그때마다 메산이는 속상해하며 치유를 해 주었고, 재겸은 입버릇처럼 "안 죽어."라는 말을 했다. 메산이는 그렇게 말하는 재겸이 미웠다.

그래도요. 죽지 않아도요. 죽지 않더라도요.

"상처가 나면 아프잖아요."

불사의 육체라도 아픔을 느끼는 것은 똑같았다. 평범한 사람은 목에 칼을 박아 넣으면 숨이 끊어진다. 숨이 끊어지면 고통도 끝난다. 하지만 저의 나리는 목숨을 잃을 정도의 상처를 입고도 그에 준하는 고통을 온전히 느껴야 하는 것이다. 게다가 저의 나리는 남들에 비해 아주 작은 생채기조차 무척이나 더디게 나았다. 메산이는 재겸이 아파하는 것을 견딜 수 없었다.

"저는 나리를 떠나지 않을 거예요."

메산이가 힘없이 속삭였다.

어느새 눈가에 고인 눈물을 슥 닦아 냈다. 메산이는 어둠 속에서 곤히 잠든 얼굴을 한참 동안이나 바라보았다. 그러고는 배를 내놓고 자는 재겸의 티셔츠를 조심조심 내려 주었다. 흐트러진 이불까지 여며 준 뒤에야 메산이는 방에서 나갔다. 소리 없이 방문이 닫히고 달빛이 물러간 방 안에는 무거운 암흑이 들어찼다.

"……."

꾹 감겨 있던 재겸의 눈꺼풀이 천천히 말려 올라갔다.

· 🕊 ·

다음 날도, 그다음 날도 청년은 노트를 건넸다.

"청소는요?"

"아까 내가 다 했어요."

"왜요? 저한테 하라고 하면 되잖아요."

"친구가 온다는 걸 깜빡했어요."

재겸이 청년을 뚫어져라 쳐다보자 청년은 순진하게 미소를 지어 보였다. 비단 청소뿐만이 아니라 일거리야 만들자면 얼마든지 만들 수 있을 것 같은데, 청년은 며칠째 똑같은 핑계를 대며 재겸에게 감상문을 쓰라고 했다.

그러는 와중에 재겸과 청년은 종종 짤막하고 일상적인 대화를 나누기도 했다.

항상 먼저 말을 건네는 건 청년이었다. 이를테면 "점심 맛있었어요?", "오늘 요구르트 나와서 너무 좋았어요.", "수업은 들을 만해요?", "점점 날이 더워지네요." 같은 시시콜콜하고 시답잖은 이야기들이 대부분이라 재겸도 제법 편하게 말을 섞을 수 있었다.

처음엔 차라리 몸 쓰는 일이나 시켜 줬으면 했다. 하지만 청년은 대충 휘갈겨 쓴 감상문에도 후한 평가를 내려 주었다. 엄밀히 따지면 벌을 받으러 온 건데, 뭔가 이상했다.

아무리 생각해도 이건 벌을 받는 느낌이 아니었다.

어찌 됐든 재겸 입장에서야 손해 볼 것은 없었다.

오늘도 재겸은 대충 책 하나를 골라 열람석에 앉았다. 처음엔 시간을 때우는 셈 치고 건성으로 책을 읽었지만, 삼 일째 책을 뒤적거리고 있노라니 어느 순간부터 자연스레 집중해서 읽게 되었다.

 물론 낯선 외래어가 속출할 때면 무슨 뜻인지 몰라서 어리둥절하긴 했다. 그래도 대충 낱말의 뜻을 유추해 가며 문장을 돌파하다 보면 나름대로 읽는 재미가 있긴 했다. 무엇보다 문장을 따라가다 보면 잡생각이 사라졌다. 인간은 적응의 동물이라는 게 사실인가 보다.

 재겸은 양손을 포갠 손등 위로 턱을 얹었다. 이젠 어떤 자세로 읽어야 편한지 살짝 감이 왔다. 책을 활짝 펼쳐 놓고 문장을 차근차근 읽어 나갈 때였다. 모니터를 들여다보고 있던 청년이 의자를 뒤로 물리며 나지막하게 물었다.

"재밌어?"

"응."

 무심코 대답하며 페이지를 넘기던 재겸은 문득 시선을 느끼고 고개를 들었다. 청년이 묘한 눈빛으로 자신을 바라보고 있었다.

"……."

"……."

 잠시 이질적인 정적이 흘렀다. 재겸이 황급히 대답을 수정했다.

"아, 아니. 그, 네."

 청년이 소리 없이 웃었다.

"그게 뭐예요. 그래서 재미있다고, 없다고?"

"…재밌다고요."

"그래요."

멋쩍어진 재겸은 괜스레 목을 가다듬었다. 잠깐 눈치를 보다가 적당히 책이나 들여다보는 시늉을 하는데, 청년은 마우스를 몇 번 딸깍거리는가 싶더니 자리에서 일어났다. 긴 팔을 쭉 뻗고 기지개를 켜며 열람석 테이블로 다가왔다. 재겸이 스르륵 눈을 들었다.

"나도 책 좀 읽을까 해서요."

청년이 손에 든 책을 보란 듯이 까딱거렸다. 곳곳에 책갈피가 삐죽빼죽 끼어 있는 것을 보니 원래부터 읽고 있던 책인 듯했다. 열람석 테이블로 다가온 청년이 의자를 꺼냈다. 열람석엔 재겸뿐이라 빈자리가 많았는데도 청년은 굳이 재겸의 맞은편에 앉았다.

거리가 가까워지자 예의 그 향수 냄새가 풍겼다. 그래서인지 자꾸만 신경이 쏠렸다. 청년은 비스듬히 다리를 꼬고 앉더니, 한 손으로 책날개를 겹쳐 쥐고 조용히 책을 읽었다. 평소엔 몸 선에 딱 맞게 옷을 입던 청년은 오늘따라 품이 넉넉한 카키색 리넨 셔츠를 입었다. 재겸은 책을 읽는 척하며 청년을 훔쳐보았다.

청년이 책에 시선을 고정한 채 읊조리듯 물었다.

"왜?"

재겸이 재빨리 눈을 내리깔았다.

"아뇨, 무슨 책 읽나 제목 본 거예요."

그렇게 대꾸한 재겸은 볼 일 없다는 듯 딴청을 피웠다. 보란 듯이 책을 읽는 시늉을 하며 사라락, 페이지를 넘길 때였다.

"'달은 우리에게 늘 똑같은 한쪽만 보여 준다.'"[6]

뜬금없는 말에 재겸이 고개를 들었다.

"'사람들의 삶 또한 그러하다. 삶의 가려진 쪽에 대해서 우리는 짐작으로밖에 알지 못하는데, 정작 단 하나 중요한 것은 그쪽에 있다.'"

청년은 말을 마친 뒤 재겸을 빤히 응시했다.

"지금 읽는 문장인데, 마음에 들어서요."

그래서 뭐 어쩌라고⋯.

재겸이 심드렁한 표정으로 청년을 멀뚱멀뚱 쳐다볼 때였다.

"어떻게 생각해요?"

청년이 미소를 지으며 물었다.

"뭘요."

"가려진 달의 뒷면에 대해서."

"생각해 본 적 없는데요."

"나는 너무너무 궁금한데."

청년이 손끝으로 책상을 건반처럼 톡톡 두드리며 덧붙였다.

"꽁꽁 감춰진 곳에 과연 뭐가 있을지."

재겸이 시큰둥하게 대꾸했다.

---

6 장 그르니에, 「섬」

"그렇게 궁금하면 직접 물어보든가요."

"아, 직접?"

웃음기 어린 청년의 눈매가 깊어졌다.

"그런 방법이 있었네. 미처 생각을 못 했어."

달한테 직접 물어보라니. 별생각 없이 건넨 말이었지만 청년이 능청스럽게 고개를 끄덕이자 재겸은 저도 모르게 피식 웃을 뻔했다. 골똘히 생각에 잠긴 청년의 표정이 제법 심각했던 것이다. 턱을 괴고 재겸을 빤히 바라보던 청년이 진지하게 물었다.

"전화번호 알아?"

"누구요?"

"달."

"……."

뭐라? 페이지를 넘기던 재겸이 고개를 번쩍 들었다.

"너무 멀어서 전화로 물어봐야겠는데."

청년이 쐐기를 박았다.

"……."

"……."

재겸은 손이 새하얗게 질릴 정도로 강하게 주먹을 쥐었다. 기묘한 정적 속에서 둘의 시선이 정면으로 충돌했다. 째깍째깍, 시계 초침 소리만이 유달리 크게 들렸다. 그리고,

푸흡….

결국 새어 나오는 웃음을 참지 못하고 고개를 숙였다. 재겸의 반응에 태연한 낯을 유지하고 있던 윤태희 역시 턱을 괴고 있던 자세 그대로 조용히 웃었다. 먼저 엉뚱한 소리를 하기에 적당히 응수를 했던 것인데, 저렇게 웃을 줄은 몰랐다.

쿡쿡거리던 재겸이 고개를 들었다. 약간의 웃음기가 남아 있는 두 얼굴이 서로를 마주했다. 눈이 마주치자 재겸은 괜히 멋쩍어져서 재빨리 표정 관리를 했다. 서둘러 웃음기를 지워 내긴 했지만 재겸의 귓가엔 그 흔적이 불그스름하게 물들어 있었다.

"하, 하도, 어이가 없어서. 웃음이… 절로 나오네."

웃고 보니 괜히 체면이 망가진 느낌이라 뺄쭘했다. 재겸이 어색하게 시선을 내리며 노트에 글을 끄적거리는 흉내를 냈다. 그사이 윤태희는 제법 기묘한 심정이 되어 재겸의 귓바퀴를 바라보고 있었다. 늘 뾰로통하던 소년의 얼굴이 무방비하게 풀리던 순간은 윤태희에게 이상한 감명을 주었다. 청쾌한 웃음소리, 살짝 찌그러지던 콧잔등, 잘게 떨리던 어깨.

윤태희가 저도 모르게 입을 열었다.

"그렇게 웃으니까 영락없이…."

홀린 듯이 중얼거리던 윤태희가 도중에 말을 멈췄다. 그에 재겸이 힐끔, 눈을 들었다. 이어질 말을 기다리는데 윤태희는 고요한 낯으로 재겸을 응시할 뿐이었다. 그러고는 책을 들었다가, 다시 내려놓았다가, 문득 벽에 걸려 있는 시계를 쳐다보앉다.

"감상문 아직이에요?"

한참 만에 이어진 말은 영 생뚱맞았다.

· 🪽 ·

우웅, 손에 쥐고 있던 진동 벨이 경련했다.

푹신한 쿠션 의자에 헐렁하게 앉아 몸을 깊숙이 묻고 있던 윤태희가 허리를 살짝 세웠다. 그러고는 맞은편에 앉아 있던 상대에게 바통을 넘기듯, 가볍게 진동 벨을 던졌다.

"뭐 해, 영신아."

안정적으로 진동 벨을 받아 든 이영신이 어처구니가 없다는 표정을 지었다. 뒤를 슥, 돌아보자 카페 픽업대 위로 음료 두 잔이 사이좋게 놓여 있었다. 고개를 돌려 다시 윤태희를 응시했다. 윤태희가 태연하게 턱짓을 했다. 빨리 가서 가져오라는 뜻이었다.

"와, 진짜. 넌 내가 여기까지 와 줬는데 부려 먹고 싶으냐?"

"그래서 커피값 내가 냈잖아."

윤태희가 신용 카드를 까딱거렸다. 서울에서 막 도착한 이영신은 속이 부글부글 끓었다. 아까 전에 카페로 들어오자마자 본인이 사겠다고 하길래 이영신은 내심 흐뭇했더랬다. 평소에 계산은 늘 이영신의 몫이었기 때문이다. 뭘 마시고 싶냐고 하기에, 이영신은 싱글벙글 웃으며 아이스아메리카노를 마시겠다고 얘기했었다.

웬일로 선뜻 주문과 계산을 하더라니. 오늘은 해가 서쪽에서 뜨나 싶었는데 아니나 다를까 생색도 이런 생색이 없다. 물론, 오직 윤태희 때문에 여기까지 온 것은 아니었고 겸사겸사해서 들른 것이었지만 그래도 약이 올랐다. "하여간 아주 상전이야!" 하며 투덜거리던 이영신은 결국 픽업대로 달려갔다.

"어? 이거 뭐야."

양손에 음료를 들던 이영신이 멈칫하더니, 카운터로 고개를 내밀었다.

"저기, 실례합니다. 이거 주문 잘못 나온 것 같은데요."

"네? 어떤 거 말씀이세요?"

"저희, 한 잔은 아이스아메리카노로 시켰거든요."

이영신의 손에 들린 음료 두 잔엔 생크림이 빵빵하게 올라와 있었다. "어라? 잠시만요." 점원이 고개를 갸우뚱하며 카운터에 설치된 포스를 두들겼다.

"어? 아이스캐러멜마키아토 주문하신 거 아닌가요?"

"…예?"

"두 개 다 마키아토로 주문하셨어요. 영수증 보여 드릴까요?"

이영신이 황당한 얼굴을 했다. 분명히 녀석한테는 아메리카노라고 얘기했는데? 혹시나 하는 마음에, 이영신은 고개를 돌려 윤태희를 쳐다보았다. 그러자 늘어져 있던 윤태희가 한쪽 입꼬리를 삐뚜름하게 올렸다. 이영신이 눈을 깜빡이자, 긍정하듯 고개를 끄덕거린다.

"……."

저 자식이!

그제야 상황을 파악한 이영신의 얼굴이 새빨갛게 달아올랐다. 황급히 점원에게 사과를 건넨 뒤, 생크림이 그득하게 쌓인 마키아토 두 잔을 들고 부랴부랴 자리로 뛰어왔다. 이영신이 씩씩거리며 테이블에 턱 하니 음료를 내려놓았다.

"땡큐."

윤태희가 가볍게 고마움을 표시하자, 이영신은 부들거리며 콧김을 내뿜었다.

"나 아메리카노 마신다고 했잖아!"

"그 쓴 걸 어떻게 마셔."

"뭐? 야! 네가 먹냐? 내가 먹겠다는데 왜…."

"내 카드잖아. 내 카드로 아메리카노 사기 싫어."

기가 막힌 논리에 이영신이 말을 잃고 가슴을 퍽퍽 내리쳤다.

"내가 너처럼 초딩 입맛인 줄 아냐? 나는 단 게 싫다고!"

"그럼 먹지 마. 내가 마실게."

윤태희는 단 걸 무척이나 사랑했다. 이영신의 말 그대로, 소위 말해 초딩 입맛이라는 말이 딱이었다. 쓰고 맛없는 야채는 물론이요. 건강하고 신선한 음식은 거들떠도 보지 않았다. 자극적이고 달콤한 인스턴트나 패스트푸드를 즐겨 먹었다.

군것질도 아주 좋아해서 본청 사무실 윤태희의 책상 위에는 사시사철 젤리와 초콜릿이 풍년이었다. 그런가 하면 모두가 엄숙한 회의 시간에 각 잡힌 슈트를 쫙 빼입고서 사탕을 까드득, 까드득, 요란하게 깨 먹다가 석 부장한테 쫓겨난 적도 있었다.

윤태희가 음료를 이리 달라는 듯이 손을 까딱였다. 이 자식, 일부러 두 잔 먹고 싶어서 이런 거 아니냐고! 이대로 큰 그림에 속아 넘어갈 수는 없다. 오기가 생긴 이영신은 복수를 다짐하며 생크림을 푹푹 퍼먹었다. 이영신의 뒤집힌 속을 아는지 모르는지 윤태희는 피식거리며 웃을 따름이었다.

이영신이 한숨을 쉬며 눈을 흘겼다.

"석 부장님이 너 언제 오냐고 맨날 물어보신다."

"아직 한 달 넘게 남았잖아."

"그럼 연락이라도 좀 하든가. 석 부장님 전화는 왜 안 받아?"

"모처럼 쉬는 중인데 상사 번호는 당연히 차단해야지."

윤태희가 건성으로 대꾸했다. "천하의 석 부장을 차단하는 사람은 너밖에 없을 거다." 이영신이 고개를 설레설레 저었다. 석 부장은 한시라도 빨리 윤태희의 복귀를 원했다. 친한 사이인 이영신의 힘을 빌려 설득해 주길 원하는 눈치였으나,

이영신은 더 말해 봤자 소용이 없을 것 같다는 생각에 화두를 돌리기로 했다.

"후임 발굴은 어째, 잘되어 가냐?"

"글쎄. 애쓰고 있긴 하지."

"옴매? 마음에 드는 녀석이 있는가 본데?"

윤태희가 살짝 웃으며 옅은 볼우물을 머금었다.

"응."

"어떤 녀석인데?"

"사납고 포악해."

"……"

도대체 어디가 마음에 든다는 건데. 이영신이 눈살을 찌푸렸다.

"그리고…"

윤태희는 무표정한 얼굴로 잠시 말을 흐리더니, 이어서 덧붙였다.

"웃는 게 예쁜가?"

"…뭐냐, 그게."

이영신은 별 이상한 소리를 들었다는 듯 허탈하게 되물었다.

"워낙 경계심이 강해서 곁을 잘 안 내줘."

"뭐야, 아직 너 나자라고 말 안 했어?"

이영신이 목소리를 낮추며 묻자 윤태희가 조용히 고개를 끄덕였다.

"뭘 그렇게 어렵게 돌아가? 초라니 기간도 안 거치고 나자로 만들어 준다는데 완전 감지덕지구만. 그냥 나자라고 말하고 도장 찍자 그래. 넙죽 알겠다고 할걸? 귀재들 중에 나자 되기 싫어하는 사람 누가 있다고."

윤태희가 소리 없이 웃으며 나지막이 속삭였다.

"나례청의 나자가 아니라 나의 나자가 되어 줘야 하니까."

그러기 위해선 제법 공을 들여야 했다. 물론, 여차하면 강제로 데려올 수도 있었다. 족쇄를 채우고 목덜미를 움켜쥐는 일은 더할 나위 없이 간단하고 편리한 방법이었다. 하지만 윤태희는 웬만하면 그러고 싶지 않았다. 껍데기뿐만 아니라 그 안의 내용물까지 온전히, 제 발로 걸어와 주길 바랐다.

그러니 노크했을 때 얌전히 나와 주면 참 좋겠는데. 방문을 거칠게 부수고 들어가고 싶진 않았다. 될 수 있으면 무례하고 아름답지 않은 손을 쓰는 일은 뒤로 미뤄 둘 생각이었다.

"근데 여기까진 무슨 일로 온 거야?"

이영신이 어리둥절해하는 사이, 윤태희가 간단히 말을 돌렸다.

"얼씨구, 빨리도 물어본다."

잠시 투정을 부리던 이영신은 이내 볼이 홀쭉해지도록 빨대를 빨아들였다. 진저리가 날 정도로 아찔한 단맛이었다. 잠시 목을 축인 이영신의 낯이 진지해졌다. 제구를 깎고 다듬을 때면 흔히 볼 수 있는 표정이었다.

"아주 귀한 물건을 봤다는 정보가 들어왔어."

이영신은 주변을 가볍게 살피며 목소리를 낮게 내리깔았다.

"여기 근처에서?"

"엉, 여기 근처에서."

"무슨 물건인데?"

이영신이 눈을 빛내며 입을 달싹였다.

"산삼."

윤태희가 턱을 괴었다. 별 감흥이 느껴지지 않는 표정이었다.

"그건 본청 약초실에만 가도 널려 있지 않나?"

"아니, 내가 찾아낸 물건에 비하면 그건 그냥 풀뿌리에 불과해."

"어떤 산삼이길래?"

"살아 움직이는 산삼이지."

이영신이 덧붙인 말에 윤태희의 눈매가 대번에 날카로워졌다. 눈을 가늘게 뜨며 느슨하던 자세를 바르게 했다. 두 수석 사이에 흐르던 기류가 급변했다. 확연히 달라진 윤태희의 태도에 이영신이 이를 드러내며 웃었다. 역시, 귀신같은 놈일세.

"귀하디귀한 동자님이시다."

이영신의 눈동자 위로 광기 어린 이채가 돌았다.

· 🕊 ·

　제구부 제1팀 수석 나자 이영신은 신기한 보고를 받았다. 며칠 전, 출장 중이던 같은 팀 나자로부터 들은 이야기였다. 그는 제구 개발에 필요한 재료를 채집하기 위해 지방을 순회 중이었는데, 내용인즉슨 길거리 한복판에서 이상한 어린아이를 봤다는 것이었다.

　그는 타지로 이동하는 과정에서 구경꾼에 둘러싸여 있던 고양이 한 마리를 보았다. 크게 다친 고양이는 상처가 무척 심각하여 목숨을 부지하기 어려울 듯싶었다. 안타까운 마음에 지니고 있던 약수라도 끼얹어 줄 생각으로 구경꾼이 줄어들기를 기다리고 있을 때였다.

　웬 어린아이 하나가 나타나 고양이에게 손을 대는 것이었다. 손에서 신묘한 빛이 뿜어져 나오는가 싶더니 피가 멎고 상처가 아물었다. 눈 깜짝할 사이에 일어난 일이었다.

　태어나서 듣도 보도 못한 광경이었다. 망부석처럼 굳어 있던 그가 정신을 차린 것은 웬 남자가 튀어나와 아이를 데려갔을 때였다. 놓쳐선 안 된다. 나자 밥 몇 년에 예리하게 벼려진 직감이 그의 뇌중을 때렸다.

　그는 가방 안에서 작은 상자를 꺼냈다. 상자 안에는 한 손에 들어올 법한 작은 멧새가 쿨쿨 잠을 자고 있었다. 휘파람을 한 번 불자 멧새가 눈을 떴다. 그는 서둘러 멧새를 날려 보냈다.

그렇게 반나절 지났을 무렵, 멧새는 무사히 복귀했고 아이의 위치를 확보하는 데 성공했다. 그는 곧장 이영신에게 전화를 걸어 이 모든 사실을 보고했다.

"귀하디귀한 동자님이시다."

이영신이 입꼬리를 올리며 자신만만한 어조로 덧붙였다.

"동자삼? 확실해?"

"치유 능력이 있는 어린아이였으니까."

윤태희가 눈을 휘둥그레 뜨며 놀랍다는 얼굴을 했다.

예로부터 산삼은 하늘이 내린 약초(藥草)라 하여, 그 신령스러운 효험 덕분에 '산신이 내린 선물'이라고도 불렸다. 놀랍게도 이것은 제법 본질에 근접한 이야기였다. 동자삼은 산신이 직접 뿌린 씨앗에서 자라나기 때문이었다.

수백 년의 세월 동안 산의 정기를 받은 산삼은 신성한 영물이 된다. 영물이 된 산삼은 치유하는 힘을 지니며 인간의 형상으로 변할 수 있는데, 그 형상이 하나같이 어린아이의 모습이라 하여 '산삼 동자', '약사(藥師) 동자'라고 불렸다.

윤태희가 혼잣말처럼 중얼거렸다.

"산삼 동자는 오래전에 절멸했다고 들었는데…."

과거에는 어느 산중이건 산삼 동자가 존재했다. 그러나 세월이 지날수록 드문드문 모습을 보이더니 언젠가부터 완전히 종적을 감추었다. 산삼 동자가 마지막으로 목격된 것은 백여 년 전의 일로, 당시 비공식적으로 작성된 문건이 남아 있었다.

시대가 변함에 따라 산이 훼손되기 시작하고, 산에 치성을 드리는 인간들 또한 사라지면서 산신의 힘은 자연스레 약해졌다. 따라서 산신이 뿌린 씨앗에서 태어나는 산삼의 수도 줄어들었고, 그로 인해 산삼 동자 역시 자취를 감추게 되었다는 것이 정설이었다.

"그래서 이제 어떡할 생각인데?"

"어떡하긴, 잡아다가 연구해야지."

지금까진 제아무리 강한 귀기를 지녔다 한들 약수나 약초로 만든 특별한 약을 통해 회복력을 증폭시키는 것이 고작이었다. 물리적으로 상처를 재생하거나 치유하는 힘은 귀신이나 인간의 능력으로는 절대 흉내 낼 수 없는 신성한 권능의 영역이었다.

그 권능을 쟁취하기 위해 나례청에서도 분투를 벌인 적이 있었다. 산삼 동자의 명맥을 찾기 위해 대대적인 탐구 조사를 벌였던 전례가 있었다. 정예 나자들을 투입하여 눈에 불을 켜고 팔도강산을 뒤졌으나, 별다른 수확 없이 조사 팀은 허무하게 해체되었다.

때문에 산삼 동자를 발견한 것은 나례청 역사에 길이 남을 대발견이었다. 이영신은 산삼 동자의 정체와 치유 능력의 비밀을 밝혀내서 제구를 만드는 데 이용할 생각이었다. 당장 지금만 해도 어떤 제구를 만들 수 있을지, 수십 가지의 도식이 머릿속에 떠올랐다.

"며칠만 기다려 봐, 엉? 내 우리 동자님 모셔다가 끝장나는 물건을 만들라니까."

윤태희가 말없이 이영신을 뚫어져라 응시했다. 흥분이 넘실거리는 이영신의 눈동자에서 예리한 섬광이 번쩍거렸다. 이영신을 두고 본청의 나자들이 우스갯소리로 하는 말이 있다. 저치는 귀재가 아니었더라도 과학자가 되거나 발명가가 되어 잘 먹고 잘살았을 거라고.

윤태희 역시 그 의견에 동의했다. 평소 허당기가 가득한 이영신은 무언가에 한번 꽂히기만 하면 완전히 다른 사람이 되었다. 끊임없이 새로운 것을 추구하는 실험 정신, 그리고 앞뒤 가리지 않는 광기 어린 탐구욕은 가히 발군의 경지라고 할 수 있었다.

"그래, 기대할게."

윤태희가 희미하게 웃었다.

5장

 오늘로 교내 봉사 나흘째. 재겸은 지난 사흘 동안 세 개의 감상문을 제출했고, 그때마다 청년은 만족스럽게 고개를 끄덕이며 '참 잘했어요.' 칭찬 스티커를 붙여 줬다.
 "스티커는 잘 모아 두고 있어요?"
 어제, 사서 청년이 재겸의 손등에 스티커를 붙여 주며 했던 말이었다.
 "예? 뭐요?"
 "칭찬 스티커. 이걸로 세 개째잖아요."
 재겸이 희미하게 인상을 찌푸렸다. 그러면서도 손등만큼은 순순히 내어 주던 참이었다.
 "그걸 내가 왜 모아요?"
 "칭찬 스티커는 다 모으면 선물 주는 거 몰라요?"
 "……."
 당연히, 태어나서 처음 듣는 이야기였다.
 "무슨 선물이요?"

"궁금해요?"

재겸이 대답 대신 눈썹을 꿈틀거리자 청년은 조그맣게 웃었었다.

"남은 이틀 동안 스티커 다섯 개 다 채우면 그때 알려 줄게요."

선물은 뭔 개 풀 뜯어 먹는 선물이냐.

그렇게 생각한 재겸은 집에 가자마자 거울에 헐렁하게 붙여 뒀던 스티커를 살금살금 떼어 냈다. 간직하려고 붙여 놓은 건 아니었으나 어쩌다 보니 청년의 말대로 모아 둔 셈이 되었다. 귀가 후 가장 먼저 하는 일은 세면대로 가서 손을 씻는 것이었고, 손을 씻으려고 보면 항상 스티커가 눈에 들어왔던 것이다.

사실은 버리기도 귀찮아서 대충 떼어 내 거울에 붙여 놨던 참이었다. 메산이가 떼어 내서 버렸을지도 모른다고 생각했기 때문에 기대감이 전혀 없었는데, 거울 한구석에 옹기종기 붙어 있는 스티커를 보자마자 다행이라는 생각이 들었다.

딱히 선물을 받고 싶은 건 아니었다. 다만 선물이 무엇인지 그건 좀 궁금했다. 그래서 재겸은 이왕지사 이렇게 된 김에 스티커를 꼬박꼬박 모아서 선물의 정체를 확인해야겠다고 생각했다. 내가 달란 것도 아니고 지가 먼저 주겠다는데, 뭐. 받아 보고 마음에 안 든다 싶으면 얄짤 없이 내다 버릴 생각이었다.

지금까지 세 개의 스티커를 모았으니, 앞으로 두 개만 더 모으면 사서가 선물을 줄 것이다. 재겸은 어느샌가부터 도서실에 가는 것이 기다려졌다. 하루 종일 도서실에 갈 생각만 했다. 가서 무슨 책을 읽을지 미리 생각도 해 놨다. 재겸은 종례가 끝나자마자 후다닥 도서실로 향했다.

도서실 문을 열자마자 습관처럼 응시한 데스크는 휑하니 비어 있었다. 잠시 자리를 비운 모양인지 청년의 모습은 보이지 않았다.

너무 빨리 왔나? 책 읽으면서 기다려야지….

미리 골라 둔 책을 꺼내 들고 열람석에 앉았다.

"진짜 이런 곳에 계신다는 게 맞나?"

"아, 증말! 맞다고 하지 않습까!"

서가 뒤쪽에서 낯선 음성이 들려왔다. 아무도 없는 줄 알았는데 누가 있던 모양이다. 재겸은 슬쩍 상체를 젖혀 목소리의 정체를 확인했다. 한 명은 책꽂이에 가려져 보이지 않았고, 한 명은 재겸을 등지고 서 있던 탓에 그 뒷모습만 보였다. 그리고,

귀신이네.

발밑에 그림자가 없는 걸 확인한 재겸이 눈을 끔뻑거렸다. 방금 들은 대화로 유추했을 땐 꽤나 뚜렷한 이지를 지니고 있는 듯했다. 게다가 뒷모습으로 보이는 그 옷차림이 상당히 독특했다. 초여름에 웬 털가죽을 뒤집어쓰고 있다. 혹시 영귀인가? 학교 근처에서 영귀를 봤던 기억은 없었는데. 잠시 털가죽을 응시하던 재겸은 열람석으로 향했다.

재겸은 원래 해를 끼치는 귀신이 아니라면 웬만해서 손을 대지 않는 편이었다. 학교의 잡귀들을 모르쇠로 지나쳤던 것처럼, 악의를 지닌 원귀라고 해도 충돌을 빚지만 않으면 대부분 신경을 껐다. 인간만큼 다양한 공간에 머무르는 것이 바로 귀신이었다.

  뭐, 도서실이니 책이라도 읽고 싶어서 왔나 보지. 그리 생각하던 재겸이 열람석에 앉아 대수롭지 않게 책이나 뒤적거릴 때였다. 지나가던 그 생각이 대뜸 발목을 잡았다. 문득 청년이 생각났다. 저 귀신들이 진짜 책을 보러 온 거라면, 상당히 심기에 거슬릴 것 같다.

  혹시 저 영귀들은 도서실에 자주 오는 걸까?

  설마 사서 청년한테 장난질을 벌이거나 해코지를 하는 건 아니겠지?

  "근데 왜 오지 않으신단 말이야?"

  "잠시 자리를 비우신 모양임다. 차분히 기다리시죠?"

  평범하고, 성가시고, 약해 빠진 인간에게 괜히 신경 쓰인다.

  "나는 이를 데 없이 차분해. 소란스러운 건 언제나 새로 너지."

  "패현이야말로 언제나처럼 말을 개뼉다구처럼 하심다."

  아웅다웅하는 대화를 흘려듣던 재겸이 설핏 미간을 찌푸렸다. 일부러 소리가 나도록 팔락! 거칠게 책 페이지를 넘겼다. 이 공간에 인간이 있다는 사실을 알리기 위함이었다. 혹여 인간이 있다는 걸 알면 알아서 자리를 피하진 않을까 하는 마음에서였다.

"새로. 방금 무슨 소리가 들리지 않았나?"

아니나 다를까, 재겸이 낸 소리를 듣고 서가 뒤쪽에 서 있던 귀신 둘이 모습을 드러냈다. 영귀 둘은 열람석 앞에 떡하니 서더니, 재겸을 대놓고 구경하기 시작했다. 서가에 가려져 보이지 않던 귀신은 옛날 복식을 입고 있었다. 옷차림과 말투를 보아하니 꽤나 오래 묵은 모양이었다.

재겸은 책에 시선을 고정한 채로 재빠르게 곁눈질을 마쳤다.

"잉, 뭐야. 어린 인간 아이잖습까. 난 또 태희 님인 줄."

태희 님? 귀신의 입에서 흘러나온 낯선 이름에 재겸의 눈동자가 슬쩍 움직였다.

"헉! 너, 방금 나 봤지!"

"……."

씨발. 재겸이 속으로 욕지거리를 내뱉었다. 저도 모르게 시선이 움직였을 뿐인데 티가 났던 모양이다. 귀신 하나가 삿대질을 하며 되도 않는 호들갑을 떨어 대기 시작했다. 그 말에, 곁에 선 다른 귀신이 자신을 주시하는 것이 느껴졌다.

"방금 전에 절 쳐다봤습다!"

"착각이다. 저 아이에겐 우리가 보이지 않아."

이렇게 된 김에 그냥 쫓아 버릴까. 품에 지니고 있던 축퇴부를 떠올리며, 잠시 고민하던 재겸은 이내 평온한 표정으로 책을 들여다보는 시늉을 했다. 그랬다간 십중팔구 괜히 귀찮은 상황이 생길 것 같았다. 게다가 조금 있으면 청년이 들어올 것이었다.

"게다가, 묘하게 낯이 익은데…."

그때, 새로라 불린 영귀가 혼잣말을 중얼거리며 고개를 갸우뚱했다. 그러더니 재겸을 향해 가까이 다가오기 시작했다. 새로가 재겸에게 손을 뻗으려는 순간이었다. 뒤에 서 있던 패현이 새로의 옷자락을 잡아당기며 단호하게 말했다.

"태희 님은 애꿎은 인간에게 손대는 걸 싫어하신다."

"흥, 저도 알고 있습니다. 누가 물어봤습까?"

저지를 당한 새로가 구시렁거리며 패현의 손을 떨쳐 냈다. 곁에 서 있던 패현이 작게 한숨을 쉬었다. 살짝 피곤해지려고 해서, 패현은 가볍게 화제를 돌렸다.

"혹시나 해서 묻는 건데, 찾아뵙겠노라 미리 기별을 드렸겠지?"

"안 드렸습다. 자고로 선물처럼 나타나 줘야 훨씬 기쁘지 않겠습까."

"새로, 넌 정말 어찌 그리 생각이 없는 거지?"

패현이 어이가 없다는 듯 미간을 찌푸리자 새로가 항변했다.

"여기가 귀신 쫓아내는 나례청도 아니고, 우리가 오면 안 될 이유가 뭐가 있습까?"

"여긴 태희 님의 일터나 다름없는 곳이야. 허락도 없이 함부로 찾아와서는 안 되는 곳이고. 이렇게 대책 없이 들이닥쳤다가 태희 님께 결례가 되면 어찌하려고…."

새로가 어깨를 으쓱하며 말을 받아쳤다.

"몇 번이고 절 여기로 불러내셨습다. 그래서 제가 혼자 오겠다고 하지 않았습까? 같이 가고 싶다고 바득바득 우긴 건 패현 당신입다. 그렇게 마음에 걸리면 먼저 가십쇼?"

패현이 냉랭하게 낯을 굳히며 언성을 높였다.

"태희 님은 나례청에 들일 후임 나자를 찾기 위해 이곳에 오신 거야. 그렇다면 그 후임은 응당 귀재일 텐데, 당연히 우리의 모습을 볼 가능성이 있다는 걸 모르나? 만일 모습을 들켰다가 일을 그르치기라도 하면 어쩔 거지? 태희 님이 나례청에서 빠져나올 구실을 만들기 위해 얼마나 공을 들이셨는지 알면서…."

새로는 성난 패현이 쏘아붙이던 말을 싹둑 잘라먹었다.

"그래서 일부러 사람이 없는 이곳으로 오지 않았습까? 제가 몇 번 와 봤는데, 그때마다 이곳엔 항상 다른 사람은 없고 태희 님만 계셨습다. 오늘은 저 인간 아이가 있긴 하지만 평상시엔 언제나 태희 님만 계셨단 말입다!"

영귀 둘의 말다툼이 고조되어 가던 순간이었다. 드르륵, 의자가 끌리는 소리와 함께 재겸이 자리에서 일어났다.

"……."

"……."

 사납게 오가던 언성이 약속이라도 한 것처럼 동시에 뚝 끊겼다. 영귀 둘의 시선이 자연스레 재겸을 향해 꽂혀 들었다. 재겸은 둘의 시선을 무시하며 열람석 테이블 위에 그대로 책을 내려 두었다. 그러고는 가방을 메지도 않은 채 문간으로 성큼성큼 걸음을 옮겼다.

 망설임 없이 도서실 문을 열고 복도로 나왔다. 가슴 속을 가득 메웠던 도서실 내부의 답답한 공기를 단숨에 토해 냈다. 어째선지 자꾸만 눈가가 파르르 떨렸다. 더 이상 앉아 있을 수가 없어서 자리를 박차고 나왔는데, 막상 나오고 보니 어디로 가야 할지 감이 서지 않았다.

 데스크에 앉아 있던 청년의 옆모습이 눈앞에 떠오른다. 청년은 이따금씩 저에게 "재밌어?"라는 질문을 던지곤 했다. 책이 재밌냐고 묻는 것이었지만 재겸은 그때마다 "네.", "그냥 그래요.", "아뇨." 내용과는 상관없이 기분 내키는 대로 대답을 했다. 그러면 청년은 조용히 웃기만 했다.

 사실 재겸은 아주 가끔 되묻고 싶었다.

 그러는 너는 어떤데? 네가 오늘 읽는 책은 무슨 내용이야? 너는 지금 읽는 책 재밌어?

 가만히 앉아 책을 읽다 보면 저도 모르게 까무룩 잠에 빠지기도 했다. 고작해야 삼십 분 남짓이었지만 깜빡 졸다가 깨어나면 이상하리만치 나른하고 평온한 기분이 되곤 했다.

청년은 다리를 꼬고 앉아 조용히 책을 읽고, 저는 반쯤 엎드려 열람석을 물들이는 햇살을 멍하니 구경한다.

 몽롱한 풍경 속에 있노라면 마치 시간이 멈춘 것 같았다. 그때만큼은 아무런 생각이 들지 않아서 좋았다. 이 삶이 언제 시작되었고, 언제 망가졌으며, 어쩌다 여기 있는지, 아무렴 괜찮았다.

 "안녕."

 느리게 계단을 내려가던 재겸이 걸음을 멈췄다. 몇 칸 아래서 한 손에 머그잔을 든 청년이 웃고 있었다. 머그잔을 절반 이상 채운 커피에서 달콤한 향기가 올라왔다. 몸을 우뚝 세운 재겸은 말없이 청년의 얼굴을 내려다보았다. 뭔가 물어보려고 했었는데, 뭐였더라?

 "잠깐 얘기 좀 나누느라 늦었…."

 "늦었네."

 재겸이 불쑥 말을 채 갔다. 그러자 사서 청년이 눈을 동그랗게 떴다.

 "이름이 뭐야?"

 곧바로 이어진 물음에, 사서 청년의 눈이 조금 더 동그래졌다.

 "…나?"

 "응."

 "……."

청년은 잠시 묘한 얼굴을 하더니, 고개를 숙여 손에 들고 있던 머그잔을 응시했다. 약간 식긴 했지만 사기 너머로 따듯한 온기가 느껴졌다. 말없이 커피를 내려다보던 청년은 다시 눈을 들어 재겸을 올려다보았다. 서로의 시선이 정확하게 맞물렸다.

"나 태희."

한참 만에 나온 대답에 재겸이 살짝 미소를 지었다.

"성은?"

"윤."

"그래."

재겸은 고개를 끄덕이며 계단을 한 칸씩 내려갔다. 그에 따라 재겸을 올려다보고 있던 윤태희의 시선 또한 차츰 낮아졌다. 윤태희는 말없이 거리를 좁히며 가까이 다가오는 재겸을 응시했다. 점점 둘의 높이가 엇비슷해졌다.

한 칸, 두 칸, 세 칸, 네 칸, 그리고 다섯 칸….

재겸은 코끝을 파고드는 향수 냄새를 맡으며, 윤태희에게 주먹을 날렸다.

빠르게 날아든 주먹에 윤태희의 몸이 중심을 잡지 못하고 비틀거렸다. 엄청난 타격감이 엄습함과 동시에 손에 들고 있던 머그잔이 산산조각 나며 날카로운 파열음을 냈다. 머그잔에 담겨 있던 커피가 쏟아지면서 깨끗하던 셔츠는 한순간에 엉망이 되었다.

윤태희가 몸을 물리며 계단 난간에 상체를 기댔다. 커피 세례를 받은 덕분에 커피 향이 향수의 잔향을 집어삼켰다. 큰 손바닥을 펼쳐 입가를 틀어쥐고 있던 윤태희가 천천히 고개를 들었다. 손을 떼자 입술에서 피가 줄줄 쏟아졌다. 윤태희는 굳은 낯으로 밭은기침을 내뱉었다.

"너…."

조금만 반응이 느렸으면 턱뼈가 박살 났을 것이다. 그 사실을 재겸도, 윤태희도 알고 있었다. 윤태희가 충격을 받은 듯한 시선으로 입술에 흐르는 피를 닦아 냈다.

"귀기를, 실었어…."

피가 낭자한 손바닥을 내려다보던 윤태희가 혼잣말처럼 중얼거렸다.

기습적으로 날아드는 주먹에 귀기가 실렸다는 사실을, 머리로 인지하기도 전에 몸이 먼저 반응했다. 찰나의 순간, 실전에 익숙한 신체는 다가올 공격을 예감하고 즉각적으로 귀기를 내보냈다. 무방비한 와중에 놀라운 반사 신경이었다. 방어막처럼 살갗에 덧댄 귀기가 충격을 경감시키지 않았다면 분명 뼈가 부러졌을 것이다.

왜 맞았는지는 중요하지 않았다. 소년이 자신에게 귀기를 내보였다는 사실이 윤태희를 동요하게 만들었다. 이 정도의 귀기를 실어서 범인을 때릴 리는 없다. 윤태희가 주먹에 실린 귀기를 알아차렸듯이 재겸 역시 윤태희가 귀기로 막아 냈다는 것을 알아차렸을 것이다. 이건 일종의 시험이었다. 그리고 윤태희는 이 일격에 담긴 메시지를 단박에 알아차렸다.

"진짜네."

주먹을 쥐었다가 풀었다 하던 재겸은 자신의 손을 가만히 내려다보았다. 막아 내는 귀기와 부딪친 덕분에 손이 얼얼했다. 손등이 살짝 까지긴 했으나 피는 나지 않았다.

"귀재였구나."

재겸이 무미건조한 음성으로 중얼거렸다.

"요즘 나자들은 귀신도 부리나 보지?"

재겸이 덧붙인 말에, 잠시 넋을 놓고 있던 윤태희가 눈을 크게 떴다. 뒤늦게 이 갑작스러운 상황이 대충 이해가 가기 시작했다.

재겸은 윤태희에게 시선 한 톨 주지 않고 그대로 곁을 지나쳤다. 윤태희가 뒤늦게 정신을 차리고 다급히 뒤를 돌았다. 멀어지려는 재겸의 팔을 강하게 붙들었다.

"친구, 잠깐만."

"친구…."

단어를 입에 굴리듯 중얼거리던 재겸이 팔을 틀어쥔 손을 쳐다보았다.

'나랑 진짜 친구 할까?'

옷감 위로 단단하면서도 따스한 악력이 느껴졌다. 손에 피가 흠뻑 묻어 있던 탓에 재겸의 소매 언저리가 금세 지저분해졌다. 재겸은 눈을 들어 윤태희를 뚫어져라 응시했다.

"친구?"

재겸이 싸늘하게 조소를 흘렸다.

친구가 되고 싶다는 말에 어째서 나랑 친구가 되고 싶으냐고 물었던 적이 있다. 청년은 뭘 그리 당연한 걸 묻느냐는 얼굴로 "친해지고 싶으니까."라는, 들으나 마나 한 대답을 내놨었다. 그런데 지금 와서 생각해 보니 왜 친해지고 싶냐고 물어본 적은 없다.

그 이유를 물었다면 윤태희는 뭐라고 대답했을까.

"그래, 나자가 될 사람을 찾고 있다고 그랬지?"

하긴, 뭔가 이상하다 싶었다. 이제서야 이해가 간다. 저의 주변을 맴돌던 것도, 밀어 내고 또 밀어 내도 변함없이 거리를 좁혀 오던 것도, 모호하고 의미심장했던 숱한 질문들도, 어딘지 이물감이 느껴지던 호의와 친절도, 그리고 그런 청년에게 신경이 쓰였던 이유까지도.

재겸이 바깥을 가리키듯 턱짓을 했다.

"저기 쓰레기장 있네. 가서 잘 찾아봐."

윤태희가 다른 한 손으로 흘러내린 머리를 쓸어 올렸다. 나자를 쓰레기로 빗대는 말에서 소년의 깊은 적개심이 묻어났다.

어째서….

문득 저 적개심의 근원이 궁금해지려고 했다. 하지만 지금 중요한 건 그게 아니었다. 윤태희가 얕은 한숨을 내쉬었다. 입 안에 섞여 있던 비릿한 피가 목울대를 넘어갔다. 불쾌하면서 찝찔한 맛이 느껴졌다. 윤태희는 얼굴을 굳히며 서둘러 입을 열었다.

"어디서 뭘 보고 들었는지는 모르겠는데…."

윤태희의 말이 채 끝나기도 전에 재겸이 보란 듯이 피식 웃었다. 들을 것도 없다는 듯 고개를 살짝 저었다. 재겸은 팔을 붙잡은 윤태희의 손 위로 자신의 손을 겹쳤다. 떼어 내려고 가볍게 힘을 줬으나 올가미처럼 강하게 움켜쥔 손은 꿈쩍도 하지 않았다.

"이거 놔."

"내가 직접 설명할게."

"놓으라고."

"화났어?"

화났냐고? 내가 왜?

재겸이 가만히 눈을 감았다.

"두 번 말했어."

"잠깐이면 돼."

"세 번 말 나오면 그땐 손목 부러진다."

말을 마친 재겸이 눈을 떴다. 날카로운 시선이 윤태희를 관통했다. 평이하게 내뱉은 말에서 강경함이 느껴졌다. 붙잡아 놓을 수 있다면 손목쯤이야 부러져도 상관없다고, 윤태희는 생각했다. 그러나 그와는 별개로 지금은 놔줘야 할 때라는 직감적인 판단이 섰다.

"……."

저 눈을 보면 알 수 있었다. 틈 하나 없이 모든 빗장을 단단히 걸어 잠근 눈이다. 잠시 고민하던 윤태희는 재겸의 팔을 틀어쥐고 있던 손을 천천히 거둬 냈다.

재겸은 한 치의 망설임도 없이 그대로 등을 돌렸다. 기대하지 않으면 실망할 일도 없다. 그리고 재겸은, 놀랍게도 자신이 지금 실망했다는 사실을 깨달았다. 도대체 왜? 스스로가 이해가 가지 않았다. 나는 도대체 사서 청년에게 뭘 바랐던 걸까? 그건 잘 모르겠다.

스티커를 다 모으면 준다는 선물이 뭔지 궁금했었다. 하지만 이젠 더 이상 궁금하지 않다. 뭐가 됐든 그 선물에선 악취가 진동할 것이다. 인간은 항상 저의 기대를 배반한다. 기대를 하지 않으면 품에 무언가를 안겨 줬고, 기대를 하면 품에 끌어안고 있던 것을 빼앗아 간다.

'사서 청년'과 '나자 윤태희'가 그러하듯이.

· 🕊 ·

익숙한 귀기가 문간을 아른거린다.

각각 열람석 한 좌석씩 차지한 채, 최대한 멀찍이 떨어져 앉아 있던 패현과 새로는 동시에 고개를 돌렸다. 둘의 시선이 닫혀 있던 문에 꽂혀 들었다. 문이 활짝 열리며 마침내 기다리던 인영이 모습을 드러냈다. 패현과 새로는 반색하며 자리에서 일어났다.

늘 그래 왔듯이 한쪽 무릎부터 꿇었다. 머리를 조아리며 각자 깍듯하게 인사를 올릴 때였다. 고개를 들어 눈앞에 선 얼굴을 확인하자마자 패현과 새로가 한순간에 낯을 굳혔다.

"태희 님!"

"태희 님?"

윤태희의 몰골은 엉망이었다. 얼굴과 손 여기저기에 피가 묻어 있었고, 커피를 쏟은 탓에 새하얀 셔츠는 얼룩덜룩했다. 셔츠의 흰색과 대비되는, 곳곳에 물든 선명한 핏자국이 묘하게 섬뜩한 분위기를 자아냈다. 언제나 단정하던 머리카락 역시 마구 흐트러져 있었다.

윤태희는 당황한 눈빛으로 저를 올려다보고 있는 영귀 둘을 말없이 응시했다. 항상 옅은 웃음기를 머금고 있던 얼굴은 놀라울 정도로 무표정했다. 표정 없는 그는 서늘하면서도 위험해 보였다. 마치 다른 사람 같았다. 평소와 다른 심상치 않은 분위기에 패현과 새로가 시선을 교환했다.

"안녕, 나 기다렸구나."

한참 만에 무거운 정적이 깨졌다. 줄곧 침묵하던 윤태희는 평소와 같은 어투로 둘에게 인사를 건넸다. 인사에 화답하듯 고개를 숙인 패현이 조심스럽게 물었다.

"태희 님, 무슨 일이 있으셨습니까?"

"일이야 늘 있지."

간단히 대꾸한 윤태희가 소리 없이 웃었다.

"와 있을 줄 몰랐어. 나는 부른 기억이 없는데."

"아, 그것이…."

새로가 뭐라 설명을 붙이려던 참이었다.

"이유야 어찌 됐든, 와 줘서 고마워."

새로의 말허리를 자르며, 윤태희는 대뜸 한 손을 들어 턱 주변을 만졌다. 뒤늦게 통증이 느껴졌던 탓이다. 턱관절이 욱신거리고 뻐근한 느낌이 들었다. 아무래도 주먹에 맞은 영향으로 턱이 살짝 빠진 것 같았다.

"덕분에 보기 좋게 차였어."

짤막하게 말을 덧붙인 윤태희가 양손을 들어 아래턱을 감쌌다. 하악을 좌우로 몇 번 움직이는가 싶더니 감싼 손으로 강하게 눌렀다. 어느 순간 뚜둑, 소리와 함께 어긋났던 턱뼈가 맞춰졌다. 차였다고? 패현과 새로는 어리둥절한 눈으로 윤태희를 올려다보았다.

"그것이, 무슨… 말씀이십니까?"

패현의 물음에 윤태희가 미소를 지으며 대꾸했다.

"좆 됐다는 얘기지."

윤태희는 몸을 살짝 틀어 도서실 문을 잠갔다.

"물론 차인 건 이번이 처음은 아니야. 저번에도 한 번 까였거든."

처음엔 친절과 호의를 가장하여 가까워질 기회를 마련할 생각이었다. 지금까지의 경험을 미루어 볼 때 선뜻 내보인 호감을 마다하는 경우는 드물었다. 그것도 타인과 유대가 약한 어린 귀재라면 더더욱 그럴 것이라고, 윤태희는 생각했었다.

"쓸데없이 기민한 녀석이라 좀처럼 곁을 내주지 않더라구. 오랫동안 손을 타지 않았는지 성질머리 한번 유별나서. 처음엔 뭣도 모르고 대충 끌어당겼다가 보기 좋게 걷어차였어. 오히려 괜한 의구심만 부추긴 꼴이 되어 버렸고, 결과적으로 보면 그건 내 패착이었지."

그러나 소년에게 정공법은 통하지 않았다. 불쑥 거리를 좁히며 정면으로 다가가자 오히려 부담스러워했다. 윤태희는 시간을 들여 우회하기로 했다. 일단 경계심부터 누그러뜨려야 했다. 그러기 위해선 같은 공간에 함께 있는 게 중요했다.

소년의 눈에 보이는 풍경 속에 자연스럽게 녹아드는 것.

그게 윤태희가 선택한 방법이었다.

패현과 새로가 어리둥절한 얼굴로 잠자코 귀를 기울이고 있었다.

"몸이 가까이 붙어 있으면 마음도 자연히 가까워진다고 하잖아. 그래서 별 같잖은 지랄을 다 해 가면서 간신히 시간을 벌었어. 불필요한 질문은 줄이고 깊이 없는 편한 화제만 골라서 대화를 유도했지. 그렇게 차근차근 탑을 쌓고 있었는데."

 교내 봉사를 명목으로 도서실에 붙들어 놓은 것도 그 때문이었다. 일부러 험한 일은 시키지 않고 나른하게 책이나 읽게 했다. 무해하고 편안한 공간이라고 여길 수 있게끔. 윤태희는 흡사 들짐승을 길들이는 심정이 되어, 행여나 소년이 놀라서 달아나는 일이 없도록 숨죽여 다가가는 중이었다.

 틈새가 보이면 곧바로 곁을 파고들어야 했다. 오늘은 같이 저녁을 먹자고 할 생각이었다. 아까 전, 교무실에서 선생들과 대화를 나눴던 것도 주변에 먹을 만한 식당이 있는지 물어보기 위해서였다. 오늘쯤이라면 못 이기는 척 같이 먹어 줄 것 같았기 때문이다.

 어느덧 소년은 자신과 제법 편하게 말을 섞었고 시시껄렁한 농담에 웃음을 터뜨리기도 했다. 순풍을 받고 나아가는 배처럼 평화롭게 점진하고 있었다. 나례청의 나자가 아니라 '윤태희'의 나자가 되어 줄 소년에게, 각별한 유대라는 족쇄를 만들어 줄 생각이었다.

 "근데 너네가 그걸 무너트렸어."

 그러나, 윤태희가 정성 들여 써 내려간 시나리오는 한순간에 폐기되었다. 소년은 스스로 다가왔던 거리만큼이나 멀리 달아나 버렸다. 코앞에서 놓친 것이 제법 속이 쓰렸다.

 "도대체 주둥이를 어떤 식으로 놀렸는지는 모르겠는데, 아무튼 이번엔 꽤 실망했어."

패현과 새로는 윤태희가 하는 말들을 정확히 이해할 수 없었다. 대충 유추하여 짐작만 할 뿐이었다. 아무래도 아까 나눈 대화로 인해 일이 잘못된 것 같았다. 확실하게 알 수 있는 유일한 사실은 윤태희가 저희 둘 때문에 화가 났다는 것이었다. 평소의 윤태희는 거의 화를 내는 일이 없었다. 제법 큰 실수를 저질러도 관대하게 넘어가는 편이었으나,

"걱정 마. 그래도 여전히 너네를 아껴."

지금의 윤태희는 고요하게 분노하고 있었다.

"있으나 마나 한 대가리나 굴리면서 주제도 모르고 기어오르는 멍청한 인간들보다야 너네가 훨씬 낫다는 건 변함없어. 이미 엎질러진 물이고, 상황이 이렇게 된 이상 어쩔 수 없지."

윤태희가 덧붙인 말에 무릎을 꿇고 앉아 있던 영귀 둘이 굳은 얼굴로 고개를 들었다. 윤태희는 지저분해진 손을 허리춤에 문질러 닦았다. 무심한 손길에 반듯하던 셔츠 자락이 구겨졌다. 윤태희가 대수롭지 않은 말투로 중얼거렸다.

"그럼… 새로부터."

새로부터, 라니? 새로는 어리둥절한 표정으로 저도 모르게 패현을 쳐다봤다. 패현의 시선에서도 의아함이 묻어났다. 손에 묻어 있던 커피와 피의 흔적을 대충 닦아 낸 윤태희가 손을 가볍게 털었다. 그러고는 뻐딱하게 서 있던 몸을 바르게 세우며 입을 열었다.

"너희도 한 대씩 맞아야 공평하잖아."

주먹부터 날렸던 소년과 달리, 윤태희는 친절하게 예고해 주었다.

· 🕊 ·

다음 날, 재겸은 등교 시간에 맞춰 평소처럼 아침 일찍 집을 나섰다.

여느 때와 다름없이 17번 버스에 올라탔다. 운전석 바로 뒷좌석에 앉아 창밖을 구경했다. 어느덧 익숙해진 길을 따라 버스는 달리고 또 달렸다. 문득 고개를 돌릴 때마다 버스 안의 승객이 늘어나 있었다. 그중 절반 이상은 재겸과 마찬가지로 교복을 입은 학생들이었다.

- 이번 정류소는 대륭 고교 사거리입니다. 다음 정류소는….

스피커에서 안내 멘트가 흘러나오자, 자리에 앉아 있던 학생들은 하나같이 몸을 일으켰다. 교복을 입은 모든 학생이 썰물처럼 버스를 빠져나갔다. 단, 한 명만 빼고. 룸 미러를 힐끔거리던 버스 기사가 바로 뒤에 앉아 있는 재겸에게 말을 건넸다.

"학생, 안 내리고 뭐 해?"

멍하니 앉아 있던 재겸은 뒤늦게 고개를 돌렸다. 약속한 한 달을 채우려면 당장 내려야 한다는 것을 머리로는 알고 있었다. 하지만 지금, 재겸은 엄청난 중력을 느끼고 있었다. 마치 거대한 바위가 몸을 짓누르는 기분이었다. 이 육중한 무게를 도저히 이겨 낼 자신이 없었다.

"안 내릴 거야?"

"네, 안 내려요."

그래서 재겸은 뒷일 따위 생각하지 않고 당장의 기분에 몸을 맡기기로 했다. 설사 다음 정류장이 낭떠러지라고 해도 지금은 내리고 싶지 않았다. 차라리 낭떠러지에서 떨어지라면 수백 번도 더 떨어질 자신이 있었다. 오늘만큼은 정말 학교에 가기가 싫었다.

기사는 의아한 얼굴을 하더니 별말 없이 뒷문을 닫았다. 학교를 지나쳐 버스가 달리기 시작했다. 재겸은 하염없이 창밖만 바라보았다. 생소한 간판들이 재겸의 눈동자를 긁고 지나갔다. 빠르게 스쳐 가는 풍경과 비슷한 속도로 시간이 흘렀다.

어젯밤, 재겸은 어두운 방 안에서 오래도록 뒤척였다. 주변은 온통 고요했다. 하지만 재겸은 귀가 시끄러워서 도무지 잠을 이룰 수가 없었다. 희미하고 불쾌한 소리는 오직 재겸에게만 들렸다. 속았어, 넌 속았어, 또 속았어, 나자한테 또 속았어, 바보처럼 속았어….

윤태희는 재겸에게 "화났어?" 하고 물었고, 그 말대로 재겸은 화가 났다. 그러나 그것과는 별개로 재겸은 이렇게까지 화를 내고 실망하는 스스로가 이해가 가지 않았다. 윤태희가 귀재이자 나자라는 사실은 따지고 보면 저와는 아무런 상관도 없는 일이었다.

윤태희는 정체를 숨기고 저에게 접근했다. 그나마 다행인 건 미리 알아차린 덕분에 아직은 아무 일도 일어나지 않았다는 것이다. 그렇다면 간단했다. 앞으로 마주치지 않으면 된다. 또다시 얼쩡거리면 어제처럼 두들겨 패면 되고, 조용하다면 그대로 신경 끄면 그만이었다.

만약 윤태희가 정말 평범한 사서 선생이었다고 해도, 어차피 약속한 한 달이 지나면 더 이상 볼 일 없는 사이였다. 그런데도 몹시 실망스럽고 기분이 나빴다. 사포로 문댄 것처럼 마음이 까끌까끌했다. 재겸은 이런 자신에게 또 한 번 화가 났다.

예나 지금이나 나자란 족속들은….

"씹새끼."

재겸이 가만히 눈을 감고 혼잣말을 할 때였다.

"학생, 종점 다 왔어."

버스가 차고지에 멈춰 섰다. 떠밀리듯 쫓겨난 재겸은 얼떨결에 낯선 거리를 배회했다. 왔던 곳은 있지만 갈 곳은 없기 때문이었다. 재겸은 무작정 발길이 닿는 대로 돌아다녔다. 일단은 어디로든 걷고 싶었다. 지금은 아무 생각도 하고 싶지 않았다.

이따금 벤치가 보이면 잠시 앉아서 쉬기도 했다. 그러나 한

자리에 오래 머무르진 않았다. 망연히 걷고, 또 걸을 때였다. 어느 순간 재겸의 눈에 간판 하나가 눈에 띄었다. 간판에 적힌 글씨를 본 재겸이 천천히 걸음을 늦췄다.

"초원 문고…."

적당한 규모의 동네 서점이었다. 서점은 전면이 투명한 유리로 되어 있어 가게 내부가 훤히 들여다보였다. 커다란 책장엔 새 책이 빽빽하게 꽂혀 있었다. 유리 너머를 기웃거리던 재겸은 괜히 가게 주변을 서성거렸다.

책이나 읽을까? 문득 도서실에서 읽다 말았던 책이 떠올랐다. 서점 안에는 책을 읽고 있는 몇 명의 손님들이 보였다. 잠시 망설이던 재겸은 충동적으로 가게 문을 열고 들어갔다.

"어서 오세요."

직원이 친절하게 인사를 건네자 재겸은 대답 없이 고개만 꾸벅 숙였다. 천장에 붙어 있는 스피커에서 가느다란 클래식 선율이 흘러나오고 있었다. 잔잔한 연주는 평화롭고 조용한 서점의 분위기와 제법 잘 어울렸다.

벽에 걸린 시계를 확인하니 이제 막 5교시가 시작될 시간이었다. 평소 귀가하던 시간과 비슷하게 맞춰서 집에 들어가야 메산이가 의심을 안 할 것이다. 교복을 입고 집을 나왔으니 메산이는 자신이 학교에 간 줄로 알고 있을 터였다.

어차피 할 일도 없고, 갈 곳도 없었다. 이곳에서 나머지 시간을 때울 생각이었다. 재겸은 흡사 산책이라도 하는 것처럼 서점 안을 돌아다녔다. 새 책 냄새와 가라앉은 공기가 나쁘지 않았다. 신기하게도 점차 마음이 차분해지는 느낌이 들었다.

매대 근처를 어슬렁거리며 책을 둘러볼 때였다. 재겸이 대뜸 발길을 세웠다. 책 겉면에 둘려 있는 띠지가 눈에 들어왔던 탓이다. 형광색으로 된 띠지에는 '중·고등학생 필독 도서'라는 글씨가 큼지막하게 적혀 있었다. 재겸은 저도 모르게 손을 뻗어 책을 집어 들었다.

읽어도 되나? 잠시 눈치를 살피다가, 재겸은 그대로 서서 책을 읽기 시작했다. 띠지에 적힌 글귀 때문에 호기심이 생겼다. 대충 살펴봐선 유명한 작품인 듯했으나 재겸에겐 낯설기만 했다. 꼼꼼히 문장을 읽어 내려가던 재겸이 조심스러운 손길로 페이지를 넘길 때였다.

"재밌어?"

"응."

조용하게 날아든 질문에 재겸이 웅얼거리듯 대꾸했다. 몇 초가 지났을까. 책을 만지작거리던 손이 멈칫했다. 책을 내려다보고 있던 재겸이 번뜩 고개를 치켜들었다.

"……."

재겸이 눈을 크게 떴다. 방금 전까지만 해도 아무도 없었던 맞은편 자리에 윤태희가 서 있었기 때문이었다. 흰색 볼 캡을 깊이 눌러쓰고 있는 탓에 얼굴이 잘 보이지 않았지만 틀림없이 윤태희가 맞았다. 한 손에는 책을 들고 있었다. 재겸이 읽고 있던 책과 같은 책이었다.

"학교 안 가고 여기서 뭐 해?"

윤태희가 장난스럽게 물었다. 재겸에게 던진 질문은 윤태희 본인에게도 유효한 질문이었으나, 그 부분에 관해서 윤태희는 딱히 별생각이 없어 보였다. 살짝 당황한 재겸과는 달리 윤태희는 평소처럼 태연하기만 했다.

"뭐냐, 너?"

평정심을 되찾은 재겸이 뒤로 살짝 물러섰다. 항상 셔츠 차림이던 윤태희는 검은색 칼라 티에 찢어진 청바지를 입고 있었다. 게다가 백팩까지 메고 있어서 언뜻 보면 평범한 대학생처럼 보였다.

"가방 놓고 갔길래 돌려주려고."

윤태희는 마치 제 물건인 양, 어깨에 메고 있던 백팩을 가리켰다. 그제야 재겸은 자신의 가방을 알아보았다. 생각해 보니 가방이 없는 줄도 몰랐다. 어제 도서실에 그대로 두고 나왔던 모양이었다. 재겸은 새삼 정신을 빼놓고 다닌 스스로가 한심해지려고 했다.

"그래, 그럼 주고 꺼져."

재겸이 무심하게 말했다. 그러나 윤태희는 보란 듯이 못 들은 척을 했다. 본인 입으로 가방을 돌려주러 왔다고 해 놓고는 갑자기 책 읽는 시늉을 하기 시작했다.

"좋은 책 골랐네. 나도 이 책 좋아해."

"가방 이리 주고, 꺼지라고."

윤태희가 능청을 떨자 재겸이 대번에 낯을 굳혔다. 경고하듯 낮게 내뱉은 목소리에 윤태희가 천천히 고개를 들었다. 둘의 시선이 부딪쳤다. 안 통하네…. 윤태희가 살짝 미소를 지었다.

"'박제가 된 천재를 아시오?'"

박제가 된 천재를 아시오?

나는 유쾌하오.

이런 때 연애까지가 유쾌하오.[7]

윤태희가 던진 뜬금없는 말에 재겸이 눈을 치켜떴다. 문득 기시감이 느껴지는 상황이었다. 방금 전에 읽고 있던 책의 도입부였다. 저번처럼 윤태희는 책에 나오는 문장을 외웠다.

"첫 문장부터 대단한 명문이라고 생각해. 넌?"

윤태희는 손에 들고 있던 책을 내려놓았다. 재겸을 향해 상체를 가깝게 기울이자, 입을 꾹 다물고 있던 재겸이 보란 듯이 거리를 벌렸다. 그러자 윤태희의 얼굴에서 차츰 웃음기가 사라졌다. 완전히 무표정해진 얼굴은 서늘하기만 했는데, 그 와중에 한쪽 뺨이 살짝 부어 있었다.

"근데, 나라면 유쾌할 것 같지는 않은데…."

잠시 말을 흐리던 윤태희가 대수롭지 않은 말투로 덧붙였다.

---

7 이상, 「날개」

"박제가 된 기분은 어때? 재겸아."

재겸이 아주 천천히 눈을 들었다. 말로 형용할 수 없는 모호한 감각이 등줄기를 타고 올라오는 것을 느꼈다. 의미심장한 단어가 폐부를 깊이 찔러왔다. 마주 선 둘의 시선이 서로를 정확히 관통했다. 어둡게 가라앉은 윤태희의 눈동자가 스산하게 빛나고 있었다.

"이러면 나랑 얘기할 마음이 좀 생겼으려나."

윤태희가 상체를 살짝 기울이며 조그맣게 속삭였다.

"믿고 따르던 스승에게 배신을 당해서 경계심이 강한 건 알겠는데, 그래도 너무 밀어 내진 마. 내가 이렇게 노력하고 있잖아. 여기까지 직접 찾아왔는데 말할 기회 정도는 줘야지."

순간, 불쾌한 전율이 뒷골을 꿰뚫고 지나갔다.

"……."

재겸은 저를 둘러싼 주변의 모든 풍경이 일시 정지하는 것 같은 착각을 느꼈다. 흑백처럼 아득해진 시야 속에서 선명하게 보이는 것은 오로지 윤태희뿐이었다.

'어떻게 생각해요? 가려진 달의 뒷면에 대해서.'

'꽁꽁 감춰진 뒷면엔 뭐가 숨어 있을까.'

그저 책에 관한 이야기라고 생각했었다. 매가 허공을 선회하듯 변두리를 빙빙 돌던 의미심장한 말들은 정확히 역린을 겨냥하고 있었다. 지나가는 말 한마디 한마디가 전부 저를 향하는 것이었다는 사실을, 재겸은 지금에서야 깨달았다.

"이젠 서로 좀 솔직해질 필요가 있지 않나? 꼴같잖은 선생, 학생 행세도 끝났는데."

윤태희가 고개를 비스듬히 기울이더니 재겸을 찬찬히 훑어보았다. 다정과 친절을 벗어 던진 눈매는 서늘하고 날카로웠다. 윤태희는 이제 그 무엇으로도 가장하지 않았다.

"어제 봤던 귀신 둘, 기억나? 내가 아끼는 영귀들인데 그중 한 녀석한텐 과거를 읽어 낼 수 있는 능력이 있어. 이름은 새로라고 하는데, 다음에 기회가 되면 정식으로 소개해 줄게. 아무튼, 그래서 널 알아봐 달라고 부탁을 했거든."

소년은 허락도 없이 자신의 정체를 들춰냈다. 보기 좋게 선수를 빼앗겨 버렸다는 생각에 허탈했었다. 그렇다면 이번엔 자신이 소년의 정체를 들춰낼 차례였다.

기회가 찾아오지 않는다면, 직접 찾아가면 그만이었다.

· 🕊 ·

지난 며칠간, 새로는 그야말로 귀신 피 말리게 하는 압박감에 시달렸다.

"아직 멀었니?"

소년의 내력을 알아 오라는 명령을 내린 뒤로 윤태희는 매일같이 새로를 도서실로 호출했다. 서두르지 않고 천천히 해도 좋다고 말했던 게 무색할 지경이었다. 그리고 정확히 사흘

째가 되던 날. 새로는 초췌한 몰골이 되어 윤태희 앞에 나타났다.

"태희 님 말씀이 맞았습다! 어떻게, 어떻게 이런 일이 가능하단 말입까?"

새로가 혀를 내두르며 감탄사를 쏟아 내자 윤태희의 눈동자에 이채가 서렸다. 무얼 읽어 냈느냐고 묻자, 새로는 자신이 보고 들은 것을 최대한 원형에 가깝게 말로 풀어냈다. 피의 양이 워낙 적었던지라 과거의 어느 짧은 순간을 스쳐 지나가듯 본 것이 전부였다.

"옷차림과 배경을 보아하니 무척 오래전의 기억인 것 같았습다. 피의 주인은 도포를 입고 있었고 웬 낡은 초가집에 앉아 있었습다. 그리고 옆에는 스승처럼 보이는 사내와 함께 있었습다."

윤태희가 놀랍다는 눈을 했다. 그간의 짐작이 확신으로 변모하는 순간이었다. 새로의 말대로 윤태희의 추측과 상당 부분 일치했다. 과거의 한 조각을 통해 확실하게 알게 된 사실은 소년이 오래된 과거를 가지고 있다는 것, 그리고 스승과 함께 있었다는 것이었다.

믿을 수 없는 이야기에 윤태희는 웃음을 흘렸다. 늙은 소년이라니, 모순되는 표현이 현실에서 통하고 있었다. 윤태희는 자신이 속한 세계가 세간의 평범한 상식에서 벗어나 있는 영역이라는 것을 새삼스레 깨달았다. 소년의 정체는 각별할 정도로 불가사의했고 신비로웠다.

"그리고?"

"사내는 나이가 그리 많지는 않아 보였습다. 근데 생각해 보니 좀 이상한 것이, 그 남자가 피의 주인을 제자라고 불렀습다. 근데 스승이라면 뭔가 좀 말이 안 되는 게…."

눈을 굴리며 과거의 단면을 되짚어 보던 새로가 말을 흐렸다.

"스승이 제자를 해할 리는 없지 않겠습까."

이어진 새로의 말에 윤태희가 되물었다.

"그게 무슨 소리야?"

"그 남자가 아이 옆구리에 칼을 찔러 넣었습다."

"…뭐?"

칼을 찔러 넣었다고? 윤태희가 눈을 동그랗게 떴다.

"그래서?"

"하필 장면이 거기서 끊겨 버려서 그다음은 보지 못했습다."

새로가 머리를 긁적이며 아쉽다는 듯이 대꾸했다. 피가 조금만 더 많았어도 지금보다 훨씬 오래 과거를 들여다볼 수 있었을 것이다. 고작 그만큼 가지고 이 정도까지 읽어 낸 게 용한 셈이었다.

"…제자에게 칼을 꽂는 스승이라."

윤태희가 혼잣말을 중얼거리며 손끝으로 책상을 톡톡 두들겼다. 원하는 베일을 한 꺼풀 벗겨 냈음에도 여전히 소년이 궁금했다. 도대체 과거에 무슨 일이 있었던 걸까. 순간 피를 잔뜩 쏟게 만들어 내력 전부를 파헤쳐 볼까 고민이 되었으나 이내 그 생각은 접어 두기로 했다.

그래, 그럴 순 없지. 가치가 있는 물건은 귀하게 다뤄 주는 것이 맞다. 어차피 곁에 두게 된다면 자연스레 알게 될 것이므로. 당분간은 내색 없이 모른 척하는 편이 나았다. 성급하게 굴 필요는 없다는 판단에서였다.

하지만 이젠 그럴 필요가 없어졌다. 공들였던 모래성은 무너졌고 판은 허무하게 뒤집어졌다. 윤태희는 시간 싸움에서 미련 없이 물러나기로 했다. 더 이상 잘 보일 이유도, 주변을 맴돌 이유도 없었다. 이제는 손에 쥔 것을 아낌없이 흔들어 줄 때였다.

낡은 초가집. 제자를 칼로 찌른 스승.

윤태희는 새로에게 전해 들은 과거를, 그 과거의 주인에게 간단히 되돌려 주었다. 재겸은 무슨 생각을 하는지 알 수 없는 얼굴이었다. 멍하니 넋을 놓은 것처럼 보이기도 했다.

"무슨 배짱으로 낯짝을 들이밀었나 했더니."

그러다 재겸은 한참 만에야 고개를 끄덕였다.

윤태희가 모자챙을 살짝 들어 올렸다. 마치 뭔가를 확인하려는 듯했다. 음영 속에 숨어 있던 단정한 얼굴선이 뚜렷하게 드러났다. 그리고 어느 순간, 윤태희의 얼굴에 감탄 어린 기색이 묻어났다. 재겸의 등 뒤에서 무시무시한 귀기가 새어 나오기 시작했기 때문이었다.

서점 안 사람들은 태평하기만 했다. 험악한 기운은 오직 윤태희만을 향하고 있었다. 살갗이 저밀 정도로 단단하고 노골적인 적의가 윤태희의 목을 겨누고 있었다.

"멋대로 과거를 엿봐서 기분 나빴어? 싸우려고 한 말은 아니니까 오해하진 마. 그냥 나는 네가 궁금했을 뿐이니까. 알고 있겠지만, 내가 너한테 관심이 좀 많거든."

윤태희가 옅은 웃음기를 머금었다.

"개수작 부리지 마."

재겸의 입에서 시릴 정도로 싸늘한 목소리가 흘러나왔다.

"이 세상에 너의 진짜 알맹이를 아는 사람이 한 명쯤은 있어도 나쁘지 않다고 보는데. 나는 널 알아. 다른 사람은 몰라도 나만은. 그리고 너도 날 알지."

재겸은 형형한 눈으로 윤태희를 노려보았다. 고요하던 기류가 순식간에 팽팽해졌다. 서점 안에 잔잔하게 울려 퍼지던 클래식 선율이 어느덧 절정으로 치닫고 있었다. 쾅쾅 두들겨 대는 무자비한 피아노 소리가 재겸의 귓가에 벼락처럼 꽂혀 들었다.

"나자가 되어 줬으면 해."

정중하고도 무례한 대시였다.

"서로 숨길 것 없는 새끼들끼리 좀 편하게 지내 보자는 얘기야."

윤태희가 살짝 미소를 지으며 덧붙일 때였다. 바지 뒷주머니에서 휴대폰이 경련했다. 피아노 선율에 희미하게 웅, 진동 소리가 깔렸다. 윤태희는 재겸에게 시선을 고정한 채 휴대폰을 꺼내 들었다. 어디서 걸려 온 전화인지 확인하지도 않고 볼륨 키를 눌러서 진동을 껐다.

"지금처럼 학교에 다니는 것보다는 훨씬 나을 거야. 당연히 매달 돈도 나올 거고, 따로 원하는 게 있다면 뭐든 들어줄게. 직급상으로는 내 부하가 되겠지만 동등하게 대우해 주겠다고 약속할게. 어때? 이 정도면 손해 볼 장사는 아니라고 생각하는데."

윤태희는 흔들림 없는 눈으로 재겸을 응시했다. 잠잠해졌던 휴대폰에서 또다시 진동이 울리기 시작했다. 윤태희는 전화 따위 안중에도 없다는 듯 말을 이었다.

"잘 생각해 봐. 권태롭고 불우한 인생에 적당한 소일거리 하나쯤은 있어야지."

재겸은 마침내 피식, 실소를 터뜨렸다. 가면을 집어 던지고 본색을 드러낸 윤태희는 말 그대로 반듯한 무뢰한에 가까웠다. 아쉬운 쪽은 본인이면서 지나치게 오만한 말투였다.

박제. 배신. 권태. 불우. 윤태희가 뱉어 내는 단어는 하나같이 불쾌한 추락감을 선사했다. 재겸은 윤태희의 목에 겨누고 있던 귀기를 거둬 냈다. 그러고는 주변을 가볍게 훑어보았다.

쾅—!

요란한 굉음과 함께 귀기가 사방으로 둥글게 폭발했다.

"꺄아악!"

책을 들여다보고 있던 손님들이 비명을 지르며 그대로 자리에 주저앉았다. 서점 전면에 설치되어 있던 유리창이 와장창 소리와 함께 한순간에 깨졌기 때문이었다. 천장에 매달려 있던 전등 역시 모조리 파열되어 유리 파편이 우수수 쏟아져 내렸다.

폭풍이 몰아치듯 서점 안팎으로 유리 조각이 허공을 날아다녔다. 모두가 혼비백산하는 와중에 멀쩡히 자리에서 서 있는 것은 재겸과 윤태희, 단둘뿐이었다. 날카로운 조각이 윤태희의 볼을 스치고 지나갔다. 길쭉한 생채기에서 피가 배어났다.

"……"

윤태희는 잠시 말을 잃은 채 멍한 표정으로 눈을 깜빡거렸다.

이 무슨 말도 안 되는….

어째서인지 형용할 수 없는 전율이 일었다. 귀기로 물리력까지 행사하다니 감탄이 절로 나왔다. 손등으로 볼을 훔쳐 내던 윤태희가 헛웃음을 터뜨릴 때였다. 이 와중에 또다시 진동이 울렸다. 윤태희는 끊임없이 걸려 오는 전화를 무시하며 손에 묻어 난 피를 내려다보았다.

"화끈하시네."

윤태희의 얼굴은 묘하게 상기되어 있었다. 재겸은 무심한 낯으로 정수리에 내려앉은 유리 조각을 툴툴 털어 냈다. 평화롭던 서점은 어느새 난장판이 되었다.

"봐주니까 정도를 모르고 기어오르지."

그렇게 말하는 재겸의 눈에서 희미한 경멸이 묻어났다.

"거창한 비밀이라도 알아낸 것 같아서 기분 째지냐?"

윤태희는 무례하게 문을 부수고 허락 없이 재겸을 침범했다. 그렇게 갈취당한 과거는 현재의 인질이 되어 윤태희의 발밑에 깔려 있었다. 재겸은 이 상황을 전혀 예상치 못했다. 동요했고, 허를 찔린 건 사실이었다. 하지만 딱 거기까지였다.

"그래, 맞아. 근데 그게 뭐 어쨌다고."

재겸은 윤태희의 손아귀 안에서 놀아 줄 생각이 전혀 없었다.

"네가 나에 대해서 뭘 알고 있든 관심 없어. 그걸 빌미로 삼으면 내가 벌벌 떨면서 바짓가랑이라도 잡을 줄 알았나 본데…."

나자가 되어 달라. 결국은 이 얘기가 하고 싶어서였다.

"죽었다 깨어나도 나자가 될 일은 없어."

"왜?"

윤태희가 진지하게 물었다.

"나자란 족속은 태생부터 더러운 협잡꾼 새끼들이니까."

윤태희는 오로지 나만이 너를 알고 있노라고, 그렇게 말했다. 하지만 재겸은 그 말을 곱씹으면 곱씹을수록 헛웃음이 삐져 나오려고 했다. 정말이지 어이가 없었다. 네가 정말 나를 안다면 나자가 되어 달라는 소리를 지껄일 리가 없다.

"…나자를 잘 아나 봐?"

윤태희가 재밌는 얘기를 들었다는 듯이 눈을 빛냈다.

"잘 알지."

재겸이 무표정한 얼굴로 중얼거렸다.

"내 스승이 나자였거든."

· 🕊 ·

흩날리는 불씨가 흐린 밤하늘에 별처럼 박혀 들었다. 산중에 위치한 외딴 초가집은 거센 화염에 휩싸여 있었다. 초가집을 집어삼킨 불기둥은 하늘에 닿을 듯 솟구쳐 올랐다. 깊은 어둠을 뒤집어쓴 산자락 속에서 유일하게 초가집 주변만 대낮처럼 환했다.

마당에 서서 불타오르는 초가집을 물끄러미 바라보던 사내는 고개를 내렸다. 흙바닥 위에는 앳된 얼굴을 한 소년이 쓰러져 있었다. 소년의 몸에서 흘러나온 피는 커다란 웅덩이를 만들어 냈다. 열기 섞인 바람에 사내가 입고 있던 흑색 장포가 펄럭거렸다.

"내가 없었다면 너의 생은 오래전에 끝났을 것이다."

사내의 다정한 목소리가 소년의 정수리 위로 부드럽게 흘어졌다. 소년은 고통에 가득 찬 신음을 내뱉으며 몸부림쳤다. 흙을 짓이기다시피 움켜쥐는 손이 하얗게 질려 있었다. 눈앞에 선 사내를 쳐다보려고 했지만, 이마에서 흘러내리는 피가 시야를 흐릿하게 물들였다. 사내는 웃고 있다면 웃고 있는 것처럼 보였고, 울고 있다면 울고 있는 것처럼 보였다.

"그냥, 그때 죽여 버리지 그랬어…."

소년이 동그란 이마를 흙바닥 위에 사정없이 짓뭉갰다.

"그땐, 어차피 순순히 죽어 줬을 건데. 그럴 수 있었는데!"

서러운 포효가 힘없이 사내를 향했다.

"내가 거둔 삶이다. 그러니 네 삶의 주인은 나란다."

사내가 태연한 어조로 대꾸했다.

"모든 생명은 때가 되면 죽는단다. 헌데, 그냥 죽이자니 퍽 아쉬운 마음이 들더구나. 그래서 영원히 지워지지 않을 흔적으로 이 세상에 남겨 놓기로 했단다. 너는 내가 이 세상에 존재했음을 알리는 증표가 될 것이다."

스승의 손에 관통당한 옆구리에서 피가 콸콸 흘러나왔다. 온몸에서 온기가 빠져나갔다. 식어 버린 몸에 강렬한 한기가 들어 사지가 벌벌 경련했다. 소년은 저절로 감기려는 눈에 힘을 주었다. 자꾸만 시선이 무너졌다. 눈앞으로 다가온 죽음이 양팔을 벌리고 있다.

"누구도 너를 죽이지 못할 것이다. 물론 너 역시 마찬가지지. 너는 죽고자 하여도 죽을 수 없다. 필멸의 세상 속에서 오로지 너만은 영영 사라지지 않을 것이다. 시간이 너를 잡아먹을지, 네가 시간을 잡아먹을지 정말 궁금하구나."

사내는 사시나무처럼 떨고 있는 소년에게 흑색 장포를 덮어 주었다.

아, 따듯하다. 처음 만났던 그때처럼.

점멸하는 의식을 비집고 들어온 망연한 생각이 소년을 슬프게 만들었다. 예전엔 무척이나 품이 크게 느껴졌던 사내의 옷이 지금은 적당히 여유롭게 몸을 휘감아 왔다. 웅덩이처럼 고여 있던 피가 흑색 장포에 스며들었다. 사내와 소년이 함께 세월을 보냈던 초가집은 타오르는 불길에 금세 폐허가 되었다.

"겸아, 너의 삶은 어디서부터 잘못되었지?"

소년이 멍하니 입술만 달싹였다.

'널… 만난… 그 순간부터….'

뱉어 낸 목소리는 말이 되지 못하고 숨결처럼 흘러나왔다. 용케 재겸의 말을 알아들은 사내는 고개를 끄덕이더니, 잔혹하리만치 다정한 음성으로 쐐기를 박아 주었다.

"그렇지. 너는 나를 만나서 잘못되었다."

눈앞에서 꽃가루처럼 흩날리는 불씨를 좇던 소년의 눈동자에서 점점 초점이 사라졌다. 사내가 등을 돌렸다. 넓고 탄탄한 등이 보이자 소년의 턱 끝이 파르르 떨리기 시작했다. 온몸에서 힘이 빠져나갔다.

"가엾은 나의 제자야, 부디 운명을 거슬러 보거라."

소년의 눈에서 눈물이 흘러내렸다.

· 🕊 ·

'귀한 아이야, 나와 함께 가겠니?'

어린아이였던 재겸은 사내가 손을 내밀던 순간을 선명하게 기억했다. 잊을 수 있을 리가 없다. 그 손으로 말할 것 같으면, 세상은 악의적이라고 믿어 의심치 않던 재겸이 인생에서 처음으로 건네받은 '호의'였다.

사내는 저더러 귀한 아이라고 했다. 사내가 그렇다면 그런 거였다. 귀하다고 하니 정말 귀하게 느껴졌다. 길가의 돌멩이와도 같았던 재겸은 기꺼이 사내의 품속으로 들어갔다. 귀신, 인간, 삶, 죽음.

재겸은 사내의 온기 어린 품에서 이 세상의 거대한 섭리를 차근차근 깨우쳐 나갔다.

그 밖에도 사내는 귀재로서 삶을 살아가는 데 필요한 여러 가지를 알려 주었다. 귀신을 분간하는 것부터 시작하여 어리고 약한 아이였던 재겸이 귀신과 인간의 틈에서 스스로를 호신(護身)할 수 있도록 매일같이 수련을 시켰다. 다정한 사내는 때로 엄격한 스승이었다.

재겸은 하나를 배우면 열을 아는 아이였다. 사내가 가르치는 게 무엇이든 놓치는 법이 없었다. 사내가 부적 한 장을 그려 주면 부적에 쓰인 도식을 곧바로 이해했고, 그걸 금세 자신의 것으로 만들 줄 알았다. '귀재(貴才)'라는 말을 쓰기에 모자람이 없는 그릇이었다.

다만, 그런 재겸에게도 부족한 점은 있기 마련이었다. 귀기를 다루는 것만은 유달리 서투르다는 점이었다. 재겸은 날 때부터 남다른 귀기를 지니고 있었는데, 문제는 그 귀기가 의지와는 무관하게 흘러나온다는 것이었다. 사내는 재겸에게 귀기를 다스리는 법부터 익히도록 했다.

"귀기를 내보이는 것은 만방에 정체를 알리는 것과 다름없단다."

그제야 재겸은 그간 귀신들이 제 주변을 맴돌았던 이유를 깨닫게 되었다. 저절로 흘러나오는 귀기 때문에 귀재라는 사실을 알았던 거였다. 둘이 처음으로 만나던 날, 사내가 재겸을 한눈에 알아볼 수 있었던 것도 바로 그 천방지축으로 날뛰는 귀기 덕분이라고 했다.

귀기를 다스리는 것은 쉬운 일이 아니었다. 기쁠 때나 화가 날 적이면 요동치는 감정과 같이 귀기 또한 제멋대로 튀어나왔는데, 사내는 그때마다 무서운 얼굴을 했다. 그 장소가 사람이 많은 곳이라면 더욱 그랬다. 특유의 표정은 가슴을 철렁하게 만들 정도로 싸늘했다.

"겸아, 기운을 숨기라고 하지 않았느냐."

"나도 노력 중이야. 근데 마음대로 안 된단 말이야."

섭섭해진 재겸이 불퉁한 낯으로 투정을 부렸다.

"꼬리가 따라붙기 전에 어서 기운을 갈무리하거라."

"그래 봤자 잡귀일 거 아냐. 그냥 네가 내쫓아 주면 안 돼?"

사내는 아주 강한 사람이었다. 고로 충분히 그럴 수 있는 능력을 가지고 있었다. 정체를 알아채고 들러붙는 귀신이 있거든 물리치면 그만이었다. 그것도 나름 성가시긴 할 테지만 그 정도야 사내가 가진 힘에 비하면 그 어떤 악귀라도 잔챙이에 불과할 것이다.

"겸아."

잠시 침묵하던 사내가 느리게 입을 열었다.

"귀신 때문이 아니다."

"뭐라고?"

귀신이 꼬일까 봐 그러는 게 아니었나. 재겸이 알쏭달쏭한 얼굴을 할 때였다.

"겸아, 넌 귀신이 싫으냐?"

대뜸 사내가 질문을 던졌다.

"갑자기 그건 왜? 그야…."

당연히 싫지. 귀신은 툭하면 장난을 치고 패악을 떨어 대는 성가신 것들이다. 주위를 맴돌며 인간의 빈틈을 노리고, 여리고 약해진 마음을 말 그대로 '귀신같이' 눈치채고는 농간을 부리려 든다. 재겸은 그 사실을 잘 알고 있었다.

"그럼 인간이 좋으냐?"

재겸이 고개를 살짝 끄덕였다.

"하면, 귀신은 악하고 인간은 선한가?"

"아무렴 귀신보다야 인간이 훨씬 낫잖아."

"정말 그렇게 생각하느냐?"

귀신은 존재부터 요사스럽고 이질적이다. 따라서 귀신이라면 일단 본능적인 거부감이 드는 것이 인간으로서는 자연스러울 것이었다. 하지만 사내는 그렇지 않은 듯했다.

"인간도 인간 나름이고 귀신도 귀신 나름이지 않겠느냐."

사내가 나지막하게 중얼거렸다.

"귀신이 방심한 틈을 노린다면, 인간은 방심을 하게 만든단다."

"방심을 하게 만든다니?"

"이 세상에는 귀신보다 간악하고 사특한 인간도 있는 법이거든."

"…그게 누군데?"

사내는 허리를 숙여 재겸에게 눈높이를 맞췄다.

"나자(儺者)."

나자? 재겸이 어리둥절한 얼굴을 할 때였다.

"나자는 나례청에 소속된 귀재란다. 귀재 중에서도 강하고 능력이 있는 자만이 나자가 될 수 있지. 그들은 본디, 나라의 부름을 받아 귀신으로부터 궁궐을 수호하고 인간을 지키는 신성한 존재였으나…."

말을 흐리던 사내가 잠시 하늘을 올려다보았다.

"이 나라를, 인간을 위한다는 사명감이 나자를 괴물로 만들고 말았다. 온갖 악행을 저지르면서도 그게 선하고 옳은 일이라고 믿었단다. 그들은 목적을 이루기 위해서라면 수단과 방법을 가리지 않아. 무자비하고 잔혹하지. 자기 자식마저 제물로 바치는 인간이 바로 나자다."

침중한 목소리였다.

"그러니 나자의 눈에 띄어선 아니 된다. 나자를 만나거든 그때는 반드시 도망쳐야 한다. 알겠느냐? 겸아, 내 말을 명심해 다오. 만에 하나 도망칠 수 없는 상황이 온다면…."

사내는 말을 멈추고는 재겸을 가만히 들여다보았다. 그에 재겸은 나자가 나랑 무슨 상관이냐고 물으려고 했다. 하지만 무겁게 부딪쳐 오는 사내의 시선에 저도 모르게 입을 다물고 말았다. 잘은 모르겠지만 왠지 그냥 그래야 할 것 같은 느낌이 들었다.

"그때는…."

사내는 쉽사리 입을 열지 못하고 한참을 망설였다.

"절대로 용서하지 말거라."

그렇게 말하는 목소리가 살짝 떨린 것도 같았다.

사내는 인간이 좋으냐고 물었었다.

좋았다. 사내는 그런 재겸에게 귀신보다 더한 인간이 있노라고, 섣불리 인간을 믿어선 안 된다고 말했으나 재겸은 어쩔 도리 없이 인간에게 애정을 느꼈다. 그 이유는 단순했다. 사내가 인간이기 때문이었다. 사내를 만나기 전에는 인간이나 귀신이나 전부 똑같이 싫었다. 하지만 사내를 알게 되면서부터 아주 자연스럽게 인간이 좋아졌다. 좋았었다. 인간이.

"내 스승이 나자였거든."

그러나 이젠 아니었다.

"그래서 내가 나자를, 아주 싫어해."

재겸의 입에서 평이하게 흘러나온 말에 윤태희의 눈이 서서히 커졌다.

나자를 향해 적대감을 드러낼 때부터 응당 사연이 있을 것이라 짐작은 했다. 하지만 배신한 스승이 나자였다니, 그건 미처 예상하지 못했다. 잠시 놀란 기색을 내비치던 윤태희의 얼굴이 제법 심각해졌다. 이내 눈매를 가늘게 좁혀 뜨며 물었다.

"누구? 이름이 뭐지?"

순수한 궁금증에서 비롯된 질문이었다. 시기를 미루어 보면, 과거의 나례청이 해체되기 이전에 몸담고 있었던 선대 나자였을 것이 분명했다. 어쩌면 들어 본 적이 있는 이름일지도 몰랐다. 만약 모르는 이름이더라도 나례청 문헌실에 가면 관련된 기록이 남아 있을 것이었다.

"……."

윤태희는 집요한 시선으로 재겸의 낯을 관찰했다. 재겸은 뭐라 입술을 달싹이는가 싶더니, 이내 그대로 다물었다. 재겸이 선택한 건 침묵이었다. 이름을 입에 담기도 싫다는 건가. 아무리 기다려도 돌아오지 않는 대답에, 윤태희는 됐다는 듯이 가볍게 고개를 끄덕였다.

"그래. 뭐, 일단은 네 스승이 개새끼라는 건 잘 알겠어. 근데…."

잠시 말을 흐리던 윤태희가 모자챙을 만지작거렸다.

"그래도 싸잡아서 취급하면 섭섭하지. 나는 얼굴도 모르는 선대 나자 한 명 때문에 덩달아 미움받는다고 생각하니까 억울하네. 너무 안 좋게 생각하진 말아 줬으면 좋겠는데."

무표정하던 재겸의 얼굴에 냉담한 조소가 걸렸다.

사내와 연관된 이 세상의 모든 것이 사랑스럽게 느껴졌던 때가 있었다. 한때 사내는 재겸의 세계 그 자체였다. 하지만 시간이 너무 많이 흘러 버렸다. 그 긴 시간 동안 많은 일이 있었고 많은 것이 변했다. 지금의 재겸은 사내를 떠오르게 만드는 모든 흔적이 싫었다.

"아니, 내가 보기엔 똑같아."

잊을 수 없다면 외면하고자 했다. 하지만 눈앞에 선 남자는 자꾸만 저를 들쑤셔 놓는다. 윤태희는 마주하고 싶지 않은 과거를 돌이켜 보게 만들었다. 윤태희는 사내와 같은 나자였으며, 사내가 그랬듯이 정체를 숨기고 자신에게 접근했다. 마찬가지로 저를 이용하기 위해서.

"예나 지금이나 나자란 족속들은 변함이 없어. 뒤에서 음험한 수작질이나 일삼는 쓰레기들이야. 그런 주제에 뭐라도 되는 줄 아나 본데. 잡귀만도 못한 인간이 너네야."

자신을 겨냥하는 신랄한 비난을 듣고도 윤태희는 딱히 불쾌한 기색이 없어 보였다.

"태생부터 더러운 협잡꾼에, 음험한 수작질이나 일삼는 쓰레기라…."

사내는 재겸의 삶을 망가트린 원흉이었다. 재겸에게 있어 나자가 된다는 것은, 원수와 같은 곳에 적(籍)을 둔다는 것을 의미했다. 그런데 나더러 나자가 되라고? 재겸은 하도 어이가 없어서 웃음이 나올 지경이었다.

"그렇게까지 나자를 싫어하는 줄은 몰랐어."

그때, 턱을 매만지던 윤태희가 입을 열었다.

"그 정도로 나자가 싫다면, 네 말대로 죽었다 깨어나도 나자가 될 일은 없을 것 같긴 하네. 어쩌면 우린 좋은 친구가 될지도 모르겠다고 생각했는데 이렇게 되어서 정말 유감이야."

그러더니 어깨를 한 번 으쓱이며 말했다.

"네 뜻은 잘 알겠어. 억지로 강요하고 싶진 않아. 너 말고도 귀재는 많으니까."

재겸이 눈을 가느다랗게 떴다. 끈질기게 달라붙을 것이라

생각했는데, 예상외로 윤태희는 순순히 물러섰다. 윤태희가 모자를 꾹꾹 눌러쓰며 중얼거렸다.

"물론, 누가 됐든 너처럼 마음에 들진 않을 테지만. 내가 아무래도 상대를 잘못 고른 것 같은데. 아쉽고 속상하지만 어쩔 수 없지. 다른 사람을 찾아보는 수밖엔…."

윤태희가 미소를 지었다. 미소와 함께 한쪽 뺨에만 생겨난 선명한 볼우물을, 재겸이 말없이 노려보았다. 정중하게 물러서는 태도였지만 어쩐지 그 저의가 불순하게 느껴졌던 탓이다.

"그래서 말인데, 조영우는 어때?"

조그맣게 속삭이는 목소리가 부드러웠다. 정말이지 난데없는 이름이었다. 윤태희에게 시선을 고정하고 있던 재겸이 느리게 눈을 깜빡였다. 피식, 하는 소리와 함께 무표정하던 얼굴에 웃음기가 돌았다. 그러자 윤태희도 따라서 웃었다. 누가 보면 서로 농담이라도 주고받은 것처럼 보였다.

"야."

말없이 피식거리던 재겸이 한참 만에 입을 열었다.

"너 지금 나 협박하냐?"

"그럴 리가."

윤태희가 눈썹 한쪽을 들어 올리며 능청스레 대꾸했다.

"같은 반이니까 잘 알지? 꽤 그럴듯한 친구 행세…."

말을 끝맺기도 전에 재겸이 바람처럼 튀어 나갔다. 둘 사이를 가로지르던 매대는 어느덧 멀찍이 내던져졌다. 어딜 봐도 던질 수 있는 무게는 아니었으나 꼭 집어 던져진 모양새였다. 쿵, 소리와 함께 날아가듯 밀려난 매대는 이미 난장판이 된 서점을 또 한 번 어지럽혔다. 근처에 남아 있던 몇몇의 사람들에게서 부산한 비명이 터져 나왔다.

"윽…."

성가신 방해물을 집어치우자마자 재겸은 윤태희를 냅다 발로 걷어찼다. 등에 가방을 메고 있는 것이 다행이라면 다행이었다. 윤태희가 얼굴을 찡그리며 신음했다. 반듯하게 쓰고 있던 모자는 어딘가로 날아가 버린 뒤였다. 발에 차여 구석에 처박혀 있던 윤태희가 몸을 일으키려던 순간이었다.

한발 빠르게 몸이 저절로 일으켜졌다.

"어제 그냥 반 죽여 놨어야 했는데."

중얼거리던 재겸은 윤태희의 멱살을 움켜쥐고 짐짝처럼 들어 올렸다. 그렇게 둘은 마주 섰다. 벽 쪽에 내몰려 있던 윤태희가 작게 기침을 했다. 머리는 잔뜩 흐트러졌고, 입고 있던 검은색 칼라 티는 손아귀에 한껏 끌려 올라간 상태였다. 상의 안쪽에서 탄탄한 배가 한 뼘쯤 드러나 보였다.

"아파…."

살갗에 부딪쳐 오는 귀기가 무시무시했다.

"다시 말해 봐."

우악스레 잡힌 멱살은 풀릴 줄을 몰랐다. 앳된 소년의 얼굴은 무서울 정도로 살벌했다. 걷어차인 가슴팍이 아픈 건 둘째 치고, 이대로 내버려 두면 목이라도 조를 기세였다.

"사람들이 보잖아."

서점 안에 남아 있던 사람들은 물론이고 가게 바깥에서 깨진 유리창 주변을 서성이던 행인들도 전부 둘을 쳐다보고 있었다. 뭐야, 무슨 일이야, 웅성거리는 목소리가 서서히 소란스러워지려고 했다. 주변을 힐끗, 곁눈질하던 재겸이 음산한 목소리로 대꾸했다.

"내 알 바 아냐."

아까부터 윤태희는 범인의 이목을 인질로 삼아 제멋대로 굴었다. 생각해 보니 조심해야 하는 건 내가 아니라 너다. 이런 상황을 만들기 싫으면 입을 그따위로 놀리면 안 됐다. 어차피 이곳이야 떠나면 그만이다. 더 이상 윤태희가 이끄는 대로 장단을 맞출 생각은 없었다.

"알고 지낸 지 얼마나 됐다고, 조영우가 그렇게 걱정돼?"

멱살을 잡은 손아귀 힘이 강해졌다.

"그래, 죽고 싶으면 계속 그렇게 기어올라."

재겸이 싸늘한 눈을 치켜떴다.

"같잖은 협박도 사람을 봐 가면서 해야지."

"협박이라니, 그런 거 아닌데."

"그럼 지금 이게 뭐 하자는 짓거리야."

윤태희는 제 멱살을 움켜쥔 재겸의 손목을 강한 힘으로 붙잡았다.

"나는 내 후임이 될 귀재를 찾기 위해 이 학교에 왔어. 그리고 너는 나자가 되지 않겠다고 했고. 이 학교엔 너 말고도 두 명의 귀재가 더 있어. 그중 하나는 조영우고. 네가 나자를 싫어하는 건 이해해. 하지만 평범한 귀재들이라면 오히려 나자가 되고 싶어서 안달이거든."

윤태희는 재겸의 손목을 붙잡고 있던 손에 힘을 살짝 풀었다.

"조영우한테 나자가 되어 달라고 권유할지 안 할지는 내 자유고, 조영우가 어떤 선택을 하는지도 본인의 자유야. 어딜 봐도 네가 상관할 문제는 아닌 것 같은데···. 게다가 그 친구도 귀재니까 나로선 염두에 두고 있는 게 당연한 거 아닌가? 자, 여기까지. 뭐 문제 있어?"

"웃기지 마. 그게 협박이 아니면 뭔데?"

윤태희의 말은 확실히 그럴듯하게 들렸다. 일견 납득이 가면서도 동시에 재겸에게 이상한 압박감을 심어 주는 말이었다. 이게 윤태희의 의도일 것이었다. 이 학교에 재겸이 나름 정을 붙이고 있는 사람은 조영우가 유일하다는 것을, 과거까지 파헤친 윤태희가 모를 리가 없었다. 게다가 윤태희는 재겸이 나자에게 품은 악감정을 알고 있다. 그런데 굳이 이 상황에서 조영우의 이름을 입에 올리는 저의란 정말이지 분명한 것이었다.

"아니, 이건 협박이 아니야. 협박이 뭔지 잘 모르는구나."

혼잣말을 하듯 중얼거리던 윤태희가 문득, 알 수 없는 오묘한 낯을 했다. 자신의 멱살을 틀어쥔 손을 한 번 쳐다보더니, 다시 고개를 들어 재겸을 물끄러미 응시했다.

"신상 받아 보니 출생 신고부터 완벽하게 되어 있던데. 어떻게 한 거야?"

"…뭐?

화제를 벗어나는 뜬금없는 질문이었다. 재겸이 설핏 눈가를 일그러트릴 때였다. 누가 들을세라, 윤태희는 슬쩍 목소리를 낮췄다.

"서류에 기재된 가족 관계는 당연히 가짜일 테고, 그럼 그 연예인이라던 삼촌이랑은 무슨 사이지? 이름이 아마, 정주라고 했던가…."

"……."

재겸의 얼굴이 딱딱하게 굳었다.

"뭐, 나도 가끔 일 때문에 신분 위장하고 그러긴 하는데…. 그래도 나름의 절차가 있거든. 아무리 영향력 있는 유명 인사라고 해도 공문서를 위조하고 개인 인적 사항에 함부로 손을 대는 건 곤란해. 학교까지 와서 보호자 노릇을 해 줄 정도면 그 사람이 네 뒤를 봐주고 있는 모양인데, 그 사람도 귀재야? 아무리 봐도 평범한 사람은 아닐 것 같은데…."

윤태희는 고개를 기울이며 태연하게 말을 이었다.

"……."

"아무튼, 좀 조심하라고 전해 줘."

"……."

다정한 안부로 말을 마친 윤태희가 입꼬리를 반듯하게 올렸다. 재겸의 숨결이 점차 거칠어지더니 멱살을 틀어쥔 손이 부들부들 떨리기 시작했다. 어찌나 힘을 줬는지 손등 위로 뼈가 불거져 나올 지경이었다. 재겸의 얼굴은 어느덧 새하얗게 질려 있었다.

"…너."

조영우라는 이름을 들었을 때와는 차원이 다른 타격감이 재겸의 뒤통수를 거세게 후려쳤다. 윤태희는 나만이 너를 안다고 했었다. 그 말이 진정으로 무얼 의미하는지, 재겸은 지금에서야 깨달았다. 왜, 왜 생각을 못 했지. 그래, 뭔가 이상했다. 이렇게 순순히 물러날 리가 없다. 문득, 아주 오래전 사내가 했던 말이 귓가를 맴도는 것 같은 착각이 들었다.

'그들은 목적을 이루기 위해서라면 수단과 방법을 가리지 않아.'

'무자비하고 잔혹하지.'

'나자를 만나거든 그때는 반드시 도망쳐야 한다.'

누가 머릿속을 헤집어 놓은 것만 같았다. 그때 자신은 아무것도 모르는 어린애였다. 사내가 나자였다는 사실조차 몰랐다. 그러니 그렇게 바보처럼 당하고 만 것이다. 모든 건 사내의 손바닥 위에 있었다. 하지만 지금은 아니었다. 나자인 윤태희를 보고도 도망치지 않았던 이유는 더 이상 잃을 게 없기 때문이었다. 그리고 지금 윤태희는 정말 그렇게 생각하느냐고, 진정으로 거기서 더 잃을 것이 없느냐고 묻고 있었다.

재겸의 눈동자가 황망하게 흔들렸다. 말없이 재겸을 응시하던 윤태희가 마침내 손에 힘을 줬다. 아까 손목을 틀어쥐던 것과는 확연히 다른, 강한 힘이었다. 멱살을 틀어쥐고 있던 손이 어렵지 않게 떨어져 나갔다. 멍하니 서 있던 재겸이 뒤늦게 이를 악물었다.

퍽―!

재겸은 어제처럼 윤태희에게 주먹을 날렸다. 둔탁한 소리와 함께 윤태희의 고개가 세차게 돌아갔다. 하지만 어제와 같은 충격은 없었다. 주먹에 귀기가 실려 있지 않았다. 귀기를 싣지 못한 건지, 싣지 않은 건지는 알 수 없었으나 맨주먹이기는 해도 제법 아릿하긴 했다.

"전부터 느낀 건데… 손이 많이 험하시네."

작게 중얼거리며 윤태희가 살짝 부어오른 뺨을 쓸었다.

"개수작… 부리지 마. 너, 진짜 죽여 버릴 거야."

쥐어짜듯 내뱉은 목소리가 살짝 갈라졌다. 재겸이 윤태희를 죽일 듯이 노려보았다. 집채만 한 파도처럼 분노가 몰아닥쳤다.

"이런 걸 협박이라고 해, 재겸아. 알겠어?"

확실히, 다르긴 달랐다.

"고작 말 한마디만으로 상대방을 무력하게 만드는 게 바로 협박이야. 보통은 태생부터 더러운 협잡꾼에, 음흉한 수작질을 일삼는 쓰레기라면 흔히들 애용하는 수법 중 하나고."

그렇게 말하는 윤태희의 목소리는 아찔할 정도로 상냥했다. 실로 그러했다. 친절하게 덧붙이는 설명에 재겸의 뺨이 경련했다. 재겸이 이를 악물었다.

"건드리지 마."

윤태희가 재겸의 넥타이를 부드럽게 끌어당겼다. 재겸의 어지러운 시야로 그림처럼 반듯한 이목구비가 한층 가깝게 들어찼다. 샌님처럼 곧고 단정한 윤태희의 손에 둘 사이의 거리가 속수무책으로 좁아졌다. 향수의 잔향이 코끝에서 불쾌하게 맴돌기 시작했다.

"네 말대로 나는 협잡꾼이거나 쓰레기일지도 몰라. 뭐, 어쩌면 그보다 더한 씨발 새끼일지도 모르지. 네가 날 어떻게 보든 상관없어. 뭐가 됐든 네가 보는 그 모습이 맞을 거야. 네가 나를 협잡꾼으로 본다면 나는 협잡꾼이 될 거고, 쓰레기로 본다면 쓰레기가 될 거니까."

다정하게 속삭이는 목소리였다. 마음만 같아선 당장 이 손을 부러뜨리고 싶다. 하지만 그럴 수 없었다. 진짜 협박이란 게 어떤 것인지 알았기 때문이다.

이 손을 부러뜨린다면 이 손은 정주가 이룩해 낸 삶을 망칠 것이다. 정주의 뒤를 캐고, 정주의 앞길을 막고, 그걸 빌미로 삼아 정주가 쌓아 온 것들을 망가트릴 것이다.

"나는 네가 말하는 대로 그에 걸맞은 사람이 될 생각이야."

넥타이를 허락 없이 움켜쥐었던 무례한 손은 그대로 재겸의 목덜미를 향해 다가왔다. 아주 잠깐 사이에 쇄골 부근에 온기가 닿았다가 사라졌다. 길고 곧은 손가락은 재겸의 비뚤어진 칼라를 반듯하게 정리해 준 뒤 미련 없이 멀어졌다.

"어때? 내가 아직도 협잡꾼에 쓰레기로 보여?"

윤태희가 물었다. 재겸은 지금 이 순간 자신이 갈림길에 서 있다는 것을 알았다. 그렇다고 대답한다면 그에 걸맞은 '협박'이라는 수법을 써서 재겸을 옭아맬 것이고, 아니라고 대답한다면 나자에 대한 입장을 번복하는 셈이니 전처럼 윤태희를 단호하게 뿌리치지 못할 것이었다.

교묘하고 친절한 외통수였다.

· ✺ ·

이영신은 꼭두새벽부터 일어나 목욕재계를 했다. 귀한 산삼 동자를 맞이해야 하니 응당 몸과 마음을 단정하게 할 필요가 있었다. 산삼 동자에 관한 조사는 일찍이 끝마친 상태였다. 여러 계획을 세워 놓고 수도 없이 시뮬레이션을 해 보았고, 바로 오늘이 결전의 날이었다.

이른 아침. 차를 몰고 이층집에 도착한 이영신은 심호흡을 했다. 골반에 두른 힙색 안에는 필요한 제구를 몇 가지 골라 미리 넣어 둔 참이었다. 힙색을 단단히 조여 매고 대문 앞에 선 이영신이 눈을 가느다랗게 떴다. 희끄무레한 안개와도 같은 것이 집 전체를 감싸고 있었기 때문이다.

주황색 페인트로 칠한 대문에선 유난히 서늘하고 무거운 기운이 느껴졌다.

"역시."

결계가 쳐져 있다.

그래서였군. 이영신이 고개를 끄덕이며 턱을 매만졌다. 최종 위치를 파악하는 데 성공한 이후에도 몇 차례나 멧새에게 집 내부의 동태를 살피라는 명령을 내렸었다. 하지만 모든 시도는 실패로 돌아갔다. 어째서인지 멧새는 담장 가까이로는 접근하지 못했고, 날려 보낸 족족 하루 종일 집 주변만 빙빙 돌았다고 했다. 이유가 뭔가 했더니 결계가 쳐져 있었다.

이영신은 힙색의 지퍼를 열어 장갑 한 장을 꺼냈다. 손에 장갑을 끼고 대문을 더듬거리자 안개와도 같던 무형의 결계가 손에 만져졌다. 결계의 질감을 느끼던 이영신이 눈을 동그랗게 떴다. 딱딱할 줄 알았는데 물렁하다. 물렁하다는 건 결계를 겹겹이 쳐 놨다는 증거였다.

보통은 결계의 벽이 돌처럼 딱딱하기 마련이었다. 설계하기 쉬울 뿐만 아니라 강도가 높아서 효율적이기 때문이었다. 단점은 일정 이상의 힘을 받으면 쉽게 깨진다는 점이다. 그렇기에 오히려 물렁물렁한 결계가 훨씬 파훼하기 어렵다. 쉽게 비교하자면 이건 말랑한 젤리였다. 딱딱한 비스킷은 힘만 주면 쉽게 부술 수 있지만 젤리는 그럴 수 없는 것과 비슷한 이치였다.

만약 딱딱한 보통의 결계인 줄 알고 귀기를 써 파훼하려고 했다간, 이 물렁물렁한 결계는 그 귀기를 흡수할 것이다. 그리고 그 귀기를 고스란히 반동하여 침입자는 그만큼의 데미지를 돌려받을 터다. 장갑을 낀 손으로 결계를 미리 파악한 것이 백 번 잘한 일이었다.

이영신이 흥미롭게 눈을 빛냈다. 과연. 산삼 동자가 쳐 놓은 결계인가? 역시 기대를 저버리지 않는다. 귀한 힘을 가진 몸이니 호락호락하진 않을 거라고 예상했었다. 다른 누구도 아닌 산삼 동자라면 능히 이렇게 치밀하고 꼼꼼한 결계를 칠 법도 했다.

장갑이 없었다면 결계에 직접 손도 댈 수 없었을 것이다. 장갑을 낀 팔을 결계 안쪽으로 휘적거려 보았다. 팔을 끝까지 집어넣었는데도 대문이 손에 닿질 않는다. 눈으로만 보면 코앞에 대문이 있건만 실로 훌륭한 솜씨였다. 결계를 치는 건 정화부가 전문인데, 정화부에서도 이런 결계를 칠 수 있는 사람은 많지 않을 것이다.

"그래, 이렇게 나와 주셔야지."

이영신은 콧노래를 흥얼거리며 힙색의 지퍼를 열었다.

"그리고 인간이라면 도구를 써야 하고."

자문자답하던 이영신이 방정맞게 어깨춤을 추며 신나게 힙색 안을 뒤적거렸다. 귀기를 무력화할 때 쓸 밧줄이며, 움직임을 봉쇄할 부적 등 여러 종류의 제구가 어지럽게 뒤섞여 있었다. 이영신은 그중에서 동그란 건전지 하나를 꺼냈다.

"바깥에서 귀기를 쓰면 그대로 돌려받는다, 이거지?"

비록 생긴 건 평범한 건전지였으나 안에는 전해 물질이 아니라 이영신의 귀기가 응축되어 있다. 나례청 안에서는 이것을 은륜지(隱淪池)라고 불렀다. 이영신은 장갑을 낀 손에 은륜지를 옮겨 쥐었다. 아까처럼 물렁한 결계의 벽 안쪽으로 손을 넣고 은륜지를 깊숙이 밀어 넣었다.

"그럼 안쪽에서 귀기를 쓰면 어찌 되려나."

제구부 수석은 발상의 전환이 뛰어났다. 결계에 은륜지를 심은 이영신이 캬캬, 웃으며 손을 뺐다. 장갑을 벗어 힙색 안에 구겨 넣었다. 그러고는 고개를 빼꼼 기울여 손목시계를 한 번 확인했다. 이영신이 합장을 하듯 손뼉을 짝, 마주쳤다.

"무술(戊戌) 오월기미삭(五月己未朔) 초칠일경오(初七日庚午)."

한순간에 이영신은 진지한 얼굴이 되었다.

"이영신이 은륜(隱淪)[8]의 시한을 종료합니다."

말을 끝맺음과 동시에 안쪽에 심어 놨던 은륜지가 부서졌다. 퍼엉, 응축된 귀기가 강하게 터지며 결계가 일순 거세게

---
8 물건이 가라앉아 보이지 아니하다.

흔들렸다. 옳지. 이영신이 고개를 끄덕이며 손가락을 접었다.

삼. 이. 일. 세 번째 손가락이 접히는 순간,

퍼엉!

결계는 흡수한 귀기를 다시 한번 토해 냈다.

"와우, 브라보…."

이영신이 흡족한 얼굴로 박수를 쳐 댔다. 약간의 시간차, 도합 두 번의, 내부에서 일어난 충격으로 결계가 찢어졌다. 바깥에 서 있던 이영신은 아주 안전했다. 은륜지가 만들어 낸 커다란 구멍은 사람 한 명이 들어가기엔 충분한 크기였다. 이영신은 주황색 대문을 열고 망설임 없이 성큼성큼 들어섰다.

"크, 넓다! 넓어!"

힙색 지퍼를 닫으며 마당을 휘휘 둘러볼 때였다.

"어어! 나리, 오셨습니까?!"

이영신의 시선이 어느 한 곳으로 향했다. 마당 뒤편에서 어렴풋한 인기척이 느껴졌던 것이다. 얼핏 듣기에도 반가움이 묻어나는 목소리였다. 다다다, 뛰는 발걸음이 점차 가까워진다 싶더니 이층집 모퉁이에서 어린아이 하나가 튀어나왔다.

"오늘은 왜 이렇게 일찍 오셨어요? 바깥에서 이상한 소리가…."

멀뚱히 서 있던 이영신이 고개를 내려 아이를 쳐다보았다.

"어…."

"아…."

허리춤에서 눈이 마주쳤다.

"……."

"……."

한차례 정적이 흘렀다. 아이는 입을 벌린 채 멍하니 이영신을 올려다보고 있었다. 이영신의 콧구멍이 벌렁거렸다. 잠시 머뭇거리다가 한 걸음 가까이 다가섰다. 그러자 굳어 있던 아이가 흠칫, 물러섰다. 이영신이 다시 한 발자국 다가갔다.

"저기, 안녕하세요. 동자님."

아이가 화들짝 놀라며 더듬더듬 입을 열었다.

"누, 누, 누, 누구세요?!"

메산이는 경계심이 가득한 얼굴로 이영신을 바라보고 있었다. 이영신은 저도 모르게 침을 꿀꺽 삼켰다. 산삼 동자는 어디에서나 흔히 볼 법한 평범한 어린아이의 모습이었다. 아이의 외양을 하고 있다는 건 알고 있었음에도 막상 두 눈으로 직접 보고 나니 기분이 묘했다.

"아… 그게… 저는 이영신이라고 하는데…."

아이의 눈을 본 순간, 왠지 마음이 사르르 풀어졌다.

"그, 그러니까 그게."

이영신은 주저하며 머리를 긁적거렸다. 생각해 보니 한 가지 간과한 부분이 있었다. 그건 바로 자신이 아이를 예뻐하는 편이라는 사실이었다. 몇 해 전 친누나가 결혼하면서 조카가 생긴 후로 더더욱 그랬다. 그리고 몇백 년 묵었을 게 분명한 산삼 동자는 저의 어린 조카와 비슷한 나이대처럼 보였다. 그래서일까? 이영신은 문득 난처한 심정이 되었다.
아놔, 이거 왠지 못 할 짓 하는 거 같은데….
"저어… 일단은 진정하시고…."
고민하던 이영신이 머뭇머뭇 손을 뻗는 순간이었다.
메산이는 뒤도 돌아보지 않고 냅다 줄행랑을 쳤다.

· 🕊 ·

정주는 하고 싶은 것도, 되고 싶은 것도 많다고 했다. 호족의 성채를 뛰쳐나와 인간 세상에서 발을 붙이고 사는 것을 단 한 번도 후회해 본 적이 없다고 했다. 안온한 성채에서 화초처럼 자라 온 정주에게 있어 넓고 자유로운 바깥세상은 크나큰 감명을 주었다.
'나는 그 성채가 이 세상의 전부인 줄 알았어. 네가 없었다면 난 평생 그곳에서 갇혀 지냈을 거야. 널 만나면서 처음으로 용기가 생겼어. 매일 꿈을 꾸는 것 같아.'
정주는 무한한 가능성이 잠재된 이 땅을 사랑했다. 마음껏 욕망하고, 그 욕망을 현실로 만들 수 있는 세계였다. 그게 바로 '인간적인' 거라고, 정주는 그렇게 말했었다.
재겸은 자유를 만끽하며 인간답게 살아가는 정주가 부러우면서도 순수하게 느껴졌다. 그래서였다. 재겸은 종종 자신의 존재가 정주의 발목을 붙잡는 족쇄일지도 모른다는 생각을 하곤 했다. 썩은 웅덩이와도 같은 이 삶에 정주도 메산이도 더 이상 발을 담그고 있어선 안 됐다.

저를 떠나 각자의 삶을 온전히 살아 내길 바랐었다.

'너 하고 싶은 대로 하고 살아, 나랑 애 신경 쓰지 말고.'

정주가 연예계 데뷔를 준비하며 서울에 따로 거처를 마련하고 싶다는 뜻을 내비쳤을 때, 메산이는 못내 섭섭하고 아쉬워했지만 재겸은 일말의 망설임도 없이 그러라고 했다. 늙지도, 죽지도 못하고 멈춰 있는 이 삶은 오로지 저의 몫이어야 했다. 그런데 왜.

윤태희는 정주가 스스로 일궈 낸 삶을 방해하고, 무너뜨릴지도 모른다.

"말해 봐, 네 눈엔 내가 뭐로 보이는지. 내가 뭐였으면 좋겠어?"

윤태희는 말했다. "네가 말하는 대로 그에 걸맞은 사람이 되어 주겠다"라고. 그렇게 재겸의 손에 상냥하게 칼자루를 쥐여 주었다. 하지만 재겸은 알고 있었다. 이 칼을 어느 쪽으로 휘두르든 다치는 건 자신일 것이라는 사실을.

"친구, 동료, 원수, 적…. 어느 쪽이든 말만 해."

친구, 동료?

재겸은 경멸 어린 시선으로 윤태희를 쳐다보았다. 지금에 와서 또다시 친구니 뭐니 운운하는 게 가증스럽다. 윤태희는 더 이상 협잡꾼에 쓰레기가 아니었다. 그것만으로는 부족했다. 지금의 윤태희는 악귀보다도 간특한 흉한에, 천하에 둘도 없는 악인이었다.

"넌 그냥 나를 이용하려는 거잖아."

"그럼 너도 날 이용해."

윤태희는 달리 부정은 않고 태평하게 대꾸했다.

"아까 조심하라고 말한 건 진심이었어."

뜬금없는 말과 함께 윤태희가 진지한 얼굴을 했다.

"…뭐?"

"네 삼촌 말이야. 방송국이나 촬영장 같은 곳엔 특히나 귀신이 많아. 그래서 그 바닥, 나자 받이거든. 현직 유명 연예인이 귀재라는 사실을 알면 나레청에서는 분명히 어떻게든 이용해 먹으려고 할 거고. 덜미를 잡히면 그걸로 끝이야. 지금까진 운이 좋았던 모양이지만."

윤태희가 무미건조한 어조로 말을 이어 나갔다.

"나자는 기회를 놓치지 않아. 쥐새끼처럼 집요하고 끈질기거든. 어쩌면 이미 누군가 한 명쯤은 눈치채고 있을지도 모르는 일이고. 나처럼 정체를 숨기고 곁에 붙어 있을 가능성이 높아."

그동안 전혀 생각지 못한 부분이었다. 정주는 많은 사람들 틈에 섞여 생활한다. 고로 충분히 가능성이 있는 이야기였다. 협박범은 냉철하고도 객관적인 태도로 현실을 지적해 주고 있었다.

"사방 천지에서 쥐새끼가 득실대는데, 따돌릴 방법이 있을 거라고 생각해?"

그동안의 안일함을 지적하는 목소리가 싸늘했다. 마치 재겸과 정주가 방심하고 있는 것을 못마땅해하는 기색이었다. 그 사실을, 본인은 의식하지 못하는 듯했다. 윤태희는 나자를 서슴없이 '쥐새끼'라고 칭했다. 스스로 모욕적인 비유를 쓰는 것이 묘하게 이질적이었다.

"너는 꼭 그런 쥐새끼가 아니라는 것처럼 말하네."

재겸의 조소 어린 말에 윤태희가 순간 멈칫했다. 찰나의 순간이었다. 윤태희는 언제 그랬냐는 듯, 금세 여상한 얼굴로 돌아와 있었다. 재겸이 날카롭게 물었다.

"…그래서 하고 싶은 말이 뭐야."

정주를 들먹이며 무슨 짓이라도 저지를 것처럼 협박할 땐 언제고, 이번에는 조심하라는 말은 진심이라며 경각심을 일깨워 주고 있었다. '네가 조심해야 할 건 나만이 아니야.'라고. 도무지 속내를 알 수가 없었다. 모든 말과 행동이 의심스럽고 위험하게 느껴지기만 했다.

"이래 봬도 내가 직급이 꽤 높거든."

윤태희는 고개를 기울이며 말을 덧붙였다.

"뒷배로 삼기엔 그럭저럭 제법 괜찮은 위치일걸."

"그게 무슨 말이야?"

"그러니까 나 좀 써먹어 보라고."

재겸의 얼굴이 일그러졌다.

"…뭐?"

윤태희가 능청스레 웃으며 자신의 가슴팍에 손을 댔다.

"아까 말했잖아. 너도 날 이용하라고. 나라면 지켜 줄 수 있으니까. 네가 내 편이 되어 준다면 나도 네 편이 되어 줄게. 어제의 적이 오늘의 아군이 되는 건 생각보다 흔한 일이거든."

윤태희가 나지막한 목소리로 속삭였다.

"모쪼록 현명한 판단, 기대할게."

협박, 그다음엔 회유였다.

· 🕊 ·

"저어… 일단은 진정하시고…."

겁에 질려서 잠시 굳어 있었던 메산이는 나 살려라 줄행랑을 쳤다. 가뜩이나 인간을 무서워하는데 알지도 못하는 덩치 큰 장정이 눈앞에 서 있으니 그야말로 기절할 노릇이었다.

메산이가 부랴부랴 도망을 치자, 이영신은 화들짝 놀라 메산이를 추격했다.

"헉, 동자님! 잠깐만요. 까까! 까까 사 줄게요! 네? 까까 사 줄게!"

그렇게 드넓은 마당에서 한바탕 술래잡기가 시작되었다.

혼비백산하여 도망치던 메산이는 현관문을 열고 집 안으로 몸을 피했다. 그게 바로 술래잡기에서 패배한 결정적인 요인이었다. 분명히 문에 자물쇠를 채웠는데 이영신은 아주 손쉽게 문을 따고 들어왔던 것이다. 제구부 수석의 비범한 손재주가 빛을 발하는 순간이었다.

사방이 가로막힌 집 안에서도 추격전은 벌어졌다. 덕분에 집 안 꼴이 개판 오 분 전이었다. 이영신은 어렵지 않게 메산이를 포획했다. 메산이는 결국 꺼이꺼이 울음을 터뜨렸다.

"이거 놔, 으어엉, 놔주시오흐어엉…."

이영신은 메산이의 손목을 붙잡고 헉헉거리며 거친 숨을 몰아쉬었다. 이영신에게 붙잡힌 메산이는 어흐어우어엉어, 알아들을 수 없는 이상한 소리를 내며 더 크게 훌쩍거렸다.

"나리, 나리, 흑흑, 나리께 보내 주세요, 엉엉…."

어린애가 습관처럼 '엄마'를 부르짖으며 울듯이, 부모가 없는 메산이는 엄마 대신 저의 나리를 찾으며 울고 있었다. 메산이의 손목을 붙잡은 채 가쁜 숨을 쉬던 이영신이 멈칫했다.

'나리…?'

동자님은 아까부터 누군가를 찾고 있다. 뒤늦게 정신이 든 이영신은 집 내부를 가볍게 훑어보았다. 그러고 보니 평범한 가정집이다. 사람이 생활하던 흔적이 곳곳에 묻어 있다. 평소 함께 생활하던 이가 있는 모양이다. 안 그래도 맨 처음 보고를 받을 적에 웬 남자가 동자님을 데리고 사라졌다고 했다.

 그 남자를 나리라고 부르는 건가? 근데 '나으리'라는 호칭은 보통은 윗사람에게 쓰는 말이다. 신성한 산삼 동자가 윗전이라도 모시고 있는 건가? 만약 산신이라면 몰라도. 이런 가정집에 자리를 잡고 생활을 하는 걸 보면 산신을 모시고 있을 리는 없고. 게다가 딱 보아하니 사람의 손을 탄 듯한데, 도대체 이게 어떻게 된 일인지···.

 잠시 생각에 잠겨 있던 이영신이 어색하게 입을 열었다.

 "저기, 동자님, 울지 마세요."

 의문을 뒤로한 채, 일단 이영신은 상황 수습에 들어가기로 했다. 메산이를 붙잡고 있던 손에서 힘을 풀었다. 그러고는 눈물로 범벅이 된 얼굴을 세심한 손길로 닦아 주었다.

 "흠흠, 죄송해요. 제가 무서우셨죠?"

 "으, 흐흑···."

 "동자님이 이렇게 우시면, 나리께서 마음 아파하실 거예요."

 눈앞에 있는 건 어린아이가 아니라 산삼이다. 산삼이다. 산삼이다···.

 이영신은 눈을 질끈 감았다. 여기까지 왔는데 놓칠 수는 없었다. 이렇게 된 이상 마음을 단단히 먹어야 한다. 우선은 어떻게든 동자님을 안심시켜야 했다. 그렇게 생각한 이영신은 아주 자연스럽게 '나리'를 언급했다. 그러자 메산이가 순간적으로 멈칫하는 것이 느껴졌다.

"나리께서는 동자님이 우실 때마다 속상해하시는, 그런 다정한 분이시잖아요. 나리께서 그간 워낙 동자님에 대한 이야기를 많이 해 주셔서 꼭 한번 뵙고 싶었습니다. 너무 반가운 마음에 무례하게 굴고 말았어요. 저를 용서하세요⋯."

메산이가 퉁퉁 부은 얼굴로 고개를 들어 올렸다.

"저, 저희 나리를 아세요?"

"네? 아, 그⋯ 그럼요. 당연히 알지요."

메산이의 얼굴에 한 줄기 의심이 피어올랐다.

"그러니 제가 이 집에 들어왔죠. 동자님도 아시겠지만, 이 집은 아무나 드나들 수 없으니까요. 나리께서 손을 써 주셨습니다. 게다가 저는 동자님이 어떤 분이신지도 알고 있고요. 그래서 처음 뵀을 때부터 '동자님'이라고 불렀던 거예요. 한낱 인간인 제가 무슨 수로 이 모든 걸 알고 있겠습니까. 다 나리께서 말씀해 주셨기 때문이랍니다."

생각해 보니 그렇다! 남은 울음을 삼켜 내던 메산이가 휘둥그런 눈을 했다.

"그, 그게 정말이세요?"

"네에, 제가 이곳에 온 것도 나리께서 부탁을 하셔서예요."

"나리께서 부탁을 하셨, 셨다고요?"

이영신이 고개를 끄덕이며 메산이를 일으켜 세웠다.

"나리께서 동자님을 데려와 달라고 하셨어요."

"저를요? 나리께서요? 어, 어디로요?"

"아. 그게⋯."

아놔. 거기까진 생각 안 해 놨는데.

순간, 말문이 막힌 이영신이 눈을 굴렸다.

"어, 그러니까⋯."

"⋯네?"

"서, 서울, 서울에."

"⋯서울이요?"

메산이의 표정이 일변했다. 마치 그게 말이나 되느냐고 묻는 듯한 얼굴이었다.

똘망똘망하던 눈에 미심쩍은 기색이 묻어나자, 되는대로 말을 뱉어 버린 이영신은 약간 당황하고 말았다. 이영신이 짐짓 태연하게 간신히 입꼬리를 올렸다.

"네, 서울에 계십니다."

메산이가 말없이 등을 돌렸다. 이영신은 순간 손을 뻗어 그대로 메산이를 붙잡을 뻔했다. 이대로 놓치면 큰일이었다. 조사한 바에 따르면 산삼 동자는 천성이 순진하고 타인을 해칠 줄 모르며 거짓에 서툰 탓에 인간의 꾐에 손쉽게 넘어간다고 했다. 관련된 설화도 많았다. 그래서 가짜로 연기를 해서라도 차에 태울 생각이었건만, 아무래도 허술하게 뻥을 친 모양이었다.

"서울?"

이상하다. 나리는 아침에 학교에 가셨는데? 메산이는 생각에 잠긴 낯으로 '서울'을 곱씹고 있었다. 알쏭달쏭한 메산이의 표정을 지켜보던 이영신은 제법 초조한 심정이 되었다.

외형이 어린아이라고 너무 쉽게 생각했나. 역시 의심하는 것 같다. 어떡하지? 밧줄로 묶어서 데려가야 하나. 조심조심 데려가고 싶었던 이영신은 자꾸만 마음이 약해지려고 했다.

"서울….'"

결국, 이영신이 안절부절못하며 힙색의 지퍼를 열려던 순간이었다.

"아하! 서울이라면, 정주 님이 계신 곳이네요?!"

뭐지? 이영신이 화들짝 놀라 손을 뒤로 감췄다. 어쩐지 동자님의 안색이 환해져 있었다. 이제야 알겠다는 듯 고개를 끄덕이며 웃기도 했다. 동자님의 미소가 귀여워서 이영신은 그 와중에 또 콧구멍을 벌렁거렸다. 눈꼬리에 눈물을 매단 메산이가 기쁜 어조로 물었다.

"나리께서는 정주 님을 만나러 가신 거죠?"

"크흠, 예?"

"혹시 정주 님과 화해를 하러 가신 건가요?"

정주 님은 또 누구람. 이영신이 가만히 눈치를 살폈다.

"그래서 저를 부르신 거지요? 그렇지요?"

"어… 아, 그, 네. 그렇죠!"

뭔진 모르겠지만 동자님은 손뼉을 치며 아주 좋아했다.

"그렇군요! 그래서 서울에 정주 님과 함께 계신 거군요!"

메산이가 폴짝폴짝 뛰며 얼굴에 남은 물기를 슥슥 닦아 냈다. 방금 전까지만 해도 눈앞에 선 장정이 무섭고 두렵기만 했는데 이제는 아니었다. 물론 낯선 인간이라 약간 겁이 나긴 했지만, 그래도 저의 나리가 심부름을 보낸 인간이니 믿을 만한 사람일 것이 분명했다.

처음부터 그렇게 말해 주었으면 좋았을 텐데! 자신에게 언질 하나 없이 학교에 가는 척을 했던 것은, 그간 자신이 마음고생한 것을 알고 깜짝 놀래 줄 심산에서 그런 것일 터였다. 정말 상상도 못 했다. 직접 서울로 가서 화해할 생각을 하시다니…!

메산이가 퉁퉁 부은 눈으로 방긋 웃었다.

"영신 님, 어서 저를 데려가 주세요."

"…예, 예?"

"나리께서 절 기다리고 계실 테니까요."

영, 영신 님? 감격한 이영신은 눈물이 핑 돌았다.

이영신은 메산이를 조수석에 태운 뒤, 안전벨트를 단단하게 채워 주었다. 차체를 돌아 운전석에 앉으니 새삼 꿈결 같았다. 토깽이 같은 자식을 옆에 태우고 드라이브하는 것이 이영신의 로망이었더랬다. 근데 토깽이가 아니고 산삼 동자를 태울 줄이야. 그리고 만반의 준비를 한 것치고는 꽤나 수월하게 데려올 수 있었다. 동자님을 차에 태운 이 순간, 모든 건 끝난 것과 다름없었다. 이대로 액셀만 밟으면 된다.

"동자님."

"네?"

"노래 좋아하세요?"

"노, 노래요?"

차에 시동을 걸던 이영신이 진지한 표정으로 고개를 끄덕였다. 기쁘게 따라나서긴 했지만 막상 차에 오르고 나니 동자님은 긴장한 기색이 역력했다. 고로 분위기 전환이 필요했다.

이왕이면 동자님의 기분을 즐겁게 만들어 주고 싶었다. 그리고 솔직히 말하면 점수를 따고 싶다는 사심이 좀 생기던 참이었다. 철딱서니 없는 어른은 어린아이의 관심을 필요로 했다.

"에헴."

이영신은 헛기침을 하며 휴대폰을 꺼내 들었다. 그러고는 심각한 얼굴로 음악 스트리밍 앱을 뒤적거리기 시작했다. 머지않아 차에 연결된 스피커에서 웅장한 도입부가 흘러나왔. 손가락을 꼼지락거리며 불안한 시선으로 창밖을 힐끔거리던 메산이가 고개를 들었다.

뽀뇨, 뽀뇨, 뽀뇨, 아기 물고기—

"저 푸른 바다에서 찾아왔어요. 뽀뇨 뽀뇨 뽀뇨, 오동통통…."

다음 소절을 이어 부르던 이영신과 메산이의 시선이 마주쳤다.
"……."
"……."
메산이가 당황한 얼굴로 입을 열었다.
"이, 이게 무슨, 노래인가요?"
"「벼락 맞은 뽀뇨」라고…."
"아…."
별론가. 나름 회심의 일격이었는데.
이영신이 시무룩한 얼굴로 액셀을 밟았다. 하긴 겉모습만 어린애지, 나보다 오래 살았을 텐데. 취향을 너무 우습게 봤나 보다. 환심을 사는 데 실패한 이영신은 쓸쓸히 노랫말을 중얼거렸다. 그리고 회심의 일격은 정확히 스물세 번째 재생이 되던 순간부터 먹혀들었다. 톨게이트를 지날 무렵이었다.
"뽀뇨가 너무 좋아요."
"새빨간 모습에."
"뽀뇨, 뽀뇨, 뽀뇨."
주거니 받거니 열창하는 둘을 태우고, 자동차는 한껏 속력을 높였다.
정오를 지난 시각, 목적지는 나례청이었다.

· 🕊 ·

톨게이트를 지나 고속 도로를 달리기 시작한 이후로 한 시간이 흘렀다.

"아, 흑. 미치겠네, 진짜."

이영신은 아주 힘겹게 운전 중이었다. 출발할 당시만 해도 신나게 뽀뇨를 열창하던 이영신은 어느 순간부터 말수가 현저히 줄어들었다. 이젠 식은땀까지 흘리고 있었다.

창밖 풍경을 구경하고 있던 메산이가 어리둥절한 얼굴로 물었다.

"영신 님, 어디가 불편하세요?"

"아, 아무것도 아닙니다."

이영신이 간신히 미소를 지어 보였다. 말은 그렇게 하면서도 얼굴 근육이 파들파들 경련하고 있었다. 그렇게 이를 꽉 깨물고 액셀을 밟던 이영신이 어느 순간 꽥, 소리를 질렀다.

"아악, 휴게소!"

난데없는 큰 소리에 놀랐는지, 동자님이 움찔하는 게 보였다. 하지만 미처 달래 줄 여유가 없었다. 휴게소 표지판을 보자마자 일단 핸들부터 틀었다. 이영신은 지금 화급을 요하는 상황에 놓여 있었다.

톨게이트를 통과하던 그 순간부터 아랫배에 신호가 왔던 것이다.

원래 계획대로라면 만일의 상황에 대비해 쉬지 않고 가는 것이 맞았다. 처음엔 그럴 생각이었다. 시간을 지체하고 싶지 않은 마음에 몇 번이나 휴게소를 지나치며 일단은 달렸다.

그리고 이영신은 말 그대로 하늘이 노래진다는 상황이 어떤 것인지 알게 되었다.

서울까지 가려면 지금까지 온 거리의 절반은 더 달려야 하는 상황이었다. 아무리 중대한 사안이더라도 인간의 존엄성은 저버릴 순 없었다. 황급히 차를 세운 이영신이 다급하게 안전벨트를 풀었다. 차 문을 열고 후다닥 내리려는 순간이었다.

"어, 어, 어디 가세요?!"

조수석에 앉아 있던 메산이가 이영신의 옷을 잡아당겼다. 도로를 달리던 차가 난데없이 휴게소에 멈춰 선 데다, 설명도 없이 어디론가 가 버리려고 하니 당황스러웠다.

"동, 동자님, 제가 그, 헉, 화, 장실…."

"…예?"

이영신이 이상한 소리를 내며 울먹거렸다.

"헉, 참으라고 했, 는데 지릴까 봐 그래, 서…."

"……."

"밖, 으로 절대 나오면 안 돼, 요. 여기서 기다려…."

"……."

무슨 말을 하는지 통 알아듣기가 힘들어서 메산이는 당황하고 말았다. 알아들은 내용이라곤 여기서 기다리라는 말뿐이었다. 이영신은 그 말을 끝으로 차에서 뛰쳐나갔다. 아니, 뛰쳐나갔다가 금방 다시 돌아왔다. 후다닥 돌아온 이영신은 차체를 노크하듯 세 번 두들겼다.

"응?"

조수석에 앉아 있던 메산이가 눈을 동그랗게 떴다. 그러자 이영신이 힘겹게 고개를 도리도리 내저었다. 마치 '아무것도 아니니 신경 쓰지 마세요.'라고 말하는 듯했다. 그러고는 이내 등을 돌리더니 번개처럼 화장실로 뛰어갔다.

메산이는 빠른 속도로 멀어지는 이영신의 뒷모습을 창 너머로 지켜보았다. 무슨 일이 생긴 걸까? 그래도 금방 오시겠지? 잘 달리던 차가 멈춰 서자 메산이는 제법 초조한 심정이 되었다. 이러다 늦게 도착하는 건 아닐지 걱정이 되었기 때문이다.

두 분께서 목이 빠져라 기다리고 계실 텐데….

"아, 그렇지!"

시무룩한 얼굴로 앉아 있던 메산이가 어느 순간 눈을 빛냈다. 그러고는 입고 있던 옷을 깊숙이 뒤적거리며 무언가를 찾기 시작했다. 바지 속주머니에서 무언가가 만져졌다. 메산이가 싱글벙글 웃으며 바지춤에서 물건을 쑥 끄집어냈다.

"전화를 드리면 돼!"

메산이가 꺼내 든 것은 일전에 정주가 줬던 휴대폰이었다. 원래는 재겸의 눈을 피해 거실 서랍장에 숨겨 놨었다. 근데 어느 날인가 저의 나리에게 들킬 뻔했던 적이 있어서 그때부턴 그냥 몸에 지니고 다니던 참이었다. 깜빡 잊고 있다가 이제야 생각이 났다.

정주 님께 금방 가겠다고, 조금만 더 기다려 달라고 말씀드려야지! 메산이가 서툰 손길로 꺼진 휴대폰의 전원을 켰다. 그러고는 정주가 알려준 대로, 더듬더듬 몇 개의 버튼을 눌렀다. 휴대폰을 귀에 가져다 대자 신호음이 들렸다. 설레는 마음에 다리를 동동 굴릴 때였다.

- 어, 메산아?

익숙한 목소리에 메산이의 얼굴이 환해졌다.

"정주 님!"

- 그래, 무슨 일이야?

"어어, 지금 잠깐 멈췄는데 금방 갈 거예요!"

휴대폰 너머에서 정주가 말했다.

- 응? 뭐가 멈췄다고?

"자동차요. 영신 님의 차가 잠깐 멈췄어요."

- 뭐? 누구?

"영신 님이요. 어어, 절 데리러 오신 분이요!"

메산이가 휴대폰에 대고 열심히 대답했다.

"지금 서울로 가고 있어요!"

그러고는 해맑은 목소리로 또박또박 덧붙였다.

- ······.

갑자기 휴대폰이 잠잠해졌다. 방금 전까지 목소리가 잘 들렸는데, 지금은 아무것도 들리지 않는다. 두 손으로 휴대폰을 쥐고 있던 메산이가 눈을 끔뻑거릴 때였다.

- 메산아.

"네에."

메산이가 착하게 대답했다.

- 너 지금 어디에 있어?

"저는 지금 영신 님 차 안에 있어요."

메산이의 말이 끝나자마자 휴대폰 너머에서 우당탕, 하고 소란스러운 소리가 났다. "괜찮으세요? 배우님! 어디 가세요?" 하는, 처음 들어 보는 사람들의 목소리도 어렴풋이 들려왔다.

"정주 님?"

- 메산아, 그, 그 사람, 지금 옆에 있어?

메산이가 어리둥절한 얼굴로 고개를 갸웃거렸다. 평상시와 다름없던 정주의 음성이 웬일인지 다급하게 들렸기 때문이었다. 더듬거리는 목소리가 묘하게 떨리고 있었다.

"아니요! 잠깐 어딜 가셨어요. 근데 정주 님, 목소리가 왜…."

- 차, 차 문 열어 봐!

"…네?"

- 차 문 열고 밖에 나가 봐, 얼른!

갑자기 왜 이러시지? 메산이는 일단 정주가 하라는 대로 했다. 문손잡이를 잡고 바깥쪽으로 밀어 보았다. 하지만 문은 꿈쩍도 하지 않았다.

"정주 님, 문이 안 열려요."

― 문이 왜 안 열려. 잠, 잠겨 있을지도 몰라. 메산아, 저번에 내 차 타 봤지? 문 안 열릴 때 어떻게 하면 되는지 문, 문손잡이 그쪽에, 어? 알려 줬었잖아. 그거 풀고….

정주의 말대로 메산이는 잠금 버튼을 풀고 문을 열었던 일을 금세 기억해 냈다. 다행히 지금 타고 있는 차는 정주의 차와 생김새가 비슷했다. 기억을 되살려 손잡이 근처를 만지작거리던 메산이의 낯이, 어느 순간 이상해졌다.

― 메산아, 잠겨 있는 거 풀었어?

"정, 정주 님…."

메산이가 당황한 얼굴로 말했다.

"이거 문, 안 잠겨 있어요…."

· 🕊 ·

"아, 미친. 이 나이에 똥 지릴 뻔했네."

이영신이 손에 묻은 물기를 털어 내며 휘유우, 안도의 한숨을 내쉬었다. 조금만 늦었어도 큰일 날 뻔했다. 한바탕 전쟁을 치르고 당당히 화장실을 빠져나온 이영신의 얼굴에 만족스러운 미소가 번졌다. 마침내 평화가 찾아왔다. 뒤늦게 휴게소 음식 냄새가 코끝을 찔렀다.

비웠으면 응당 채우는 게 도리였다.

"우리 동자님은 뭘 좋아하시려나."

이영신은 귀에 익어 버린 뽀뇨의 멜로디를 흥얼거리며 휴게소 스낵 코너 근처를 서성거렸다. 이왕 휴게소에 들른 김에 간단히 요깃거리라도 사 갈 생각이었다. 다양한 메뉴 앞에서 한참을 고민하던 이영신은 버터 바른 알감자와 핫바 두 개를 사 들고 차로 돌아왔다.

차창 안쪽으로 동자님의 모습이 보였다. 고개를 푹 숙이고 있는 모양새를 보아하니 잠이 들었나? 하는 생각이 들었다. 이영신은 별생각 없이 운전석 문손잡이를 잡아당기려다가 아차차, 중얼거리고는 차체에 그대로 손바닥을 붙였다. 그러자 문이 쉽게 열렸다.

"동자님, 저 왔습니당. 기다리셨죠?"

이영신이 운전석에 앉으며 음식이 담긴 포장지를 흔들었다. 밀폐된 차 안으로 먹음직스러운 냄새가 가득 찼다. 고개를 푹 숙이고 있던 동자님이 슬쩍 고개를 들었다. 버터 바른 알감자를 뒤적거리던 이영신이 제일 실해 보이는 녀석을 일회용 포크에 꽂아 메산이에게 건넸다.

"짜잔, 휴게소에 왔으면 무조건 이 알감즈아…. 도, 동자님! 왜 그래요?!"

눈물로 범벅이 된 얼굴을 보자마자 이영신은 몹시 당황하여 하마터면 알감자를 떨어트릴 뻔했다. 부랴부랴 알감자를 내려놓았다. 곧바로 동자님의 눈물을 닦아 주려는데 동자님은 손길을 피하며 고개를 홱, 돌렸다. 이영신이 울상을 지으며 물었다.
"동자님, 왜 우세요? 네? 무슨 일이에요?"
"흐흑…."
"혼자 계시느라고 무서워서 그래요? 네?"
"아, 아무것도 아니에요…."
메산이가 떨리는 목소리로 대답했다.
"뭐가 아무것도 아니에요! 말씀해 보세요, 네?"
"그, 그냥, 몸이 안 좋아서 그런 거니 신, 신경 쓰지 마세요. 흑."
이영신의 얼굴이 대번에 심각해졌다.
"몸이 안 좋다고요? 어디가 아프세요?"
"그냥, 머, 머리가 아프고 어, 어지러워서요."
"머리가요? 갑자기 머리가 왜…."
"산…."
메산이가 훌쩍이며 조그맣게 대꾸했다.
"산에서 멀어져서 그런가 봐요…."
"산이요?"
이영신이 그게 무슨 소리냐는 듯 되물었다.
"저는, 산을 오랫동안 떠나 있으면 힘이 약해져요…."
메산이의 말에, 어느 순간 이영신의 눈동자가 날카로워졌다. 이영신 또한 조사를 통해서 이미 알고 있던 사실이었다. 하지만, 산을 떠나온 지 고작 한나절밖에 지나지 않았는데?

"그게 무슨 말씀이세요? 자세히 말씀해 보세요."

메산이가 힘없이 말했다.

"그리고 산의 정기가 바닥나면 전, 죽고 말아요…."

죽기까지 한다고? 이영신이 흠칫 놀랐다. 그건 모르고 있던 내용이었다.

"그래서 미리미리 산의 정기를 받아서 비축해 놔야 해요. 근데 오, 오늘은 이렇게 먼 길을 나올 줄 몰라서, 미처 생각을. 그래서 평, 평소대로 정기를 모았는데 이, 이렇게 산에서 멀어져서…."

메산이는 말을 채 끝맺지 못했다. 말을 하는 것조차 힘든지 눈을 가물가물 떴다. 이영신이 묘한 표정으로 눈썹을 꿈틀거리고 있을 때였다. 메산이가 아앗! 하고 외마디 소리를 내며 머리를 짚었다. 지레 놀란 이영신이 큰 소리를 냈다.

"동자님, 괜찮으세요?"

메산이의 눈꺼풀이 파르르 떨렸다.

"영, 신 님…. 만약, 서, 서울에 계신 나리를 뵙기도 전에, 제 기력이 다해…."

가느다란 목소리도 너무도 연약하게 들렸다. 마치 죽음을 앞두고 마지막 유언이라도 남기는 듯했다. 가만히 이야기를 듣고 있던 이영신은 덜컥 겁이 났다. 이영신은 유언이 될지도 모르는 메산이의 말을 도중에 끊어 먹었다.

"그럴 일은 없을 겁니다. 걱정 마세요."

그렇게 말한 이영신은 침착한 손길로 차에 시동을 걸었다.

"일단 가까운 산으로 가면 되는 거잖아요, 동자님."

· 🕊 ·

'시간을 줄 테니, 차분히 생각해 봐.'

윤태희는 그 말을 끝으로, 난장판이 된 서점을 떠났다.

재겸은 그 자리에 못 박힌 채 멀어져 가는 탄탄한 등을 지켜보았다. 마음 같아선 도륙을 내고 싶었다. 하지만 안타깝게도, 보는 눈이 많아도 너무 많았다. 서점이 뒤집어진 게 뭐 그리 구경거리라고 시간이 지날수록 내부를 기웃거리는 사람들이 점점 늘어났던 것이다.

뼛속까지 스며드는 무력감이 육중해서 재겸은 그로부터 한참이 지나서야 발걸음을 뗄 수 있었다. 더 이상 잃을 게 없다고 생각했다. 재겸은 실로 오랜만에 비참하다는 감정을 느꼈다. 여기가 바닥이라고 생각했는데 내려갈 곳이 더 남아 있었다.

서점을 나온 재겸은 흡사 바람 빠진 풍선처럼 걸음을 옮겼다.

재겸은 정주의 삶을 지켜 주고 싶었다. 언제까지고 '평범한 유명인'으로서 살아갈 수 있었으면 했다. 윤태희는 정주가 단순히 귀재인 줄로만 알고 있는 듯했다. 그건 다행이었다. 다만 그 자체로서도 불행이었다. 최악은 아니지만 차악 정도는 되었다. 정주의 삶을 무너뜨리기에 적당한.

'조심하라는 말은 진심이야. 그 바닥, 나자 밭이거든.'

'유명인이 귀재라는 사실을 알면 어떻게든 이용하려고 들 거야.'

'이래 봬도 내가 직급이 꽤 높아. 나라면 지켜 줄 수 있어.'

다른 누구도 아니고 윤태희가 정주를 지켜 줄 수 있다는 것이 어이가 없었다. 윤태희의 말은 나례청 내부, 그러니까 안에서 손을 쓰겠다는 이야기였다. 그건 확실히 재겸의 능력 바깥에 있는 일이었다. 재겸 자신이 할 수 있는 건, 지켜 주는 것이 아니라 '망가트리지 않게 하는 것'에 불과했다. 그것도 자신이 나자가 되어야만 할 수 있는.

내가 나자가 된다고…?

집으로 향하는 버스 안에서, 재겸은 처음으로 멀미를 했다.

머릿속이 어지러웠다. 버스에서 내린 재겸은 고개를 푹 숙인 채 터덜터덜 걸었다. 메산이와 아이스크림을 사 먹었던 구멍가게를 지나자 포장도로가 뚝 끊겼다. 울퉁불퉁한 산길을 거슬러 올라가던 재겸이 어느 순간 고개를 들었다.

"……."

재겸이 우뚝 걸음을 멈췄다. 산길 끄트머리로 익숙한 대문이 보였다. 그 순간, 기이한 감각이 재겸의 등골을 훑고 지나갔다. 주황색 대문이 활짝 열려 있었던 것이다. 메산이는 산자락에 마실을 나갈 때면 담을 넘어 다닌다. 고로 저 문은 열려 있으면 안 되었다. 결계를 걸어 둔 문을 열 수 있는 건 결계를 쳐 놓은 자신, 그리고 정주뿐이다.

재겸의 걸음이 빨라졌다. 대문 가까이 이르러서는 거의 뛰다시피 했다. 마당에 뛰어 들어간 재겸이 황급히 주변을 둘러보았다. 마당에선 아무런 인기척이 느껴지지 않았다. 불안한 시선으로 주변을 훑던 재겸은 당장에 현관문을 열어젖혔다. 설마 하는 예감에 괴로웠다.

"메산아!"

신발도 벗지 않은 채로 집 안에 들어섰을 때였다. 눈앞에 펼쳐진 광경에 재겸이 뒷걸음질을 쳤다. 집 안 꼴이 엉망이었다. 무슨 도둑이라도 든 것 같았다. 모든 물건이 다 뒤집어져 있고 가구며 집기들이 어지럽게 널려 있었다.

"뭐, 야…."

온몸에서 힘이 빠져나갔다. 피가 거꾸로 솟는 듯했다. 누군가 들어온 것이다. 이 집에. 초대한 적도 없는 누군가가. 후들거리는 다리로 간신히 거실로 들어선 재겸이 그대로 바닥에 무릎을 꿇었다. 시선을 내리자 바닥에 남은 무수한 신발 자국들이 눈에 띄었다. 누구의 것인지 알 수는 없었지만 메산이의 신발 자국은 아니라는 것은 확실했다.

넌 또, 맨발로 다닌 모양이다. 그렇게 말을 했는데.

"……."

재겸이 말을 채 잇지 못하고 마치 묵념을 하듯 고개를 푹 수그렸다.

아주 오랜 시간 동안, 재겸은 그대로 무릎을 꿇고 있었다. 재겸은 마침내 고개를 들었다. 아무 일도 없던 것처럼 무표정한 얼굴이었다. 오늘은 하루 종일 황망한 날이다. 그리고 지금은, 그 황망한 하루 중에 가장 차분한 순간이 될 것이었다.
나자, 스승, 원수, 배신, 협박, 윤태희, 정주….
더 이상 아무런 상념도 들지 않았다. 다 필요 없었다. 이젠 아무것도 생각하기 싫었다. 그냥 정신이 맑았다. 모든 사고는 또렷해졌다. 거실 유리창에서 노을이 번져 들었다. 재겸이 느리게 자리에서 일어났다.
"어딨어…."
귀기가 섬광처럼 번뜩이는 눈동자였다.

· 🕊 ·

난장판이 된 서점을 빠져나와 휴대폰을 내려다보던 윤태희는 눈썹 한쪽을 삐딱하게 들어 올렸다. 무표정한 얼굴로 액정 화면을 스크롤하는 손길에서 귀찮음이 묻어났다.
도대체 누가 이렇게 열렬하게 전화를 걸어 대는가 했다. 아주 가관이었다. 통화 목록이 한 명의 이름으로 빼곡했던 것이다. 이영신. 이영신. 이영신. 이영신….

삼 분에 한 번 꼴로 수십 통의 부재중 전화가 찍혀 있었다. 도대체 무슨 일이기에? 대수롭지 않은 낯으로 액정을 응시할 때였다. 때마침 다시 진동이 울렸다. 멀뚱히 서 있던 윤태희가 순순히 휴대폰을 귓가로 갖다 대는 순간이었다.

— 야, 윤태희—!

전화가 연결됨과 동시에 뒷골이 울릴 정도로 날카로운 포효가 날아들었다. 윤태희는 반사적으로 고개를 돌리며 휴대폰을 멀리 떨어트리더니 무감한 목소리로 중얼거렸다.

"영신아, 나 고막 나가."

이영신이 서럽게 울부짖었다.

— 너 왜 이렇게 전화가 안 돼!

"바빴으니까."

윤태희가 가볍게 대꾸했다.

— 너, 너 지금 어디야? 어?!

"나? 여기가 어디냐면…."

잔뜩 흥분한 목소리로 허둥지둥 말을 붙이는 이영신에 비해 윤태희는 태연하기만 했다. 대수롭지 않은 낯으로 주변을 느리게 둘러보던 윤태희가 친절하게 대답했다.

"길바닥."

— …….

잠시 조용하던 이영신이 갑자기 허응, 흥, 어헝, 괴상한 소리를 내며 울먹거리기 시작했다. 속사포처럼 뭐라 말을 하긴 하는데 횡설수설해서 내용을 알아듣기가 힘들었다.

"영신아, 천천히. 뭐라는지 나 못 알아들어."

– 어흐흐, 으, 큰일 났어, 동자님이, 큰일 났다고호….

평소 허술한 면이 많은 이영신이지만 직급이 수석이니만큼 일할 때만큼은 프로였다. 며칠 전부터 이영신은 동자삼을 데려올 계획을 세우고 있었더랬다. 그런데 이렇게까지 평정심을 잃고 동요하는 모습을 보아하니 아무래도 일이 틀어진 모양이었다.

– 나, 나 좀 도와줘, 윤 수석. 여, 여기가 어디냐면….

"동자님이 큰일 났다니 그게 무슨 소리야?"

울먹거리는 목소리에, 윤태희가 차분히 되물었다.

– 동자님이 움직이질 않는다고….

윤태희의 눈매가 가늘어졌다.

· ✦ ·

한참 만에 자리에서 일어난 재겸은 살림살이가 난잡하게 굴러다니는 거실을 가로질렀다. 무엇을 해야 하는지, 이토록 목적이 선명하고 명확한 때는 실로 오랜만이었다. 하고 싶은 것도, 해야 할 일도 없는 생활에 익숙했었다.

하지만 오늘은 아니다.

재겸은 2층 다락으로 올라갔다. 오랫동안 쓸모가 없었던 옛 물건들이 한데 모여 있는 자개함을 열었다. 낡고 바랜 물건들이 재겸의 손길에 뒤엉켰다. 마침내 원하는 것을 찾아낸 재겸은 망설임 없이 마당으로 나왔다.

　마당에 우두커니 선 재겸은 고요한 시선으로 손에 들린 물건을 내려다보았다. 구리로 만든 마패였다. 이게 얼마 만이더라. 손때가 묻고 여기저기 녹이 슨 마패는 지난한 세월의 흔적을 고스란히 내보이고 있었다.

　재겸은 발을 이용해 마당의 흙을 파헤쳤다. 그리고 손바닥만 한 마패를 그 자리에 묻고, 다시 흙으로 덮었다. 검지를 힘껏 깨물자 피가 주르륵 쏟아졌다. 신기하게도 전혀 아프지가 않았다. 아플 겨를이 없었다.

　재겸은 마패가 묻힌 위치에 대고 정확히 손을 뻗었다. 손가락에서 흐르는 피가 허공에서 투둑 떨어졌다. 흙에 그대로 스며들자 색이 진해졌다. 잠시 그 광경을 지켜보던 재겸은 이내 숨을 크게 들이쉬며 눈을 감았다.

　"비마(飛馬)의 갈기는 방황을 멈추고 부름을 받으라."

　말이 끝나기가 무섭게 땅 밑에서 우르릉, 천둥이 치는 듯한 괴이한 소리가 울려 퍼졌다. 지진이라도 난 것처럼 발밑이 거세게 진동했다. 마패를 묻어 놓은 자리가 푹 꺼지는가 싶더니 흙을 뚫고 무언가가 튀어 올랐다.

　히힝, 묵직한 말의 울음소리가 지축을 흔들었다. 아름다운 갈기가 눈앞에서 흩날렸다. 허공을 박차고 한차례 가볍게 뛰어오른 말이 늠름한 자태로 재겸의 앞에 멈췄다.

"오랜만이다."

재겸이 인사를 건넸다. 그러자 비마는 꼬리를 좌우로 크게 펄럭이며 몇 차례 푸르르, 푸르르, 투레질을 해 댔다. 재겸은 말없이 투레질이 끝나길 기다렸다.

이윽고, 말이 사람의 말(言)을 하기 시작했다.

"호오라, 이게 누구신가!"

비마가 반가운 기색을 내비치며 마당을 한 바퀴 돌았다.

"공자, 대체 이게 얼마 만이오?"

"기억 못 하는 건 아닐까 걱정했는데, 다행이네."

"하도 기별이 없기에 나는 공자가 그토록 원하던 바를 이뤄 낸 줄로만 알았소. 허나 오늘 이렇게 다시금 마주하니, 딱하게도 공자께선 여직 명을 끊어 내지 못한 모양이오?"

재겸이 희미하게 입꼬리를 올렸다.

"그래. 뭐, 그렇게 됐어."

"안됐소. 헌데 공자는 변함없이 옥안이로군."

"너도 하나도 안 변했어. 똑같아."

"도포는 어디 던져두고 그런 희한한 옷을 입었소?"

옛날 복식 차림의 재겸이 익숙한 비마는, 교복을 입은 재겸이 신기하다는 듯이 얼굴을 들이밀었다. 비마와는 과거, 사내를 통해서 연을 맺었다.

아주 오랜 세월이 지나고 만난 것이니 낯설 만도 했다. 재겸은 말없이 손을 뻗어 비마의 갈기를 만지작거렸다. 손에 묻은 피가 부드러운 갈기에 엉겼다.

"오랜만에 불러내자마자 이런 말 하긴 미안한데…."

비마가 실없이 발굽을 구르며 투레질을 했다.

"공자가 날 찾는 연유는 늘상 한 가지뿐이잖소."

"메산이가 사라졌어."

"메산이라면, 공자의 꽁무니를 쫓던 그 동자삼 말이오?"

"그래, 맞아. 메산이를 찾아야 해. 데려다줘."

"주인도 아닌 자에게 함부로 고삐를 내어 줄 순 없소."

수십 번, 수백 번도 더 들었던 말이었다. 비마가 새초롬하게 고개를 돌렸다. 재겸은 비마가 무슨 의도로 저런 말을 하는지 알았다. 그 말인즉슨, 저의 주인이 되어 달라는 것이었다. 아직도 포기를 안 한 모양이다.

"매번 말하지만 난 네 주인이 될 생각이 없어."

재겸은 언제나처럼 비마의 요청을 거절했고 비마는 그런 재겸의 거절에 익숙했다. 고삐를 주지 않겠다고 뻗대는 것은 한때의 심술이었다. 과거를 돌이켜 보면 비마는 한 번도 재겸의 부탁을 거절한 적이 없었다.

"대신에, 내 부탁을 들어주면…."

"또 저번과 같은 거래를 하려는 거요?"

"그래. 네가 꾸는 악몽, 내가 살게."

비마는 날개 없이도 허공을 달릴 수 있는 귀마였다. 특별한 능력을 얻은 대신에 치명적인 결함을 짊어졌는데, 그건 바로 매일 밤 악몽을 꾸는 것이었다. 때문에 비마는 늘 불면에 시달렸고 편히 잠을 자는 일이 드물었다. 그래서 비마의 눈은 늘 섬뜩하게 충혈되어 있었다.

해서, 비마는 주로 영귀를 비롯한 귀신들을 상대로 '꿈 장사'를 벌이곤 했다. 인간 중에서는 드물게 재겸도 그 고객 중 한 명이었다. 재겸은 비마의 도움을 받을 때마다 그 대가로 며칠간의 악몽을 샀다.

악몽을 판 비마는 그 시간 동안만큼은 악몽에서 벗어나 편한 잠을 잤는데, 어렵고 힘든 부탁일수록 악몽을 대신 꾸는 기간을 길게 제시했다. 재겸은 최대 한 달이 넘도록 비마를 대신해서 악몽을 꾼 적도 있었다.

"나야 거절할 이유는 없지. 괜찮겠소?"

"괜찮아. 네가 원하는 시간만큼 말해."

"꽤나 절박한 모양이오. 정녕 원하는 대로 해 줄 것이오?"

"열흘이든, 일 년이든, 십 년이든 상관없어."

"됐소, 그냥 해 본 소리요. 차라리 벼룩의 간을 빼먹으라고 하시오. 추적은 어렵지 않으니 사흘 정도로 하겠소."

재겸은 진심으로 한 말이었으나, 비마는 물렁물렁한 흙에 뒷발을 툭툭 차며 난색을 표했다.

"그래. 고맙다."

재겸은 현관으로 가서 신발장에 굴러다니는 메산이의 신발 한 짝을 주워 들었다. 한 손에 신발을 쥐고 마당으로 나오자 비마는 다리를 한껏 굽혀 몸을 낮췄다. 재겸이 한 치의 망설임도 없이 비마의 등 위로 훌쩍 올라탔다.
"여기, 기운을 찾아서 따라가면 돼."
"알겠소. 맡겨만 주시오."
비마가 마당을 맴돌며 몸을 풀었다.
"헌데, 감히 공자의 동자삼에 손을 댄 이가 대체 누구요?"
침묵하던 재겸이 낮게 중얼거렸다.
"몰라. 안 궁금해."
비마가 폭소하듯 투레질을 터트렸다.
"안됐군. 그게 누구든지 말이오."
비마가 땅을 힘껏 박차며 하늘로 솟아올랐다.

6장

"일단 가까운 산으로 가면 되는 거잖아요, 동자님."

이영신은 곧바로 차를 몰아 고속 도로를 빠져나왔다. 기력이 약해진 동자님을 산으로 데려가 정기를 받게 할 생각에서였다. 되는대로 달리고 달릴 때였다. 도로 가드레일 쪽으로 경사진 비탈 하나가 보였다. 이영신은 곧장 갓길에 차를 세우고 조수석 문을 열었다.

"동자님, 산이 좀 낮아 보이긴 하는데 여긴 어떠세요?"

다행히도 동자님은 고개를 끄덕였다.

"안쪽으로 좀 들어가면 괜찮을 것 같아요…."

동자님이 기운 없이 말했다. 이영신이 곧바로 수긍하여 고개를 끄덕였다. 하긴 이곳은 차가 쌩쌩 지나다니는 도로를 접한 얕은 기슭이었다. 응당 우거지고 무성한 산중으로 들어가야 산의 정기를 받을 수 있을 터였다. 이영신은 시름시름 앓는 동자님을 둘러업고 산을 탔다.

낮은 야산치고는 제법 산세가 험했다. 이영신은 새털처럼 가벼운 동자님을 업고 풀과 나뭇가지를 헤쳤다. 꽤 깊숙이 들어서자 우거진 나무들이 빙 둘러싼 평지가 나왔다. 주변엔 초목이 무성한 데다 인적이 남지 않아 기운이 제법 맑았다. 정기를 취하기에 적당한 장소였다.

이영신은 동자님을 조심조심 내려 주었다. 그러고는 힙색에서 끈 하나를 꺼내 동자님의 손목에 팔찌처럼 끈을 동여맸다. 이렇게 하면 저로부터 일정 거리 이상 멀어질 수 없게 된다. 만에 하나 동자님이 이곳에서 달아나거나 사라지는 일은 없도록 해야 하기 때문이었다.

끈의 매듭을 꼼꼼히 묶은 뒤, 이영신은 별거 아니라는 투로 말했다.

"그, 혹시라도… 길 잃으실까 봐서요."

동자님은 시선을 내려 손목에 묶인 끈을 잠시 쳐다보더니, 그대로 고개를 들어 이영신을 빤히 쳐다보았다. 어쩐지 표정이 오묘해서 이영신은 약간 긴장이 되었다. 방금 건 너무 부자연스러웠나. 다행히 동자님은 멀지 않은 곳에 자리를 잡더니 정자세로 반듯하게 섰다.

"…여, 여기가 좋겠어요."

동자님이 눈을 감고 숨을 고르기 시작했다. 마치 명상에 잠긴 것 같았다. 이영신은 근처 나무 그루터기에 앉아서 말로만 듣던 산삼 동자가 정기를 취하는 모습을 흥미로운 눈으로 바라보았다.

그렇게 십여 분이 지났다. 동자님은 완전히 풍경 속에 녹아든 것처럼 보였다. 어느덧 동자님을 둘러싼 모든 기척과 기운이 사라진 상태였다. 금방이면 될 줄 알았는데. 이영신이 동자님을 힐끔거렸다. 얼마나 걸리냐고 물어볼까. 동자님은 여전히 눈을 감고, 미동도 없이 집중하고 있었다. 휴대폰을 꺼내 시간을 확인한 이영신이 눈치를 보며 조그맣게 목소리를 냈다.

"…저, 동자님?"

하지만 동자님에게선 아무런 대답이 돌아오지 않았다. 작게 불러서 안 들리나? 잠시 망설이던 이영신이 자리에서 일어나 성큼성큼 동자님에게 가까이 다가갔다.

"저어, 지금은 좀 어떠세요?"

"……."

"그, 저기, 동, 동자님?"

"……."

일절 돌아오지 않는 반응에 이영신의 낯이 살짝 굳어졌다. 뭐지. 선 채로 잠이라도 들었나. 불현듯 불길한 감각이 몸을 훑고 지나갔다. 더 이상 시간을 지체하면 곤란했다. 초조해진 이영신은 동상처럼 서 있는 작은 몸을 향해 홀린 듯 손을 뻗었다.

동자님의 몸에 손이 닿는 순간이었다.

"어…?"

이영신이 불에 댄 듯 화들짝 놀라며 뒤로 물러섰다. 그러고는 굳은 얼굴로 자신의 손을 한 번, 동자님을 한 번 번갈아 응시했다. 감촉이 이상했다. 아까 등에 업었을 때만 해도 동자님의 몸은 따듯하고 말랑했었다. 하지만 지금은 온기라곤 없이 차갑고, 몹시도 딱딱했다.

"도, 동자님? 동자님!"

덜컥 당황한 이영신이 양손을 뻗어 동자님의 어깨를 덥석 움켜쥐었다. 잠든 사람을 깨우듯 어깨를 흔들려는데 작은 몸은 꿈쩍도 하지 않았다. 이영신의 낯이 새하얗게 질렸다. 우째 이런 일이! 말도 안 되게 무거웠다. 동자님은 못처럼 박혀 있는, 망부석과도 같았던 것이다.

이영신은 동자님을 데려오기에 앞서 여러 가능성을 염두에 두었다. 저를 따돌리고 달아난다거나, 어쩌면 공격적인 태세로 저항할지도 모른다고 생각했었다. 하지만 이것은 완전히 예상의 범주를 뛰어넘는 상황이었다.

도망치지도, 저항하지도 않고 미동조차 없다.

그렇게 이영신은 별의별 짓을 다 했다. 미친 듯이 온몸을 더듬거리고, 낑낑거리며 밀어도 보고, 힘껏 궤기를 실어 잡아당겨도 보았다. 안아 올리려고 이를 악물어도 소용없는 짓이었다. 귓가에 입술을 붙이고 큰 소리로 꽥꽥 불러 보아도 무정한 동자님은 눈 한번 뜨지 않았다.

"헉헉, 도, 도대체, 도대체 이게 무슨…."

바위와 씨름하듯 무의미한 사투를 벌이던 이영신은 결국 기진맥진하여 바닥에 엎어졌다. 땀이 비 오듯 흘렀다. 당최 어떻게 된 일인지 이해가 되질 않았다. 확실한 건 하나뿐이었다.

이대로 동자님을 데려가지 못할지도 모른다!

생각이 거기까지 미치자 이영신은 광기 어린 집념에 사로잡혔다. 어떻게 여기까지 왔는데. 이렇게 물러날 수는 없었다. 도저히 혼자서는 이 난관을 해결할 방도가 떠오르질 않았다. 여러모로 도움이 절실한 상황이었다.

구세주처럼 가장 먼저 떠오른 이는 윤태희였다. 한두 시간 안에는 와 줄 수 있는 거리에 있는 데다가, 수석 직급에 있는 이영신을 확실하게 도와줄 수 있는, 몇 안 되는 사람 중 하나이기 때문이었다.

"일단 알았어. 그리로 갈게."

간신히 연락이 닿은 윤태희는 웬일로 순순히 위치를 말하라고 했다. 천만다행이었다. 이영신은 윤태희가 어떻게든 해 줄 것이라고 믿어 의심치 않았다. 긴장이 풀려 넋이 완전히 나간 이영신은 나무 그루터기에 주저앉았다.

"뽀뇨… 뽀뇨, 뽀뇨…."

이영신은 흐리멍덩한 얼굴로 귀에 익어 버린 멜로디를 하릴없이 따라 불렀다. 발랄하고 깜찍한 노래는 어느새 가련하고 구슬픈 곡소리가 되어 있었다.

윤태희를 기다리는 동안 어느새 시간은 오후 여섯 시를 넘어서고 있었다. 멈추지 않고 달렸다면 이미 서울에 도착하고도 남았을 시간이다. 산중이라 그런지 훨씬 이르게 어둠이 내리고 있었다.

이영신이 퀭한 낯으로 땅이 꺼져라 깊은 한숨을 내쉬며 하늘을 올려다볼 때였다. 얼이 빠져 있던 이영신이 어느 순간 눈을 빛내더니 벼락같이 몸을 일으켰다.

스슥….

수풀 너머에서 희미한 기척이 느껴졌다. 드디어! 헐레벌떡 수풀을 헤치고 마중을 나가자 점차 소리가 가까워졌다. 이영신이 울먹이며 양팔을 벌릴 때였다.

"야! 왜 이제 와, 전화한 지가 언젠…."

환영 어린 투정을 내뱉던 이영신이 낯을 굳혔다. 수풀에서 튀어나온 사람은 오매불망 기다리던 윤태희가 아니었기 때문이었다. 하지만 윤태희만큼 익숙한 얼굴들이었다.

"수석니임! 이 수석님!"

"헥헥, 저희 왔습니다!"

검은 슈트를 입은 네 사람이 이영신 앞에 나타났다. 산을 얼마나 험하게 탔는지 슈트가 지저분했다. 뒤쪽에 서 있던 한 명은 등에 짊어지고 있던 커다란 짐가방을 낑낑대며 바닥에 내려놓았다.

"어? 너, 너희 여기 어떻게 왔어?"

눈앞의 네 명은 이영신이 이끄는 제구부 제1팀 휘하의 소속 나자들이었다. 예기치 못한 부하들의 방문에 이영신은 매우 당황하여 저도 모르게 뒤로 물러섰다.

"으헤헤, 깜짝 놀라셨죠? 그러니까 저희도 데려가 달라고 했잖아요. 거 보십쇼, 수석님. 혼자 가겠다고 그리 고집을 피우시더니. 이렇게 고생하고 계실 줄 알았다니까요."

나자 한 명이 숨을 몰아쉬며 뿌듯하게 말했다.

"들키면 혼날까 봐 멀리서 따라오고 있었거든요. 근데 산 밑에서 아무리 기다려도 내려오지 않으시기에 혹시라도 무슨 일이 생기셨나 해서 올라와 봤습니다."

혹시라도 본청에 동자삼의 존재를 들킬까 봐 걱정되어 은밀히 움직였던 이영신이었다. 예상치 못한 팀원들의 방문이 반가웠지만 동시에 걱정이 앞섰다. 이영신의 굳은 표정을 본 나자들이 알 만하다는 듯 입을 열었다.

"네, 네. 본청에는 잘 둘러대고 나왔으니 걱정하지 마세요. 잘 따돌렸거든요. 고로 절대 들킬 일은 없을 테니 저희 좀 믿으세요. 제1팀은 한 몸 아닙니까. 섭섭하게."

제구부 제1팀의 나자들은 의기투합하여 상관의 역경에 동참해 왔다. 그제야 비로소 감격한 이영신이 눈물이 그렁그렁 맺힌 눈으로 부하들을 바라보았다.

제구부 제1팀 소속의 나자들은 팀원 간 유대감이 끈끈하여 꽁꽁 뭉치기로 유명했다. 팀은 그저 팀일 뿐, 나례청을 향한 충성심이 먼저인 다른 나자들과는 달랐다.

좋게 말하면 팀워크가 좋았고, 나쁘게 말하면 팀 전체가 사이좋게 엉망진창이었다. 제구부 제1팀에 대한 평가는 '발명에 미쳐 버린 망나니 집단'이라는 한 문장으로 간단히 설명 가능했다.

제구 제작에 필요한 재료를 채집하기 위해선 먼저 상부에 허가를 받아야 하는데, 제1팀 나자들은 그냥 전기톱부터 들이밀었다. 그에 평소 점잖기로 유명한 제구부 부장이 제1팀에게 "야, 이 무법자 새끼들아, 나가 죽어!" 하고 쌍욕을 한 사건이 두고두고 회자될 정도였다.

팀 내 분위기는 팀을 이끄는 수석이 누구냐에 따라 좌우되기 마련이라, 제1팀은 수석의 어설픈 괴짜 기질을 모두가 물려받았다. 이들에게 다른 건 중요치 않았다. 얼마나 새롭고 재밌고 멋진 것을 만들어 내느냐, 이것이 제1팀의 원동력이었다. 참고로 이번 연도 제구부 제1팀의 슬로건은 '우리 사랑 영원히♡'로 결정되었다.

"수석님, 이럴 때일수록 꽁꽁 뭉쳐야죠. 다른 것도 아니고 귀하디귀한 동자삼이지 않습니까. 동자삼은 장차 우리 팀의 보물이 될 겁니다. 모두가 함께라면 해낼 수 있어요."

이영신이 눈물을 줄줄 흘리며 팀원들을 향해 달려들었다. 팀원들도 서로를 부둥켜안고 통곡을 하기 시작했다. 다섯 명의 나자들은 약속이라도 한 듯 손을 한데 모았다.

"아악, 우리 사랑! 영원히—!"

고요한 산중에 우렁찬 구호 소리가 울려 퍼졌다. 놀란 새들이 푸드덕거리며 어디론가 날아갔다. 몇 시간 넘게 미동조차 없던 메산이가 거짓말처럼 슬쩍 눈 한쪽을 떴다. 그 사실을 다섯 명 중 누구도 눈치채지 못했다.

저 사람들은 뭐, 뭐지. 왜 모두가 검은 옷을 입고 있으며, 지금 대체 뭐 하고 있는 거지…. 덜컥 겁이 났다. 하지만 조금만 더 버티면 된다. 정주 님께서 오고 계실 거야. 메산이가 조마조마한 심정으로 늘어난 인원을 훔쳐볼 때였다.

"가지가지들 하시네요."

반대쪽 나무 뒤쪽에서 나지막한 목소리 하나가 튀어나왔다. 당황한 메산이가 황급히 눈을 감았다. 놀란 것은 제구부 나자들 역시 마찬가지여서, 울며불며 주접을 떨다 말고 다섯 명의 시선이 동시에 한 곳으로 향했다.

검은색 슈트를 입고 얼굴을 훤히 드러낸 제구부 나자들과는 달리 목소리의 주인은 진회색 슈트를 입고 있었으며, 얼굴엔 기묘한 전통 탈을 쓰고 있었다.

주머니에 손을 꽂고 다소 뻐딱한 자세로 서 있던 남자가 기척 없이 느리게 걸어 나왔다. 이영신을 제외한 제구부 나자들이 숨을 들이켰다. 전통 탈은 축역부의 상징이었다.

"수석님, 저분은 누구…?"

이영신이 꽥, 소리를 지르며 반갑게 튀어 나갔다.

"야, 윤 수석! 전화한 지가 언젠데 이제 와!"

제구부 나자들의 얼굴에 경악이 들어찼다. 탈을 보고서 축역부 나자라는 것은 알았지만 설마 '윤 수석'일 것이라고는 상상하지 못했기 때문이다. 윤 수석은 본청 안에서도 만나기 힘든 인물인 데다가 그 이름값이 몹시 비쌌다.

"이름 없는 산이라 좀 헤맸어."

헤맸다는 사람치고 슈트가 아주 깨끗했다.

"윤, 윤 수석님, 안녕하십니까!"

제구부 나자들이 앞다투어 허리를 숙였다. 그걸 본 이영신이 어이가 없다는 표정을 지었다. 요놈들 보게. 같은 수석인데도 취급이 아주 딴판이다.

그러거나 말거나. 제구부 나자들은 직속상관은 뒷전으로 밀어 두고 시키지도 않은 관등 성명을 늘어놓느라 여념이 없었다. 이영신이 불퉁한 낯으로 입을 삐죽였다.

"제구부 제1팀 주임 나자 신서영…."

"저도 주임, 주임 나자 박수원…."

윤태희가 고개를 숙이며 "네에, 안녕하세요." 하고 예의 바르게 인사를 받는가 싶더니, 금세 귀찮아졌는지 "네, 안녕요.", "네, 안녀엉." 하며 손을 흔드는 동시에 졸듯이 고개를 꾸벅거렸다.

"본청에서 지원 나와 줬네. 근데 날 왜 불러?"

제구부 나자들과 짧게 통성명을 끝낸 윤태희가 이영신에게 무심한 어조로 말을 건넸다. 통화할 때까지만 해도 혼자 있었던 이영신이 다른 나자들과 함께 있으니 오해를 한 모양이었다.

"얘네 정식으로 지원 나온 게 아니라 몰래 온 거야."
"몰래 오다니, 상황실에 보고 안 했어?"
윤태희가 의아하다는 듯이 물었다.
"상황실에 보고를 뭐 하러 해."

현대의 나례청은 체계가 잡힌 국가 기관인 만큼 절차를 매우 중요시했다. 따라서 원칙대로라면 나례청 상황실에 보고를 하는 것이 먼저였다.

하지만 이 일에 관해 가장 먼저 연락을 받은 것은 팀 내 최고 상급자인 이영신이었다. 그에 이영신은 동자삼을 발견한 팀원을 입이 닳도록 칭찬하며 외부로 정보가 새지 않도록 비밀 엄수를 당부해 놓은 상태였다.

"왜? 본청에 정식으로 보고하면 너희 팀 인센티브 엄청날 텐데. 제1팀 팀원들도 승진할 수 있는 기회 아닌가."

윤태희가 웃음기 서린 목소리로 말을 건네자, 이영신이 단호한 얼굴로 고개를 내저었다.

"우린 인센티브 같은 건 관심 없어. 돈이랑 승진이 대수야? 지금 우리 애들한텐 동자님을 데리고 뭘 만들 수 있을지가 최고의 관심사라고. 본청에 얘기 들어갔다간 동자님 뺏길 게 뻔한데 누구 좋으라고 갖다 바치냐! 동자님은 내 거야, 아니, 우리 팀 거야. 그치, 애들아?"

이영신이 나자들을 돌아보자, 네 명 모두 고개를 강하게 끄덕였다. 과연, '무법자 새끼들'이라는 호칭이 아깝지 않은 태도였다. 발명에 미쳐 버린 나머지 충성심 따위 개나 줘 버린 망나니들이 다시 한번 결의를 다졌다.

"동자님에 대해 아는 건 너랑 우리 팀원들밖에 없어. 아무도 몰라. 그러니 널 불렀지. 윤 수석님, 좀 도와줘."

이영신이 애원하듯 다시금 부탁을 해 왔다. 윤태희는 딱히 승낙하는 말도, 거절하는 말도 없이 그저 목덜미를 매만질 따름이었다. 일단 불러서 오긴 왔는데….

잠시 생각에 잠겨 있던 윤태희는 열의가 느껴지지 않는 목소리로 말했다.

"그래서, 동자님은 어디 있는데?"

이영신이 대답과 함께 턱짓을 했다.

"저기."

"어디?"

"저기!"

"안 보이는데…."

다른 나자들도 윤태희를 따라서 주변을 두리번거렸다. 이영신이 답답하다는 듯이 손가락을 들어 정확하게 가리켰다.

"바로 옆에 있잖아! 여기!"

윤태희가 의아한 기색으로 손가락 방향을 따라 시선을 옮겼다. 몇 걸음 멀지 않은 곳에 정말로 어린아이가 서 있었다. 윤태희의 낯이 일순 기이해졌다.

…왜 못 봤지?

윤태희가 기우뚱 고개를 기울였다.

"희한하네."

윤태희가 느릿느릿 어린아이에게 다가갔다.

동자삼의 존재를 눈치채지 못한 건 다른 나자들도 마찬가지였다. 멀찍이 서 있던 다른 나자들 또한 동자님 근처로 모여들었다. 이영신은 여기까지 오게 된 과정을 구체적으로 설명했다.

"한마디로 굳어서 꿈쩍도 하지 않는다는 거네."

설명을 들은 윤태희가 간단히 요약하고는 손을 뻗어 동자님을 가볍게 쓸어 보았다. 굳어 버렸다는 이영신의 말대로 동자님은 돌처럼 딱딱했다. 눈을 감고 있는 어린 얼굴이 평온했다.

"응, 귀기 실어서 움직여 보려고 해도 안 통해."

"수석님, 혹시 모르니 다 같이 한번 해 볼까요?"

나자들이 동자님에게 달라붙었다. 힘을 합세해서 들어 올려 볼 생각인 듯했다. 이영신은 지금껏 아무리 용을 써도 끄떡도 하지 않았다는 걸 알고 있음에도 사람 수가 늘어났으니 혹시나 싶은 마음에 합류해 보기로 했다.

다섯 명이 자그마한 몸을 붙잡고 귀기를 실어 낑낑거렸으나 윤태희만은 예외였다. 몇 걸음 뒤로 물러선 뒤, 팔짱을 낀 채로 그 광경을 물끄러미 관전할 따름이었다. 이따금 눈을 감았다가 뜨고, 손으로 시야를 가렸다가 치우고, 의도를 알 수 없는 행동을 반복하기도 했다.

"비켜 보세요."

말없이 서 있던 윤태희가 나오라는 듯이 손짓을 했다. 땀을 뻘뻘 흘리던 남자들이 뒤로 물러섰다. 동자님에게 가까이 다가간 윤태희가 한쪽 무릎을 꿇어앉았다. 그러고는 땅을 딛고 있는 동자님의 발을 이리저리 살펴보았다.

무언가 생각에 잠긴 기색으로 동자님의 발을 응시하던 윤태희가 자리에서 일어섰다. 그러고는 동자님의 감긴 눈 위로 손바닥을 흔들었다. 마치 깨어 있나 의식을 확인하듯이.

"……."

탈 너머로 보이는 윤태희의 눈매가 휘었다.

"백 명이 붙어도 동자님을 옮길 순 없을 거야."

"뭐? 그게 무슨 소리야?"

이영신이 얼빠진 얼굴로 되물었다.

"지금 동자님은 산과 이어져 있어."

윤태희가 손끝으로 동자님의 딱딱한 볼을 건드렸다.

"네가 말해 주기 전까지 눈에 띄지 않았던 이유는 이 산에서 자연의 일부가 되었기 때문일 거야. 여기서 돌멩이 하나, 나무 한 그루를 지목해 봤자 단번에 알아보긴 힘들지."

이영신이 동자삼을 쉽게 가리킬 수 있었던 것은, 처음부터 동자삼을 지켜보고 있던 사람이기 때문일 것이다. 윤태희가 대수롭지 않은 어조로 말을 이어 나갔다.

"설마… 그걸 어떻게 알아?"

"땅에 붙어 있는 발을 잘 봐."

이영신을 비롯한 제구부 나자들이 말 잘 듣는 어린아이처럼 발을 살펴보기 시작했다. 몇 걸음 물러선 윤태희가 주머니에 양손을 꽂아 넣은 채 동자님을 빤히 쳐다볼 때였다. 나자들의 눈에 일순 감탄의 빛이 떠올랐다.

"진짜야. 땅을 디딘 게 아니라 뿌리처럼 이어져 있어."

이영신의 눈이 휘둥그레졌다. 영락없이 굳어서 무거워진 거라고 생각했는데, 자연의 일부가 되었다니 어떻게 그럴 수가…. 그러나 다른 누구도 아닌 동자삼이다. 본디 산을 수호하고 산신의 시중을 들기 위해 태어난, 신묘한 능력을 지닌 동자삼이라면 충분히 그럴 수 있을지도 모른다.

"산 전체를 들어내지 않는 한 옮길 수 없을 겁니다."

윤태희의 말에, 나자들이 심각한 얼굴로 대화를 주고받았다.

"그치, 귀기까지 실었는데 꿈쩍도 하지 않을 정도니까."

"그게 말이 돼? 아무리 우리라도 산을 어떻게 옮겨요."

이영신이 헛웃음을 터뜨렸다. 그러니까 상황을 정리하자면 이제껏 집채만 한 바위 혹은 한도 끝도 없이 뿌리를 내린 나무와도 다름없는 것을, 어쩌면 이 산 전체를 옮겨 보겠다고 씨름을 벌이고 있었다는 얘기다.

"근데 왜 갑자기 산에 뿌리를 내린 걸까요?"

"맞아, 분명히 서울로 잘 가고 있었잖아요."

나자들이 이영신에게 질문을 던졌다. 그 이유를 알 수 없는 건 이영신 역시 마찬가지였다. 이영신도 눈썹을 팔자로 늘어트리며 고개를 저었다. 산의 정기가 다해 기운을 받겠다고 산에 온 거였는데 동자님은 어째서….

"왜긴요."

그때, 윤태희가 피식거리며 웃었다. 어처구니가 없다는 듯, 그걸 진짜 몰라서 묻는 거냐고 말하는 것 같았다. 이영신이 어리둥절한 얼굴로 윤태희에게 설명을 요구했다. 궁금증을 풀어줄 해답이 탈 너머에서 대신 흘러나왔다.

"눈치 깐 거죠, 자길 데려가는 사람이 개새끼라는 걸."

나자들의 시선이 일제히 윤태희에게 향했다.

"……."

"……."

"……."

"……."

이영신이 상처받은 얼굴로 어물어물 입을 벌렸다.

"개, 개새끼라니. 야, 넌 말을 해도…."

그러나 서운해할 겨를이 없었다. 윤태희의 말대로 동자님이 뭔가를 눈치챈 거라면 도대체 언제, 어디서, 어떻게 알았는지 모를 일이다. 분명히 사이좋게 뽀뇨를 열창했으며 휴게소에 있을 때까지만 해도 분위기도 좋았는데?

"그럼 이제 어떡하죠? 나례청으로 데려가야 하는데…."

나자 한 명이 울상을 지으며 말했다. 이영신을 비롯한 제구부 나자들은 이쯤 되자 윤태희만 쳐다보는 지경이었다. 축역부 수석이 분명히 무슨 수를 써 줄 것이라고 믿어 의심치 않았다.

"본인 스스로 움직이게 해야죠."

하지만 윤태희는 태평한 해답을 내어놓았다. 그러자 나자들의 표정이 허망해졌다. 그건 동자삼을 포기하라는 소리와 다름없이 들렸다. 더군다나 지금 동자님은 아무것도 보이지도, 들리지도 않는 것처럼 보였다.

"개, 개새끼라는 걸 아는데 그래 줄 리가…."

"야이, 박 주임, 우리가 왜 개새끼야?"

"솔직히 동자님 입장에서 틀린 얘긴 아니죠."

"아, 이 수석님, 어떡해요. 망했잖아요."

좌절한 신 주임이 머리를 쥐어뜯었다.

"수석님, 그냥 상황실에 보고할까요?"

"이대로 공치느니 본청에 넘기는 게 나을지도 몰라요."

"본청에선 어떻게든 수를 쓰겠지요."

"얘들아, 무슨 소릴 하는 거야. 절대 안 돼."

이영신이 거품을 물고 반기를 들었다.

"텄네, 텄어. 이제 다 끝났어!"

"싸우지 맙시다. 구호 한번 외쳐요."

"이 와중에 뭔 구호냐! 너 혼자 해."

"어떻게 사랑이 변하니? 우리 사랑 영원하자매!"

똘똘 뭉치기로 유명한 제구부 제1팀은 난데없는 위기에 봉착했다. 추한 꼴을 말없이 지켜보며, 윤태희는 주머니에 손을 꽂아 넣은 채 짝다리를 짚었다.

"……."

윤태희는 조용히 아이를 곁눈질했다. 아이의 얼굴은 평온하기만 했다. 하지만 어째선지, 지금 나누고 있는 모든 이야기를 듣고 있을 거라는 직감적인 확신이 들었다. 윤태희가 집요한 시선으로 동자님을 관찰하고 있을 때였다.

"아, 아! 잠깐만요!"

박 주임이 손을 번쩍 들었다. 그러자 왈왈거리던 소란이 뚝 그쳤다. 모두가 박 주임에게 주목했다. 물론 윤태희의 시선만은 여전히 동자님을 향해 머물러 있는 상태였다.

"뿌리를 내렸으면 나무와 다름없다는 거잖아요?"

박 주임이 환해진 얼굴로 소리쳤다.

"그럼 도끼로 밑동을 베어 내면 그만 아닌가요?"

탈 너머로 윤태희의 얼굴이 냉랭하게 굳었다. 윤태희는 마치 슬로 모션처럼 아주 느리게 고개를 돌려 박 주임을 응시했다. 일그러진 탈의 표정이 기괴했다.

"뿌리째 옮길 수 없다면 그냥 잘라 내서…!"
박 주임이 눈을 빛내며 말을 덧붙였다.
"그러니까 지금… 발목을 자르자는 얘기야?"
이영신이 황당하다는 얼굴로 말을 잘랐다.
"네, 그렇죠. 그냥 나무랑 똑같은 거 아니에요?"
"듣고 보니 그렇네. 따지고 보면 동자삼도 식물이잖아요."
"아! 가방에 도끼 있는데. 일단 꺼내 올까요?"
나자들이 수런거리며 박 주임의 의견에 동조했다. 나자 한 명이 짐가방을 질질 끌고 왔다. 동요하는 표정으로 서 있던 이영신은 망설이는 목소리로 난색을 표했다.
"야… 아무리 그래도 그렇지, 저렇게 작고 어린애를….'"
"에이, 수석님, 뭐예요. 그새 정이라도 든 겁니까?"
"외양만 어린애죠. 산 세월은 우리보다 많을걸요."

답지 않게 왜 저러신담. 나자들이 어깨를 으쓱이며 서로 눈짓을 주고받았다. 평소엔 제일 먼저 도끼부터 집어 들었을 사람이 깨갱 하며 감정적으로 굴자 답답한 듯했다.

그때, 신 주임이 불쑥 입을 열었다.
"윤 수석님께선 어떻게 생각하십니까?"

모든 나자들이 자문을 구하는 시선으로 윤태희를 쳐다보았다. 내내 말없이 뻐딱한 자세로 서 있던 윤태희가 주머니에서 손을 꺼내 탈을 고쳐 썼다. 얼굴에 탈을 뒤집어쓰고 있으니 어떤 표정을 짓고 있는지 알 수가 없었다.

"…뭐."

한참 만에 윤태희가 느리게 입을 열었다.

"지극히 나자다운 발상이긴 하네요."

무성의한 목소리였다. 모호한 대답에 나자들의 얼굴이 환해졌다. 윤태희는 딱히 긍정도 부정도 표하지도 않았지만 나자들은 거보라는 듯 고개를 끄덕이며 이영신을 몰았다.

"들으셨죠? 수석님, 나자답게 질러 봅시다!"

"조금이라도 가능성이 있다면 해 봐야죠."

이영신이 시무룩한 얼굴로 윤태희를 쳐다보았다. 내심 윤태희가 만류해 주길 바랐던 것이다. 직접 나서서 말리자니 살짝 염치가 없고, 그러라고 내버려 두자니 동자님과 함께 뽀뇨를 열창하던 순간이 자꾸만 눈에 밟혔다.

신 주임이 가방을 뒤지기 시작했다. 산 밑에서부터 짊어지고 올라온 커다란 짐가방 안에는 제구가 한가득했다. 이영신은 힙색 안에 최소한으로 필요한 제구만 챙겼으나, 나자들이 가져온 짐가방 안에는 없는 게 없었다. 신 주임은 도끼를 골라 잡고 동자님을 향해 다가갔다.

"으으, 난 못 보겠어…."

이영신이 눈을 질끈 감으며 팔에 얼굴을 묻었다. 외양만 어린애라는 걸 알고 있지만 차마 그 광경을 볼 자신이 없었다. 도끼를 든 신 주임을 필두로 나자들은 동자님을 에워쌌다. 동자님은 이 상황을 아는지 모르는지 여전히 미동조차 없었으며 변함없이 평온한 얼굴이었다.

자리를 잡은 신 주임이 도끼를 들어 올릴 때였다.

"잠깐만."

멀찍이 떨어진 곳에 서 있던 윤태희가 짧게 입을 열었다. 신 주임이 도끼를 든 채 행동을 멈췄다. 잠시 말없이 서 있던 윤태희가 작게 한숨을 쉬며 귓바퀴를 만지작거렸다.

"윤 수석님, 왜 그러십니까?"

남자들이 눈을 동그랗게 뜨며 탈을 쳐다보았다.

"내가 합니다. 도끼 이리 줘요."

"…예?"

윤태희가 휘적휘적 걸어와 손을 내밀었다. 수석이 직접 나설 필요는 없는 일이었다. 윤태희가 수고로운 일을 자처하자 신 주임이 당황하며 만류하려고 했다.

"윤 수석님, 그냥 저희가…."

하지만 윤태희는 두 번 말하지 않고 빈손만 까딱였다. 무언의 압력에 신 주임은 결국 공손히 도끼를 건넸다. 팔에 얼굴을 묻고 있던 이영신이 눈을 끔뻑거렸다.

"영신아."

"어, 어."

"잠깐 자리 좀 비켜 줘."

날을 예리하게 벼린 도끼를 훑어보며, 윤태희가 대수롭지 않은 말투로 중얼거렸다. 이게 갑자기 뭔 상황이람. 이영신이 의아한 얼굴로 팀원들을 쳐다볼 때였다.

"여러분도 같이요."

윤태희가 짧게 덧붙였다.

"윤, 윤 수석님, 왜 그러시는….”

"도와 달라고 불렀으면 입 다물고 하라는 대로 해 줬으면 좋겠는데. 지금은 자리를 비켜 주는 게 도와주는 거예요."

난데없는 축객령에 이영신의 시선이 사뭇 진지해졌다. 탈 너머로 눈이 마주쳤다. 얼마간 윤태희를 물끄러미 응시하던 이영신이 마침내 무표정한 얼굴로 나자들을 돌아보았다가 고개를 끄덕였다. 윤태희의 뜻에 따르라는 신호였다.

이영신이 제구부 나자들을 이끌고 나무가 빽빽이 우거진 뒤편으로 자리를 물렸다. 기척이 멀어진 것을 확인한 윤태희가 동자님에게 다가갔다. 고요한 정적이 내려앉았다. 윤태희는 손에 든 도끼를 늘어트리며 허리를 숙였다.

"동자님, 안녕."

윤태희는 땅에 닿은 도끼에 양손을 걸치고 편하게 체중을 실었다. 인사를 건네도 대답이 없는 동자님을 가까이에서 들여다보던 윤태희가 귓속말하듯 작게 속삭였다.

"다 듣고 있는 거 알아요."

윤태희가 빙그레 미소를 지었다.

"눈 좀 떠 봐요. 우리 둘밖에 없으니까 터놓고 얘기 좀 해 봅시다. 계속 버티고 있어 봤자 달라지는 건 없을 거예요."

동자님은 한결같이 무응답으로 일관할 따름이었다. 동자님이 반응하기를 기다리던 윤태희는 결국 한숨을 내쉬었다.

"저 아저씨들이 하는 얘기, 못 들었어요?"

"……."

"무식한 새끼들이 도끼로 베어서 데려가겠다잖아요."

"……."

윤태희가 동자님의 감긴 눈에 시선을 맞췄다.

"……."

"……."

끈질기네.

마침내 윤태희가 지친 듯한 목소리로 중얼거렸다.

"동자님, 이러다가 진짜로 쟤들한테 발목 잘려요."

윤태희가 마지막으로 내뱉은 말에, 굳게 닫힌 눈꺼풀 사이로 물기가 어리기 시작했다. 눈이 감긴 탓에 눈물은 채 맺히지도 못하고 그대로 볼을 타고 주르륵 흘러내렸다.

메산이가 소리 없이 울기 시작했다.

더는 참을 수가 없었다. 내내 평온함을 유지하던 얼굴이 서럽게 일그러졌다. 숨죽이고 우는 아이를 말없이 응시하던 윤태희가 손을 뻗어 눈물을 닦아 주었다.

"나 좀 보세요."

메산이는 결국 눈을 떴다. 시야에 가득 들어찬 탈은 우스꽝스러우면서도 기괴한 낯을 하고 있었다. 탈 너머에서 저를 응시하고 있는 낯선 눈매는 서늘하고 날카로웠다.

"동자님, 우리가 누군지 알아요?"

윤태희의 질문에, 오랫동안 미동조차 없던 메산이는 도리도리 고개를 저었다. 내내 저들이 나누는 대화를 엿듣긴 했으나 대화만으로는 정확히 뭐 하는 사람들인지 알아차리기가 어려웠다.

메산이가 아는 거라곤 딱 세 가지뿐이었다. 저의 나리는 서울에 가지 않았다는 것, 따라서 자신을 서울로 부른 적이 없다는 것, 그리고 이영신이 자신을 속였다는 것이었다.

수상한 자가 저를 속여 어딘가로 데려가려고 한다. 차 문이 열리지 않으니 도망치는 것은 불가능했다. 겁에 질린 메산이가 울음을 터뜨리자, 정주는 벌벌 떨리는 목소리로 말했다. 반드시 구하러 갈 테니 걱정하지 말라고.

정주는 메산이에게 휴대폰 전원을 끄지 말고 반드시 몸에 지니고 있으라며 몇 번이고 신신당부를 했다. 동시에 도망칠 생각 말고 아무것도 모르는 척, 가만히 있으라고 했다. 절대로 위험한 행동을 해선 안 된다며 약속까지 받아 냈다. 하지만 메산이는 약속을 지키지 않았다.

산으로 가도록 유인한 것은 순간의 기지였다. 산으로 가면 상황이 유리해질 거라고 믿었다. 운이 좋으면 도망칠 수 있을지도 모른다. 만약 안 되면 그대로 뿌리를 내려서 움직이지 않으면 된다. 버티면 정주 님께서 꼭 와 주실 테니까….

하지만 결국 모든 걸 망쳐 버리고 말았다. 정주 님과 했던 약속을 어겨서 벌을 받는 것이다. 정주 님은 감감무소식이고 저를 데려가려는 사람들은 점점 늘어났다. 발목을 잘라서 데려가겠다는 말을 들었을 때부터 눈물을 참았다.

"제발, 그냥 저를 보내 주시면 안 될까요…."

메산이가 아주 아주 작은 목소리로 애원했다. 한번 터진 눈물은 그야말로 쉴 새 없이 흘러내렸다. 묵묵히 메산이의 얼굴을 응시하던 윤태희가 옅은 한숨을 내쉬며 말했다.

"나도 그러고 싶어요. 근데."

윤태희의 말에 메산이가 슥, 눈을 들었다.

"나도 내 입장이라는 게 있어서, 미안하지만 그럴 수는 없어요. 그리고 내가 여기서 동자님을 놔준다고 해도 저 사람들은 동자님을 어떻게든 다시 찾아낼 겁니다. 겁주려는 게 아니라 있는 그대로 사실을 얘기하는 거예요."

혹시나 하는 마음에 기대를 가졌던 메산이가 끝내 고개를 떨어트렸다. 윤태희는 아이의 손목에 묶인 끈을 잠시 쳐다보았다. 이내 윤태희가 느릿느릿 말을 이었다.

"안됐지만 동자님이 지금 상황에서 선택할 수 있는 건 둘 중 하나뿐이에요. 발목이 잘린 채로 끌려가느냐, 성한 몸으로 직접 따라가느냐."

메산이가 작게 애원했다.

"저는, 저는 갈 수 없어요…. 나리, 나리께 보내 주세요…."

메산이가 몸을 덜덜 떨며 흐느꼈다. 그 어떤 것도 고를 수 없었다. 메산이가 원하는 건 하나뿐이었다. 나리 곁에 있고 싶다. 울음기 섞인 목소리가 같은 말을 몇 번이고 되뇌었다.

"…나리. 나리, …나으리?"

윤태희가 고개를 갸우뚱 기울였다. 메산이가 뱉은 단어를 주워서 발음해 보았다.

"나리가 누군데?"

윤태희의 물음에도, 메산이는 고개를 숙인 채 울기만 했다.

"흑흑, 나리, 나리께 보내 주세요…. 제발요, 보내 주세요. 저를 보내 주세요…."

윤태희는 횡설수설 알 수 없는 애원을 늘어놓는 동자삼을 물끄러미 응시했다. 산신이라도 모시고 있는 건가…. 잠시 생각에 잠겨 있던 윤태희가 문득 고개를 들어 뒤편을 응시했다. 나자들의 안달난 기척이 느껴졌다. 윤태희가 혀를 찼다. 이제 시간이 별로 없었다.

"돌아갈 수 있어요."

윤태희가 차분히 입을 열었다.

"지금 당장은 아니지만."

숨죽여 울던 메산이가 힘없이 고개를 들었다. 그러자 윤태희는 한쪽 무릎을 꿇고 메산이에게 눈높이를 맞춰 주었다. 탈 너머로 보이는 눈동자가 흔들림 없이 응시해 왔다.

"내 말 잘 들어요. 오늘은 그냥 저 사람들을 따라가세요. 도저히 승기(勝氣)가 보이지 않을 땐, 최악을 피하고 후일을 도모하는 게 현명한 겁니다."

윤태희가 동자삼에게 손을 뻗었다. 딱딱하고 차갑던 아이의 몸은 어느새 평범한 감촉을 전하고 있었다. 일단 나례청에 데려가기만 한다면 제구부 나자들은 동자삼을 애지중지 모셔 둘 것이다. 가치가 높고 희소한 물건을 함부로 다루지는 않을 테니까. 이 순간만 지나면 안전할 터다.

"짧으면 석 달 안에, 내가 동자님을 원래 있던 곳으로 돌려보내 주겠다고 약속할게요. 어쨌든 오래 걸리진 않을 겁니다. 무사히 돌아갈 수 있도록 도와줄게요."

메산이가 눈물이 그렁그렁한 눈을 깜빡였다. 석 달이면 메산이로서는 긴 시간이 아니긴 했다. 나중에 돌려보내 주겠다니. 그게 정말일까? 어쩌면 이자도 이영신처럼 저를 꾀어내려고 하는지도 몰랐다. 얼굴을 가린 탈도 수상했다. 게다가 저 사람들과 한패인 게 분명한데….

"…거, 거짓말."

메산이가 소심하게 쏘아붙이자,

"거짓말 아닌데."

탈 너머로 조용한 웃음소리가 흘러나왔다. 잠시 피식거리던 윤태희가 메산이의 귓가로 얼굴을 가까이 가져가더니 귓속말을 속닥거리기 시작했다. 움찔하던 메산이는 이내 귀를 기울였다. 은밀히 귓속말을 끝낸 윤태희가 허리를 세웠을 때 메산이는 어딘지 놀란 기색이 역력했다. 메산이가 반신반의하는 눈빛으로 윤태희를 올려다보며 물었다.

"그, 그게 정, 정말인가요?"

"그래서 둘이 있을 때 얘기하잖아요."

윤태희가 고개를 끄덕이며 쉿, 하고 검지를 세웠다.

"비밀이에요."

난데없이 윤태희와 비밀을 공유하게 된 메산이가 흔들리는 시선으로 주변을 두리번거렸다. 저 탈이 여전히 수상하긴 했지만 뜻밖의 말을 듣고 나니 묘하게 의심이 누그러지면서 실낱처럼 미약한 믿음이 생기려 했다.

어쩌지? 만약 저 사람의 말대로라면….

메산이가 주저하며 탈을 응시할 때였다. 윤태희가 몸을 일으켰다. 시선이 훌쩍 높아져 메산이의 고개도 저절로 따라왔다. 바르게 선 윤태희가 메산이에게 손을 건넸다.

"그럼, 가 볼까?"

차렷 자세로 서 있던 메산이가 코앞에 내밀린 커다란 손바닥을 노려보았다. 정말로 저 손을 잡아도 되는지 확신이 서질 않았다. 윤태희는 재촉하지 않고 기다렸다. 다만 이따금 손가락을 장난스레 살랑일 따름이었다.

마침내 결심한 메산이가 침을 꼴깍 삼켰다. 한 발자국 다가서며 떨리는 손을 뻗었다. 윤태희가 가만히 내밀고 있는 손에, 메산이의 손끝이 가까워지는 순간이었다.

뻐억—

눈 깜짝할 사이에 무언가가 쏜살같이 날아들었다. 그에 메산이가 화들짝 놀라며 뒤로 물러섰다. 정확히 윤태희의 손을 맞고 튕겨 나간 무언가는 퍽, 하는 소리와 함께 나무 정중앙에 깊게 박혀 들었다. 귀기가 실린 돌멩이였다. 메산이는 당황하여 나무에 박힌 돌을 쳐다보았다.

"저, 저게 무슨…."

메산이는 윤태희를 향해 시선을 옮겼다가, 이내 말을 잇지 못하고 그대로 입을 다물었다. 윤태희는 그 자세 그대로 손을 내밀고 있었는데, 손에서 피가 철철 흐르고 있던 것이다.

"……."

윤태희가 휘청이듯 한두 발짝 뒤로 물러섰다. 다친 손을 느릿느릿 얼굴 근처로 들어 올렸다. 중지부터 새끼손가락까지 세 개가 부러졌다. 붉은 피가 슈트 소매를 타고 흘러내렸다.

"누굴 손대."

무슨 일이 일어난 건지 깨닫기도 전에 멀리서 목소리가 들려왔다. 메산이의 눈이 한순간에 커졌다. 그건 윤태희 또한 마찬가지였다. 갑자기 심장이 거세게 뛰기 시작했다. 생전 처음 느끼는 낯선 감각이 발끝까지 퍼졌다.

환청인가? 그럴 리가….

윤태희가 천천히 고개를 들었다. 탈 너머의 시선은 돌이 날아온 방향을 정확히 찾아냈다. 어둠이 내려앉은 산중, 지척에서 가장 높게 솟은 어느 나무 꼭대기에 교복을 입은 소년 한 명이 서 있었다. 윤태희가 믿을 수 없다는 눈을 했다.

네가 왜 여기에?

둘의 시선이 정확히 마주쳤다. 소년의 얼굴은 무표정했다. 바람결에 짧은 머리칼이 한차례 나부꼈다. 놀란 윤태희가 뭐라 입을 달싹이려는 순간이었다. 재겸을 뒤늦게 발견한 메산이가 목 놓아 엉엉 울기 시작했다.

"나리, 흐어엉!"

탈에 가린 윤태희의 얼굴이 딱딱하게 굳었다. 잠시 사고가 멈췄던 머릿속이 팽이처럼 돌아가기 시작했다. 나리라고? 상황 파악에 확신이 들기도 전에 윤태희는 서둘러 눈을 피했다. 멀쩡한 손을 들어 탈을 단단히 고쳐 쓸 때였다.

"야! 동자님 깼…."

윤태희가 당황한 시선으로 뒤를 돌아보았다. 메산이의 목소리를 들었는지, 뒤쪽에서 이영신을 비롯한 나자들이 냅다 모습을 드러낸 것이다.

"어? 뭐야? 쟤 누구야?"

나무를 딛고 선 낯선 소년을 발견한 이영신이 멈칫하며 윤태희를 쳐다보았다. 나자들도 어리둥절한 기색으로 웅성거리기 시작했다. 윤태희는 이영신과 눈이 마주치자마자 황급히 검지를 들어 자신을 가리키고는 고개를 빠르게 저었다. 뭐라는 거야? 상황을 이해하지 못한 이영신이 의아한 낯으로 눈을 찌푸릴 때였다.

"아니, 태희야! 손에서 왜 피가…."

재겸의 시선이 한순간에 윤태희를 향해 꽂혔다.

"……."

"……."

"……."

"아, 씨발."

윤태희가 제 얼굴인 양 탈의 눈가를 손바닥으로 덮었다.

· 🕊 ·

재겸이 무표정한 얼굴로 탈을 쓴 남자를 뚫어져라 응시했다. 얼굴을 가린 기괴한 탈이 낯설었지만, 장신의 체격과 선이 딱 떨어지는 진회색 슈트는 어딘지 기시감이 느껴지는 윤곽을 그려내고 있었다. 머리서부터 발끝까지 느리게 훑어보던 시선이 어느 순간 깊게 가라앉았다.

"역시 그랬구나."

재겸이 별반 놀란 기색 없이 무미건조하게 중얼거렸다. 그러자 탈 너머 윤태희의 눈가 한쪽이 경련했다. 말없이 고개를 숙이고 있던 윤태희가 결국 깊게 한숨을 쉬었다.

"…안녕."

체념한 듯한 목소리가 흘러나왔다. 윤태희는 손을 들어 탈을 벗었다. 여기서 더 숨기려고 해 봤자 꼴만 우스워질 것 같았기 때문이다. 오해가 더 쌓이기 전에 순순히 정체를 드러내는 편이 나았다. 우스꽝스러운 전통 탈을 벗겨 내자 그림 같은 얼굴이 드러났다.

"어…?"

처음 보는 윤 수석의 얼굴에, 이영신을 제외한 다른 제구부 나자들이 놀라서 눈을 휘둥그레 떴다. 가끔 오늘처럼 운 좋게 몇 번 대면한 적은 있었어도, 그때마다 윤 수석은 탈을 쓰고 있어서 맨얼굴을 보는 건 처음이었던 것이다.

"뭐야? 아는 사이야?"

재겸과 윤태희를 번갈아 쳐다보던 이영신이 물었다.

"뭐, 조금….."

윤태희가 탈에 눌려 있던 앞머리를 쓸어 넘기며 애매하게 대꾸했다. 이영신이 눈을 껌뻑거렸다. 아는 사이라니, 그럼 태희 녀석이 불러서 온 건가? 교복을 입은 소년을 힐끔거리던 이영신이 대수롭지 않은 어투로 입을 열었다.

"그래? 쟤 뭐 하는 앤데?"

윤태희가 내키지 않는 듯한 기색으로 대답했다.

"전에 얘기한, 후임으로 들이고 싶다는 사람."

"에엥? 그 포악하고 사납다던 걔?"

이영신이 눈을 휘둥그레 뜨며 교복 차림의 소년을 올려다보았다. 누구길래 윤태희가 그렇게 공을 들이고 있는 건지, 안 그래도 얼굴 한번 보고 싶었건만 뜻밖이었다.

잘생겼네, 엄청 까칠해 보이긴 하지만….

이영신은 게슴츠레한 시선으로 소년을 꼼꼼히 뜯어보았다. 겉으로 봐서는 아주 평범해 보이는 소년이었다. 윤태희가 탐내는 재목이라고 하기엔 느껴지는 기운이 아주 밋밋해서 눈에 띄는 특이점은 없어 보였다.

그때, 소년이 입을 열더니 혼잣말을 중얼거렸다.

"혹시나 했어. 어쩌면 네가 데려갔을지도 모른다고. 그래도 설마 했었는데, 역시 너였구나. 네가 그런 거였어."

그에 윤태희가 한쪽 눈을 찡그리며 입을 열었다.

"아니, 이건 내가 한 짓이 아니라…."

뭐라 설명하려던 윤태희는 말을 채 잇지 못하고 입을 다물었다. 스스로 생각해도 어이가 없어서 웃음이 나올 지경이었다. 동자삼이 그렇게 부르짖던 '나리'가 누군가 했다. 윗전을 부르는 호칭이라 누군가를 모시고 있을지도 모른다고 생각했는데, 그게 인간일 줄은 상상 못 했다.

아니, 설사 인간이더라도….

"그게 너일 줄은 몰랐어."

재겸은 지금 이 납치극을 자신이 벌인 일이라고 오해를 하고 있었다. 어딜 봐도 그렇게 보일 터였다. 눈썹을 매만지던 윤태희가 자조적인 한숨을 흘렸다. 낭패였다. 이미 충분히 틀어졌다고 생각했는데, 이쯤 되니 완벽하게 악화일로를 걷고 있다고 말할 수밖에 없는 상황이었다.

"믿기지 않겠지만 정말이야. 이건 내가 그런 게 아니라…."

"아니, 차라리 잘됐어."

재겸은 문득 혼잣말을 읊조리며 고개를 끄덕였다.

"안 그래도 할 말이 있었거든."

앞에서는 정주를 걸고넘어지면서 자기가 지켜 주겠다느니, 같은 편이 되자느니, 저를 이용하라느니, 온갖 회유를 늘어놓더니 결국 뒤에서 이런 짓을 벌이고 있었던 거다.

이번엔 메산이였다. 자기는 모르는 일이라며 발뺌하는 모양새가 조소를 불러일으켰다. 얼굴까지 가리고 치밀하게 일을 꾸몄다. 하긴 뭔가 이상하다 싶었다. 정주의 존재를 알았다면 메산이에 대해서도 충분히 알고 있을 법했다.

정주에게 시선이 쏠리도록, 일부러 정주만 운운해 가며 정신을 빼놓게 만든 것이다. 저는 저대로 이용하고, 동시에 뒤로는 은밀히 메산이를 빼돌려서 따로 이용할 생각이었던 게 분명했다. 그러고는 자신과는 아무런 관련이 없는 척, 모르쇠 하며 시치미를 뗐을 것이다.

"여기 있는 사람들, 전부 너랑 같은 나자라는 거지?"

윤태희는 아무 대답도 하지 않았다. 다만, 어딘지 심란한 기색으로 재겸을 물끄러미 응시할 따름이었다. 재겸이 고개를 끄덕였다. 이걸로 대답을 들은 거나 마찬가지다.

그때, 이영신이 미간을 찌푸리며 불쑥 끼어들었다.

"야, 태희야, 둘이 지금 뭘 얘기하는지는 모르겠다만, 네가 여기로 부른 거야? 용건이 있으면 따로 만나든가 하지, 지금 뭐 하는 거야. 태평하게 이러고 있을 때가….”

재겸이 이영신의 말을 자르며 입을 열었다.

"나자가 되어 달라고 했었지. 내가 생각을 좀 해 봤어.”

딱히 주어는 없었지만, 윤태희는 재겸이 저에게 말하고 있음을 알았다. 윤태희와 재겸의 시선이 빈틈없이 맞물렸다.

"지금부터 말할 테니 너네도 잘 들어.”

나무 위에 올라서 있던 재겸이 훌쩍 땅으로 내려왔다. 나자들을 찬찬히 훑어보는가 싶더니, 무미건조하게 말했다.

"나는 김재겸이고, 나이는 안 세어 봐서 정확히 모르는데 대충 한 이백 년쯤 살았다. 난 죽지도 않고 늙지도 않아.”

그 순간, 윤태희의 얼굴이 딱딱하게 굳었다.

"……."

"……."

"……."

모든 시선이 일제히 재겸을 향했다. 메산이가 멍하니 입을 벌렸다. 저의 나리는 아주 평온해 보였다. 딱히 화가 난 것처럼 보이지도 않았고 평소의 모습 그대로였다.

"예전에 내가 스승으로 삼았던 사람이 아마 저주를 건 것 같은데, 어떻게 된 건지 나도 정확히 이유는 모르겠어.”

뭐? 이영신이 저도 모르게 헛웃음을 터뜨렸다.

"…야, 쟤 갑자기 뭔 소리 하는, 뭐라냐?"

한눈에 보기엔 별다른 특이점이 없어 보이는 소년이었다. 느껴지는 기운 또한 밋밋하고 차분했다. 그런 평범한 고등학생이 되지도 않는 허무맹랑한 말을 늘어놓고 있다. 윤 수석의 얼굴을 구경하느라 정신이 팔렸던 나자들도 서로를 바라보며 어처구니가 없다는 표정을 지었다.

재겸은 흔들림 없이 말을 이어 갔다.

"지금은 학교에 다니고 있는데, 정주라는 녀석이 내 외삼촌 흉내를 내 주고 있어. 참고로 정주 직업은 연예인이고, 진짜 정체는 호족이다. 걔도 대충 한, 백 년은 넘게 살았을 거야. 그리고 잘은 몰라도 개가 뭐 어떻게 몰래 위조하고 날조해서 우리 둘 다 평범한 사람인 척 살고 있어."

"……."

"……."

"……."

이번엔, 나자들의 얼굴에서 웃음기가 사라졌다.

"뭐? 쟤 방금, 뭐, 뭐라고…."

"잠, 잠깐. 누가 호족이라고?"

호족? 윤태희가 눈을 크게 떴다.

"그리고 저 녀석은 메산이라고 하는데, 오래전부터 나랑 같이 살고 있어. 너네도 대충 알고 있겠지만, 겉모습은 저렇게 어린아이여도 알맹이는 몇백 년 묵은 산삼이야."

메산이는 사색이 되어 재겸을 올려다보았다.

"나, 나리! 어, 어째서…."

그 순간, 소년의 말에 당황하고 있던 나자들이 고개를 틀어 동자님을 쳐다보았다. 방금 분명히 '나리'라고 불렀다. 동자님이 내내 부르짖었다는 호칭이었다. 지금까지 소년의 입에서 나온 믿기 어려운 모든 말들이 전부 사실임을 보증하는 셈이다.

"너, 돌았어?"

잠시 얼빠진 채 서 있던 윤태희는, 이내 황당하기 그지없다는 얼굴로 쏘아붙였다. 재겸과 동자삼이 연관이 있다는 예상 밖의 사실만으로도 윤태희는 충분히 골치가 아팠다.

나자는 기회를 놓치지 않으니 방심해선 안 된다고, 덜미를 잡히면 그걸로 끝이라고 분명히 말했었다. 그게 불과 반나절 전이었다. 그 말만큼은 진심이었다.

정체를 꼭꼭 숨겨도 모자랄 판에 제 발로 정체를 드러내다니, 그것도 다른 누구도 아닌 나자들 앞에서….

윤태희는 재겸이 무슨 생각에서 저러는 것인지 도무지 이해가 가지 않았다. 침착해 보이는 얼굴을 하고는 있지만 실상은 수세에 몰려 이성적인 판단을 잃은 것이다. 그게 아니라면 저렇게 어리석은 자충수를 둘 리가 없다.

윤태희가 저도 모르게 주변 나자들을 곁눈질할 때였다.

"약점을 잡혔으면 그 약점은 내버리면 그만이야. 이제 날

아는 건 너만이 아니야. 지금 이 순간부터 사수해야 할 비밀은 없어졌어."

그게 무슨 말이냐고 되물으려던 윤태희가 그대로 입을 다물었다. 순간 스쳐 지나간 생각 하나가 윤태희의 발목을 잡았다.

설마….

윤태희의 시선이 흔들리는 순간이었다.

"남의 손에 망하느니 내 손으로 망칠 거야. 그 반대도 마찬가지야. 너 같은 새끼한테 지켜 달라고 하느니 내가 해. 앞길을 막든, 뒤꽁무니를 쫓아다니든, 마음대로 해. 나도 내 마음 가는 대로 할 거니까."

깊게 가라앉은 시선이 윤태희를 꿰뚫었다.

"알겠냐?"

재겸이 살벌한 목소리로 덧붙였다.

"이걸로 네 협박은 무효야, 이 씹새끼야."

윤태희의 얼굴이 기묘하게 굳었다. 머리를 한 대 얻어맞은 느낌이었다. 발끝까지 한차례 전류가 흐른 것 같았다. 어디서부터 시작됐는지 모를, 불쾌하고 짜릿한 감각이 몸을 휘감았다.

잃을 것이 있는 사람은 그만큼 약해지기 마련이다. 가진 것을 잃어버릴까 봐 두렵기 때문이다. 재겸은 지켜야 할 것을 스스로 내버렸다. 윤태희는 상상을 뛰어넘을 정도로 무모한 재겸의 선택 앞에서 말을 잃고 말았다.

지금은 윤태희 한 명뿐이지만 앞으로는 더 많은 나자들이 접근을 해 올 것이고, 이용하려 들 것이다. 자신의 정체, 그리고 자신을 둘러싼 비밀을 아는 사람이 많아진다는 것은 그만큼 상대해야 할 적수 또한 늘어난다는 것을 의미했다. 재겸도 그 사실을 잘 알고 있었다.

 메산이를 뺏긴 순간부터 이판사판이었다. 나만이 너를 안다고, 윤태희는 말했었다. 그 독점된 정보만으로 윤태희는 손쉽게 우위를 점했다. 그렇다면 거기서 끌어내려 주겠다. 모두가 날 알 수 있도록, 네가 손에 쥔 그 패의 가치를 없애 버릴 것이다. 윤태희가 움켜쥔 비밀을 재겸은 제 손으로 내던지기로 했다.

 저를 이용하라는 윤태희의 제안에 혹했던 것도 사실이었다. 다른 누구도 아닌, 그 내부에 있는 윤태희라면 확실하게 도움을 받을 수 있을 것이었다. 하지만 그래선 안 되는 거였다. 이렇게 메산이를 빼돌리려는 걸 몰랐다면, 윤태희의 제안을 곧이곧대로 믿고 손을 잡았을지도 모른다.

 정주의 앞길에서 얼쩡거리는 녀석이 생기면 그때 가서 치울 것이다. 득실거리는 쥐새끼 떼를 따돌릴 수 없다면 한 마리씩 해치우면 된다. 아직 일어나지도 않은 일에 벌벌 떨어 가며 몸 사리는 건 성미에 맞지 않았다. 지킬 수 없다면 버릴 것이다. 버린 뒤에 되찾아 오겠다.

 지금처럼.

윤태희가 헛웃음을 흘리며 입을 열었다.

"나례청 전부를 적으로 돌리는 한이 있더라도, 내 편이 되기는 싫다…?"

윤태희는 정확히 요점을 짚어 냈다. 그러니까 다시 말해 이건 선전포고였다. 소년은 절대로 나자가 되지 않겠다는 말을 하고 있었다. 동시에 소년을 제약하던 족쇄는 사라진 셈이다.

"네가 현명한 판단을 하길 바랐어."

빈대 하나 잡겠다고 초가삼간 다 태우는 격이다. 이것이 어리석은 판단이라는 걸, 재겸도 알고 있었다. 당연히 그 과정은 험난할 것이다. 하지만 뒷생각은 하지 않기로 했다. 이것이 여기까지 오는 동안 재겸이 내린 답이었다.

윤태희가 낮은 목소리로 말했다.

"넌 나례청이 어떤 곳인지 전혀 모르고 있어."

재겸이 대답했다.

"알고 있어."

"아니, 넌 몰라."

윤태희가 고개를 저으며 단언했다.

"결국은 밑 빠진 독에 물 붓는 꼴이 될 거야."

재겸이 무미건조하게 대꾸했다.

"상관없어. 권태롭고 불우한 인생에 소일거리 하나쯤은 있어도 나쁘지 않을 것 같거든."

'잘 생각해 봐. 권태롭고 불우한 인생에 적당한 소일거리 하

나쯤은 있어야지.'

윤태희가 고개를 푹 숙이더니 소리 없이 웃기 시작했다. 한 번 터진 웃음은 왜인지 멈출 생각을 하지 않았다. 어깨를 가늘게 떨며 웃다가, 마침내 윤태희는 작게 한숨을 쉬었다.

"왜 나는…."

윤태희가 고개를 숙인 채 음울하게 입술을 달싹였다.

"왜 나는, 자꾸 널 실패하지?"

들릴 듯 말 듯 한 사소한 혼잣말이 흘러나왔다.

"저녁 한 끼라도 같이 먹었으면 덜 억울했을까."

그 말을 끝으로 산중에 정적이 흘렀다.

분위기가 심상치 않았다. 이영신을 비롯한 나자들은 둘이 지금 대체 무슨 얘기를 하는 건지, 듣고도 이해할 수 없었다. 서로 눈짓을 주고받을 때였다. 윤태희가 조용히 입을 열었다.

"나 아니야."

"입 닥쳐."

폭풍 전야는 막을 내렸다.

"전부 때려죽일 거니까."

잠잠하던 소년의 주변으로 스멀스멀 귀기가 흘러나왔다. 눈에 보일 정도로 짙고 무거운 귀기였다. 소년을 중심으로 거센 바람이 휘몰아치기 시작했다. 나자들의 얼굴이 딱딱하게 굳었다.

"뭐, 뭐야? 저 귀기…."

"어, 저, 저게 무슨…."

몰아치는 바람에 풀이 눕고 나뭇가지들이 휘청거렸다. 나뭇잎과 흙먼지가 시야 속에서 어지러이 떠돌아다녔다. 나자들은 광풍에 맞서느라 몸이 뒤로 떠밀릴 지경이었다. 귀기로 만들어 낸 바람에는 명백한 살기가 섞여 있었다.

이영신은 몹시 당황한 낯으로 윤태희를 쳐다보았다. 어떻게 된 거야, 하고 따지는 듯한 시선이었다. 하지만 윤태희는 별다른 대답 없이 조용히 탈을 다시 얼굴에 뒤집어쓸 따름이었다. 마치 다가올 무언가를 예감한 사람처럼.

"메산아, 움직이지 말고 거기 그대로 있어."

귓속말처럼 다가온 말에 훌쩍이고 있던 메산이가 번뜩 고개를 드는 순간이었다. 방금 전까지만 해도 저쪽에 서 있던 저의 나리는 어디론가 사라지고 없었다.

"나, 나리! 어디에…."

놀란 메산이가 황망한 시선으로 주변을 두리번거릴 때였.

무형의 채찍 같은 귀기가 예고 없이 허공을 후려쳤다.

"컥!"

신 주임을 비롯해 제구부 나자 셋이 외마디 비명을 토하며 땅바닥에 쓰러졌다. 흡사 달려오는 차에 부딪힌 것만 같은 큰 충격이었다. 지척의 나무 몇 그루가 순식간에 꺾여 나갔다. 이영신이 반사적으로 자세를 숙였다.

쏜살같이 날아든 재겸이 신 주임의 하관을 한 손에 움켜쥐고 그대로 들어 올렸다. 체격 좋은 신 주임이 정신없이 발버둥 치며 재겸의 손목을 마구 잡아 뜯었다.

"욱, 으윽…."

틀어막힌 입술에서 억눌린 신음이 흘러나왔다. 악력을 떨쳐 내려 온 귀기를 실었으나 소년의 손은 꿈쩍도 하질 않았다. 재겸은 그대로 신 주임을 바닥에 내리꽂듯 패대기치더니, 사정없이 주먹질을 하기 시작했다. 신 주임은 광기로 일렁이는 살벌한 눈동자를 보았다. 음절이 짧게 끊어질 때마다 주먹이 날아들었다. 그때마다 터지고 부서지는, 소름 끼치는 소리가 들렸다.

"나, 나리…."

메산이가 사시나무처럼 떨며 입을 틀어막았다.

"…신, 신 주임님!"

"저 미친, 신 주임!"

몰아치는 바람에 정신을 못 차리고 있던 이영신과 나자들이 뒤늦게 달려들었다. 재겸은 달려드는 나자들을 쳐다보지도 않은 채로 허공에 손을 휘둘렀다. 무시무시한 귀기에 나자들이 일시에 튕겨 나가 흙바닥에 처박혔다.

"말… 말도 안 돼…."

이영신의 얼굴이 새하얗게 질렸다.

이건 정말이지 말도 안 되는 귀기였다. 나자도 아닌 귀재가 이렇게까지 귀기를 다루는 모습은 듣도 보도 못했다. 기운이 밋밋했던 것은 방심한 틈을 노리기 위해 일부러 귀기를 갈무리하고 있었던 것이 틀림없다. 일단 저 귀기부터 어떻게 해야 했다. 이영신이 다급하게 소리쳤다.

"박 주임, 빨리!"

박 주임이 짐가방에서 밧줄을 꺼냈다. 재빨리 술식을 외고 밧줄을 땅에 떨어트리자, 밧줄이 살아 있는 듯 움직이며 땅속을 파고들었다. 그렇게 흙바닥 아래로 사라졌던 밧줄은 소년의 발밑에서 튀어나왔다. 밧줄은 눈 깜짝할 사이에 단단한 나무뿌리처럼 소년의 발을 묶었다.

귀기를 무력화시키는 밧줄로 귀기를 봉쇄하자마자 휘몰아치던 바람이 일시에 흩어졌다. 신 주임을 향해 주먹을 날리던 재겸이 움직임을 멈췄다. 그때, 재겸의 발치로 무언가 데굴데굴 날아들었다.

소년이 천천히 고개를 들었다. 섬뜩한 소년의 눈동자를 마주하자 이영신의 눈이 일순 흔들렸다. 그 틈에 박 주임이 힘없이 늘어진 신 주임을 단숨에 낚아챘다.

윤태희는 신 주임을 구하려 들지도 않았고, 재겸을 막으려고 하지도 않았다. 탈 너머로 표정을 감춘 채 멀찍이 물러나 있었는데 어째선지 묘하게 상심한 기색이었다.

그때, 이영신이 눈을 질끈 감고 손뼉을 짝, 마주쳤다.

"무술 오월기미삭 초칠일경오."

"영신아, 잠깐…."

뒤늦게 멈칫한 윤태희가 한 발자국 다가설 때였다.

"이영신이 은륜의 시한을 종료합니다."

신속하게 말을 끝맺자마자 소년의 발밑에서 쾅, 하는 굉음과 함께 귀기가 폭발했다. 뿌연 흙먼지가 가시자 그 속에서 움직임이 멎은 그대로 서 있던 재겸의 모습이 보였다. 교복은 넝마가 되었고 터진 살갗에서는 피가 흘렀다.

"나, 나리—!"

피를 뚝뚝 흘리는 재겸을 발견한 메산이가 울부짖었다.

"쥐새끼들 아니랄까 봐. 딱 그 수준이네."

소년이 조소 어린 목소리로 중얼거렸다. 비릿한 피 냄새가 진동했다. 큰 상처를 입고서 피를 잔뜩 뒤집어썼음에도 전혀 고통을 느끼지 않는 것처럼 보였다. 오히려 한층 더 희번덕이는 눈을 뜨고서 나자들을 뚫어져라 응시해 왔다.

"대, 대체 이게 무슨…."

박 주임은 저도 모르게 재겸의 발밑을 확인했다. 아까만 해도 평범한 고등학생에 불과해 보였는데 도저히 같은 사람이라는 게 믿기지 않았다. 제구부 수석의 은륜지에 직격을 당했음에도 저렇게 두 발로 서 있는 것이 놀라웠다.

이영신이 황당하다는 듯한 눈으로 소년을 바라보았다. 신 주임이 큰 부상을 입긴 했지만 크게 한 방 먹인 것은 이쪽이다. 발을 묶고 귀기를 봉쇄했으니 저 자리에서 더는 움직일 수 없을 것이다. 한데 위기감이 사라지질 않는다.

"야, 너네 뭐 하고 있는 거야? 일단 약수 꺼내서 신 주임 처치부터 해. 윤태희, 도대체 왜 그러고 서 있는 거냐고!"

이영신이 답답한 얼굴로 윤태희를 응시했다.

제구부는 제작하고 연구하는 부서이기 때문에 전투와는 거리가 멀었다. 다행히 전투직인 축역부 나자, 그것도 무려 수석씩이나 되는 윤태희가 있으니 충돌이 일어나더라도 크게 문제 될 일은 없을 거라고 생각했다.

하지만 어째선지 윤 수석은 전력이 되어 주지는 못할망정 아까부터 남의 일인 양 멍하니 손을 놓고 있었다. 이따금 손을 들어 흙먼지를 휘휘 물리치거나, 간간이 날아드는 돌멩이며 나무 조각 따위를 튕겨 내는 게 전부였다.

"…잠깐 딴생각 좀 하느라."

윤태희가 어깨를 으쓱하며 짧게 대꾸하자 이영신이 얼굴을 일그러트렸다. 말도 안 될뿐더러 성의조차 느껴지지 않는 핑계였다. 이영신이 낯을 굳히며 심각하게 물었다.

"너 설마 아직도 후임으로 데려오고 싶은 거야? 쟤를?"

윤태희는 아무 말도 하지 않았다.

"둘이 뭐 어떻게 된 사이인지는 모르겠는데, 정신 차려. 잘 생각하라고. 널리고 널린 게 귀재야. 후임감은 또 찾으면 돼. 하지만 동자삼은 아니야. 이럴 때가 아니라고!"

이영신이 날카롭게 일갈할 때였다.

그 자리 그대로 서 있던 재겸이 교복 바지에서 뭔가를 꺼냈다. 일전에 부적을 만들 때 썼던 낡은 은장도였다. 그에 이영신이 흠칫하며 재겸을 돌아보았다. 무기가 있어?

녹슨 칼집을 벗겨 내자 섬뜩한 칼날이 드러났다. 재겸은 팔 한쪽을 활짝 펼치더니 주저 없이 손목 소매에 칼날을 집어넣었다. 메산이가 눈을 크게 뜨며 비명을 질렀다.

"나, 나리, 안 돼요! 하, 하지 마세요!"

그러나 재겸은 손을 멈추지 않았다. 날카로운 칼날에 팔을 감싸고 있던 교복 옷감이 한순간에 잘려 나갔다. 손목부터 어깨까지 맨팔이 훤히 드러나자, 재겸은 다시 처음 칼날을 댔던 손목 부근으로 은장도를 가져갔다. 칼날을 한 치쯤 집어넣고 팔 안쪽의 살갗을 일직선으로 어깨까지 쭉 가르기 시작했다.

소름 끼치는 광경에 나자들이 숨을 들이켰다.

"뭐야. 미, 미쳤어…."

저 칼을 날리거나, 아니면 발목에 묶인 밧줄을 잘라 낼 거라고 생각했다. 하지만 예상과 다르게 소년은 스스로의 몸에 상처를 내고 있었다. 뭐 하는 거지, 멀찍이 서 있던 윤태희가 희미하게 인상을 썼다. 재겸이 뭘 하려는지 진작에 눈치챈 메산이는 꺼이꺼이 울음을 터뜨렸다.

"하지 마세요, 으허엉, 나리, 안 돼요…."

말끔하던 소년의 팔에는 손목부터 어깨까지, 속살이 보일 정도로 깊은 자상이 생겨나 있었다. 은륜지에 직격을 당했을 때보다 훨씬 많은 양의, 위험할 정도로 많은 피가 흘렀다. 보기만 해도 끔찍한 통증이 일었다. 재겸은 망설임 없이 다른 손을 들어 이를 악물고 팔의 상처를 헤집기 시작했다. 마치 뭔가를 찾는 것처럼.

모두가 입을 멍하니 벌린 채 그걸 바라보았다.

"뼈, 뼈를 꺼낸 거야, 지금?"

박 주임이 새하얗게 질린 얼굴로 말했다. 재겸이 길게 뻗은 팔 안에서 꺼낸 것은, 딱 자상의 길이에 버금가는 막대기였다. 핏속에서 꺼낸 막대기는 당연히 피에 흠뻑 젖어 있었다. 재겸은 긴 막대를 들고 가볍게 휘둘렀다. 뼈라고 하기엔 훨씬 가늘었고 묘하게 탄성이 느껴졌다.

"나만 맨손이면 불공평하잖아."

원랜 맨손으로 하나씩 때려죽일 생각이었다. 하지만 이렇게 이 자리에 못 박혔으니 나자들에게 접근하는 것은 불가능했다. 게다가 뭔진 잘 몰라도 이상한 도구들을 써 대며 얕은수를 부린다. 아까부터 귀기가 틀어막힌 느낌이 들었다. 귀기를 내보낼 때마다 무언가가 고스란히 빨아당기는 듯했다. 아마 발에 묶인 밧줄 때문일 것이다.

아주 오래간만에 꺼내 본 물건은 심장을 요동치게 만들었다. 막대를 쭉 훑어보던 재겸이 마침내 나자들을 향해 시선을 돌렸다. 재겸이 긴 막대의 정중앙을 잡더니 허공으로 팔을 쭉 뻗었다. 번득이는 눈동자는 도저히 제정신이라고 볼 수 없을 정도로 섬뜩했다.

"다가갈 수 없으면."

재겸이 다친 팔로 허공을 잡아당겼다. 그러자 긴 막대의 양 끝이 둥그렇게 휘는가 싶더니, 아무것도 없던 막대에 핏빛으로 된 무엇이 생겨났다. 윤태희가 눈을 크게 떴다.

"쏘면 그만이야."

재겸이 턱까지 팽팽하게 시위를 끌었다.

"…활?"

소년이 팔에서 꺼낸 것은 '활대'였다.

허공을 당기듯 아무것도 없는 시위를 메기자 팔에서 흘러나오던 선혈이 순식간에 형태를 이루기 시작했다. 눈 깜짝할 사이에 피로 물든 화살 하나가 생겨났다.

피를 뒤집어쓴 채 활을 든 소년의 모습은 섬뜩함 그 자체였다. 소년은 있는 힘껏 시위를 당겼다. 다친 팔에서 피가 쏟아졌으나 개의치 않았다. 나자들을 겨냥하고 있는 무시무시한 눈동자는 화살촉만큼이나 매섭고 날카로웠다.

군더더기 없이 깔끔한 역습이었다.

얼어붙어 있던 제구부 나자들은 상황을 이해하기 전에 뒷걸음질부터 쳤다. 당황한 그들이 도망치지도, 숨지도 못하고 우왕좌왕하는 사이 소년이 당긴 활시위를 놓았다.

"억!"

순식간에 나자 하나가 어깻죽지에 화살을 맞고 쓰러졌다. 이내 괴로운 비명을 지르며 몸부림치는가 싶더니 어느 순간 잠잠해졌다. 고통을 이기지 못하고 기절한 것이다.

소년이 곧바로 다시 활을 쐈다. 혼비백산한 이영신이 황급히 손을 휘둘렀다. 귀기로 바람을 일으켜 화살을 쳐 낼 생각이었다. 하지만 화살은 흔들림 없이 정해진 궤도를 갈랐다. 그에 이영신이 뒤늦게 몸을 틀었다.

"윽!"

화살이 아슬아슬하게 팔을 스쳤다. 조금만 느렸으면 그대로 팔에 꽂혔을 것이다. 이영신의 얼굴이 일그러졌다. 상처 입은 팔을 움켜쥐고 후다닥 나무 뒤편에 몸을 숨겼다.

숨 돌릴 틈도 없이 연이어 화살이 날아들었다. 시시각각 산중이 어두워지고 있었음에도 앳된 사수는 어둠 속을 훤히 꿰뚫었다. 사냥감의 기척을 놓치는 법이 없었다.

"박 주임님!"

이번엔 박 주임의 허벅다리였다. 박 주임이 그대로 무너졌다. 다리라면 그다지 치명상은 아니었다. 한데 박 주임 역시 앞선 나자와 마찬가지로 입에 거품을 물고 사지를 버둥거리는가 싶더니 그대로 정신을 놓았다.

재겸이 무감정한 눈으로 기척을 훑었다. 이걸로 남은 쥐새끼는 세 마리. 이영신을 따라서 제구부 나자 한 명은 잽싸게 나무 뒤로 몸을 숨긴 뒤였다. 그러나 윤태희만은 무슨 생각에선지 여전히 그 자리 그대로 사정권 내에 있었다.

피로 물든 화살이 정확히 윤태희가 쓰고 있는 탈을 겨냥했다. 대기를 가르는 살벌한 소리가 났다. 멈칫하던 윤태희가 손을 휘둘렀다. 귀기 섞인 돌풍이 산중을 휩쓸었다.

이번엔 화살이 궤도를 틀어 나무에 박혀 들었다. 화살이 순순히 튕겨 나가자 나무 뒤에 숨어 있던 이영신이 토끼처럼 눈을 크게 떴다. 아까 내가 했을 땐 안 통했는데!

억울해진 이영신이 원성을 토했다.

"야! 막을 수 있으면서 왜 지금까지 가만히 있었어!"

침묵하던 윤태희는 손을 슥 들며 짧게 대꾸했다.

"몰랐어. 쏘리."

미안함이라곤 전혀 느껴지지 않는 성의 없는 사과였다. 뭐라 더 따지려던 이영신이 그대로 이를 악물었다. 화살에 스친 살갗이 타들어 가는 것처럼 아파 왔기 때문이다.

대충 무마한 윤태희는 그대로 고개를 돌려 나무에 박힌 화살을 쳐다보았다. 소년이 팔을 가르고 끄집어낸 활은 한눈에 보기에도 범상치 않아 보였다. 거기다 피에서 생겨난 저 화살은 대체 무엇이기에 저렇게 속수무책으로···.

유심히 화살을 관찰하던 윤태희의 눈이 서서히 커졌다.

"흉이 들었어···."

화살이 박힌 부분을 중심으로 나무가 새까맣게 변하고 있었다. 흉이 든다는 것은 나자들 사이에서 자주 쓰이는 말이었고, 종종 겪는 일이므로 딱히 놀랄 이유는 없었다.

하지만 윤태희는 무척 당황한 기색이었다. 믿을 수 없다는 얼굴로 활을 겨누고 있는 소년을 뚫어져라 응시할 때였다. 눈앞으로 인영 하나가 불쑥 튀어나왔다. 화살을 피해 나무 뒤쪽에 몸을 숨기고 있던 제구부 나자였다.

윤태희가 소년의 화살을 막아 내자 그걸 믿고 튀어나온 듯했다. 나자들에게 박힌 화살을 빼고 응급 처치라도 해 주려는 심산이었다. 화살대에 손을 뻗으려는 순간이었다.

"잠깐. 그거 손대면…!"

윤태희가 고개를 틀며 입을 열었다. 하지만 한발 늦고 말았다. 화살대를 덥석 움켜쥐자마자 말단 나자의 얼굴이 일그러졌다. 대뜸 손목을 잡고 몸부림을 치기 시작했다.

"아아악!"

화살대에 닿았던 손바닥이 불에 그슬린 것처럼 까맣게 물들어 갔다. 눈을 까뒤집고 비명을 지르는가 싶더니 그대로 까무러쳤다. 나무 뒤에 숨어 그 광경을 본 이영신은, 윤태희가 그랬듯 똑같이 놀라 눈을 크게 떴다.

"어떻게 흉이, 말도 안 돼…."

이영신이 새파랗게 질린 얼굴로 되뇌었다.

흉이 들었다는 건 '동티'가 났다는 의미였다.

흔히 부정을 탔다는 표현을 쓰기도 하는 동티는, 영험한 자연물에 함부로 손을 대거나 신령을 노하게 만드는 경우에 일어나는 신벌(神罰)의 영역이었다. 인간의 힘으로 부정이 탄 것을 씻어 내리고 정화를 할 수는 있지만 아무리 귀기가 강하다 한들 '흥'을 들게 하는 건 불가능했다.

"하, 일 났네. 시발…."

나무에 기대고 서 있던 이영신이 헛웃음을 터뜨리며 미끄러지듯 주저앉았다. 어느새 얼굴엔 식은땀이 가득했다. 안 그래도 화살에 스친 팔의 통증이 점점 심해지는 것이 뭔가 이상하다 싶었다. 뒤늦게 이해가 되었다. 살갗이 불타는 듯한 고통이 퍼져 이젠 몸을 가누기 힘들 정도였다.

차라리 발을 묶지 말았어야 했다. 저 활은 인간의 범주를 뛰어넘는 물건이었다. 저런 무기는 반칙이었다. 발이 묶인 건 소년이건만 우습게도 옴짝달싹 못 하는 건 이쪽이다. 부하들이 쓰러져 가는데도 구하러 가지도 못했다.

처음엔 발만 묶어 놓으면 될 줄 알았다. 하지만 이제는 저 정체를 알 수 없는 소년을 상대할 엄두가 나질 않았다. 아니, 오히려 두렵기까지 했다. 신음하던 이영신이 눈을 질끈 감았다. 그래도 동자님을 이대로 포기할 순 없었다.

"인간이냐? 저게 인간이냐고!"

물리적인 힘으로는 소년의 상대가 되지 않는다. 윤태희가 저렇게 전면에서 이목을 잡아 주는 동안 답을 찾아야 한다. 이영신은 머릿속으로 힙색 안에 든 제구들을 그려 보았다. 각각의 기능과 용도를 헤아리다 보면 방도가 보일 터였다.

결국은 제구. 믿을 건 언제나 제구뿐이었다.

"너, 그 활 어디서 났어?"

윤태희가 탈 너머에서 낮게 물었다. 하지만 재겸은 질문에 대답도 없이 섬뜩한 낯으로 재차 시위를 당길 뿐이었다. 콸콸 쏟아지는 피에서 또다시 화살이 생겨날 때였다.

"나리, 이제 제발 그만하세요…. 그 이상, 그 이상 피를 흘리시면 위험해요. 지금도 피를 너무 많이 흘리셨어요. 네? 흑, 아시잖아요…!"

메산이의 애원에 재겸의 손이 순간 멈칫했다.

긴 세월을 함께한 만큼 메산이는 재겸에 대해 많은 것을 알고 있었다. 그래서 재겸이 활을 꺼내는 순간이 이 세상에서 제일 싫었다. 가장 큰 이유는 당장 저의 나리가 큰 고통을 느껴야 하기에, 또 다른 이유는 활을 꺼낼 때마다 엄청난 양의 피를 흘려서였다.

재겸은 메산이에게 시선조차 주지 않았다. 마치 아무것도 들리지 않는 것처럼 보였다. 하지만 시위를 당기는 손아귀가 미세하게 풀렸다가 다시 제자리를 잡았다.

"아니면, 아니면요. 피, 피라도 멎게 해 드릴게요. 제발요, 피라도 멎게요. 네? 저한테 먼저 치유를 받으시고…."

저의 나리는 피를 흘리면 흘릴수록 강해진다. 왜냐하면 통제하지 못할 정도로 귀기가 날뛰기 때문이다. 흘린 피의 양이 많아질수록 귀기 또한 날뛴다. 만약 여기서 더 피를 흘리면 그땐 틀림없이 귀기가 폭주할 것이다.

메산이는 그것만큼은 막고 싶었다.

귀기가 폭주하고 나면 재겸은 반드시 몸져눕는다. 몇 날 며칠이고 의식을 잃고 사경을 헤맨다. 문제는 그런 상태가 되면 메산이의 힘이 통하지 않는다는 것이었다.

그 이유는 재겸도 메산이도 알지 못했다. 모든 상처를 치유하고 몸을 씻은 듯이 낫게 해도 소용이 없었다. 재겸이 자력으로 깨어날 때까지 기다리는 수밖에는 없는 것이다.

이제 재겸의 발밑엔 피가 웅덩이처럼 고여 있었다.

메산이의 간절한 부탁에도 불구하고 재겸은 요지부동이었다. 태평하게 치유나 받고 있을 시간이 없었다. 어느덧 산중으로 어둠이 깊숙하게 내려앉은 탓이다.

밤이 되면 비마와의 거래를 이행해야 한다. 달이 뜨는 순간부터 의지와는 무관하게 수마가 몰려올 것이었다. 그러니 무슨 일이 있어도 그 전에 쥐새끼들을 처리해야 했다.

더 어두워지기 전에….

"거의 다 끝났어."

재겸이 가라앉은 목소리로 중얼거렸다.

사실상 남은 건 윤태희뿐이었다. 화살에 스친 쥐새끼는 더 손대지 않아도 머지않아 기력을 잃고 쓰러질 것이다. 어둑어둑한 주변은 전쟁을 치른 듯 처참했다. 피를 흘린 채 쓰러진 나자들은 패잔병처럼 여기저기 널브러져 있었고, 앙상한 초목은 뿌리가 뜯긴 채 흙바닥에 처박혀 있었다.

턱까지 팽팽하게 시위를 당긴 재겸이 윤태희를 향해 활을 겨눴다. 윤태희가 아까처럼 손을 휘둘렀다. 이번에도 바람에 꺾인 화살은 나무로 가서 박혔고, 윤태희가 뭔가를 가늠하듯이 나무에 꽂힌 화살을 뚫어져라 응시했다.

'화살에 희미하게 귀기가 실렸다.'

언뜻 보기엔 잘 막아 낸 것처럼 보였지만 처음과 비교하면 화살이 방향을 튼 각도가 눈에 띄게 좁아져 있었다. 분명 똑같은 힘으로 쳐 냈으나 아까보다 훨씬 근접한 것이다.

'귀기라면 밧줄에 틀어 막혔을 텐데, 어째서….'

시선이 자연히 소년의 발목으로 향했을 때였다. 윤태희의 눈동자에 일순 감탄의 빛이 떠올랐다. 발목을 옭아맨 밧줄이 사정없이 꿈틀대며 요동치고 있었다. 날뛰는 귀기를 견디지 못하고 주술이 저절로 풀리는 것이었다.

이대로라면 머지않아 주술이 완전히 깨질 터였다. 귀기를 봉쇄당한 탓인지, 멀리서 느껴지는 소년의 기운이 몹시 불안정했다. 게다가 활을 꺼내던 순간부터 소년의 분위기가 미묘하게 달라졌다. 분명히 같은 사람이건만 그 전과 비교하면 훨씬 더 어둡고 음산한 느낌이 들었다.

"이대로 가면 큰일 나겠는데."

가장 큰 문제는 저 활이었다. 어떻게 얻은 물건인진 모르겠으나 아무리 봐도 인간의 손에 있을 물건이 아니었다. 거기다 주술이 풀리고 밧줄이 끊어지면 소년의 움직임은 자유로워진다. 귀기 또한 마찬가지였다. 저 화살에 본격적인 귀기까지 실린다면 그땐 화살을 막을 수 없을 거다.

"원랜 가만히 있을 생각이었어. 제구부이긴 하지만 그래도 나자가 다섯씩이나 되니까. 거기다 수석까지 있는데 설마 무슨 일이라도 날까 싶었거든. 물론 아까도 말했지만 이건 내가 벌인 일이 아니라서 딱히 별 관심도 없었고."

나자들의 편에 서면 그땐 정말 변명할 여지가 없는 거였다. 그래서 웬만하면 끼어들지 않을 생각이었다. 하지만 상황이 생각보다 훨씬 위험하게 돌아가고 있었다. 만약에 여기서 시간을 더 끌면 그땐….

"정말 마지막으로, 한 번만 더 물어볼게."

윤태희가 나지막한 목소리로 물었다.

"진짜 내 편 안 할래?"

피 칠갑을 한 소년이 눈을 형형하게 빛냈다.

"안 해."

"알았어."

한 치의 망설임도 없이 흘러나온 대답에 윤태희가 깔끔하게 고개를 끄덕였다. 손을 들어 탈을 단단히 고쳐 썼다. 다시 화살이 날아들었다. 윤태희는 보란 듯이 손을 휘둘렀다. 이전과는 비교할 수 없을 정도로 살벌한 돌풍이 일었다.

"영신아, 이제 어떡할까."

이영신은 말이 없었다. 결국 기절했나. 혀를 차던 윤태희가 돌풍에 몸을 싣더니 눈 깜짝할 사이에 모습을 감췄다. 발이 묶인 재겸이 주변의 기척을 날카롭게 훑을 때였다.

"일단 이건 압수."

뒤쪽에서 손이 쑥 튀어나왔다. 아직 화살이 만들어지기 전이었고, 활을 쏘기에도 지나치게 가까운 거리였다. 윤태희는 짧은 시간, 정확하게 활의 허점을 간파하여 틈을 노렸다.

시위를 메기던 재겸이 몸을 옆으로 틀었으나 발목이 묶여 뒤로 완전히 도는 것은 무리였다. 윤태희는 시위를 잡은 재겸의 손목을 단숨에 비틀었다. 엄청난 악력이었다.

당장은 잡은 시위를 놓치게 만들어 화살을 쏘지 못하게 만들 생각인 듯했다. 그에 손목이 꺾이며 팽팽하게 당겼던 시위가 허무하게 풀렸다. 재겸은 시위를 놓친 쪽의 팔꿈치로 뒤에서 있는 윤태희의 명치를 가격했다.

아니, 가격하는 척했다. 공격을 예상한 윤태희가 그대로 몸을 물리며 팔꿈치를 피할 때였다. 재겸은 찰나의 틈을 놓치지 않고 다른 손에 들고 있던 활대를 길게 잡더니 냅다 후려쳤다.

빠악—!

활대가 머리를 강타했다. 흡사 배트를 휘두르듯 무자비한 스윙이었다. 그에 윤태희가 미끄러지듯 멀찍이 뒤로 밀려났다. 얼굴에 쓰고 있던 탈이 땅바닥에 굴러떨어졌다.

휘청거리던 윤태희가 중심을 잡지 못하고 오만상을 쓰며 머리를 짚었다. 찢어진 이마에서 피가 흘렀다. 발이 묶인 상황에서 활대가 부러지면 끝이다. 사려도 모자랄 판에 이렇게 무모하게….

얼마나 세게 맞았는지 골이 띵했다. 귀에서 강렬한 이명이 울렸다. 윤태희가 정신을 차리지 못하고 비틀거렸다. 재겸이 기회를 놓치지 않고 활시위를 힘껏 당길 때였다.

찰칵.

엉뚱한 셔터음과 함께 난데없이 플래시가 터졌다.

그와 동시에 재겸의 눈동자에 당혹감이 서렸다. 화살을 메긴 시위는 팽팽하게 당겨져 금방이라도 튀어 나갈 듯했다. 아니, 진작에 튀어 나갔어야 했다. 하지만 시위를 움켜쥔 손은 그대로 멈춘 상태였다. 윤태희를 겨누고 있는 지금 이 상태에서 손을 놓기만 하면 되는데, 어째서….

"……."

손이 꿈쩍도 하질 않는다.

"나, 나리…?"

메산이가 떨리는 목소리로 조심스레 재겸을 불렀다. 하지만 재겸은 메산이를 향해 고개를 돌리지 못했다. 손 하나 까딱할 수 없었다. 입을 열고 눈을 깜빡이는 것이 할 수 있는 전부였다. 활시위를 당긴 그 자세 그대로 굳어 버린 것이다. 모든 게 그대로였다. 팔을 타고 뜨거운 피가 콸콸 흐르고 있었고 고통

또한 생생하게 느껴졌다. 하지만 움직이는 것만은 불가능했다.

그때, 휘청이던 윤태희가 뒤늦게 몸을 바로 세웠다. 눈앞이 핑핑 돌아 고개를 내저었다. 얼굴을 찡그린 채 눈가를 타고 흐르는 피를 거칠게 문질러 닦을 때였다.

"윤, 윤 수석…!"

나무 뒤에서 팔만 내민 채 흙바닥에 엎드려 있던 이영신이 힘겹게 입을 달싹였다. 젖 먹던 힘까지 쥐어 짜내 제구를 쥐고 있던 왼손이 사시나무처럼 경련하고 있었다.

손에 든 제구는 일회용 필름 카메라였다.

셔터를 누른 카메라에서 위잉, 소리와 함께 따끈따끈한 사진 한 장이 인화되어 나왔다. 하얗기만 하던 배경이 점차 색으로 물들기 시작했다. 사진 속에 담긴 것은 활시위를 당기고 있는 재겸의 흐릿한 모습이었다. 실제의 재겸 역시 사진 속에 찍힌 그 자세 그대로 멈춰 있었다.

이영신이 사용한 카메라는 사진에 찍힌 모습 그대로 결박하는 제구였다. 하지만 찍는 사람도 셔터를 누르는 순간 그대로 멈춰 버린다는 반동 때문에 위험 부담이 따랐다. 해서, 이영신 역시 팔만 내민 채 흙바닥에 엎드린 자세 그대로 굳은 상태였다. 마지막 보루로 남겨 둘 생각이었으나 판단 착오였다. 그냥 처음부터 이걸 썼어야 했다.

"너…."

인상을 찌푸린 채 재겸을 바라보던 윤태희가 이영신의 손에 들린 카메라로 시선을 옮겼다. 그러고는 아, 하고 짧게 탄성을 내뱉었다. 이영신이 뭘 했는지 단번에 눈치챈 것이다. 윤태희가 흐트러진 앞머리를 쓸어 올리며 피식거리는가 싶더니, 떨어진 탈을 주우려 상체를 숙였다.

"역시 우리 이 수석님이시네."

이영신이 이를 악물고 신음했다.

"웃지 말고 빨리 좀, 어떻게 해 봐."

이영신은 필사의 정신력을 발휘해 의식을 놓지 않고 있었다. 눈을 감았다 뜰 때마다 그대로 시야가 가물거렸다. 게다가 온 귀기를 실어 셔터를 눌렀던 터라, 저렇게 붙잡고 있을 시간이 많지 않았다. 서둘러 끝내야 했다.

"그래, 이제 뭐 어떻게 하면 돼?"

"일, 일단은 저 활부터 뺏, 아니, 아니야. 그 전에 먼저 동자님을, 아니. 아니다. 아니야."

당장 뭐부터 해야 할지 머릿속이 복잡했다. 가능한 최선의 판단으로 종지부를 찍어야 한다. 어떻게 해야 이 상황을 최대한 깔끔하게, 그리고 완벽하게 정리할 수 있을까···.

"아!"

끙끙거리며 고민하던 이영신이 눈을 번쩍 떴다.

"윤 수석! 너 지금, 그거 가지고 있어?"

윤태희가 주운 탈을 얼굴에 쓰며 "그거라니?" 하고 물었다. 그에 이영신이 거친 숨을 몰아쉬며 말을 골랐다.

"그거, 그러니까, 흑망조 있냐고!"

윤태희는 순간 멈칫하는가 싶더니 "잠시만." 하고 중얼거리며 가슴팍을 더듬거렸다. "있어." 슈트 재킷 안주머니 너머로 종이 새를 보관해 둔 사각 케이스의 형체가 만져졌다.

"봐, 지금 여기서 저 녀석을 쓰러트리고 동자님을 데려간다고 해결될 문제가 아니야. 쟤, 분명히 당장에 본청까지 쫓아올 거야. 본청에 뽀록나면 그땐 전부 망하는 거라고. 그렇다고 쟤를 뭐, 어떡할 거야? 지금 그럴 시간도 없어."

가만히 듣고 있던 윤태희가 반문했다.

"…지금 흑망조를 쓰라는 거야?"

"그래, 그걸로 쟤 기억을 날려."

"범인한테만 쓸 수 있는 거 아니었나?"

"아니야, 귀재한테도 똑같이 통해."

흑망조는 본디 범인을 대상으로 쓰는 물건이었다. 하지만 그건 언제까지나 비밀 유지를 위해서 한정 지은 것이고, 귀재는 이 바닥에 대해 어느 정도 알고 있으므로 딱히 숨길 필요가 없으니 굳이 쓰지 않는 것일 뿐이다.

"확실해? 귀재한테도 써 봤어?"

윤태희가 낮게 물었다.

"당연하지, 그거 만든 사람이 나야. 처음에 개발했을 때 정화부 애들 데려다가 다 실험해 봤어. 그니까 좀 믿어!"

이영신은 지금 이 순간 하늘에 감사했다. 윤태희가 흑망조를 가지고 있는 게 천운이었다. 처음엔 아까워서 주기 싫었다. 한참을 내빼다가 결국 갈취당하다시피 넘겨줬더랬다. 한데 지금 보니 그때 윤태희에게 흑망조를 내준 것이 천만다행이었다. 여기서 흑망조를 쓴다면 굳이 성가시게 상대하지 않아도 소년은 쓰러지고 말 것이다.

 소년이 처음 나타난 순간부터 산중엔 이미 어둠이 내리고 있었다. 흑망조는 하루치, 어두웠을 때의 기억을 도려내므로 이후 동자삼의 행방뿐만 아니라 이곳에 동자삼을 구하러 왔었다는 사실조차 잊을 것이다. 오늘 산중에서 있었던 모든 기억이 전부 물거품처럼 사라지게 된다.

 "굉장한데? 전혀 생각지도 못했어."

 마침내 탈 아래로 드러난 입술이 호선을 그렸다. 윤태희는 슈트 안쪽에서 사각 케이스를 꺼냈다. 메모지 한 장을 떼어 내 이리저리 살펴보더니 감탄하듯 입을 열었다.

 "흑망조로 기억을 지우면 오해도 사라져…. 거기다 동자님을 무사히 데려갈 수 있고, 우리 무서운 나으리를 따돌릴 수도 있는 거네. 산에서 있던 일은 전부 잊으니까."

 재겸의 눈동자가 거세게 경련했다. 슈트에 피를 닦던 윤태희가 고개를 돌려 재겸의 시선을 마주 보았다. 탈 너머로 보이는 서늘한 눈매가 재겸을 예리하게 훑었다.

 "들었지?"

 윤태희가 손에 든 메모지를 팔랑거렸다.

"어때, 정말 기발하지 않아?"

"……."

"말했잖아, 넌 나례청이 어떤 곳인지 모르고 있다고."

"……."

윤태희가 낮은 목소리로 읊조렸다.

"이런 곳이야, 나례청은."

숱한 상념이 둔해진 머릿속을 파도처럼 휩쓸었다.

안 돼.

재겸은 눈을 돌려 메산이를 쳐다보았다. 메산이는 아까부터 조용했다. 뭔가를 직감한 것처럼. 재겸과 눈이 마주치자, 메산이는 입술을 꾹 다문 상태에서 웃으려고 했다. 아니, 울고 있는 것 같기도 했다. 어두워서 표정이 잘 보이질 않았다. 메산이가 아주 살짝 고개를 저었다.

"이제 그만하세요, 나리."

재겸이 잇새로 작게 중얼거렸다.

"아니, 안 돼. 움직여. 움직여. 움직여…."

화살 끝에는 여전히 윤태희가 서 있다.

"손을 놔, 놓으라고. 놔, 놔, 놔…."

재겸이 눈을 질끈 감았다. 부르튼 입술에서 억눌리고 격양된 목소리가 흘러나왔다. 다른 누구도 아닌, 오로지 저 자신을 향해 악을 썼다. 채찍을 후려치듯 스스로를 때리는 말이었다. 다친 팔이 부들부들 떨리기 시작했다.

이 손만 놓으면, 이 손을 놓을 수만 있다면.

"놔. 놔. 놔. 놔. 제발 놔. 놓으라고, 놔!"

윤태희가 손바닥 위로 메모지를 올렸다. 후, 부드럽게 숨을 불자 종이가 허공 위에 두둥실 떠올랐다. 이영신이 미간에 쥐어 짜내듯 힘을 주었다. 하지만 초점이 영 흐렸다. 긴장이 풀렸는지 이젠 한계였다. 무너지는 시야에서 자신이 직접 만들어 낸 종이 새가 태어나고 있었다.

"윤 수석, 나 죽겠….""

"그래, 이제 다 됐어."

윤태희가 손등을 갖다 대자 완성된 흑망조가 사뿐히 내려앉았다. 흑망조가 살랑거리며 날갯짓을 했다. 손끝을 까딱이자 흑망조가 날개를 접고 튀어 나갈 준비를 했다.

"일이 이렇게 돼서 유감이야. 그냥, 운이 좀 나빴다고 생각해. 나로선 이게 최선이니까. 이해해 줬으면 좋겠어."

재겸이 눈을 떴다. 불꽃이 타오르는 듯한 섬뜩한 눈동자가 윤태희가 쓴 탈을 노려보았다. 눈에 눈물처럼 피가 차오르기 시작했다.

놔. 놔. 놔. 놔. 제발, 놔….

탈 너머의 시선이 또렷하게 박혀 들었다.

"나자의 이름으로….""

시위를 잡은 손끝이 흔들렸다.

"밤을 몰수합니다."

흑망조를 발동하는 주문과 함께 윤태희가 엄지와 중지를 딱, 부딪쳤다. 흑망조가 허공을 가르며 돌진하는 순간이었다. 거의 동시에 멈췄던 화살이 쏜살같이 튀어 나갔다.

"윽!"

불시에 화살을 맞은 윤태희가 나무에 쾅, 부딪쳤다. 재겸의 발목을 묶고 있던 밧줄이 뚝 끊어졌다. 틀어 막혔던 귀기가 자욱하게 흘러나오기 시작했다. 붉은 귀기. 폭주였다.

"나리, 안 돼…."

메산이가 철퍼덕, 땅바닥에 엎드리며 울음을 터뜨렸다. 굳어 있던 재겸이 비틀거리며 뒤로 물러섰다. 활을 들고 있던 팔이 힘없이 늘어지더니 이내 손에서 활이 툭 떨어져 내렸다.

"……."

털썩 주저앉은 재겸이 고개를 푹 숙였다.

사방이 쥐 죽은 듯 고요한 적막에 휩싸였다. 흑망조가 열심히 날갯짓하며 기억을 쪼아 먹는 소리가 조그맣게 들렸다.

"윤, 수석, 너, 왜…."

흑망조가 향한 곳은 이영신의 머리 위였다.

· 🕊 ·

잔기침을 내뱉던 윤태희가 고개를 돌려 흑망조를 쳐다보았다. 흑망조는 열심히 날갯짓을 하며 이영신의 정수리를 부리로 쪼아 대고 있었다. 흙바닥에 엎드려 있던 이영신은 멍한 얼굴로 윤태희를 올려다보았다. 커다랗게 뜬 눈이 사정없이 흔들렸다. 믿을 수 없다는 듯한 표정이었다.

재겸이 주술을 깨 버린 탓에 이영신 또한 속박이 풀린 상태였으나 이영신은 흑망조를 떨쳐 내지 못했다. 홍이 든 탓에 손끝 하나 움직일 힘도 남아 있지 않았던 것이다. 이영신은 결국 저항할 겨를도 없이 그대로 정신을 잃었다.

모든 나자가 화살에 쓰러졌다. 그중에서 깨어 있는 것은 오직 윤태희뿐이었다.

이영신의 기억을 쪼아 낸 흑망조가 윤태희를 향해 무사히 되돌아왔다. 팔을 늘어트리고 있던 윤태희가 느리게 손바닥을 펼치자 흑망조가 부리를 벌려 기억이 담긴 검은 구슬을 토해 냈다. 윤태희는 종이 새와 구슬을 무성의한 손길로 한데 구겨 쥐었다가, 이내 대충 손을 탈탈 털어 냈다.

마침내 산중에 깊은 적막이 내려앉았다.

다리 힘이 풀려 털썩 주저앉아 있던 소년이 천천히 고개를 들었다. 붉은 귀기가 소년의 몸을 에워싸고 있었다. 소년은 손을 들어 눈가에 고인 피를 닦아 냈다.

"메산아, 이리 와."

땅바닥에 엎드린 채 숨죽여 절망하던 메산이가 몸을 일으켰다. 휘청이는 불안한 걸음으로 재겸을 향해서 허둥지둥 뛰어오기 시작했다.

"나리, 귀기가, 으허엉⋯."

메산이는 차마 치유하겠다는 말도 하지 못했다. 그저 손을 뻗고 허우적거릴 뿐이었다. 덜덜 떨리는 작은 손을 물끄러미 내려다보던 재겸은 일단 메산이의 손목에 묶여 있는 가느다란 끈부터 끊어 냈다. 그러고는 짧게 덧붙였다.

"괜찮아."

괜찮을 리가 없었다. 지금 당장 피를 멎게 만든다고 해도 한번 시작된 폭주는 멈추지 않는다. 기력을 모두 소진하여 정신을 잃는 순간에야 폭주 또한 멈출 것이고, 저의 나리는 그렇게 며칠 동안 사경을 헤맬 것이다.

메산이가 서둘러 치유에 돌입했다. 하지만 재겸은 메산이의 손을 물리며 자리에서 일어섰다. "나중에." 치유를 받기 전에 아직 할 일이 남아 있었다. 재겸은 떨어진 활을 주워 들고는 나무에 앉아 있는 윤태희를 향해 걸어갔다.

아직 끝난 게 아니다.

윤태희는 나무에 기댄 채 긴 다리를 쭉 뻗고 허술하게 앉아 있었다. 무감정한 눈으로 윤태희를 내려다보던 재겸이 윤태희의 어깨에 꽂혀 있던 화살을 거칠게 잡아 뺐다. 그에 윤태희가 작게 신음을 흘렸다. 재겸은 한 손으로 우악스레 멱살을 붙잡아 윤태희를 일으켜 세웠다.

"⋯⋯."

"⋯⋯."

윤태희가 혼잣말을 하듯이 중얼거렸다

"붉은색 귀기는 처음 봐. 예쁘네…."

종이 새가 공중으로 발돋움하던 순간에 재겸은 주술을 깨고 속박에서 풀려났다. 따라서 종이 새가 저를 향해 날아왔다고 하더라도 충분히 피할 수 있었을 것이다. 하지만 기억을 잃게 만든다는 종이 새는 윤태희와 같은 편인 동료 나자에게 날아갔다.

"말해."

재겸이 무표정한 얼굴로 입을 열었다.

"뭘?"

"변명이든 유언이든."

탈 너머에서 희미한 웃음이 흘러나왔다. 윤태희는 힘없이 늘어트렸던 팔을 들어 비뚤어진 탈을 바르게 고쳐 썼다.

"무슨 말이 듣고 싶은데?"

"방금 뭐 한 거냐고."

"그냥. 개수작."

성의 없는 대답에 재겸의 낯이 한층 더 살벌해졌다.

"내 편이 되어 주면 나도 네 편이 되겠다고 했잖아. 반대로 내가 먼저 네 편이 되면… 그럼 너도 내 편이 되어 줄 마음이 들지 않을까 해서…. 마지막으로 수작 좀 부려 봤어."

윤태희가 다정한 목소리로 물었다.

"어때? 좀 통했나?"

"아니, 전혀."

재겸이 흔들림 없이 싸늘하게 대꾸했다.

"그래, 어쩔 수 없지, 그럼…."

윤태희가 덤덤하게 말을 흐렸다.

"그냥. 실수."

"……."

"실수한 거라고 치자."

"……."

재겸이 설핏 미간을 찌푸릴 때였다. 윤태희는 슈트 안쪽으로 손을 집어넣더니 아까처럼 사각 케이스를 꺼냈다. 그러자 재겸의 붉은 귀기가 흉흉하게 일렁거렸다. 멱살을 잡고 있던 악력이 한결 강해졌음에도 윤태희는 묵묵히 메모지 네 장을 떼어 냈다.

후, 숨을 불어넣자 흑망조 네 마리가 태어났다.

"나자의 이름으로 밤을 몰수합니다."

윤태희가 입술을 달싹이자 흑망조 네 마리는 재겸의 곁을 지나쳐 제각기 다른 방향으로 흩어졌다. 각각의 종이 새가 향한 곳은 여기저기 널브러져 있던 나자들의 머리 위였다. 나자들은 얌전히 기억을 갉아 먹혔다. 말없이 그 광경을 주시하던 재겸이 느리게 고개를 돌렸다.

"……."

탈 너머로 보이는 눈매를 사납게 노려볼 때였다.

"아, 또 실수해 버렸네."

어떻게 들어도 부자연스러운 말투였다.

"나는 우리 나으리랑은 다르게 밤눈이 어두워서."

천연덕스러운 변명에 재겸이 그대로 손을 풀어 윤태희를 거칠게 내동댕이쳤다. 엉덩방아를 찧은 윤태희가 얼굴을 찡그렸다. 팔을 뒤로 뻗어 상체를 지탱하는데, 날카로운 화살촉이 다가왔다. 재겸은 턱까지 팽팽하게 활을 끌어당기고 정확히 윤태희가 쓴 탈의 정중앙을 겨냥했다.

"이 씹새끼가. 너 내가 기어오르지 말랬지."

붉게 변한 귀기는 아주 험악하고 위협적이었다. 윤태희는 무방비했다. 붉은 귀기에 휘감긴 화살은 금방이라도 탈을 뚫고 이마에 박힐 것 같았다. 귀기가 폭주한 상황에서 재겸이 화살을 쏘면 어차피 막아 낼 수 있는 도리가 없었다.

"넌 여기서 내 손에 죽어."

"그럴래? 마음대로 해."

윤태희가 소리 없이 웃었다.

"어차피 내 편 하나 제대로 만들지 못하는 그릇이라면 여기서 죽어도 아쉽지 않아. 장차 무슨 큰일을 하겠다고…."

윤태희가 자조적인 어조로 대꾸했다. 그때, 뒤에서 안절부절못하며 서 있던 메산이가 황급히 달려와 재겸에게 달라붙었다.

"나리! 그만, 그만하셔요…."

재겸은 윤태희의 속내를 도무지 이해할 수가 없었다. 필시 무슨 꿍꿍이가 있을 것이라고 생각했다. 윤태희는 여태껏 가만히 있다가 뒤늦게 싸움에 끼어드는 척을 하더니, 어느 순간엔 동료 난자들을 등지고 재겸에게 편승해 뻔뻔하게 손을 거들었다.

처음엔 종이 새를 잘못 날린 것일지도 모른다고 생각했다. 그러나 그것은 환심을 사기 위한 수작질이었다. 의중이야 어찌 됐든 재겸은 윤태희의 도움 따위는 받고 싶지 않았고, 고맙지도 않았다. 일을 꾸민 것은 본인이면서 해결사 노릇을 자처하는 것이 병 주고 약 주는 꼴이었다.

"저리 비켜."

"나, 나리⋯."

재겸이 매몰찬 손길로 메산이를 밀어 냈다.

"그깟 기억을 지우든 말든 변한 건 아무것도 없어. 날 협박한 것도 모자라서 메산이 너까지 납치하고 이용하려고 했어. 그러니까 죽일 거야. 화내기 싫으니까, 비키라고."

재겸의 눈동자에 광기 어린 분노가 번들거렸다. 그에 메산이가 어쩔 줄 몰라 하며 갈팡질팡하더니, 결심하듯 재겸의 옷자락을 잡았다.

"하지만 나, 나리, 이자는⋯."

주저하던 메산이가 울먹이며 한결같은 표정을 짓고 있는 탈을 곁눈질했다. 아무리 봐도 믿음이 가는 얼굴은 아니었다. 귓속말을 들었을 때까지만 해도 반신반의했었다.

"이자는, 위험했던 순간에 저, 저를 도와주었어요."

이자가 직접 나서서 시간을 벌어 주지 않았다면 그새 발목이 잘렸을지도 모른다. 덕분에 나리가 늦지 않게 저를 데리러 올 수 있었다. 다른 이들의 공격에 가세하지도 않았고, 저의 나리에게 해를 입히지도 않았다. 물론 그렇다고 딱히 도움을 준 것도 아니긴 했지만. 그래도 마지막에 종이 새는 동료를 향해서 사용했다. 그 때문에 남자가 제게 해 줬던 말이 어쩌면 사실일지도 모른다는 생각이 들었다.

"…그게 무슨 말이야."

메산이가 꺼낸 뜻밖의 말에, 시위를 잡은 재겸의 손이 아주 살짝 풀렸다.

"그, 그러니까 저한테만, 은, 은밀히 말하기를…."

메산이가 머뭇거리며 입을 열었다.

'짧으면 석 달 안에, 내가 동자님을 원래 있던 곳으로 돌려보내 주겠다고 약속할게요. 어쨌든 오래 걸리진 않을 겁니다. 무사히 돌아갈 수 있도록 도와줄게요.'

'…거, 거짓말.'

'거짓말 아닌데. 저 사람들은 동자님을 나례청이라는 곳으로 데려갈 거예요. 그리고 짧으면 석 달, 길면 일 년 안에 동자님을 비롯해 지금까지 붙잡힌 영물들, 신령들, 전부 풀려날 겁니다. 그러니 최대한 안전하게 잠깐만 버티고 있으면 돌아

갈 수 있어요. 왜냐면….'

"왜, 왜냐면…."

말을 하다 말고 메산이가 입을 다물었다. 갑자기 아차 싶었다. 비밀이라고 했는데 이렇게 말해도 되나? 하지만 눈앞의 남자는 잠자코 메산이가 전하는 자신의 귓속말을 듣고 있을 뿐이었다.

"왜냐면. 뭐?"

가만히 이야기를 듣고 있던 재겸이 눈을 가늘게 떴다. 조심스럽게 윤태희의 눈치를 살피던 메산이는 손을 꼬물거리며 시선을 내렸다. 그러고는 조그만 목소리로 말했다.

"나, 나례청이 무너질 거라고…."

"뭐?"

재겸의 눈가가 미세하게 일그러졌다. 그대로 고개를 돌려 얌전히 앉아 있는 우스꽝스러운 전통 탈을 내려다보았다. 여전히 활을 겨눈 채로, 재겸은 음산한 목소리로 물었다.

"나례청이 왜 무너지는데."

"……."

"대답해."

"……."

둘의 시선이 정확히 맞물렸다. 윤태희는 재겸의 눈가에 눈물처럼 번진 핏자국을 말없이 바라보다가 입을 열었다.

"사방에서 쥐새끼가 득실대고 있어. 무슨 짓을 해도 이길 수 없고, 어딜 가도 따라붙어서 도망도 못 쳐. 이럴 때 쥐새끼한테서 벗어날 수 있는 유일한 방법이 뭔지 알아?"

윤태희는 대답 대신 생뚱맞은 질문을 역으로 던졌다. 재겸은 입을 꾹 다문 채로 윤태희를 노려볼 따름이었다. 윤태희가 흘러내린 앞머리를 쓸어 올리며 짧게 자답했다.

"나도 그 쥐새끼가 되면 돼."

재겸의 낯에 미묘한 균열이 생겼다.

"그게 무슨 말이야."

"내가 그렇게 싫어?"

자꾸 맥락을 튀어 나가는 말에 재겸의 낯이 험악해졌다.

"왜? 내가 나자라서?"

윤태희가 시선을 내리며 곰곰이 중얼거렸다.

"그럼, 나자 그만두면 나 좀 좋아해 주나?"

그렇게 물으며 윤태희는 고개를 살짝 빼고는 뒤에 널브러진 나자들을 훑어보았다. 어둠이 내린 산중은 고요했다. 멀리서 희미하게 캥캥, 짐승의 울음소리가 들렸다.

"맞아, 나례청은 무너질 거야."

윤태희가 재겸을 올려다보며 덧붙였다.

"내가 부술 거니까."

· 🕊 ·

나례청을 부수기 위한 밑그림은 이미 오래전에 완성되어 있었다. 오랫동안 머릿속에서 그려 온 그림은 어느덧 화룡점정(畵龍點睛)만을 앞두고 있었다. 한 치의 오차도 없이 치밀하게 세운 계획이었다.

남은 것은 단 하나, 눈동자를 그리는 일.

마침내 눈을 얻은 용은 깊은 잠에서 깨어나 지축을 뒤흔들고 하늘로 날아오를 것이었으나, 이 일만큼은 유일하게 윤태희의 소관을 벗어나는 일이므로 마땅한 적임자가 필요했다.

윤태희는 보통 누군가의 손을 빌려야 할 때면 인간보다는 귀신에게 일을 맡기는 것을 선호했다. 하지만 이번엔 예외였다. 대단원의 서막을 열어 줄 문지기는 반드시 인간이어야 했다.

그 문은 나례청 내부, 깊숙한 곳에 있으므로.

나례청에 들어갈 수 있는 사람은 나자뿐이다. 그것이 바로 '후임'이 되어 줄 귀재를 찾아내야만 하는 이유였다.

아무에게나 함부로 맡길 수 있는 일이 아니다. 유능한 장기말. 자칫하면 지금까지 쌓아 온 모든 일이 무너질 수도 있다. 그러니 나례청의 나자여서는 안 됐다. 오로지 나를 위한, 나에게만 충성하는.

'나'의 나자.

언제 어디서 나타났는지 모를 소년은 윤태희의 시선을 단숨에 앗아 갔다. 정체를 알 수 없는 소년. 세월의 타성에 젖은 앳된 얼굴. 윤태희는 소년을 집어삼킨 권태와 무기력을 한눈에 알아보았다.

처음엔 그저 목표물에 불과했다. 그러나 어느 순간, 윤태희는 점차 출처를 알 수 없는 희미하고도 기이한 열의가 솟아나는 것을 느꼈다. 그건 바로 '호기심'이었다. 그리고 이 궁금증은 욕심이 생겨나려는 징조라는 것을, 윤태희는 모르지 않았다.

인간을 어떻게 다뤄야 하는지는 아주 잘 알고 있었다. 잘해 주거나 겁을 주거나. 윤태희는 웃음을 가장하는 데 능했다. 그러나 상냥하고 친절한 가식은 소년에 의해서 너무도 손쉽게 벗겨져 버렸다.

나자라는 사실을 들킨 순간부터 소년은 모든 접근을 불허했다. 엄청난 적대감을 드러내며 말을 섞을 기회조차 주지 않았다. 그래서 윤태희는 깔끔히 포기하고 목표를 약간 수정했다.

'나'의 나자가 되어 주지 않아도 좋다.

그저 '나례청'의 나자만 되지 않으면 된다.

소년이 자신 스스로를 위해 나자가 되는 것도 나쁘지 않다고 생각했다. 윤태희는 간신히 틈새를 열어서 소년에게 위기감을 불어넣어 주었다. 협박. 회유. 차선책은 각자 본인의 이익을 위해서 서로를 이용하고 움직이는 관계였었다. 하지만 이젠 모든 게 무용했다.

'이걸로 네 협박은 무효야, 이 씹새끼야.'

그 순간, 윤태희는 이상한 전율을 느꼈다. 소년은 다가가면 다가갈수록 멀리 달아났고, 공들여 설계한 판은 몇 번이고 뒤집어졌다. 그만 포기해야겠다고 생각했다. 아쉽지만 어쩔 수 없다고. 그러니 현명하게 물러나자고. 이영신 말대로 널리고 널린 게 귀재니까….

머리로는 알고 있는데. 자꾸.

"너였으면 좋겠어."

윤태희가 선명한 시선으로 소년의 눈동자를 마주했다.

"이 역모(逆謀)에 가담해 줄 사람이."

어둠 속에서 소년의 눈동자가 서서히 커다랗게 변했다.

"너 지금 무슨 소리를 하는 거야?"

"그러게. 원래 이건 말하면 안 되는 건데…."

윤태희가 조용히 혼잣말을 하며 희미하게 웃었다.

자꾸 인력(引力)에 휩쓸리는 느낌이었다. 나례청을 부술 것이라는 계획을 털어놔 봐야 좋을 건 하나도 없었다. 오히려 제 발로 약점을 드러내는 꼴이다. 그걸 제일 잘 아는 건 윤태희 자신이었다. 소년이 탐났지만 신뢰할 수 있느냐는 전혀 다른 문제였다. 윤태희는 본디 인간을 믿지 않았다.

"너한테 맞아서 머리가 어떻게 됐나 봐."

윤태희가 관자놀이를 검지로 톡톡 건드리며 고개를 숙였다. 언제나 뒷일부터 계산하고 생각하고 수를 가늠하는 설계자의 머리는 아까부터 멍했다. 잠시 말이 없던 윤태희가 피식거리며 입을 열었다.

"그럼 쌤쌤 해 줘."

그게 무슨 말이냐는 듯, 재겸이 인상을 구겼다.

"내 약점을 줬으니까, 나 좀 지켜 줘."

상황 파악을 안 하는 건지, 못 하는 건지는 모르겠으나 이 와중에 윤태희는 뻔뻔하기 짝이 없었다. 그러나 재겸은 순순히 넘어갈 정도로 호락호락하지 않았다. 더 이상은 속지 않을 것이다.

"끝까지 사람을 가지고 노네."

평정심을 되찾은 재겸이 낮은 음성으로 쏘아붙였다.

"메산이를 납치한 건 네가 한 일이 아니라고? 그래. 그건 믿어 줄게. 근데? 그래서 뭐 어쩌라고. 오해받은 게 그렇게 억울했어? 내내 가만히 있다가 이제 와서 꼬리 자르고 선 긋는 시늉 하면 넘어올 것 같았냐?"

윤태희가 흔들림 없는 시선으로 대꾸했다.

"의심을 사지 않으려면 어쩔 수 없었어."

변명이 아니라 사실이었다. 섣불리 누구의 편을 들 수도 없었던 이유는 그 때문이었다. 처음부터 동자삼을 풀어 줬다면, 혹은 재겸을 상대할 때 눈에 띄게 훼방을 놨다면, 틀림없이 나자들은 윤태희를 수상히 여겼을 것이다. 왜냐면 그것은 '나자'답지 않으므로.

"웃기지 마."

나례청을 부순다는 터무니없는 소리에 혹할 정도로 재겸은 바보가 아니었다. 말 한마디에 휘둘리는 것은 사양이었다. 재겸이 시위를 고쳐 잡았다. 어쩌면 이 모든 것이 저를 꾀어내기 위해 꾸며 낸, 동료들까지 동원해서 함께 짜고 치는 연극이라면….

그때, 윤태희가 대뜸 고개를 숙였다.

"잠, 시만."

대화를 중단한 윤태희가 갑자기 술 취한 사람처럼 정신없이 비틀거리기 시작했다. 그에 재겸이 손에 쥔 시위를 고쳐 잡을 때였다. 윤태희의 몸이 앞으로 쏠리며 마주 선 재겸을 향해 기울었다.

"뭐 하는 거야."

윤태희가 재겸의 어깨에 이마를 박았다. 딱딱한 탈이 어깨에 부딪치며 묵직한 무게감이 느껴졌다. 귓가에 거친 숨결이 흘러들었다. 그에 재겸이 흠칫하며 윤태희를 밀어 냈다. 윤태희가 재겸의 옷자락을 부여잡았다. 윤태희의 손은 하얗게 질려 덜덜 떨리고 있었다.

"하, 으…."

윤태희가 신음하며 다른 손으로 자신의 가슴을 마구 쥐어뜯었다. 다친 손이었지만 부러진 손가락이 아픈 줄도 몰랐다. 피 묻은 손아귀 안에서 진회색 슈트가 구겨졌다. 재겸이 윤태희를 거칠게 밀어 내려는 순간이었다. 그보다 한발 빠르게 윤태희는 알아서 재겸의 발치로 무너졌다.

"……."

재겸은 무감정한 시선으로 윤태희를 가만히 내려다보았다. 윤태희가 무릎을 꿇고 양팔로 땅을 짚더니, 흙을 움켜쥐듯 괴롭게 땅을 긁었다.

"이건 또 무슨 개수작이야."

방금 전까지 멀쩡하던 윤태희는 갑작스럽게 정신을 차리지 못하고 있었다. 그때, 윤태희가 땅을 짚고 있던 손 하나를 입가 근처로 가져갔다. 덜덜 경련하는 손끝은 살갗이 까져서 피가 맺혀 있었다. 윤태희가 희미하게 신음을 흘리는가 싶더니 낮게 잔기침을 내뱉기 시작했다.

"컥, 쿨럭…."

윤태희가 갑자기 울컥, 피를 토했다. 탈 안쪽에서 엄청난 양의 피가 흘러나왔다. 순간 재겸은 멈칫했다. 윤태희에게 겨누고 있던 활을 거둬 내고 저도 모르게 뒤로 한 걸음 물러섰다.

"나, 나리, 혹시 아까 전에 화살에 맞아서…?"

놀란 메산이가 숨을 들이켜며 말했다.

"아니, 화살을 맞는다고 피를 토하진 않아."

재겸은 윤태희가 쓰고 있던 탈을 벗겨 냈다. 반듯하던 맨얼굴은 고통으로 인해 힘겹게 일그러져 있었다. 얼굴을 확인하자 꾸며 내거나 시늉을 하는 게 아니라는 직감이 들었다.

그렇다면 도대체 왜…?

"계약을 위반했기 때문이라오."

난데없이 들려온 목소리에 재겸이 번뜩 고개를 들었다. 옆에 있던 메산이도 화들짝 놀라 엉덩방아를 찧었다. 주변을 두리번거리던 재겸의 시선이 밤하늘로 향했다. 여태 어둠 속에 모습을 감추고 있던 비마가 천천히 윤곽을 드러냈다.

"너, 안 갔어? 언제부터 거기 있었어?"

비마가 허공에서 둥실거렸다.

"진귀한 구경을 눈앞에 두고 어찌 그냥 돌아갈 수가 있겠소."

재겸이 눈을 가늘게 떴다.

"싸움 구경처럼 재미난 일도 없지. 하물며 다른 이도 아닌 공자가 직접 나서는 투전이니, 당최 발길이 떨어져야 말이오. 얌전히 엿보기만 했으니 성내지는 마시오. 나로선 공자를 상대할 재간이 없소."

비마가 갈기를 살랑이며 말했다.

"계약을 위반했다는 건 무슨 소리야?"

다행히 소년은 비마의 눈요기를 딱히 꾸짖을 생각은 없어 보였다. 대신 화두를 틀어 비마가 거들었던 말에 질문을 던졌다.

"나례청에 귀속되는 모든 나자는 피의 계약을 맺는다고 알고 있소. 그 내용인즉슨, 같은 나자를 상대로 위해를 가하거나 예고 없이 귀기를 써서는 안 된다는 것이라오."

재겸이 비마를 올려다보았다.

"만약 이 금기를 어길 경우엔 죽음과도 같은 끔찍한 고통을 겪게 된다고 들었소. 자세한 내막은 아는 바가 없으나 일단 알고 있는 것은 여기까지요."

재겸의 눈동자가 서서히 커졌다.

"……."

메산이는 한 손으로 입을 틀어막고, 다른 손으로는 재겸의 옷을 움켜쥐었다. 재겸은 고개를 틀어 피를 토하고 있는 윤태희에게 시선을 던졌다. 윤태희는 숨죽인 채 앓고 있었다.

설마 모르고 벌인 일은 아닐 것이다. "그냥. 개수작."이라고 천연덕스럽게 말했던 것치고는 꽤나 혹독한 대가를 치르는 셈이었다. 딱히 동정심이 들거나 하진 않았다. 다만, 그저 조금 혼란스러울 뿐이었다.

비마가 하품을 하듯이 우렁찬 투레질을 했다.

"공자, 이쯤에서 상황을 마무리하는 것이 어떻소. 어서 뜻대로 그자를 처리하시오. 이미 밤이 깊었소. 덕분에 실로 오랜만에 재미난 구경을 했으니 그 보답으로 왔던 곳까지 데려다주겠소."

비마는 달이 뜨면 잠자리에 든다. 말없이 서 있던 재겸은 손에 든 활을 만지작거렸다.

"…그래."

붉은 귀기가 파도처럼 너울대고 있었다. 귀기가 폭주한 이상 윤태희의 숨통을 끊는 것은 쉬웠다. 거기다 때마침 저렇게 정신을 못 차리고 있으니 기회라면 좋은 기회였다. 귀기가 한 층 살벌해졌다.

"나, 나리…."

메산이는 이러지도 저러지도 못하고 전전긍긍했다.

재겸은 천천히 뒷걸음질을 했다. 죽음과도 같은 끔찍한 고통쯤이야 놀랍지도 않다. 자신도 많이 겪어 봤던 것이니 대수로울 것은 없었다. 윤태희로부터 몇 걸음 뒤로 물러선 재겸이 발을 멈췄다.

비마가 태연히 물었다.

"죽일 생각이오?"

"응, 죽일 거야."

재겸은 숨을 크게 내쉬고 손에 들고 있던 활을 들었다. 화살을 메기고 시위를 당겼다. 최적의 사정거리. 화살 끝엔 윤태희가 있다. 눈앞에 보이는 것을 믿자. 윤태희가 나자라는, 증명된 사실에만 집중해야 했다. 그에 걸맞은 협잡꾼에 쓰레기였다. 윤태희는 저를 속이고 협박했다.

'죽음과도 같은 끔찍한 고통.'

마침내 붉은 귀기를 두른 화살이 튀어 나갔다.

섬뜩한 소리와 함께 화살이 박혀 들었다. 화살이 날아간 방향에 시선을 두고 있던 비마는 한참 만에 고개를 돌려 재겸을 응시했다. 재겸은 무표정한 낯으로 팔의 길쭉한 자상 안으로 활대를 넣었다.

"……."

"……."

멍하니 얼어붙어 있던 메산이가 뒤늦게 정신을 차리고 허둥지둥 달려왔다. 모든 게 끝났다는 판단이 섰기 때문이었다. 치유를 하기 위해 손바닥을 펼쳤다. 재겸은 아까와 다르게 손길을 내치지 않았고, 메산이가 내보내는 빛무리를 받으며 조용히 눈을 감았다.

"공자는 성미가 고약하오. 알고 있소?"

비마가 말했다. 어둠을 활보하는 귀마의 예리한 눈은 화살이 아슬아슬하게 윤태희의 귓가를 스치고 지나가는 것을 보았다. 화살은 바로 옆 나무를 뚫고는 그대로 통과했다.

"아니, 모르겠는데."

"화살이 빗나갔잖소."

"……."

침묵하던 재겸이 무성의하게 대꾸했다.

"실수."

그렇게 말한 재겸이 비틀비틀 걸음을 옮겼다. 폭주가 길어지며 몸에서 기력이 빠져나가는 것이 느껴졌다. 치유에 돌입했던 메산이가 이상한 소리를 내며 뒤꽁무니를 부랴부랴 따라왔다.

재겸은 윤태희 앞에서 걸음을 멈췄다. 그러고는 손을 뻗어 윤태희의 넥타이 자락을 험하게 잡아당겼다. 화살을 피할 겨를도 없이 가만히 휘몰아치는 고통을 삭여 내던 윤태희가 힘없이 끌려왔다. 윤태희가 반쯤 감겨 있던 눈을 느리게 떴다. 시선이 정확히 맞물렸다.

"그리고 나는, 두 번 실수는 안 해."

"……."

재겸이 작게 중얼거렸다. 어디서 많이 본 그림이었다. 물론 역할은 반대였지만. 윤태희는 소년의 말을 알아들을 정신은 남아 있었다. 까무러치는 고통 속에서도 윤태희의 눈동자는 선명하고 고요했다.

"다음엔 여기야."

"……."

재겸이 손가락을 튕겨 윤태희의 이마 정중앙을 때렸다. 가벼운 손길이었는데도 머리가 띵했다. 윤태희의 입술에서 가느다란 웃음이 흘러나왔다. 미련 없이 넥타이를 놓자 윤태희가 그대로 쓰러졌다.

손을 떨쳐 낸 재겸이 한두 걸음 물러섰다. 금방이라도 쓰러질 것처럼 걸음이 휘청거렸다. 재겸의 허리춤에 답삭 달라붙어 정신없이 빛무리를 쏟아 내던 메산이가 울먹거렸다.

"나, 나리! 괜찮으세요?"

재겸이 뒤로 벌렁 드러누웠다.

"피를 너무 많이 흘려서 어지러워."

까만 밤하늘이 가물거리는 시야로 쏟아져 내렸다. 어느새 꽉 찬 보름달이 떠올라 있었다. 약속대로라면 달을 보는 순간 잠에 빠져야 했다. 하지만 아직 비마가 깨어 있어서인지 졸리지는 않았다. 그런데 어째선지 눈꺼풀이 자꾸만 무거워졌다.

캥캥! 캥! 캥캥!

어둠 너머에서 짐승의 울음소리가 들려왔다. 메산이가 흠칫하며 뒤를 돌아보았다.

"나, 나리! 저기 뒤에…!"

풀숲에서 황소 크기에 버금가는 여우 한 마리가 튀어나왔다. 신비로운 은색 털을 가진 여우는 가볍게 땅을 박차고 허공을 날아올랐다. 몇 번이나 연달아서 재주를 넘는가 싶더니 어느 순간 인간의 형상으로 변해 그대로 땅을 밟았다. 익숙한 얼굴이었다.

"정주 님!"

"메산아! 재겸아!"

정주가 경황없는 발걸음으로 허둥지둥 달려왔다. 메산이의 전화를 받자마자 곧바로 출발했으나 제일 늦게 도착하고 말았다. 하필이면 건물 앞에 진을 치고 있던 기자들한테 붙잡혔던 것이다.

이층집으로 몇 번이나 전화를 걸어 재겸과 연락을 시도해 봤으나 허사였다. 간신히 뿌리치고 차에 올라탔으나 그대로 꼬리가 따라붙어서 어떻게든 기자들을 따돌리느라 같은 곳을 빙빙 돌아야 했다.

결국 나중엔 참다못해 차를 버리고 달렸다. 야산에 곧바로 몸을 숨기고 산맥 줄기를 따라 달리고 또 달려서 올 수 있었다. 분투의 여정을 증명하듯 정주의 꼴은 엉망이었다. 정주가 주변을 살폈다.

어둠 속에서 보이는 정경은 끔찍했다. 인간 몇 명이 시체처럼 바닥을 나뒹굴고 있었고 피비린내가 진동을 했다. 통째로 꺾여 나간 나무며, 여기저기 꽂혀 있는 화살은 마치 전쟁터를 방불케 했다. 멀쩡해 보이는 건 메산이뿐이었다.

"재겸아…!"

정주는 피를 뒤집어쓴 채 누워 있는 재겸을 보더니 그대로 털썩 주저앉았다. 정주의 눈에 눈물이 고이기 시작했다. 붉은 귀기가 온몸을 감싸고 있다. 구태여 상황을 묻지 않아도 대충 짐작이 갔다.

"미안해. 내가 너무 늦었어. 전부 나 때문이야. 내가 조금만 더 빨리 왔더라면, 너희들 곁에 있었더라면 이런 일이 없었을 텐데…."

정주가 무릎으로 걸어 재겸에게 다가왔다. 떨리는 손이 피로 얼룩진 뺨에 닿았다. 환한 달빛을 받으며 대자로 누워 있던 재겸은 멀뚱멀뚱 밤하늘을 올려다보며 울음 섞인 사과를 멍하니 흘려들었다.

"나중에 얘기해. 지금은."

재겸이 허공으로 손을 뻗으며 말했다.

"집에 가고 싶어."

일으켜 달라는 무언의 신호였다. 정주는 눈물을 닦으며 메산이를 쳐다보았다. 메산이가 울먹거리며 고개를 끄덕였다. 정주는 자리에서 벌떡 일어나더니 피에 젖은 재겸의 손을 맞잡았다. 그러자 여태껏 허공에 떠 있던 비마가 기다렸다는 듯이 사뿐사뿐한 걸음으로 땅에 내려왔다. 올라타기 쉽게 앞다리를 구부려 상체를 숙여 주었다. 뒤늦게 비마를 발견한 정주가 눈을 크게 떴다.

"비마? 설마… 너, 악몽을 샀어…?"

비마는 서둘러 대답했다.

"올 땐 그랬으나 갈 땐 공짜요."

두 발로 선 재겸은 실없이 웃었다. 평소엔 근엄한 척은 혼자 다 하면서 괜한 불똥이 튈 것 같으니 부랴부랴 대꾸하는 꼴이 재밌었다. 웃을 분위기는 아닌데 이상하게 웃기네…. 그렇게 생각하던 재겸이 앞으로 풀썩 고꾸라졌다. 정주가 황급히 재겸을 받쳐 냈다.

"나, 나리?"

"재겸아!"

재겸이 느릿느릿 턱짓을 했다.

"공짜니까 쟤나 데려다줘…."

정주와 메산이, 그리고 비마의 시선이 재겸이 가리킨 방향으로 꽂혀 들었다. 나무에 비스듬히 기댄 채 정신을 잃고 쓰러져 있는 진회색 슈트. 메산이가 눈을 크게 뜨고 재겸을 쳐다보았다.

정주가 물었다.

"저 사람, 누군데?"

재겸은 눈을 감으며 느리게 대답했다.

"…우리 학교 사서."

그 말을 끝으로 재겸은 기절했다.

7장

 고통을 견디지 못하고 잠시 정신을 놓았던 윤태희가 눈을 뜬 것은 장대한 밤하늘 위에서였다. 손만 뻗으면 금세 닿을 듯한 거리에서 또렷한 하현달이 따라오고 있었다. 숨통을 조르고 심장을 난도질하는 듯한 선명한 고통에 윤태희가 이를 악물었다.

 바람에 흩날리는 부드러운 갈기가 뺨을 쓸고 지나갔다. 비현실적인 감각 속에서 윤태희는 자신이 말의 등에 올라타 있다는 사실을 깨달았다. '하늘을 난다는 귀마.' 윤태희는 비마의 정체를 어렵지 않게 눈치챘다. 아찔한 높이에 놀랄 법도 하건만 윤태희는 고요했다.

 "깼소?"

 밤하늘을 달리던 비마가 아는 척을 해 왔다. 아득한 발밑을 내려다보던 윤태희는 이게 어떻게 된 일이냐고 물었다. 비마가 대답했다.

 "당신을 안전한 곳으로 데려다 놓는 길이오."

그러면서 자신은 원래 아무에게나 등을 내어 주지 않으며, 특별히 소년의 요청이라 이번에만 태워 주는 것이라면서 고고하게 생색을 부리는 것도 잊지 않았다.

하지만 비마의 생색이 무색하게 윤태희는 왔던 곳으로 되돌아가 줄 것을 부탁했다. 나자들이 자신과 함께 있었다는 사실을 기억하기 때문이었다. 이대로 사라졌다간 틀림없이 추궁을 받을 것이다. 그러니 곁에 함께 있는 편이 훨씬 자연스러웠다.

현장에 다시 돌아온 윤태희는 제일 먼저 땅을 굴러다니는 종이 쪼가리부터 치웠다. 나자들의 몸을 비롯해 곳곳에 박혀 있던 화살은 어느새 사라져 있었다. 시간이 지나면서 자연히 소멸된 듯했다. 흑망조의 잔해를 비롯해 정황을 유추하는 데 도움이 될 법한 단서들은 전부 없앤 뒤, 윤태희는 나무에 기대어 앉았다.

나자들이 알아야 되는 사실은 동자삼이 사라졌다는 것. 오직 그것뿐이어야 한다. 당연히 윤태희 자신 또한 마찬가지였다. 날이 밝을 때까지 기다리는 동안, 나무에 기대어 앉은 윤태희는 밤새 몇 번이고 정신을 잃었으며, 혼절했다가 깨어나길 반복했다.

나자 한 명도 아니고 다섯 명을 상대로 귀기를 썼다. 거기다 수석도 포함되어 있었으니 금기를 어긴 대가는 당연히 비쌀 수밖에 없었다. 심장을 난도질하는 듯, 간헐적으로 찾아오던 끔찍한 고통은 아침이 되어서야 아주 조금씩 잦아들었다.

시간이 흘러 나자들이 하나둘씩 눈을 떴다. 나자들은 눈을 뜨자마자 몸에 흉이 들었음을 알아차렸다. 온몸이 부서질 듯 아팠기 때문이었다. 간신히 정신을 차린 제구부 나자들이 끙끙 신음하며 혼란스러워했다. 이영신을 비롯한 나자들의 기억은 신 주임이 동자님의 발목을 자르기 위해 도끼를 들던 그즈음에서 뚝 끊겨 있었다.

나자들은 아무래도 동자님한테 당한 것 같다며, 노한 동자삼이 모두에게 신벌을 내리고 도망친 것 같다고 의견을 모았다. 그러나 이영신은 쉽게 수긍하지 않았다. 그렇다면 어째서 신 주임 혼자만 저렇게 얻어맞아 피떡이 됐는지 아무리 생각해도 뭔가 이상하다고 했다.

"동자삼은 인간을 해하지 않는 영물로 알려져 있는데…."

이영신의 말에 나자들이 술렁거릴 때였다.

"모르지, 언제나 예외는 있으니까."

내내 침묵하던 윤태희는 긍정도 부정도 아닌 애매한 대답을 내놨다. 그러나 어디에 붙여도 그럴듯한 말이었다. 아리송한 한마디에 무수한 가능성의 지평이 열렸다. 이영신은 할 수 없이 입을 다물었다. 납득이 되지 않는 부분을 붙잡고 늘어져 봤자 힘만 빠졌다. 어차피 알 수 있는 건 아무것도 없었기 때문이다.

결국 이영신과 나자들은 본청으로 복귀하기로 했다. 그냥 다친 것도 아니고 흉이 들었으니 정화부의 씻김을 받는 수밖에 없었다. 동자삼을 데려가려던 계획은 실패했고, 이 상태로 동자삼의 행적을 좇는 건 무리였다. '우리가 동자님을 너무 만만히 봤나 봐.' 이영신은 아픈 몸을 간신히 꿈틀거리며 본청 상황실에 연락해 지원을 요청했다.

"저어, 나례청 제구부 제1팀 소속, 나자 이영신입니다…."

이영신은 실수로 신목(神木)에 손을 댔다가 이 지경이 되었다고 뻥을 칠 수밖에 없었다. 그에 휴대폰 너머로 상황실 나자가 황당하다는 듯이 "예?" 하고 소리를 냈다. 마치 무슨 그런 바보 같은 실수를 하느냐고 묻는 듯한 어투였다. 이영신의 얼굴이 시뻘겋게 달아올랐다.

억울했지만 사건을 묻으려면 어쩔 수 없었다.

어차피 쪽팔림은 한때일 뿐이다. 무려 동자삼을 발견했다는 사실을 숨겼고, 독단적으로 움직이다가 보기 좋게 동자삼을 놓쳤으며, 결국엔 동티까지 옮았다는 사연을 있는 그대로 털어놓는다면 본청은 제구부 제1팀을 그대로 해산시킬 게 불 보듯 훤했기 때문이었다. 무슨 일이 있어도 그것만은 피해야 했다.

모두가 고통을 호소하며 본청의 구조를 애타게 기다리고 있을 때였다. 윤태희가 작게 신음하며 몸을 일으켰다.

"어, 어디 가? 너도 본청 가서 치료받아야지."

"안 돼. 그럼 내가 같이 있었다는 걸 알게 되잖아."

"그게 왜?"

"영신이 네가 실수하는 건 안 이상하지만, 내가 실수하는 건 이상하거든. 나까지 당했다는 걸 알면 본청에서 의심해."

묘하게 기분이 나쁘면서도 동시에 일리가 있는 말이었다. 제구부 제1팀은 평소 본청 안에서도 구멍이라는 이미지가 박혀 있기 때문에 그런대로 핑계가 통할 것이다. 하지만 거기에 윤태희가 끼어 있다면 상황은 달라진다. 축역부 수석이 신목 정도에 당할 리는 없으니까.

윤태희가 휘청거리며 머리를 짚었다.

"같이 덤터기 쓰긴 싫으니까 입단속이나 제대로 해 줘."

이영신이 면구스러운 심정으로 고개를 숙였다.

"당, 당연하지. 너한텐, 절대 피해 가는 일 없도록 할게…."

"그래, 나중에 연락할게."

"진, 진짜 가려고? 어? 그 몸으로?"

흉이 든 몸으로는 웬만해선 꿈쩍도 하지 못할 터였다. 하지만 윤태희는 본청 나자들과 마주치기 전에 가겠다며 기어코 자리를 떴다. 나자들은 두 다리로 비틀비틀 산에서 내려가는 축역부 수석의 뒷모습을 흡사 괴물을 보듯이 쳐다보았다.

"저게 사, 사람이냐…."

구조 인력이 도착한 것은 그로부터 한참 뒤였다.

이후 본청 치료실로 긴급 이송된 제구부 제1팀은 정화부 나자들로부터 따가운 눈총을 받아야 했다. 최소 이 주는 씻김을 받아야 몸을 움직일 수 있다는 절망적인 진단이 내려졌다. 연락을 받고 달려온 제구부 부장은 길길이 날뛰며 고함을 내질렀다.

"그래, 결국 너네가 일을 쳤구나. 응, 이 무법자 새끼들아!"

제1팀은 사이좋게 병상에 누워 한 시간 가까이 상사의 쌍욕을 들어야 했다. 그런 어이없는 실수를 하다니 제정신이냐, 언제 한번 이렇게 될 줄 알았다, 상부에 허가받으라는 말은 언제쯤 들어 처먹을래, 부적은 얻다 두고 국 끓여 먹었냐….

그 결과, 이영신을 비롯한 제구부 제1팀 전원에게 시말서 제출과 더불어 일 개월간의 근신 명령이 떨어졌다. 한동안은 꼼짝없이 누워 지내게 생겼으나 이만하길 다행이라고, 망나니들은 서로를 다독였다. 동자삼을 놓친 게 못내 아쉬웠지만 어쩔 수 없었다. 후일을 기약하며 구호를 지켜 낸 것에 만족하기로 했다.

'우리 사랑 영원히♡'

그렇게 동자삼 납치 사건은 일단락됐다.

· ☆ ·

정주는 모든 스케줄을 잠정 중단했다. 난데없이 촬영장을 뛰쳐나간 뒤 그대로 연락이 두절된 톱스타에 대한 추측 기사가 포털 메인을 장식했다. 당황한 소속사는 정주의 행방을 뒤쫓는 한편, 건강 악화를 이유로 들어 사태 수습에 나섰지만 허사였다.

'정주 잠적'이라는 키워드는 연일 검색어 순위 상위권을 오르락내리락했으며, 기자들과 파파라치는 정주가 사는 레지던스 앞에 장사진을 쳤지만 그들은 정주의 머리털 하나 목격할 수 없었다.

정주는 레지던스가 아니라 산 밑에 자리한 이층집에 머무르고 있었기 때문이다. 메산이를 통해 전후 상황을 전해 들은 정주는 스스로를 모질게 자책하며 눈물을 펑펑 쏟아 냈다.

가족이나 다름없는 소중한 이들이 위험에 빠졌는데 마음대로 구하러 가지도 못했다. 촬영을 하고, 메이크업을 받고, 대사나 외우고 있었더랬다. 정주가 원한 삶은 이런 게 아니었다.

지난밤, 집으로 돌아온 정주는 침입자의 무례한 발자국이 가득한 거실 풍경에 사색이 되었다. 한번 표적이 되었으니 더 이상 이 집은 안전하지 않았다. 위기감이 엄습했다. 집을 옮겨야만 했다. 정주는 재겸이 깨어나기만 하면 당장 이 집을 떠나기로 마음먹었다.

재겸이 스스로 눈을 뜰 때까지 정주와 메산이도 힘든 시간을 보내야만 했다. 게다가 재겸은 의식이 없는 와중에도 밤만 되면 악몽에 시달리느라 몸을 뒤척이고 신음했다. 정주와 메산이는 재겸의 곁을 묵묵히 지켰다. 말을 걸어 보기도 하고, 땀에 푹 젖은 몸을 정성껏 닦고, 악몽에 허우적거리며 헛소리를 내뱉는 모습을 지켜보며 함께 울고 아파했다. 둘은 어서 빨리 비마와 약속한 사흘이 지나가기를 하루하루 손꼽아 기다렸다.

그렇게 일 년 같은 하루가 지났다.

앞으로 두 번의 밤을 더 견뎌야 했다. 저녁이 되자 정주는 얼굴을 가리고 외출 준비를 했다. 아무것도 먹지 못한 재겸을 위해 죽이라도 끓일 생각이었다.

메산이는 제가 곁을 지키고 있으니 걱정하지 말라며, 식재료를 사러 나가는 정주를 씩씩하게 배웅했다. 그러고는 방으로 들어가 하염없이 저의 나리를 바라보았다. 아직 악몽이 시작되지 않았는지, 재겸은 평온한 표정으로 미동조차 없이 누워 있었다.

그로부터 시간이 얼마나 흘렀을까.

똑똑….

어디선가 희미하게 노크 소리가 들렸다. 그에 메산이가 멈칫하며 귀를 쫑긋 세웠다. 벌써 오신 걸까? 메산이는 방에서 나와 부리나케 현관으로 향했다.

손에 짐이 많으셔서 문을 못 여시나? 현관 앞에 서서는 평소처럼 문을 열려다가 흠칫, 손을 멈췄다. 정주 님이라면 문을 열어 달라고 말하셨을 텐데. 한 번 당한 전적이 있어서 그런지 문득 의심이 들었다. 혹시 문을 열었다가 저번처럼 나자들이 들이닥치면….

생각이 거기까지 미치자 덜컥 겁이 났다. 메산이는 잔뜩 숨을 죽인 채 현관문을 바라보았다. 한참을 기다려도 더 이상 노크 소리는 들리지 않았다. 마침내 메산이의 얼굴이 사색이 되었다. 거봐! 정주 님이 아니야! 덕분에 확신이 섰다. 필시 나자들이 또 오고야 만 것이다.

메산이의 다리가 후들후들 떨리기 시작했다. 메산이는 입을 틀어막고 뒷걸음질을 쳤다. 문을 주시한 상태로 현관 복도를 지나 거실까지 이르렀을 때였다. 문득 기이한 소름이 들었다.

마치 누가 쳐다보고 있는 듯한….

메산이는 삐걱거리듯 천천히 고개를 돌렸다. 마당과 이어지는 거실 한 면의 커다란 미닫이창을 바라보는 순간이었다. 메산이는 그대로 얼어붙고 말았다. 밖에 누군가 서 있었던 것이다. 눈이 마주쳤! 그러자 상대는 입 모양으로 '안녕.' 하더니 손끝으로 창문을 톡톡 건드렸다.

'나예요.'

정체는 한쪽 팔에 반깁스를 한 윤태희였다.

하얀색 브이넥 반팔 티를 입고 어깨에 검은색 블레이저를 걸친 윤태희는 한눈에 보기에도 수척해 보였다. 까칠해진 얼굴은 평소보다 훨씬 예민해 보였다. 멀쩡한 손을 흔들어 인사를 해 온다.

어찌나 놀랐는지 심장이 벌렁거렸다. 메산이가 주춤거리며 미닫이창에 가까이 다가갔다. 유리창에 찰싹 달라붙어 경계심 가득한 눈초리로 마당 곳곳을 열심히 살펴볼 때였다.

그 이유를 눈치챈 윤태희가 뭐라 말을 건넸으나 잘 들리지가 않았다. 메산이가 창틀 틈새로 귀를 바짝 대자, 윤태희가 작게 웃었다. 그러고는 메산이가 하는 대로 창틀에 입술을 가까이 붙였다. 창틀에 대고 소곤소곤 귓속말을 하듯이.

"그 사람들은 여기 못 와요. 당분간은 꼼짝없이 누워 있어야 할 테니까. 적어도 한 달 동안은 움직이지 못할 테니 안심해요."

메산이는 그제야 긴장이 풀렸다. 이유는 몰라도 그냥 묘하게 안심이 되었다. 그날의 상황을 비추어 봤을 때, 어찌 됐든 나쁜 사람은 아닌 것 같다는 생각이 자리 잡고 있었다. 게다가 다른 누구도 아닌 저의 나리가 화살을 비껴 쐈으니 괜찮을지도···.

'열어 줘.'

유리창을 사이에 두고 메산이와 마주 선 윤태희는 씩, 웃으며 입 모양으로 말했다. 한참을 망설이던 메산이는 조심스럽게 미닫이창을 열었다. 윤태희가 신발을 벗고 거실로 올라왔다.

"잘 지냈어요?"

윤태희가 상냥히 인사를 건넸다. 그러고는 태연히 고개를 돌려 가며 집 내부를 구경한다. 메산이가 침을 꼴깍 삼키며 물었다.

"여, 여긴 어쩐 일로···."

"뭐 좀 확인하고 싶은 게 있어서."

대답과 동시에 윤태희가 어깨에 걸치고 있던 블레이저로 손을 가져갔다. 블레이저를 살짝 젖히더니, 깊게 파인 브이넥 티셔츠를 옆으로 당기듯이 벌렸다. 길게 뻗은 쇄골 옆으로 탄탄한 어깨가 드러났다. 재겸이 쏜 화살에 맞았던 쪽이었다.

어리둥절해진 메산이가 눈을 깜빡거릴 때였다. 다친 어깨는 치료를 받았는지 흰 붕대가 감겨 있어서 꿰뚫린 상처가 보이지 않았다. "잘 봐요." 윤태희가 턱짓으로 어깨를 가리켰다.

"흉이 들었어야 하는데, 깨끗하죠."

윤태희의 말에 메산이의 눈이 동그래졌다. 정말 그랬다. 자세히 보니 검게 물들어 있어야 할 주변 살갗이 깨끗했던 것이다. 어깨를 내보이던 윤태희가 흘러내린 블레이저를 추슬러 올렸다.

"혹시 동자님이 정화해 줬어요? 아니죠?"

"예? 저, 저는 아무것도 안, 안 했는데…."

"그래요, 그러면 더 이상하잖아요. 똑같이 화살에 맞았는데 나만 멀쩡한 거니까."

이틀 전, 힘겹게 상황을 정리한 윤태희는 학교 출퇴근을 위해 임시로 마련해 둔 거처로 돌아왔다. 무슨 정신으로 집까지 왔는지도 모를 만큼 몸이 아팠다. 상태가 말이 아니었다. 손가락 세 개가 부러지고 이마가 찢어졌다. 가장 큰 문제는 어깨였다.

화살에 맞아서 생긴 상처는 둘째치고 흉부터 씻어 내야만 했다. 정화부의 손을 빌릴 순 없는 상황이니 알고 지내는 만신에게 부탁이라도 해야 하나, 고민하며 힘겹게 옷을 벗고 상처를 확인했을 때였다. 검게 물들었어야 할 어깨는 깨끗하기만 했다.

흥에 들어 아픔을 호소하는 나자들과 매한가지로, 윤태희 역시 금기를 어긴 대가로 혹독한 고통을 느끼고 있던 와중이었으므로 어깨를 확인하기 전까진 그 사실을 눈치채지 못했다. 똑같이 화살에 맞았으니 응당 남들처럼 동티가 났겠거니 했다. 그렇다면 어째서. 의문을 뒤로한 채 윤태희는 하루를 꼬박 앓았다. 눈을 떴을 땐 어느덧 해 질 녘 무렵이었다. 극악한 고통은 비로소 물러난 상태였다. 윤태희는 병원에 들러 간단한 처치를 받은 뒤 곧바로 소년을 만나러 왔다.

어쩌면 간밤에 정신을 잃고 쓰러졌던 틈을 타서 동자삼이 정화를 해 주고 떠난 것일지도 모르겠다고 생각했다. 그러나 동자삼은 아무것도 모르는 눈치였다.

"그럼 직접 화살 쏜 사람한테 물어보면 되겠네. 왜 나한테는 통하지 않았는지."

윤태희가 빙그레 웃으며 말했다. 그러자 메산이가 고개를 돌려 닫힌 방문을 힐끔, 보더니 황급히 고개를 도리도리 저었다.

"안, 안 돼요."

"왜 안 돼요?"

"나리께선 지금 몸이 안 좋으셔요."

윤태희가 멈칫하며 방문에 시선을 던졌다.

"치유 안 했어요?"

메산이는 금세 시무룩한 얼굴이 되어 힘없이 웅얼거렸다.
"치유는 했는데 의식이 없으세요." 윤태희가 물었다. "왜요?" 그에 메산이가 우물쭈물하며 그 이유를 말해 주었고, 윤태희는 조용히 귀를 기울였다. 설명을 끝낸 메산이가 울적한 얼굴로 답했다.

"그, 그러니까 나중에 나리께서 깨시거든 그때…."

"그래요, 그럼."

윤태희가 고개를 끄덕이며 덧붙였다.

"병문안."

"예에… 예?"

메산이가 멈칫하며 고개를 들었다.

"나리 병문안 온 걸로 해요."

"하, 하지만…."

메산이는 말문이 막혔다. 왜냐면 윤태희가 더 아파 보였다….

"오늘은 그냥 얼굴만 보고 갈게요."

윤태희가 닫힌 방문을 향해 몇 걸음을 다가서자, 당황한 메산이가 허둥지둥 윤태희의 앞을 막아섰다. 일단 집에 들이긴 했지만 의식이 없는 저의 나리와 대면시키자니 불안한 마음이 앞섰다. 하필 정주 님이 자리를 비운 사이에 무슨 사달이라도 날까 봐 걱정이 되었다. 앞을 막아선 메산이가 안절부절못할 때였다.

윤태희가 불쑥 손을 들었다. 메산이가 흠칫 놀라며 저도 모르게 눈을 질끈 감았다. 예상과는 달리 뒤통수를 쓰다듬는 부드러운 손길이 느껴졌다. 밀어 내려는 줄 알았는데. 메산이가 얼떨떨한 얼굴로 윤태희를 올려다볼 때였다. 윤태희가 빙그레 미소를 짓더니 지난번처럼 무릎을 굽히며 눈높이를 맞춰 주었다.
 "여기까지 왔는데 그냥 가긴 아쉬워서 그래요."
 메산이가 손을 꼼지락거리며 시선을 내렸다.
 "정 안 된다면 어쩔 수 없고요."
 다정한 목소리였다. 한참을 고민하던 메산이는 결국 고개를 끄덕였다. "금, 금방 나오셔야 해요…." 걱정 어린 당부와 함께 몇 걸음 뒤로 물러서자 윤태희가 "고마워요." 웃으며 말했다.
 윤태희는 조심스럽게 문을 열고 방 안에 들어섰다. 불이 꺼진 방 안은 어두웠다. 윤태희는 문을 닫고 어둠이 눈에 익을 때까지 잠시 기다리다가 천천히 걸음을 옮겼다. 침대 앞으로 다가가자 반듯하게 누워 있는 소년이 보였다. 윤태희는 소년의 고른 숨소리에 귀를 기울였다.
 창문을 반쯤 가린 커튼 틈 사이로 희미한 달빛이 새어 들었다.
 윤태희는 옅은 어둠 속에서 소년을 빤히 내려다보았다. 앳된 소년은 평온해 보였다. 불현듯 팽팽히 시위를 당기던 표정이 생각났다. 수세에 몰렸음에도 꺾이지 않는 강인함, 지킬 수 없다면 버리고 되찾아 오겠다는 당돌함, 그리고 흔들림 없이 또렷한 눈동자는 윤태희를 전율케 했었다. 그런데 이렇게 무방비하게 풀어진 얼굴을 보니 윤태희는 왠지 묘한 기분이 되었다.

"……."

고요한 재겸의 낯을 찬찬히 살펴보던 윤태희는 저도 모르게 손을 뻗었다.

길고 곧은 손가락이 깃털처럼 얼굴에 닿았다. 윤태희의 손끝이 소년의 얼굴 옆선을 따라서 아래로, 아주 천천히 움직였다. 둥근 이마에서 시작해 미간에서 떨어지는 곡선. 반듯한 콧날을 지나 묘한 입체감이 느껴지는 인중. 그리고 입술에 이르자 희미하고 따듯한 숨결이 느껴졌다. 홀린 듯이 얼굴선을 훑던 손끝이 가늘게 떨렸다. 윤태희가 문득 숨을 멈췄다.

소년의 얼굴에 손을 가져간 건 순간의 충동이었다. 손을 대보고 싶다고 머리로 생각하기도 전에, 손이 먼저 움직였다. 생각해 보면 이영신에게 흑망조를 썼을 때도 마찬가지였다.

윤태희는 언제나 뒷일을 생각하고 움직이는 타입이었다. 모든 가능성을 염두에 두고, 계산을 끝낸 뒤에야 실행에 옮겼다. 하지만 흑망조를 날린 것은 계산을 마치기도 전에 움직인, 한 호흡 앞서간 도박이었다. 물론 수습이 가능하다는 판단에서 벌인 행동이었다. 하지만 그와 별개로 자칫하다간 소년의 손에 목숨을 잃을 수도 있는 상황이었다.

삶을 지탱하는 욕망이랄 것이 있다면 그건 바로 나례청을 부수는 것. 목표는 오직 그 하나였다. 그러기 위해 끌어들일 사람이 필요했을 뿐이다. 하지만 윤태희는 소년의 손에 죽을 수도 있다는 가능성을 알고 있었으면서도, 그렇게 되면 모든 계획은 물거품이 된다는 것을 알고 있었으면서도, '그럼에도 불구하고' 이영신에게 흑망조를 날려 보낸 스스로의 행동을 납득할 수가 없었다.

그렇다면, 어째서?

윤태희에게 '충동'이란 낯선 감각이었다. 자꾸만 전에 없던 충동을 느끼는 스스로가 이상하게 느껴졌다. 설계자의 머리를 보란 듯이 배반하는 이 불가사의한 충동이 거슬렸다. 충동의 진원지는 오롯이 소년, 소년이었다. 마찬가지로 불가사의한.

윤태희는 불현듯 깨달았다. 굳이 소년이어야만 하는 이유는 없었지만 굳이 소년이었으면 하는 마음이 충동을 만들어 냈음을. 불현듯 소년의 얼굴선을 만져 보고 싶었고, 찰나의 순간에 휩쓸려 버렸다. 그렇다면 충동을 빚어내는 이 마음은 뭐라고 부르면 좋을까.

"으…."

그때, 재겸이 갑자기 눈썹을 찌푸리며 신음을 했다. 윤태희는 곧바로 손을 떼고 뒤로 물러섰다. 마치 누군가에게 들킨 것처럼 갑자기 심장이 두근거렸다.

의식이 없다고 들었는데….

옅은 어둠 속에서 소년의 얼굴을 빤히 내려다볼 때였다. 다물렸던 입술이 달싹이며 그 틈으로 희미한 목소리가 잠꼬대처럼 흘러나왔다.

"안 돼, 어디 가…."

윤태희가 가만히 귀를 기울였다.

"미안해…. 내가 잘못했어…."

고요하던 얼굴이 삽시간에 일그러졌다.

재겸이 울먹거리기 시작했다. 반듯하던 이마 위로 어느새 축축한 식은땀이 배어 나왔다. 알 수 없는 애원에 윤태희가 눈을 가늘게 좁혀 떴다. 꿈이라도 꾸는 걸까? 대체 무슨 꿈을 꾸길래.

"가지 마. 왜. 왜 그러는데…."

재겸이 천천히 팔을 들었다. 마치 뭔가를 붙잡으려 하는 듯, 허공에 대고 손을 허우적거리는 모양새가 무척 간절해 보였고, 또 괴로워 보였다. 꿈결 속에서 재겸이 작게 흐느꼈다.

"……."

그 모습을 가만히 내려다보던 윤태희가 천천히 손을 뻗었다. 서늘하고 큼지막한 손바닥이 축축해진 재겸의 이마를 덮었다. 그러자 신음하던 재겸이 스르륵 팔을 내렸다. 알아들을 수 없는 말을 중얼거리더니, 잔뜩 찡그려진 얼굴이 점차 펴졌다.

"꿈…."

한참 만에 윤태희는 손을 물렸다. 손바닥에 따듯한 물기가 묻어났다. 심장을 울렁이게 만드는 기묘한 온기였다. 블레이

저 주머니에 넣어 둔 물건이 떠올랐다.

악몽. 악몽이라. 공교롭게도….

윤태희는 소년의 이마에 닿았던 자신의 손바닥을 얼마간 바라보았다. 문득 손목에 걸치고 있던 팔찌로 시선이 내려갔다. 희미한 어둠 속에서 흑진주가 반짝거렸다. 잠시 생각에 잠겨 있던 윤태희가 팔찌를 손으로 옮겼다.

윤태희는 눈을 감고 영롱한 흑진주 알을 차분히 헤아리기 시작했다. 팔찌에 꿰인 흑진주를 차례대로 매만지다가, 어느 순간 팔찌를 입술에 갖다 대고는 조그맣게 속삭였다.

"흑제야."

윤태희의 부름에 꽁꽁 닫힌 방 안으로 난데없이 미풍이 스며들었다. 커튼 자락이 나부끼는가 싶더니 커튼 아래로 난 그림자에서 희미한 형체가 솟아 나왔다. '흑제'라고 불린 영귀는 이름과는 정반대로 눈이 부실 정도로 새하얀 백의를 입고 있었다. 창문으로 번져 드는 희미한 달빛이 흑제의 백의를 요요히 비췄다.

"부르셨습니까, 태희 님."

흑제가 그대로 무릎을 꿇어앉으며 머리를 조아렸다. 윤태희가 입가 근처로 검지를 세웠다. 쉿. 그리고 손짓을 했다. 이리 와. 그러자 흑제가 몸을 일으켰다. 기척을 죽인 터라 발걸음 소리조차 나지 않았다. 윤태희는 거두절미하고 본론부터 말했다.

"악몽을 거둬 내."

정중히 고개를 숙이고 있던 흑제가 눈을 들었다. 누구라고 지칭하지도 않았는데, 시선이 침대 위로 향했다. 윤태희의 손길에 잠잠해졌던 소년은 또다시 울먹이며 꿈결을 헤매고 있었다.

흑제는 그림자 속에 기생하는 영귀로, 꿈을 주무르는 능력을 가지고 있었다. 꿈이야말로 현실의 그림자였다. 낮 동안엔 그림자의 형태로 여기저기 옮겨 다니다가, 어둠이 내리고 밤이 되면 타인의 꿈속을 왕래하고, 엿보고, 구경하는 것을 좋아했다.

물론, 대부분의 귀신 또한 인간의 꿈에 모습을 드러낼 수 있다. 하지만 흑제는 모습을 드러내는 것에 그치지 않고 원하는 대로 꿈을 만들거나 조종할 수도 있었다. 언젠가 주경 건설 도련님의 혼을 빼돌렸을 때, 부친에게 의미심장한 꿈을 꾸게 하여 암행부 나자에게 일부러 단서를 흘렸던 것도 흑제의 능력 덕분이었다.

윤태희의 말에 흑제는 "예." 하고 고개를 숙였다. 흑제는 새로나 패현에 비하면 말수가 아주 적은 편이었다. 윤태희가 불러내도 그 이유를 묻는 일이 없었고, 패현과 새로가 으르렁거리며 다툴 때도 늘 방관하며 침묵을 유지했다. 마찬가지로 이 소년은 누구이며, 어째서 악몽을 거둬 내려고 하는지, 흔히 할 법한 질문들도 흑제는 하지 않았다. 그저 하라는 대로 받들 뿐이었다.

"좋은 것만 보고, 좋은 것만 듣게 해."

윤태희는 손끝을 이용해 땀에 젖어 이마에 달라붙은 소년의 앞머리를 덧그리듯 넘겨 주고는, 소년을 물끄러미 응시했다.

"눈을 감고 있을 때만이라도."

말을 마친 윤태희가 망설임 없이 등을 돌렸다.

· 🕊 ·

재겸이 눈을 뜬 것은 그로부터 나흘이 지나서였다.

"집이네."

익숙한 천장을 멀뚱멀뚱 응시하던 재겸은 어느 순간 상체를 벌떡 일으켰다. 그 반동에 침대가 출렁거렸다. 가만히 앉아 있던 재겸은 손을 들어 머리를 긁적거렸다. 비마의 악몽을 꾸면 정신이 흐리고 몸이 무겁다. 그런데 어째서인지 이번만큼은 정신이 맑았고 몸도 개운했다. 마치 오래 앓던 열병을 털어 낸 것처럼.

기분 탓인가?

창밖을 보니 산자락을 타고 해가 뉘엿뉘엿 지고 있었다. 재겸은 손을 들어 자신의 몸을 더듬거렸다. 아픈 곳 하나 없이 멀쩡했다. 그러니까, 그날 밤에 폭주를 했고, 정주가 왔었지….

차분히 기억을 되짚어 보던 재겸이 멍한 얼굴로 방 안을 둘러보았다. 그때, 침대 머리맡에 있는 협탁으로 시선이 닿았다. 수면 등 옆에 웬 물건 하나가 놓여 있었다. 못 보던 물건이었다.

"뭐지?"

재겸은 손을 뻗어 물건을 가져왔다. 반원 모양으로 된 투명한 유리 안에 작은 오두막이 들어 있었다. 이리저리 만지작거리자, 갑자기 돔 안에서 펄펄 눈이 내린다. 듣도 보도 못한 신기한 물건에 재겸의 눈이 휘둥그레질 때였다. 받침대 근처로 작은 태엽이 삐죽 솟아 있었다. 이건 또 뭐냐. 재겸이 태엽을 잡아당겼다.

띠로롱, 띠로롱, 별안간 멜로디가 흘러나왔다.

재겸이 화들짝 놀라 오르골을 침대 위로 떨어트렸다. 이불에 파묻힌 오르골에선 여전히 선율이 흘러나오고 있었고, 작은 오두막으로 펄펄 휘날리는 함박눈은 그칠 줄을 몰랐다. 재겸이 놀란 가슴을 쓸어내리며 오르골을 다시 집어 들 때였다.

문 바깥에서 쿠당탕, 소리가 들리는가 싶더니 닫혔던 방문이 활짝 열렸다. 재겸이 느리게 고개를 들었다. 메산이가 멍하니 입을 벌린 채 저를 보고 있었다. 옆에 서 있던 정주는 앞치마를 두르고 있었는데 손에는 웬 대파 한 뿌리가 들려 있었다.

"……."

"……."

"……."

모두가 말없이 서로를 바라보았다. 문밖에서 무언가 보글보

글 끓는 소리가 다정한 오르골 선율에 섞여 들었다. 맛있는 냄새가 났다. 마침내 정주의 손에서 대파가 툭 떨어지는 순간이었다.

"재겸아—!"

"나리—!"

정주와 메산이가 비명을 지르며 달려왔다. 침대 위에 앉아 있던 재겸을 향해 다이빙을 하듯이 양팔을 벌리고 와락 안겨 들었다. 하마터면 침대가 무너지는 줄 알았다. 그에 재겸이 인상을 쓰며 달라붙는 둘을 밀어 내려고 했지만 허사였다.

"재겸아, 나 누구야? 어? 알아보겠어?"

"나, 나리, 기다렸, 으허엉, 형, 엉엉…."

재겸이 결국 짜증을 냈다.

"이거 안 놔? 좀 떨어져."

재겸의 짜증에도 정주와 메산이는 굴하지 않고 오히려 훨씬 더 힘껏 재겸을 끌어안았다. 오히려 눈물 나게 반가웠다. 평소의 까칠하던 성격 그대로였다. 진짜 깨어난 것이다. 비로소 모든 것이 제자리로 돌아온 것 같은 안도감이 들었다.

"나리! 정신이 좀 드세요?"

"재겸아, 몸은 어때? 응?"

재겸이 심드렁한 얼굴로 눈을 비볐다.

"새삼스럽게 왜들 이래."

그때, 부엌에서 뭔가 끓어 넘치는 소리가 들렸다. 그에 침대 위에 엎어져 있던 정주는 그제야 정신이 들었는지 부엌으로 허둥지둥 뛰쳐나갔다. "안 돼!" 그 틈을 타 재겸은 느릿느릿 침대를 빠져나왔다. 바닥에 발을 딛고 일어서자 비로소 현실감이 느껴졌다.

"나리, 정말로 괜찮으신 거죠? 네?"

메산이가 훌쩍거리며 재겸의 허리춤에 매달렸다.

"응, 괜찮아. 멀쩡해."

재겸이 고개를 끄덕이며 물었다.

"나 며칠 만에 깬 거야?"

"오늘로 닷새째예요."

"닷새밖에 안 지났는데 유난은…."

재겸이 멋쩍게 중얼거렸다. 한 달이라도 된 줄 알았더니. 생각보다 일찍 눈을 떠서 다행이었다. 조금만 더 늦었으면 침대가 아니라 집이 무너졌을지도. 고작 닷새인데 뭐가 그리 반갑다고…. 괜히 기분이 싱숭생숭해지려고 해서, 재겸은 재빨리 말을 돌렸다.

"근데 이건 뭐야?"

재겸이 협탁 위에 올려 둔 오르골을 가리켰다.

"아! 그거…."

재겸의 허리춤에 달라붙어 볼을 비비적거리고 있던 메산이가 멈칫하며 고개를 들었다. 우물쭈물하며 슬쩍, 재겸의 눈치를 보더니 부엌으로 나간 정주의 눈치도 한 번 살폈다.

"그, 그분이 주고 가셨어요."

메산이는 며칠 전에 정주로부터 눈물이 쏙 빠질 정도로 크게 혼이 났다. 허락도 없이 '그분'을 집에 들였기 때문이었다. 밖에 나갔다가 돌아온 정주는 자신이 자리를 비운 사이에 남자가 왔다 갔다는 사실을 알고 무섭게 화를 냈다. "문을 열어 줬다고?!"

억울한 마음에 그자는 나쁜 사람이 아니며 아무 짓도 하지 않고 돌아갔다고 말했으나, 메산이는 한 시간 동안 손을 들고 서 있어야 했다. "그렇게 당하고도 정신을 못 차렸어!" 정주는 재겸과 자신 말고는 절대 믿지 말라며 밤새도록 훈계를 했고, 불청객이 남겨 두고 간 물건을 내다 버리라고 했다. 하지만 메산이는 그러지 못했다. '꼭' 전해 달라고 부탁을 받았으니까.

재겸이 설핏 눈가를 찌푸리며 물었다.

"그분? 누구?"

초대한 적 없던 손님은 메산이와 약속한 대로 잠깐 사이에 방을 나왔다. 그러고는 블레이저 주머니에서 미리 챙겨 온 뭔가를 꺼내더니 메산이에게 전해 주었다. 메산이는 이것이 뭐냐고 물었고, 불청객은 "스티커를 모은 선물이라고 하면 알아들을 거예요."라는 말을 남겼다. 메산이가 토씨 그대로 말을 옮겼다.

"스, 스티커를 모은 선물이라고 하셨어요."

재겸의 얼굴이 살짝 굳었다.

"……."

 말없이 오르골을 바라보던 재겸이 아까처럼 태엽을 건드렸다. 그러자 멈췄던 선율이 다시 흘러나오기 시작했다. 손에 쥐고 가볍게 흔들었더니 또다시 눈이 펄펄 내린다. 기묘할 정도로 마음이 차분해지는 멜로디였다. 가만히 귀를 기울이다가, 재겸이 슬쩍 입을 열었다.

"이거 무슨 노랜데?"

 메산이가 눈을 굴리며 기억을 되짚었다. 안 그래도 뭐라고 설명을 해 주셨는데. 뭐라고 하셨더라…. 열심히 머리를 쥐어짜내던 메산이가 어느 순간 눈을 빛내며 펄쩍 뛰어올랐다.

"「사랑의 꿈」이요!"

"뭐? 뭔 꿈?"

"「사랑의 꿈」이라고 하셨어요."

 재겸의 낯이 오묘해졌다.

"……."

 어느 순간 선율이 끊겼다. 눈이 펄펄 내리는 작은 오두막을 말없이 바라보던 재겸이 다시 태엽을 만졌다. 띠로롱, 멎었던 음악이 다시금 흘러나왔다. 재겸이 한참 만에 중얼거렸다.

"미친놈."

◆ 🕊 ◆

"나 씻는다."

닷새 만에 눈을 뜬 재겸이 가장 먼저 한 일은 샤워를 하는 것이었다. 며칠 내내 악몽에 시달렸더니 개운하게 씻고 싶었다. 재겸은 쫄래쫄래 뒤따라오는 메산이를 물리치고 욕실로 향했다. 그사이, 정주는 애써 침착한 척을 하며 요리에 열중했다.

큰 사건을 겪었음에도 재겸은 여느 때와 같은 모습이었다. 그날 밤의 일에 대해서 일언반구조차 없다. 마치 아무 일도 없었던 때로 돌아간 것 같았다.

정말 아무렇지 않아서 그런 건지, 아니면 그냥 그대로 묻어두려는 건지. 재겸에게 하고 싶은 말도 많았고 듣고 싶은 말도 많았지만, 정주는 섣불리 말을 꺼내지 못했다. 정신을 차린 재겸이 지금 당장이라도 떠난다고 할까 봐 조마조마했다.

"어. 맞다. 계란."

냉장고를 열어 재료를 뒤적이던 정주가 멈칫했다. 계란을 사 온다는 것을 깜빡했다. 정주가 모자와 겉옷을 챙겨 입을 때였다. 때마침 샤워를 마친 재겸이 욕실에서 나왔다.

"어디 가?"

재겸이 물었다.

"아, 요 앞에 가게. 깜빡하고 계란을 안 사 와서."

재겸이 정주를 빤히 쳐다보았다. 그에 정주는 저도 모르게 고개를 돌렸다. 시선을 마주하기가 두려웠기 때문이다.

"그냥 있어. 내가 갔다 올게."

뜻밖의 말에 정주가 번쩍 고개를 들었다.

"뭐?"

"계란 내가 사 온다고."

"……."

정주가 얼떨떨한 얼굴로 재겸을 바라보았다. 재겸은 젖은 머리를 털며 방으로 들어가더니 지갑을 챙겨 들었다.

"계란만 사 오면 돼? 더 필요한 건?"

"아… 어, 어. 계란만… 있으면 돼."

"알았어, 금방 다녀올게."

재겸이 그대로 현관으로 향하다가, 불현듯 걸음을 멈췄다.

"메산아."

정주의 뒤에서 고개를 빼꼼 내밀고 있던 메산이가 화들짝 놀라며 "니예?!" 하고 대답을 했다. 그에 재겸이 피식 웃었다. 정주고 메산이고, 왜 저렇게 죄지은 사람처럼 구는지 모를 일이다.

"같이 갈래?"

"예?"

"같이 가게에 가겠느냐고."

메산이가 눈을 깜빡이며 정주를 올려다보았다. 멍하니 서 있던 정주가 황급히 눈짓을 했다. 메산이의 얼굴이 보름달처럼 환해졌다. 메산이는 재겸을 따라 부랴부랴 신발을 신었다.

"네!"

재겸과 메산이는 나란히 대문을 나섰다. 걷는 내내 아무도 입을 열지 않았다. 풀벌레 울음소리가 호젓했다. 울퉁불퉁한 산길을 지나자 포장된 도로가 나왔다. 저의 나리와 집 앞 가게에 가는 것은 이번이 두 번째였다. 멀리 구멍가게가 보이자, 평소처럼 재겸의 손을 잡으려던 메산이가 멈칫하며 손을 내렸다.

나리는 평소와 같아 보였지만 왠지 대하기가 어려웠다. 오늘따라 손을 잡자니 용기가 필요했다. 메산이는 망설이다가 손 대신 재겸의 옷자락을 쥐었다. 그에 재겸이 무표정한 얼굴로 옷자락을 움켜쥔 작은 손을 곁눈질했다.

가게 앞에 도착하니 저번처럼 노인 두세 명이 평상 위에서 화투를 치고 있는 모습이 보였다. 그 옆에 걸터앉아 있던 가게 주인이 재겸과 메산이를 발견하고는 돋보기안경을 추켜올렸다.

"왔어?"

오늘로 두 번밖에 만나지 않았는데 주인은 지난번에 그랬듯이 오래 알고 지내던 사이처럼 인사를 해 왔다. 마찬가지로 주름이 자글자글한 얼굴로 인자하게 미소를 지어 보였다.

재겸은 간단히 묵례하며 대충 아는 척을 끝낸 뒤 미닫이문을 열고 계란을 가지러 갔다. 그사이, 메산이는 까치발을 들고 냉동고 안을 구경했다. 계란을 가지고 나오던 재겸이 물었다.

"왜. 사 줘?"

메산이가 고개를 끄덕였다. 재겸이 냉동고 문을 열었다. 이번엔 메루나는 없고 쭈쭈바만 있었다. 뽕따와 빠삐꼬. 일전에 조영우와 함께 나눠 먹었던 그 쭈쭈바였다.

걘 잘 지내고 있을까. 그러고 보니 학교에 안 간 지 꽤 됐네…. 불현듯 떠오른 생각을 흘려보내며 재겸은 정주 몫까지 쭈쭈바 세 개를 골라 값을 치른 뒤, 메산이에게 뽕따를 넘겨주었다. 뽕따는 저번에 먹어 봤으니 이번엔 빠삐꼬를 먹어 볼 생각이었다.

"나, 나리, 이게 뭐예요?"

저번과 다른 생경한 형태에 메산이가 고개를 갸웃거렸다.

"넌 뽕따. 난 빠삐꼬."

잘 봐. 재겸이 조영우에게 배운 그대로 허벅지에 쭈쭈바를 퍽, 부딪쳤다. 포장지 위쪽이 뜯어지며 꼭지가 튀어나왔다. 그러자 메산이가 휘둥그런 눈을 하며 우아, 감탄사를 내뱉었다.

"봤냐?"

재겸이 장난기가 묻어나는 표정으로 눈짓을 했다. '너도 해 봐.'라고 말하는 듯했다. 메산이도 입을 앙다물고 저의 나리가 알려 준 대로 따라 해 봤다. 퍽! 그러나 힘이 약해서인지 허벅지만 얼얼하고 꼭지는 감감무소식이었다. 메산이가 울상을 지으며 허벅지를 문지르자 재겸이 웃음을 터뜨렸다.

"이리 줘. 내가 해 줄게."

결국 재겸의 도움으로 빠삐꼬의 포장지를 뜯을 수 있었다.

역시. 저의 나리는 뭐든지 다 잘하신다. 포장지를 뜯은 건 재겸인데 뿌듯한 건 메산이였다. 쭈쭈바 유경험자답게 재겸은 꼭지를 바꿔 먹는 것도 잊지 않았다. 둘은 사이좋게 서로의 꼭지를 주고받았다. 꼭지를 맛본 메산이가 감동받은 얼굴을 했다. 재겸이 피식거리며 물었다.

"맛있냐?"

메산이가 정신없이 고개를 끄덕일 때였다. 평상에 앉아 화투를 치는 데 여념이 없던 주인은 어느 순간부터 슬쩍 목을 빼고 둘의 모습을 바라보고 있었다. 주인이 불쑥 입을 열었다.

"동상인가?"

저번과 똑같은 질문이었다. 이로써 주인은 재겸을 기억하지 못한다는 것이 확실했다. 주인과 눈이 마주친 메산이는 파드득 놀라 재겸의 뒤로 숨었다. 고개를 돌려 주인을 물끄러미 바라보던 재겸은 이내 고개를 느리게 저으며 대답했다.

"아뇨, 동생 아닌데요."

"형제 아니여? 그럼 누구여?"

토씨 하나 달라지지 않은 대화였다.

"그냥 아는 애요."

재겸이 짧게 대꾸했다.

"그려어."

주인은 더 묻지 않고 다시 화투판으로 시선을 던졌다. 재겸은 손에 든 빠삐꼬를 만지작거렸다. 바스락바스락, 듣기 싫은 소리가 났다.

"……."

전해져 오는 냉기에 손바닥이 시렸다. 메산이는 평상에 앉은 노인들을 틈틈이 곁눈질하며 열심히 쭈쭈바를 먹었다.

"넌 손 안 시리냐?"

재겸이 문득 입을 열었다.

"괜찮아요. 나리, 손 시리세요?"

메산이의 물음에 재겸이 고개를 푹 숙였다.

"응, 나 손 시려."

재겸의 손에 들려 있던 쭈쭈바가 툭, 떨어졌다. 그러자 메산이가 눈을 동그랗게 뜨고 바닥에 떨어진 쭈쭈바를 쳐다보았다. 평상에 앉아 있던 노인들도 마찬가지였다. 화투를 치다 말고 재겸을 응시해 왔다. 메산이가 의아한 눈으로 재겸을 올려다볼 때였다.

"왜, 왜 그러세요?"

재겸이 차가운 손바닥으로 눈가를 덮었다.

"손이 너무 시려서 그래."

작게 중얼거리며 눈가에 손바닥을 대고 있던 재겸이 갑자기 평상으로 걸음을 옮겼다. 가게 주인이 눈을 끔뻑이며 재겸을 바라보았다. 재겸이 팔을 내리더니 고개를 들었다.

"맞아요."

"으응?"

뜬금없는 말에 가게 주인이 돋보기안경을 고쳐 썼다.

"제 동생이에요."

재겸이 중얼거렸다.

"아까 거짓말한 거예요. 그냥 아는 애가 아니고요…."

재겸의 목소리가 점차 떨리기 시작했다.

"그러니까… 그냥 아는 애가 아니라요, 제 동생이라고요…."

푹 숙인 고개에서 눈물이 뚝뚝 떨어져 내렸다.

턱 끝이 덜덜 떨리는가 싶더니 소년의 얼굴이 삽시간에 일그러졌다. 그에 메산이가 믿을 수 없다는 듯, 토끼 눈을 뜨고 저의 나리를 쳐다보았다.

"제 동생이에요… 제 동생이에요…."

평상에 앉아 있던 노인들은 우는 소년을 말없이 바라보았.

제 동생이에요, 같은 말을 반복하며 소년은 서럽게도 울었다. 둑이 터진 것처럼 참았던 눈물이 쉴 새 없이 쏟아져 내렸다. 발치로 눈물이 뚝뚝 떨어져 포장된 도로에 동그란 물기 자국이 어룽어룽 생겨났다. 소년은 팔에 눈가를 묻고 엉엉 흐느꼈다.

"그려어."

가게 주인이 조용히 대답했다.

시간이 멈춘 듯했다. 한참 뒤에야 멀찍이 떨어져 있던 메산이가 머뭇머뭇 재겸에게 다가왔다. 메산이가 그대로 옷자락을 잡아당기자, 재겸은 아이처럼 손등으로 눈가를 문지르며 서둘러 눈물을 닦아 냈다. 목에 걸린 울음기를 간신히 삼키며 재겸이 떨리는 숨결을 뱉었다.
"집에 가자."
재겸이 메산이의 손을 움켜쥐고 아무 일도 없었던 것처럼 왔던 곳을 향해 천천히 걸음을 옮기기 시작했다. 재겸은 이를 악물었다. 진정하기 위해, 진정하고 싶어서 애쓰는 것 같았다. 메산이는 말없이 재겸의 손을 힘껏 맞잡았다. 다른 한 손에 들려 있던 뽕따는 어느새 반쯤 녹아 있었다.
"나중에."
재겸이 훌쩍이며 말했다.
"또 먹고 싶으면 말해. 또 사 줄게."
"네에."
메산이도 훌쩍이며 대답했다.
둘은 아무런 말도 하지 않았다. 말하지 않아도 알 수 있었기 때문이다. 그게 무엇이든지. 재겸과 메산이는 잡은 손을 흔들거리며 산길을 거슬러 올라갔다. 풀벌레 소리는 여전히 호젓했다.
다정한 저녁이었다.

〈다음 권에 계속〉

초판 1쇄 발행	2023년 07월 25일
초판 3쇄 발행	2025년 10월 09일

지은이	톨쥬

편집 팀장	김정교
책임 편집	권용화
제작·물류	권용화
표지그래픽	한다솜
디자인	크리에이티브그룹 디헌

펴낸이	배기식
펴낸곳	리디 주식회사
출판신고	2011년 08월 29일 제2011-000264호
주소	서울특별시 강남구 테헤란로 325, 4층, 10층, 11층(역삼동)
홈페이지	ridibooks.com

ISBN	979-11-6960-792-6　04810
	979-11-6960-791-9　(세트)

ⓒ 톨쥬 2023

이 책은 저작권법에 따라 보호를 받는 저작물이므로 무단 전재와 무단 복제를 금지하며,
이 책의 전부 또는 일부를 인용하려면 반드시 저작권자와 리디 주식회사의
서면 동의를 받아야 합니다.

◤ **Beyond** 장르 그 이상의 감동, 그 너머 이상

비욘드는 리디 주식회사의 BL 전문 레이블입니다.
미지의 장르에 대한 즐거움을 선사하는 것이 비욘드의 목표입니다.

·책값은 뒤표지에 있습니다.
·잘못된 책은 구입하신 곳에서 바꾸어 드립니다.